亨利·詹姆斯 小说系列

# 亨利·詹姆斯
## 短篇小说精选·1
Selected Short Stories, Vol. 1

〔美〕亨利·詹姆斯 著

薄振杰 译

人民文学出版社
PEOPLE'S LITERATURE PUBLISHING HOUSE

Henry James
**Selected Short Stories，Vol. 1**

**图书在版编目(CIP)数据**

亨利·詹姆斯短篇小说精选. 1/(美)亨利·詹姆斯著；
薄振杰译. —北京：人民文学出版社,2021(2022.2 重印)
(亨利·詹姆斯小说系列)
ISBN 978-7-02-014868-4

Ⅰ. ①亨… Ⅱ. ①亨… ②薄… Ⅲ. ①短篇小说-小
说集-美国-近代 Ⅳ. ①I712.44

中国版本图书馆 CIP 数据核字(2019)第 012657 号


责任编辑  卜艳冰  邱小群  骆玉龙
封面设计  钱  珺




出版发行  人民文学出版社
社    址  北京市朝内大街 166 号
邮政编码  100705

印    制  上海盛通时代印刷有限公司
经    销  全国新华书店等

开    本  890 毫米×1240 毫米  1/32
印    张  12.625
字    数  258 千字
版    次  2021 年 1 月北京第 1 版
印    次  2022 年 2 月第 2 次印刷

书    号  978-7-02-014868-4
定    价  78.00 元

如有印装质量问题,请与本社图书销售中心调换。电话:010 - 65233595

# 序 一

◎李维屏

亨利·詹姆斯（Henry James，1843—1916）是现代英美文坛巨匠，西方现代主义文学运动的先驱。这位出生在美国而长期生活在英国的小说家不仅是英美文学从十九世纪现实主义向二十世纪现代主义转折时期一位继往开来的关键人物，而且也是大西洋两岸文化的解释者。自二十世纪八十年代以来，詹姆斯的小说创作和批评理论引起了我国学者的高度关注，相关研究成果层出不穷。他那形式完美、风格典雅的作品备受中国广大读者的青睐。近日得知吴建国教授与李和庆教授主编的"亨利·詹姆斯小说系列"即将由著名的人民文学出版社出版，我感到由衷的高兴，便欣然命笔，为选集作序。

亨利·詹姆斯是少数几位在英美两国文坛都拥有举足轻重地位的文学大师之一。今天，国内外学者似乎获得了这样一个共识，即詹姆斯的小说创作代表了十九世纪末开始流行于欧美文坛的一种充满自信、高度自觉并以追求文学革新为宗旨的现代艺术观。如果我们今天仅仅将詹姆斯看作现代心理小说的杰出代表或现代小说理论的创始人，这显然是远远不够的。如果我们将他的艺术主张放到宏观的西方文学革新的大背景中加以考量，将他的小说创作同一百多年前那场声势浩大的现代主义运动互相联系，那么我们不难发现，詹姆斯的创作成就、现代小说理论体系以及他在早期现代主义运动中的引领作用，完全奠定了他在现代世界文坛的重要地位。正如与他同时代的著名小说家约瑟夫·康拉德所说："凭借其作品和力量，詹姆斯是一位艺术的英雄。"著名诗人 T. S. 艾略特也曾感慨地说过："随着福楼拜和詹姆斯的出现，（传统）小说已经宣告结束。"我以为，詹姆斯小说的一个最重要的特征也许是他的国际视野。他所追求的国际视野不仅体现了他早期现代主义思想的开拓性，而且也成为第一次世界大战前后一批自我流放的现代主义者追踪国际文化和艺术前沿的风向标。君不见，詹姆斯创建的遐迩闻名的"国际主题"（the international theme）在大力倡导文化交流、文明互鉴、探索"人类命运共同体"的今天依然具有重要的启示作用。

"亨利·詹姆斯小说系列"分别收录了詹姆斯的六部长篇小说、四部中篇小说和两部共由十八个高质量的故事组成的短篇小说集。《一位女士的画像》《华盛顿广场》《鸽翼》《金钵记》《专使》和《美国人》等长篇小说不仅代表了詹姆斯创作的最高成就，而且早已步入了世界经典英语小说的行列。《螺丝在拧紧》《黛西·米勒》《伦敦围城》和《在笼中》等中篇小说以精湛的技巧和敏锐的目光观察了那个时代的生活，而詹姆斯的短篇小说则像一个个小小的摄像头对准各种不同的场合，生动记录了欧美社会种种世态炎凉、文化冲突以及现代人的精神困惑。毋庸置疑，这套詹姆斯小说选集的作品是经编选者认真思考后精心选取的。

"亨利·詹姆斯小说系列"的出版为我国的读者提供了一个

全面了解詹姆斯的创作实践、品味其小说艺术和领略其语言风格的契机。我相信，这套选集的问世不仅会进一步提升詹姆斯在我国广大读者中的知名度，而且会对国内詹姆斯研究的发展产生积极的影响。

2018 年 1 月于上海外国语大学

# 开创心理现实主义小说先河的文学艺术大师

## ——"亨利·詹姆斯小说系列"序二

◎吴建国

## 一 引 言

"我们在黑暗中奋力拼搏——我们竭尽全力——我们倾情奉献。我们的怀疑就是我们的激情,而我们的激情则是我们的使命。剩下的就是对艺术的痴迷。"亨利·詹姆斯短篇小说《中年岁月》里那位小说家在弥留之际的这句肺腑之言,也是亨利·詹姆斯本人的座右铭。

詹姆斯的创作凝结着厚重的历史理性、人文精神和诗学意义,他的主题涵盖大西洋两岸的人们在社会、历史、文化、伦理、婚姻乃至意识形态等诸多方面的交互影响和碰撞,即所谓"国际题材"。他殚精竭虑地探索的问题是:什么是真实的生活,什么是理想的生活,更为重要的是,如何在艺术上再现这种生活。他强调人性、人情、人道,以及人的感性、灵性、诗性对人类生存的重要意义。在刻画人物的内心世界和社交活动时,常运用边界模糊甚至互为悖反的动机和印象展现人物的精神风貌,通过"由内向外"的描写反映变幻莫测、充满变数的大千世界和人的生存价值。他的叙事艺术和语言风格独树一帜,笔意奇崛,遣词谋篇精微细腻，具有高度的实验性，对人物、情节和场景的描摹颇具印象派绘画的特性，甚而有艰涩难解、曲高和寡之嫌。他是欧美现实主义向现代主义创作转型时期重要的小说家和批评家，是美国现代小说和小说理论的奠基人，是开创二十世纪西方心理现实主义小说先河的文学艺术大师。他曾三度（一九一一年、一九一二年、一九一六年）获诺贝尔文学奖提名，并于一九一六年获得英王乔治五世授予的功绩勋章。他卷帙浩繁的著作、博大精深的创作思想和追求艺术真理的革新精神，对二十世纪崛起的西方现代派乃至后现代派文学具有深远的影响。

## 二 亨利·詹姆斯小传

亨利·詹姆斯于一八四三年四月十五日出生在纽约市华盛顿广场具有爱尔兰和苏格兰血统的名门世家。他的祖父威廉·詹姆斯（William James，1771—1832）于美国独立战争之后不久从爱尔兰移民美国，凭借自己的努力成为纽约州奥尔巴尼市赫赫有名的银行家和投资家。他的父亲老亨利·詹姆斯（Henry James Sr.，1811—1882）继承了其父的巨额遗产，是一位富有睿智、性情豁达的哲学家、神学家和作家，是美国超验主义哲学家兼诗人拉尔夫·爱默生（Ralph Waldo Emerson，1803—1882）和哲学家兼诗人和散文家亨利·梭罗（Henry David Thoreau，1817—1862）等大文豪的知心好友。他的母亲玛丽·沃尔什（Mary Robertson Walsh，1810—1882）出身于纽约上流社会的富裕人家。他的哥哥威廉·詹姆斯（William James，1842—1910）是美国著名心理学家、教育家和实用主义哲学的创始人，是二十世纪初最具影响力的哲学家和"美国心理学之父"。他的妹妹艾丽斯·詹姆斯（Alice James，1848—1892）是日记作家，以其发表的众多日记而闻名遐迩。

由于老亨利·詹姆斯信奉"斯威登堡学说"①，认为传统教育模式不利于个性发展，应当让子女得到世界性教育，亨利·詹姆斯幼年时的教育主要是在父母和家庭教师的指导下进行的，后来又经常跟随父母往返于欧美两地，偶尔就读于奥尔巴尼、伦敦、巴黎、日内瓦、布洛涅、波恩、纽波特、罗德岛等地的学校，并在父亲的带领下面见过狄更斯和萨克雷等英国大作家。詹姆斯自幼便受到欧洲人文思想和文化环境的熏陶，且博闻强识，尤其注重吸收科学和哲学理念，这使他从小就立下了要从事文学创作的远大志向。在一八五五年至一八六〇年举家旅欧期间，他们在法国逗留时间最长，詹姆斯得以迅速掌握了法语。詹姆斯早年说英语时略有口吃，但法语却说得非常流利，从此不再结巴。

一八六〇年，他们从欧洲返回美国，居住在纽波特。詹姆斯开始接触法国文学，系统阅读了大量法国文学作品。他尤其喜爱巴尔扎克，称巴尔扎克为"最伟大的文学大师"。巴尔扎克的小说艺术对他后来的创作影响甚大。一八六一年秋，詹姆斯在一场救火事件中腰部受伤，未能服兵役参加美国南北战争。这次腰伤

---

① 斯威登堡学说（Swedenborgianism），瑞典科学家和神学家伊曼纽尔·斯威登堡（Emanuel Swedenborg，1688—1772）所倡导的新的宗教思潮，认为每一个人都必须在不断悔过自新的过程中积极地彼此相互合作，从而获得个人生活和精神的升华。

落下的后遗症在他一生中仍时有发作，使他怀疑自己从此丧失了性功能，因而终身未娶。一八六二年，他考入哈佛大学法学院。但他对法学不感兴趣，一年后便离开了哈佛大学，继续追求他所钟情的文学事业。此时，他与威廉·豪威尔斯（William Dean Howells，1837—1920）、查尔斯·诺顿（Charles Eliot Norton，1827—1908）、安妮·菲尔兹（Annie Adams Fields，1834—1915）等美国文学评论家和作家交往甚密。在他们的鼓励和引导下，詹姆斯于一八六三年开始撰写短篇小说和文学评论，作品大都发表在《大西洋月刊》《北美评论》《国家》《银河》等大型文学刊物上。

他的第一部长篇小说《看护》(*Watch and Ward*) 于一八七一年开始在《大西洋月刊》连载，经过他重新修润后，于一八七八年正式出版。这部小说描写主人公罗杰·劳伦斯如何收养幼女诺拉，将她抚养成人，最后娶她为妻的艳情故事：罗杰是波士顿有闲阶层的富豪，诺拉的父亲兰伯特因生活所迫，曾向他借钱以解燃眉之急，却遭到了他冷漠的拒绝。兰伯特在隔壁房间自杀身亡，罗杰深感懊悔，收养了他的女儿诺拉。诺拉时年十二岁，体质羸弱，模样也很难看。在罗杰的悉心照料下，诺拉很快成长起来。罗杰想把她抚养成人后让她做自己的新娘。岂料，诺拉出落成如花似玉的美少女后，却被另外两个男人疯狂追求：一个是风流成性、心怀叵测的乔治·芬顿，另一个是罗杰的表弟、虚伪的牧师休伯特·劳伦斯。涉世未深的诺拉经历了一系列富有浪漫色彩的冒险之后，终于上当受骗，落入芬顿设下的圈套，在纽约身陷囹圄。罗杰在危急关头挺身而出，挽救了诺拉，两人终成眷属。

《看护》展现了詹姆斯早期朴直率性的写作风格和他对言情小说的喜爱。这部小说的情节看似错综复杂、扑朔迷离，但对诺拉由丑小鸭成长为美天鹅的发展过程写得过于平铺直叙，对卑鄙下流的恶棍芬顿的刻画显然囿于俗套，故事的叙事进程也平淡无奇，甚至不乏隐晦的色情描写，皆大欢喜的结局也缺乏应有的审美张力。詹姆斯一八八三年在选编他的作品选集时，不愿把《看护》收录其中。但小说却把艳若天仙的美少女诺拉刻画得栩栩如生、魅力四射，令人赏心悦目，对纽约社会底层生活场景的描摹也入木三分，显示出作者对社会和伦理问题细致入微的关注。小说的语言也优美流畅、睿智幽默，富有诗情画意，深得读者喜爱。《看护》预示着一位文学大师即将横空出世。

由于发现美国太讲究物质利益，缺乏文化底蕴，不利于艺术创新，詹姆斯于一八六九年离开美国，开始了他人生第一次在海外自我流放的生活。在一八六九年至一八七〇年间的十四个月里，他游历了伦敦、巴黎、罗马等欧洲大都市。一八六九年侨居在伦敦时，他结识了约翰·拉斯金、狄更斯、马修·阿诺德、威廉·莫里斯、乔治·爱略特等英国著名作家和文学评论家，与他们过从甚密。此外，他还与麦克米伦等出版机构建立了长期的合作关系，由出版商先预付稿酬分期连载他的作品，而后再结集成书出版。鉴于这些分期连载的小说主要面向英国中产阶级的女性读者，出版商希望他创作出适合年轻女性阅读口味的作品。尽管必须满足编辑部提出的种种苛求，但他在创作中仍坚持严肃的主题和审美标准。此时的詹姆斯虽然蛰居在伦敦的出租屋里，却有机会接触政界和文化界的名流雅士，常去藏书量丰富的俱乐部与朋友们交谈。在此期间，他结交了亨利·亚当斯（Henry Brooks Adams，1838—1918）、查尔斯·盖斯凯尔（Charles George Milnes Gaskell，1842—1919）等欧美学者和政要。在遍访欧洲各大都市期间，他对罗马尤为喜爱，想在罗马做一名自食其力的自由作家，后来成了《纽约先驱报》驻巴黎的特约记者。由于事业不顺等原因，他于一八七〇年回到纽约市，但不久后又重新返回伦敦。一八七四年至一八七五年间，他发表了《大西洋两岸随笔》（*Transatlantic Sketches*，1875）、《狂热的朝香者和其他故事》（*A Passionate Pilgrim and Other Tales*，1875）、长篇小说《罗德里克·赫德森》（*Roderick Hudson*，1875），以及若干中短篇小说。在这一阶段，他的作品具有美国小说家纳撒尼尔·霍桑的遗响。

《罗德里克·赫德森》写成于詹姆斯侨居罗马的那段日子里。詹姆斯自认为这才是他真正意义上的第一部长篇小说。这是一部心理成长小说（Bildungsroman），描写血气方刚、才华横溢、豪情满怀的美国马萨诸塞州年轻的法学生、雕塑爱好者罗德里克·赫德森如何在意大利迷失在各种情感纠葛、物欲诱惑，以及理性与现实的矛盾和冲突之中，渐渐走向成熟，后又死于非命的故事。小说以罗马为背景，以生动的笔触描写了这座名人荟萃的艺术大都会的社会风貌、文化气息、人情世故和美不胜收的雕塑艺术馆，鞭辟入里地揭示了欧美两地价值观的冲突，探讨了金钱与艺术、爱情和精神追求之间的关系。小说中所塑造的欧洲最美丽的姑娘克里斯蒂娜·莱特，后来又再次成为他的长篇小说《卡萨玛西玛王妃》（*The Princess Casamassima*，1886）中的女主人公。

一八七五年秋，詹姆斯离开伦敦前往巴黎，居住在位于塞纳河左岸的拉丁区。在此期间，他结识了福楼拜、屠格涅夫、莫泊桑、左拉、都德等大作家，与他们结下了深厚的友谊。在巴黎生活了一年之后，他于一八七六年再次返回伦敦。在此后的四十年里，除了偶尔返回美国和出访欧洲外，他大都生活在英国。他勤于思索，对文学艺术已有自己独到的见解，且潜心于笔耕，保持着旺盛的创作势头，写出了长篇小说《美国人》（*The American*，1877）、《欧洲人》（*The Europeans*，1878），评论集《论法国诗人和小说家》（*French Poets and Novelists*，1878）、《论霍桑》（*Hawthorne*，1879），以及《国际插曲》（*An International Episode*，1878）等一系列中短篇小说。一八七八年出版的中篇小说《黛西·米勒》（*Daisy Miller*）奠定了他在文学界的崇高声望。这部小说之所以在大西洋两岸引起巨大轰动，主要是因为小说所着力刻画的女主人公的行为举止和个性特征已经大大超出当时欧美两地传统的社会准则和伦理规范。他的第一部重要长篇代表作《一位女士的画像》（*The Portrait of a Lady*，1881）也创作于这一时期。

一八七七年，他首次参观了好友盖斯凯尔的家园、英国什罗普郡的文洛克寺。这座始建于公元七世纪的古寺历尽沧桑的雄姿及其周围的广袤原野激发了他的创作灵感，寺内神秘的浪漫气氛和寺院后宁静修远的湖泊，成了他日后所创作的哥特式小说《螺丝在拧紧》（*The Turn of the Screw*，1898）的基本背景和素材。在这一时期，詹姆斯仍遵循法国现实主义小说家，尤其是左拉的创作思想和叙事风格。霍桑对他的影响已日渐减弱，取而代之的是乔治·爱略特和屠格涅夫。他自己的创作思想和艺术风格业已日渐成熟。一八七九年至一八八二年间，詹姆斯相继发表了长篇小说《一位女士的画像》、《华盛顿广场》（*Washington Square*，1880）和《信心》（*Confidence*，1880），游记《所到各地图景》（*Portraits of Places*，1883），以及《伦敦围城》（*The Siege of London*，1883）等中短篇小说，这些作品大多为"国际题材"小说。

一八八二年至一八八三年间，詹姆斯遭受了数次痛失亲朋好友的打击：他母亲于一八八二年病逝，他父亲也于数月后离世。他们家族的老友和常客、著名思想家和文学家拉尔夫·爱默生也于一八八二年逝世。他的良师益友屠格涅夫于一八八三年与世长辞。

一八八四年春，詹姆斯再次离开伦敦前往巴黎，常与左拉、都德等作家在一起切磋交谈，并结识了法国著名自然主义小说家龚古尔兄弟。詹姆斯似乎暂时放下了"美国与欧洲神话"，开始潜心研究法国现实主义和自然主义文学，发表了他的文学评论集《论小说的艺术》（*The Art of Fiction*，1884）。一八八六年，他出版了描写波士顿女权主义运动的长篇小说《波士顿人》（*The Bostonians*）和以伦敦无政府主义者的革命故事为题材的长篇小说《卡萨玛西玛王妃》。这两部社会小说融合了法国自然主义文学的思想倾向和叙事方法，但当时的评论界和图书市场对这两部作品的接受状况并不令人满意。在这一时期，詹姆斯不仅博览群书，而且结交了欧美文坛诸多卓有建树的文学艺术家，不少人成了他的知心好友，如英国小说家兼诗人罗伯特·史蒂文森（Robert Louis Stevenson，1850—1894）、旅欧美国画家约翰·萨金特（John Singer Sargent，1856—1925）、旅欧美国女小说家兼诗人康斯坦斯·伍尔森（Constance Fenimore Woolson，1840—1894）、英国诗人兼文学评论家埃德蒙·高斯（Sir Edmund Gosse，1849—1928）、法国漫画家兼作家乔治·杜·莫里哀（George du Maurier，1834—1896）、法国小说家兼文学评论家保罗·布尔热（Paul Bourget，1852—1935）等人，并与美国女作家伊迪丝·华顿（Edith Wharton，1862—1937）保持着长期的友谊，还发表了文学评论集《一组不完整的画像》（*Partial Portrait*，1888）。

一八八九年冬，詹姆斯开始着手翻译都德的著名三部曲《达拉斯贡的达达兰历险记》（*Les Aventures prodigieuses de Tartarin de Tarascon*，1872）中的第三部《达拉斯贡港》（*Port Tarascon*）①。这部译著于一八九〇年开始在《哈泼斯》连载，被英国《旁观者

---

① 这部小说主要描写达拉斯贡人被取消宗教团体所激怒，决定到澳大利亚去，建立一个以达拉斯贡命名的移民区，却遇到了一连串的困难和阻挠。小说中所塑造的主人公达达兰是一个虚荣心很强、爱好吹牛的庸人，是对无能而又好大喜功的法国社会风气的辛辣讽刺。

周刊》誉为"精品译作",并由桑普森出版公司于一八九一年在伦敦出版。十九世纪八十至九十年代末,詹姆斯曾数次跨过英吉利海峡,在法国、德国、奥地利、瑞士等欧洲国家搜集创作素材。一八八七年,他在意大利居住了很长一段时间。他的著名中篇小说《反射器》(*The Reverberator*,1888)和《阿斯彭文稿》(*The Aspern Papers*,1888)即写成于这一年。

除上述作品外,詹姆斯在这一时期发表的主要作品还有:短篇小说集《三城记》(*Tales of Three Cities*,1884),中篇小说《大师的教诲》(*The Lesson of the Master*,1888),短篇小说集《伦敦生活及其他故事》(*A London Life and Other Tales*,1889),长篇小说《悲惨的缪斯》(*The Tragic Muse*,1890),短篇小说《学生》(*The Pupil*,1891),短篇小说集《活生生的东西及其他故事》(*The Real Thing and Other Tales*,1893),短篇小说集《结局》(*Terminations*,1895),短篇小说《地毯上的图案》(*The Figure in the Carpet*,1896)、《尴尬》(*Embarrassment*,1896),长篇小说《波英顿的珍藏品》(*The Spoils of Poynton*,1897)、《梅芝知道的东西》(*What Maisie Knew*,1897)等。尽管詹姆斯在这一时期仍遵循以左拉为代表的法国自然主义文学流派的表现手法,但他更关注社会和政治问题,作品的基调和主题思想更接近都德的小说。他的创作在这一时期的突出特点是:中短篇小说较多,而且在多方面、多维度进行实验,他认为这种叙事方法更适合于传达他的艺术观。但这些作品当时并没有得到评论界的好评,销路也不佳。于是,他开始尝试剧本创作。一八九〇年至一八九五年间，他一连写出了《盖伊·多米维尔》（*Guy Domville*）等七个剧本，上演了两部，但都不太成功。这使他从此对剧本写作心灰意冷。然而戏剧实践却为他后来的小说创作提供了戏剧表现手法、场景布设安排以及书写人物对话的技巧。

一八九七年至一九一四年，詹姆斯从伦敦搬迁至英国东南部萨塞克斯郡风景秀丽的海滨小镇莱伊（Rye），居住在他自己出资购置的古色古香的兰姆别墅①，在这里潜心创作，写出了他构思精巧、极具艺术张力的名篇《螺丝在拧紧》和中篇小说《在笼中》（*In the Cage*, 1898）。一八九九年至一九○一年间，他出版了长篇小说《左右为难的时代》（*The Awkward Age*, 1899）、《圣泉》（*The Sacred Fount*, 1901）和短篇小说集《软边》（*The Soft Side*, 1900）。一九○二年至一九○四年间，他连续发表了三部具有开创意义的心理分析小说：《鸽翼》（*The Wings of the Dove*, 1902）、《专使》（*The Ambassadors*, 1903）和《金钵记》（*The Golden Bowl*, 1904），以及若干中短篇小说，如《丛林猛兽》（*The Beast in the Jungle*, 1903），短篇小说集《更好的一类》（*The Better Sort*, 1903）等。

一九○四年，詹姆斯应邀回到美国，在全美各高校讲授巴尔扎克等法国作家及其作品，并在《北美评论》《哈泼斯》《双周书评》等文学刊物发表了一系列文学评论和杂文。他的《美国景象》（*The American Scene*）于一九○五年至一九○六年陆续在

---

① 如今，这座别墅已归英国国家信托基金会管辖，成为英国"作家博物馆"。

《北美评论》等杂志连载了十章，并于一九〇七年结集成书出版。
《美国景象》真实记录了他一九〇四年至一九〇五年在美国的观
感，严厉抨击了他亲眼所见的处于世纪之交的美国狂热的物质至
上主义、世风日下的伦理价值体系和名不副实的社会结构，以及
种族和政治等问题，引发了广泛的批评和争议。他在这本书中
所论及的美国移民政策、环境保护、经济发展、种族与地区冲
突等热点话题，至今仍有可资借鉴的现实意义。一九〇六年至
一九一〇年间，他的游记《意大利时光》（*Italian Hours*，1909）、
长篇小说《呐喊》（*Outcry*，1910）以及若干中短篇小说也相继
发表在《北美评论》等文学刊物上。此外，他还亲自编辑出版了
"纽约版"二十四卷本《亨利·詹姆斯作品选集》。他为书中的几
乎每一篇（部）作品都撰写了序言，追溯了每一部小说从酝酿到
完成的过程，并对小说的写法进行了严肃的探讨。这些序言既
是他的"审美回忆"，也是富有真知灼见的理论阐述。一九一〇
年，他哥哥威廉·詹姆斯去世，他回国吊唁，但不久后再次返回
英国。由于他在小说创作理论和实践上所取得的突出成就，哈佛
大学于一九一一年授予了他荣誉学位，牛津大学于一九一二年授
予了他荣誉文学博士称号。自一九一三年开始，他撰写了三部自
传：《童年及其他》（*A Small Boy and Others*，1913）、《作为儿子
和兄弟的札记》（*Notes of a Son and Brother*，1914）和《中年岁
月》（*The Middle Years*，1917）[①]。

---

[①] 这部未完成自传与亨利·詹姆斯发表于1893年的短篇小说《中年岁月》同名，在他去世一年后出版。

　　一九一四年第一次世界大战爆发后，詹姆斯做了大量宣传鼓动工作支持这场战争。由于不满美国政府的中立态度，他于一九一五年愤然加入了英国国籍。一九一六年，英王乔治五世亲自授予他功绩勋章。由于过度劳累，健康每况愈下，数月后突发中风，后来又感染了肺炎，詹姆斯于一九一六年二月二十八日在伦敦切尔西区溘然长逝，享年七十三岁。按照他的遗嘱，他的骨灰被安葬在美国马萨诸塞州的剑桥公墓，墓碑上铭刻着"亨利·詹姆斯：小说家、英美两国公民、大西洋两岸整整一代人的诠释者"。一九七六年，英国政府在伦敦威斯敏斯特教堂的"诗人墓园"为他设立了一块纪念碑，以缅怀他的丰功伟绩。

### 三　屹立在欧美文学之巅的经典小说家

　　詹姆斯辛勤耕耘五十余载，发表了二十二部长篇小说、一百一十二篇中短篇小说、十二个剧本，以及多篇（部）文学评论和游记等作品。他的小说大多先行刊载在欧美重要文学刊物上，经他亲自修润后，再正式结集成书。他精通小说艺术，笔调幽默风趣，人物塑造独具匠心，心理描写精微细腻，作品中蕴含着深厚的历史理性和人文情怀，是欧美现代文学史上最伟大的小说家之一。我们精心选取翻译的这六部长篇小说、四部中篇小说和两辑短篇小说，是詹姆斯在他漫长、多产的文学生涯中不同时期所创作的最具代表性的优秀作品，希望我国读者对这位多才多艺的文学巨匠有更深入、更全面的认识和了解。

### （一）长篇小说

《**美国人**》是詹姆斯第一部成功反映"国际题材"的长篇小说，描写英俊潇洒、襟怀坦荡、不善交际的美国富豪克里斯托弗·纽曼平生第一次游历巴黎时亲身经历的种种奇遇和变故。小说以纽曼对出身高贵、年轻漂亮的寡妇克莱尔·德·辛特雷夫人由一见钟情到热烈追求，到勉强订婚，直至幻想破灭、孑然一身返回美国的过程为主线，深刻揭示了封闭保守、尔虞我诈、人心险恶的欧洲与朝气蓬勃、乐观向上、勇于开拓创新的美国之间的差异和冲突。纽曼在亲眼见证了欧洲文明灿烂美好的一面和阴暗丑陋的一面之后，终于明白，欧洲并不是他所期望的理想之地。

《**美国人**》是一部融合了喜剧和言情剧元素的现实主义小说。作者以优美鲜活的笔调和起伏跌宕的情节将巴黎的生活图景和世相百态淋漓尽致地展露在读者眼前。故事虽然以恋爱和婚姻为主线，但作者并没有刻意渲染两情相悦的性爱这一主题。纽曼看中克莱尔，只是因为她端庄贤淑，非常适合做他这样事业有成的富豪的配偶。至于克莱尔与她第一任丈夫（比她年长很多）之间究竟发生过什么，读者并不知情，作者也未过多描写她对纽曼的恋情。小说中唯有见钱眼开的诺埃米小姐是性感迷人的女性，但作者对她的描写也较含蓄，且多为负面。即使按维多利亚时代的伦理准则来看，詹姆斯在性爱问题上如此矜持的态度也令人困惑不解。美国公共电视网一九九八年再次将《美国人》改编拍摄为电视剧时，在剧情中添加了纽曼与诺埃米、瓦伦汀与诺埃米的性爱场面。

　　詹姆斯创作这部小说的初衷原本是为了回应法国剧作家小仲马的《外乡人》①，旨在告诉读者：美国人虽然天真无知，但在道德情操方面远高于阴险奸诈的欧洲人。小说中所塑造的主人公纽曼是一位充满自信、勇于担当、三十岁出头的美国人，他的诚实品格和乐观精神代表着充满活力、蓬勃向上的美国形象，因而深受历代美国读者的青睐。纽曼与克莱尔的弟弟瓦伦汀·德·贝乐嘉之间的友谊描写得尤为真挚感人，作者对巴黎上流社会生活方式的描摹也栩栩如生，令人回味无穷。在当今语境下读来，《美国人》依然散发着清新的艺术魅力，比詹姆斯的后期作品更易接受。

　　《一位女士的画像》是詹姆斯早期创作中最具代表意义的经典之作，描写年轻漂亮、活泼开朗、充满幻想的美国姑娘伊莎贝尔如何面对一系列人生和命运的抉择，最终受骗上当，沦为老谋深算的奸宄之徒的牺牲品的悲情罗曼史。伊莎贝尔在父亲亡故后，被姨妈接到了伦敦，并继承了一大笔遗产。她先后拒绝了美国富豪卡斯帕·古德伍德和英国勋爵沃伯顿的求婚，却偏偏看中了侨居意大利的美国"艺术鉴赏家"吉尔伯特·奥斯蒙德，不顾亲友的告诫和反对，一意孤行地嫁给了他。但婚后不久，她便发现，丈夫竟然是个自私、贪财、好色、心胸狭窄的猥琐小人，"就像花丛中隐藏起来的毒蛇"，奥斯蒙德与她结婚只是为了得到她所继承的七万英镑的遗产。她继而又发现，他们这桩婚姻的牵

———————————

① 小仲马剧作《外乡人》（*L'Étrangère*，1876）中所展现的美国人大多为缺少教养、粗野无礼、声名狼藉的莽汉。

线人梅尔夫人原来是奥斯蒙德的情妇，还生了一个女儿（潘茜），而且梅尔夫人和奥斯蒙德正在密谋策划利用伊莎贝尔把潘茜嫁给沃伯顿。伊莎贝尔阻止了他们的阴谋。她本可逃出陷阱，因为沃伯顿和古德伍德仍深爱着她，但她还是强忍内心的痛苦，对外人隐瞒了自己不幸的婚姻，毅然返回了罗马。

《一位女士的画像》展现的依然是詹姆斯历来所关注的欧美两地的文化差异和冲突，并深刻探究了自由、责任、爱恋、背叛等伦理问题。天真无邪、向往自由和高雅生活的伊莎贝尔尽管继承了一大笔遗产，却没能躲过工于心计的奥斯蒙德和梅尔夫人设下的圈套，最终失去了自由，"被碾碎在世俗的机器里"[1]。故事的结尾尤为引人深思：伊莎贝尔在得知真相后仍毅然返回罗马的举动，究竟是为了信守婚姻的诺言而做出的高尚的自我牺牲，还是为了兑现她对潘茜所作的承诺，要拯救她所疼爱的这个继女脱离苦海，然后再与奥斯蒙德离婚？这个悬念给读者留下了无限的思索空间。

在这部小说中，詹姆斯将心理分析推向了新的高度。他将大量笔墨倾注在人物的内心世界，着重描写人物的理想、愿望、思绪、动机、欲望和冲动，人物的行为则是这些思想和意识活动的结果和外化，人与人之间的关系和故事情节的发展变化也是通过这一中心人物的思维活动表现出来的。读者只有在伊莎贝尔彻底认清她丈夫的本质后，才对奥斯蒙德和梅尔夫人的真实面目有了

---

[1] 董衡巽：《美国文学简史》，北京：人民文学出版社，2003年，第141页。

全面的了解，而伊莎贝尔也在层层递进的内省和反思中获得了对周围世界的感知，在心理和性格上逐渐走向了成熟。詹姆斯对人物内心世界的探索（尤其在第四十二章中）采用的是理性的内心独白，既没有突兀的变化，也没有时空倒错，不同于后来的意识流写法。此外，他善用精湛的比喻来描绘人物的心理，这些比喻十分贴切，具有艺术形象的完整性，而且与故事情节密切联系，优美流畅的语言和对欧洲风情的生动描写也使经受过詹姆斯冗长文体考验的读者格外喜爱这部小说。如果说詹姆斯是心理现实主义小说的创始人，那么《一位女士的画像》则是心理现实主义小说的典范。

《华盛顿广场》主要讲述的是憨厚、温柔的女儿凯瑟琳与她那才气横溢、感情冷漠的父亲斯洛珀医生之间的分歧和冲突。小说以第三人称全知叙事视角审视了凯瑟琳的一生。凯瑟琳是一个相貌平平、才智一般、纯洁可爱的姑娘，始终生活在与她最亲近的人的利己之心的团团包围之中：她的恋人莫里斯·汤森德只觊觎她的万贯家财；她的姑妈只会爱管闲事地乱点鸳鸯谱；她的守护神父亲则用讽刺挖苦和神机妙算来回报女儿对他的热爱和钦佩之情。故事以凯瑟琳出人意表地断然将莫里斯拒之门外而告终。

《华盛顿广场》是一部结构紧凑的悲喜剧。故事最辛辣的讽刺是英明干练、功成名就的斯洛珀医生对莫里斯的准确评判，以及他为保护涉世未深的爱女而阻挠这桩婚事所采取的严厉措施。倘若斯洛珀看不透莫里斯是个游手好闲的恶棍，他骗财骗色的行为未免会落于俗套。斯洛珀虽然头脑敏锐，智略非凡，但自从他那美丽聪慧的妻子去世后，他就变成了一个冷漠无情、清心寡欲的人。凯瑟琳终于渐渐成熟起来，能实事求是地看待自己的处境：从她自己的角度来看，在她的人生经历中，重要的事实是莫里斯·汤森德玩弄了她的爱情，还有她的父亲隔断了她爱情的源泉。没有什么能够改变这些事实，它们永远都在那儿，就像她的姓名、年龄和平淡无奇的容貌一样。没有什么能够消除错误或者治愈莫里斯给她造成的创伤，也没有什么能够使她重新找回年轻时代对父亲怀有的情感。她虽不及父亲那样出色，但她学会了擦亮眼睛看世界。

《华盛顿广场》张弛有度的叙事技巧、晓畅优雅的语言风格、对四个主要人物形象鲜明的刻画，历来深受读者喜爱，甚至连围绕着"遗嘱"而展开的老套、简单的故事情节都盎然有趣，耐人寻味。凯瑟琳由百依百顺成长为具有独立精神和智慧的女性的过程，是这部小说的一大亮点，赢得了评论家和读者的普遍赞誉。尽管詹姆斯自己对这部小说不太满意，没有将它编入"纽约版"《选集》，但它一直是詹姆斯最脍炙人口的佳作之一，曾多次被改编拍摄成舞台剧、电影和电视剧。

《**鸽翼**》描写的是一场畸形的三角恋爱。女主人公米莉·西雅尔是一位清纯美丽的美国姑娘，是庞大家族巨额财产的唯一继承人，因身患不治之症来欧洲求医和散心。英国记者默顿·丹什和凯特·克罗伊是一对郎才女貌、倾心相爱的英国情侣。因苦于没钱而不能成婚，凯特竟策划并唆使默顿去追求米莉，以图在她死后继承遗产。米莉在得知他们的阴谋后在意大利凄凉去世，但她在临终前还是原谅了他们，把全部财产给了默顿。事实上，默顿在米莉高尚品质的感化下已逐渐悔悟，虽然继承了米莉的遗产，却无法再与凯特共同生活下去。这部扣人心弦的小说揭示了人在面对爱情与金钱、真诚与背叛、生与死等伦理问题时所经受的严峻考验和他们最后的抉择。

《鸽翼》是詹姆斯后期作品中最受欢迎的经典之一。小说通过对人的内心世界深入细致的剖析，尤其是米莉对围绕在她身边的各色人物所具有的感化力，将男女主人公塑造得活灵活现、真实可感，令人不得不紧张地关注他们各自的命运和归属。米莉丰富细腻的心理活动，很像多愁善感的林黛玉，米莉客死他乡的场景与林黛玉魂归离恨天的情景也颇为相像，凯特也颇似工于心计的薛宝钗。据说连素来不太喜欢詹姆斯作品的英国名作家弗吉尼亚·伍尔夫也对这部小说十分青睐，一口气读完了《鸽翼》，并因此大病一场①。美国"现代文库"于一九九八年将《鸽翼》列为"二十世纪百部最佳英语小说"第二十六位。

《金钵记》是詹姆斯后期作品中最受评论界关注的"三部曲"之一。小说以伦敦为背景，描写一对美国父女与他们各自的欧洲配偶之间错乱的人伦关系，全面透彻地审视了婚姻、通奸等伦理问题。故事中这位腰缠万贯、中年丧偶的美国金融家和艺术品收藏家亚当·魏维尔和他的独生女玛吉都具有十分高尚的道德情操，而且心地纯洁，处事谨慎。他们在欧洲分别结婚后，却发现

---

① 刘海平、王守仁:《新编美国文学史》(第二卷)，上海:上海外语教育出版社，2002年，第84页。

继母夏洛特和女婿阿梅里戈（破落的意大利王子）之间早就存在不正常的关系。父女两人不露痕迹地解决了这个矛盾：亚当把妻子带回美国；阿梅里戈发现自己的妻子具有这么多的美德，从此对她相敬如宾。小说高度戏剧化地再现了婚姻生活中令人难以承受的各种重压和冲突，颂扬了这对父女在自我牺牲中所表现出的哀婉动人的单纯和忠诚。

《金钵记》的篇名取自《圣经·旧约全书·传道书》第十二章：银链折断，**金罐**破裂，瓶子在泉水旁损坏，水轮在井口破烂，尘土仍归于地，灵仍归于赐灵的上帝。传道者说，虚空的虚空，凡事都是虚空。① 从广义上说，《金钵记》是一部教育小说：玛吉由幼稚纯真的少女逐渐成长为精明强干的女性，并以巧妙的手段解决了一场随时有可能爆发的婚姻危机，因为她已清醒地认识到自己不能再依赖父亲，而应承担起成年人应尽的职责；阿梅里戈虽然是一个见风使舵、道德败坏的欧洲破落贵族，但他由于玛吉忍辱负重地及时挽救了他们的婚姻而对妻子敬重有加；亚当尽管蒙在鼓里，但他对女儿的计策心领神会，表现得非常明智；夏洛特原为玛吉的闺蜜，是一个美丽迷人、自作聪明的女性，但她最终却不再泰然自若，反而变得利令智昏。詹姆斯对这四个人物特色鲜明的刻画，尤其对玛吉和阿梅里戈意识活动深刻、精湛的描述和分析，赋予了这部小说以强烈的艺术感染力和对幽闭恐怖症的特殊感受。故事中的许多场景和人物对话均显示出詹姆斯

---

① 《圣经·旧约全书·传道书》第12章第6—8节。

最成熟的叙事艺术，能给读者带来情感冲击力和美学享受。美国"现代文库"于一九九八年将《金钵记》列为"二十世纪百部最佳英语小说"第三十二位。

《**专使**》是一部颇有黑色幽默意味的喜剧，是詹姆斯后期重要代表作之一，描写主人公兰伯特·斯特雷特奉其未婚妻纽瑟姆夫人之命，前往巴黎去规劝她"误入歧途"的儿子查德回美国继承家业的过程。斯特雷特来到欧洲，完全被"旧世界"的文化魅力所打动，继而发现查德与其情人玛丽亚的交往并不像他母亲所说的那样有伤风化，查德在这位法国女人的影响下，已由粗鲁的少年成长为举止儒雅、文质彬彬的青年。这位"专使"非但没有劝说查德回国，反而谆谆嘱咐他"不要错过机会"，继续在法国"尽情地生活下去"。这与斯特雷特所肩负的使命和查德母亲的愿望恰恰相反，于是，她又增派了几个专使来到巴黎，其中一个是能够吸引查德的美少女，第二批专使似乎能完成这一使命。最后，斯特雷特只身返回了美国。

如果说《鸽翼》和《金钵记》颂扬的是美国人的单纯、真诚和慷慨大度，表现了美国人的道德情操远胜于欧洲人的世故奸诈，那么《专使》的主题则相反，表现的是具有深厚文化素养的欧洲人远胜于庸俗、急功近利、物质利益至上的美国人。詹姆斯在"纽约版"前言中称《专使》是他"从各方面讲都最完美的作品"，这不仅就主题思想而言。这部小说始终贯彻了詹姆斯著名的"视角"（Point of View）论，以斯特雷特的"视角"展开，以这位"专使"为"意识中心"，其他人物的性格特征和故事的发展进程都通过他的视野呈现出来，作者则隐身在幕后，读者的了解和感悟跟随着这个中心人物的了解和感悟。这种写法突破了传统小说的"全知叙事视角"，对二十世纪的小说创作产生了很大影响。《专使》也突出表现了詹姆斯的文体特色：句子结构形式多样，比喻和象征俯拾皆是，人物的对话富有戏剧意味，但詹姆斯在力求精细、准确地反映内心深处的思想感情的同时，文句也越写越冗长，附属的从句和插入的片语芜杂曲折，读者须细细品味，方可厘清来龙去脉，揣摩出蕴藏在字里行间的悬念和韵味。《专使》自出版以来，一直深受评论家的广泛关注。美国"现代文库"于一九九八年将这部小说列为"二十世纪百部最佳英语小说"第二十七位。

### （二）中篇小说

《**黛西·米勒**》是詹姆斯的成名作，描写清纯漂亮、活泼可爱的美国姑娘黛西·米勒在欧洲游历、最终客死他乡的遭遇。黛西天真烂漫、热情开朗，然而她不拘礼节、落落大方地出入于社交场合和与男性交往的方式，却为欧洲上流社会和长期侨居欧洲的美国人所不能接受，认为她"艳俗""轻浮"，"天生是个俗物"。但故事的叙述者、爱慕黛西并准备向她求婚的旅欧美国青年温特伯恩却对"公众舆论"不以为然。黛西死后，温特伯恩参加了她的葬礼，并了解到黛西虽然与"不三不四"的意大利人来往，但她本质上是一个纯洁无瑕、心地善良的好姑娘。小说真实展现了欧洲风尚与美国习俗之间的矛盾冲突，鞭辟入里地揭露了任何传统文化中都司空见惯的种种偏见，并力图对所谓的品德教养做出公正的评判。

《黛西·米勒》既可视为对一个怀春少女的心理描写，又可视为对社会传统观念的深入分析，不谙世故的黛西其实就是"社会舆论"的牺牲品。小说将美国人的天真烂漫与欧洲人的老于世故进行了对比，以严肃的笔调审视了欧美两地的社会习俗。小说优美流畅的语言代表着詹姆斯早期的文体特色，男女主人公的名字也具有象征意义：黛西（Daisy）原意为"雏菊"，象征"漂亮姑娘"，故事中的黛西也宛如迎风绽放的鲜花，无拘无束，洋溢着青春的气息，而温特伯恩（Winterbourne）的原意是"间歇河，冬季多雨时节才有水流而夏季干涸的小溪"。鲜花到了冬季便香消陨灭，黛西后来果然在温特伯恩与焦瓦内利正面交锋之后不久在罗马死于恶性疟疾。詹姆斯虽然一生未婚，却很擅长写女性，对女主人公的形象和心理的描写非常娴熟。这部小说一出版便赢得了空前广泛的赞誉，成为后来各类小说选集的首选作品之一，并多次被改编拍摄为电影、广播剧、电视剧和音乐剧。

《伦敦围城》描写一位向往欧洲文明的美国佳丽试图通过婚姻跻身于英国上流社会的坎坷经历。故事的女主角南希·黑德韦是个野心勃勃、意志坚定、行事果敢的女子，尽管有过多次结婚、离婚的辛酸史，但她依然风姿绰约，性感迷人，是"得克萨斯州的大美人"。她竭力掩盖自己不堪回首的往事，施展各种手段向英国贵族阶层发起了一次次进攻，终于俘获了涉世未深的英国贵族青年亚瑟·德梅斯内的爱情。德梅斯内的母亲始终怀疑这个未来的儿媳是个"不正经的女人",千方百计地想查清她的身世和来历。然而知道内幕的人只有南希的美国朋友利特尔莫尔,但他对此讳莫如深,没有泄露她不光彩的隐私。南希向来对人生的各种机缘持非常现实的态度,而且一旦认准目标就勇往直前。她深知亚瑟是她跻身欧洲上流社会的最后机会,便处心积虑地实施着她的既定计划。亚瑟终于正式与她订婚,两人即将走向婚姻的殿堂。

《伦敦围城》是詹姆斯早期作品中优秀的中篇小说之一。作者以幽默的笔调讽刺了英国上流社会的生活方式和浮华之风,展现了思想开放的美国人与封建保守的英国人之间的道德和文化冲突。故事画龙点睛的一大看点是:尽管利特尔莫尔自始至终都在维护南希的名声,对她的罗曼史一直守口如瓶,但他最终还是出人意料地向德梅斯内夫人透露了实情。他这样做只是想给傲慢、势利的英国贵族阶层一记具有爱国情怀的沉重打击,但他并没有明说,也非心怀歹意,他只是告诉德梅斯内夫人,即使她知道了真相,也于事无补。

《在笼中》是一篇构思奇崛的中篇小说,故事的女主人公是一个不具姓名的英国姑娘,在伦敦闹市区的一家邮政分局担任报务员。她的工作地点虽为"囚笼"般的发报室,但她常常可以从顾客交给她发报的措辞隐晦的电文中破译出他们不可告人的隐私,窥看到上流社会各种鲜为人知的风流韵事。久而久之,这位聪慧机敏、感情细腻、记忆力超强、想象力丰富的报务员终于发现了一些她本不该知道的秘密,并身不由己地"卷入"了别人的爱情风波。她最终同意嫁给她那个出身于平民阶层的未婚夫马奇先生，是她对自己亲身体验过的那些非同寻常的事件深刻反省的结果。

《在笼中》所塑造的这位女主人公堪称詹姆斯式的艺术家的翻版：她能从顾客简短含蓄的电文里捕捉到常人难以察觉的蛛丝马迹，从中推断出他们私生活的具体细节，并以此为线索，勾勒出一个个错综复杂、内容完整的故事，这与詹姆斯常根据他从现实生活中捕捉到的最幽微的启发和联想创作出鲜活有趣的小说的本领颇为相似。这篇故事的主题并不在表现阶级冲突，而在于女主人公终于认识到，上流社会的青年男女也都是活生生的人，并不像她在廉价小说中所看到的那么美好。作者通过对这位不具姓名的报务员细致入微、真实可感的描绘，准确传神地再现了一个劳动阶层女性的形象，并对她寄予了深厚的同情，赢得了读者和评论家们的普遍赞誉。《在笼中》的叙述手法与《螺丝在拧紧》有异曲同工之妙，但对女主人公的塑造更立足于现实生活。

《**螺丝在拧紧**》是一篇悬念迭起、令人毛骨悚然的哥特式小说。故事的主体是一个不知姓名的年轻家庭女教师生前遗留的手稿，由一个不具姓名的叙述者听朋友讲述这份手稿引入正题。这位家庭女教师在其手稿中记述了自己如何在一幢鬼影幢幢的乡村庄园与一对恶鬼周旋的恐怖经历。她受聘来到碧庐庄园照料迈尔斯和芙洛拉这两个小学童，却看到两个幽灵时常出没于这幢充满神秘气氛的古庄园。她怀疑这对幽灵就是奸情败露、已经死去的男仆昆特和前任家庭女教师杰塞尔的亡魂，意在腐蚀、毒害这两个天真无邪的孩童。随着怀疑的加深，她继而又发现两个幼童似乎与这对恶鬼有相互串通的迹象，她自己也撞见过这两个恶鬼，这使她越发相信，事情已经到了危急关头。但女童芙洛拉却矢口否认见过女鬼杰塞尔，而且显然已精神失常，只好被送往她在伦敦的叔叔家去。家庭女教师为了护佑男童迈尔斯在与男鬼昆特交锋时，却发现这孩子已经死在了她的怀里。

《螺丝在拧紧》是詹姆斯最著名的一部哥特式小说或志怪故事。在这部小说中，詹姆斯再次对他笔下女主人公的心理和意识活动进行了深入细腻的探究，家庭女教师所看到的鬼魂其实是她在意乱情迷之中所产生的一系列幻象，并试图把这些幻觉强加给她周围的人。詹姆斯素来对志怪小说情有独钟，但他并不喜欢传统文学作品中囿于俗套的鬼怪形象。他描写的鬼魂往往是对日常现实生活中奇异诡谲的现象的延伸，具有强大的艺术张力，能够使读者有身临其境之感，甚至能左右读者的心灵。在叙事手法上，詹姆斯突破传统写法，采用了一个"不可靠叙事者"，拉近了作者、作品和读者三者之间的距离，书中所留有的许多空白可让读者根据其自身的人生经历和阅读体验去填补，因而故事可以有不同的解释。这也是这部小说自出版以来一直备受各派评论家争议的原因之一。

### （三）短篇小说

詹姆斯认为中短篇小说是一种"无比优美"的文学样式。能否把多元繁博的创作思想和内容纳入这种少而精的叙事类型，简约凝练地再现出人类千姿百态的生活场面和深藏若虚而又波澜壮阔的内心世界，无疑是对作家诗学功力的一种考量或挑战。詹姆斯在他漫长的文学生涯中一直都在孜孜以求地探索中短篇小说的写作技艺，他的艺术造诣和所取得的成就几乎达到了前无古人的高度，并对后来的作家产生了深远的影响。此外，他的中短篇小说往往也是对他的长篇小说的印证或补充，大都先行发表在欧美大型纯文学刊物上，再经他反复修润、编辑后，才汇集成册出版。

我们选译的这十八篇短篇小说均为詹姆斯在不同时期所创作的具有代表性的名篇佳作。就故事性而言，这些短篇小说有的以情节取胜，有的则以描写人物的心理和意识活动见长；在主题思想上，这些篇目有的歌颂圣洁的爱情和人性的美德，有的描写美国人与欧洲人在文化修养和价值取向上的巨大差异，有的讽刺和批判欧洲上流社会的世俗偏见和势利奸诈；有的揭示成人世界的罪恶对纯真烂漫的儿童产生的不良影响或摧残，有的反映作家或艺术家的孤独以及他们执着追求艺术真理的献身精神，有的刻画受过高等教育而富有情操的主人公在左右为难的困境中表现出的虚弱和无能为力，有的描写理想与现实、物质与精神之间难能取舍的困惑；在艺术表现手法上，这些作品有的洗练明快、雅驯幽默，有的笔锋犀利或刚柔并济，有的则细腻含蓄、用典玄奥、繁芜复杂，甚而有偏离语言规范之嫌。这些短篇小说与他的长篇小说交相辉映，体现了詹姆斯的创作题材和叙事风格的多样性、实

验性和现代性，表现了他对社会生活和时代特征的整体性透视与
评价，每一个具体场景的展现都确切灵动地反映了他对人的本性
和生存环境的洞察力和他所寄予的关怀，能使读者获得启迪和美
的享受。

## 四　亨利·詹姆斯批评接受史简述

毫无疑问，亨利·詹姆斯是欧美现代作家群体中写作生涯最
长、著述最丰厚也最具影响力的一位文学巨匠。但长期以来，他
的作品及其影响主要在受过良好教育、趣味高雅的读者和评论家
范围内，不如马克·吐温那样雅俗共赏。学术界对他也各执其
说，莫衷一是。

詹姆斯去世后，美国有些左翼批评家对他的创作活动颇有诟
病，尤其不赞成他晚期作品中的思想倾向，认为他的小说是美国
垄断资产阶级的精神产物，他的创作素材主要取自他所熟悉的上
层社会，他的作品大多描写的是新兴的美国富豪及其子女在欧洲
受熏陶的过程。美国传记作家兼文学批评家布鲁克斯在赞许詹姆
斯的艺术成就的同时，也对他长期侨居欧洲、最终加入英国国籍
的做法大为不满，认为他的后期作品佶屈聱牙、左支右绌，是由
于他长期脱离美国本土所致 ①。但美国文学评论家豪威尔斯则认
为詹姆斯是"新现实主义文学流派的杰出代表……他在小说艺术
上与狄更斯和萨克雷为代表的英国浪漫传统分道扬镳，创立了

---

① Van Wyck Brooks: *The Pilgrimage of Henry James*, New York: E.P. Dutton & Company, 1925, p. vii.

他自己独具一格的样式"①。英国文学批评家利维斯极为赞赏詹姆斯的《一位女士的画像》和《波士顿人》，并称赞他是"举世公认、成就卓著的小说家"②。詹姆斯独特的语言风格，尤其是他后期繁缛隐晦、欲说还休的叙事话语，历来是评论家们众说纷纭的话题。例如，英国小说家 E.M. 福斯特就极不赞成詹姆斯在作品中对性爱和其他颇有争议的问题过于谨慎的处理方法，对他后期过分倚重长句和大量使用拉丁语派生词的做法也不以为然③。王尔德、伍尔夫、哈代、H.G. 威尔斯、毛姆等英国作家也都批评过他空泛而又细腻的心理描写和艰涩难懂的文风，甚至连他的红颜知己伊迪丝·华顿也认为他的作品中有不少片段令人不堪卒读④，但斯泰因、庞德、海明威、菲茨杰拉德等美国作家却对他称赞有加。美国文学评论家埃德蒙·威尔逊认为："倘若我们撇开题材和体裁的迥然不同，把詹姆斯同十七世纪的戏剧家们相比，我们就能更好地欣赏他的作品，他的文学观和表现形式与拉辛、莫里哀，甚至莎士比亚是相通的。"⑤英国小说家康拉德则盛赞他是"描写优美、富有良知的史学家"⑥。

英国当代著名语言学家利奇和肖特以詹姆斯的短篇小说《学

---

① Paul Lauter: *A Companion to American Literature and Culture*，MA：Wiley-Blackwell，2010，p.364.
② Frank Raymond Leavis: *The Great Tradition*，New York：New York University Press，1969，p.155.
③ E. M. Forster: *Aspects of the Novel*，London：Penguin Books，1980，pp.153—163.
④ Edith Wharton: *The Writing of Fiction*，New York：Scribner's，1998，pp.90—91.
⑤ Lewis Dabney，ed. *The Portable Edmund Wilson*，London：Penguin Books，1983，pp.128—129.
⑥《中国大百科全书·外国文学》第二卷，北京：中国大百科全书出版社，1982 年，第 1241 页。

生》为例，深入讨论了他的作品的思想性和文体艺术特色，发现
"詹姆斯更关注人的生存价值和相互关系……似乎更愿意使用非
常正式、从拉丁语派生出来的语汇……詹姆斯的句法是奇特的，
同时也是有意义的，需要联系作者对心理现实主义的关注加以评
估。作者试图捕捉'丰富、复杂的心理时刻及其伴随条件'……
詹姆斯对不定式从句的使用尤其引人瞩目……由于不定式从句的
所指往往不是事实，所以詹姆斯更多地用来编制心绪之网的，并
不是已知的事实，而是可能性和假设"[①]。他们对詹姆斯文体风格
的精湛分析同样也适用于评析他的其他作品。

事实上，自美国"第二次文艺复兴"，尤其是"新批评"流
派出现后，评论界已开始重新认识詹姆斯，给予了他很高的评
价，尊奉他为"作家中的作家"，是心理现实主义小说大师，是
过渡到现代主义文学的一座桥梁。就思想性而言，詹姆斯在创作
中的价值取向始终是颂扬人的善良与宽容，始终把优美而淳厚的
道德品质和自由精神置于物质利益甚至文化教养之上。从艺术创
作角度说，他一反当时盛行的粉饰和美化生活的浪漫小说，把人
性的优劣和善恶作为对比，探索人的心理活动的复杂性。他的作
品反映了具有深厚文化教养的知识分子的人文主义倾向，而不是
人们所熟悉的对劳苦大众的人道主义同情。他的语言风格与他所
要表现的内容、与他本人的思想境界和审美取向也是一致的，他

---

① Geoffrey N. Leech and Michael H. Short：《小说文体论：英语小说的语言学入门》（*Style in Fiction：
A Linguistic Introduction to English Fictional Prose*），北京：外语教学与研究出版社，2001年，第
97—111页。

力求以这种方式精微、准确、恰如其分地揭示和反映人的心灵深处最真实的思想和情感。如今，人们对这位文学大师的研究兴趣仍在与日俱增。

## 五 继往开来的一代宗师

亨利·詹姆斯的创作上承欧美现实主义、自然主义和超验主义，下启欧美现代主义，是现代文学史上继往开来的一代宗师。他不仅精通小说艺术，而且致力于小说艺术的革新。他创造性地拓展了传统小说的表现形式，使小说叙事实现了由"物理境"（Physical Situation）向"心理场"（Psychological Field）的转入，成功开辟了小说创作的新天地，同时也在现代小说的叙事方法和语言风格上烙上了他独特的印记。他破解了旅欧美国人的神话，并以工细的笔触将这种神话具象化地再现在他众多的"国际小说"中。他通过对人的内心世界和意识活动的深湛分析和描摹，为读者创造了一个心理现实与客观现实交互映射的艺术世界。

詹姆斯不仅是一位卓越的小说家和语言艺术家，也是一位富有真知灼见的文学批评家。他强调文学创作要坚持真善美的统一。他主张作家在表现他们对历史和现实的看法时应当享有最大限度的自由。他认为小说文本首先必须贴近现实，真实再现读者能够心领神会的生活内容。在他看来，优秀的小说不仅应当展现（而不是讲述）动态的社会风貌和生活场景，更重要的是，应当鲜活有趣、引人入胜，能使读者获得具有美学意义的阅读快感。他倡导作家应当运用艺术化的语言去挖掘人的心理和道德本性中最深层的东西。他认为一部作品的优劣与否，完全取决于作者的优劣与否。他在《论小说的艺术》等一系列专论中提出的很多富有创造性的观点丰富和发展了欧美文学创作和文学批评，具有重要的理论意义和深远影响。他率先提出并运用在自己的创作实践中的"意识中心"论、"叙事视角"、"全知视角"、"不可靠叙事者"等文学批评术语，已成为当代叙事学的组成部分。我们在当今文化语境下重读詹姆斯的作品，更能深切体味到这位文学大师的创作观、人文情怀、审美取向、伦理精神，以及他独特的语言艺术的魅力，并能从中参悟人生，鉴往知来。

2019 年 2 月 15 日

# 翻译底本说明

本辑共收录亨利·詹姆斯发表于一八六六年至一八八八年间的九篇短篇小说：

《风景画家》(*A Landscape Painter*) 于一八六六年二月首次发表于《大西洋月刊》(*Atlantic Monthly*)；

《妹妹的婚礼服》(*The Romance of Certain Old Clothes*) 于一八六八年二月首次发表于《大西洋月刊》(*Atlantic Monthly*)；

《德·格雷家族》(*De Grey: A Romance*) 于一八六八年七月首次发表于《大西洋月刊》(*Atlantic Monthly*)；

《心中的圣母像》(*The Madonna of the Future*) 于一八七三年三月首次发表于《大西洋月刊》(*Atlantic Monthly*)；

《瓦里诺伯爵》(*The Last of the Valerii*) 于一八七四年一月首次发表于《大西洋月刊》(*Atlantic Monthly*)；

《法戈教授》(*Professor Fargo*) 于一八七四年八月首次发表于《银河》杂志 (*Galaxy*)；

《相遇》(*Four Meetings*) 于一八七七年十一月首次发表于《斯克里伯纳月刊》(*Scribner's Monthly*)；

《观点》(*The Point of View*) 于一八八二年十二月首次发表于《世纪杂志》(*Century Magazine*)；

《撒谎者》(*The Liar*) 于一八八八年五至六月间以连载形式

首次发表于《世纪杂志》(*Century Magazine*)。

其中《心中的圣母像》《相遇》《观点》《撒谎者》后被亨利·詹姆斯收入由他本人亲自编订的二十四卷本小说作品集（即"纽约版"）中出版。本译本系从"美国文库"版亨利·詹姆斯全集译出。

# 目录

风景画家 / 1

妹妹的婚礼服 / 46

德·格雷家族 / 67

心中的圣母像 / 109

瓦里诺伯爵 / 150

法戈教授 / 184

相遇 / 218

观点 / 250

撒谎者 / 297

后记 / 355

# 风景画家

十二年前，听到洛克斯利先生与利里小姐解除婚约的消息，我和朋友们都很吃惊。这在当时好像还是一个挺大的新闻。洛克斯利先生身材矮小，皮肤黝黑，但家庭富有。利里小姐性格木讷，不够活泼，但长相秀美。她长着一双灰色的大眼睛，头发呈红褐色。洛克斯利先生称她为"米罗的维纳斯"①。如果维纳斯女神四肢健全，身穿优雅长裙，在灯光璀璨的大厅里与人交谈，真的与利里小姐真假难辨。当看到洛克斯利先生和他的未婚妻一起外出散步时，有人不禁会问：长成这样的他哪来的勇气，敢向如此漂亮的一位姑娘求婚？更让他们大跌眼镜的是，没过多久，洛克斯利先生竟然提出解除婚约。至于具体理由，他和利里小姐都没有说。无论支持他们在一起还是反对的人，都各执一词。其中，最多的说法是：洛克斯利先生之所以悔婚，是因为利里小姐只喜欢他的钱，并不喜欢他这个人。这如同一场期待已久的重要职业拳击赛突然被取消了，拳迷们对它念念不忘一样。有一段时间，洛克斯利先生为此大伤脑筋，整天在想办法来应付这些好事者的奇谈怪论。我很早就认识利里夫人。她是个寡妇，一个人拉扯着四个女儿。可能是生活艰难的缘故，利里夫人为人吝啬。她

---

① 著名的古希腊大理石雕像，表现的是阿佛罗狄忒（Aphrodite）。阿佛罗狄忒是古希腊神话中爱情与美丽的女神，奥林匹斯十二主神之一。罗马神话中与之对应的是女神维纳斯（Venus）。

的大女儿和她一样吝啬。因为利里小姐被退婚，起码从表面上看，利里小姐一家人十分沮丧，不过持续时间并不长，因为约瑟芬·利里小姐很快就嫁人了。娶她的那个人就是我。而且，正如她们所期望的那样，我和洛克斯利先生一样优秀。你想知道我这样做的原因吗？听我慢慢讲给你听。

　　洛克斯利先生是在三月份和利里小姐解除婚约的。四月份，我往他家打电话时，就被告知他去"乡下"了。事实上，我在五月底的时候见过他。当时，他看起来无精打采，状态十分不好。他告诉我，他想去乡下海边找个地方住下来，免得作画时有人打扰。我建议他去纽波特①。他似乎都没有心情和我开玩笑。直到我们告别时，他的心情丝毫没有变得轻松。此后很长一段时间，至少五年，我们没有见过面。七年前，他突然去世了，享年三十五岁。他把财产都留给了我：他画的画、写的日记。洛克斯利先生对文学艺术非常感兴趣，是一个情趣高雅的人。虽然诗歌写得不怎么样，但他的绘画水平很高，作品内容包罗万象。他留给我的日记记录的是他二十五岁到三十岁六年间的生活点滴——他也正是在这段时间里精神崩溃的。如果你有时间来我家做客，我会给你看看他画的那些画。他确实是一位出色的画家。当然，我也会把他那好几百页的日记本拿给你看。这些日记会告诉你，和利里小姐解除婚约后，洛克斯利先生都做了些什么。前几天，那位对我处理洛克斯利先生遗产有重要话语权的人也去世了，我

---

① 纽波特（Newport），又译为"新港"，位于美国罗得岛州南部。

可以自由处理他留给我的这些财产了。

## 6月9日，克雷索普 ①

我呆呆地坐了一阵子，迟迟没有动笔，心里想道，以前整天无所事事，兴之所至，就在日记本上寥寥记上几笔。这种状态，断断续续也有几年了。现在来到了一个新的地方，一片新的天地，还要继续过以前那种懒散的日子吗？不，无论如何都要做一番尝试，开启新生活之旅！麦克白夫人不是也说过"不成功便成仁"吗？无聊的生活往往是灵感之源，教人文思泉涌。来到乡下生活，没有他人杂事打扰，我可以从早写到晚，从早画到晚。一定会的，我有把握。退一步讲，就算其他什么也做不成，至少还能画幅画吧。

上床半个小时后，我便睡着了。半夜醒来，夜色如水，海风阵阵，空气中充满了海水涨潮的气息。于是，我起身下床，来到窗子跟前，伸出脑袋向窗外张望。只见广场上灯火通明。虽然此时已是深夜时分，整个村子都已进入梦乡，但我觉得大脑清醒异常。有一口气写作到次日清晨的冲动。无奈脑袋空空，不知如何下笔。于是，我决定上床继续睡觉，第二天早晨早起。哈，我毫无身在异乡之感。我成了一个远离喧嚣的都市人！我花了一整天时间跑遍整个小岛。感谢 M 太太！是她建议我来这个地方

---

① 克雷索普（Cragthorpe），地名。作者虚构的一个滨海小镇。

的。回到家中，我一定要给她写封感谢信！这是我第一次亲眼看到大海，第一次亲身领略海边的美景。我喜欢她涛声阵阵、浪花朵朵、沙滩绵绵，我喜欢她资源丰富、阳光炙热、空气洁净。毫无疑问，我对她的了解只是停留在感官上。即便如此，我对她充满了迷恋、敬畏之情。尽管我现在大汗淋漓、脚痛难忍、饥肠辘辘、疲惫不堪，但我觉得，这是一年来我最快乐的一天！我要用画笔将其描绘！

## 6月11日

时间飞驰而去。我实在无法忍受这家小旅馆的羽毛褥垫，决定今天上午就离开这家"杂货店"，去寻找新的安身之所。吃过早餐，我问店主，能否帮我找个偏远一些的农场或村舍去住？可能是他真的不知道，也可能是他不想告诉我，我只好走出这家小旅馆，向当地人打听，看能否有所发现。然而，直到午餐时分，我还是一无所获。午餐过后，我信步来到旅馆不远处的一个小海湾，看到波光粼粼的水面，便萌生了租条小船继续找寻的想法。我租到了一条破旧的小船。小船中央立着一根短短的桅杆，就像是一颗倒立的蘑菇。我驾驶着这只小船，向着对面三四英里远的一个狭长而低洼的小岛驶去。顺风行驶了半个小时，小船便到达了一个小小的海岬。这个海岬呈半圆形，虽然小巧玲珑，但宁静温暖。我抛下船锚，登上小岛，首先映入我眼帘的是一面高而陡的峭壁。峭壁顶部矗立着一座废弃的堡垒。站在海滩向上看，透过该堡垒的洞孔，可以看到蓝天白云。我朝着这座堡垒走去。来到堡垒跟前一看，里面乱石堆砌，荆棘丛生，整座堡垒恰似一只空空的破烂贝壳。我爬上护墙，向远处望去，看到城镇、乡村，当然还有一望无际的大西洋。巴黎生产的各种物品正是跨过大西洋运到这里来的。整个下午，我都在小岛上四处闲逛。一会儿看看海面飞驰的船只，一会儿听听海浪拍打礁石的声音，完全忘记了心中的烦恼。记得十岁那年，每到周六下午，我都去游泳，心中一直期待着和海龟来场美妙的邂逅。而且，往往是在夜幕降临时，才拖着疲惫的脚步回家。当把肆意驰骋的思绪收回来时，我突然发现，海水已经退潮，沙滩上到处是小水坑。锈迹斑斑的船锚格外扎眼。说实话，我压根儿就没有想到潮汐这回事！现在问题来了——要知道，小船现在距离水面大概几百英寸远。就连把它挪动一英寸，我都不可能办到。我只好再次登上峭壁，看看有什么东西可以帮我。然而，目之所及，无物可用。我非常沮丧。就在这时，海面上驶来一艘漂亮的小帆船。船如箭发，速度飞快。我连忙加快步伐来到海滩。一百码开外，已经能够看到掌舵的男人了。他也看到我了。我在心中默默祈祷，希望他愿意停下船帮帮我。我指着距离我们最近的一块岩石，招呼他到那儿碰头。听完我的遭遇，他让我上了他的船。他是个海员，很绅士，虽然上了年纪，但身体很好。他告诉我，他今天心情好，驾船出来兜兜风，很高兴能够帮到我。我上岸后见到船东，向他承诺道，明天涨潮时，我一定把那只小船开回来。如果小船有损坏，我会照价赔偿。不过，我个人认为，就小船搁浅的那个位置来看，它是不会有任何损坏的。至于那位老海员，即便现在还称不上朋友，至少也算是相识了吧。事实上，我们俩聊了一路，到家时已经无话不谈了。我递给他一支上好的雪茄。他投桃报李，告诉了我他的名字，语气中似乎有点儿这桩买卖我并没有吃亏的感觉。"理查德·布兰特，"他补充道，"很多人都叫我船长。"他问起我的情况，我没有撒谎，但是对他有所保留。愿上帝保佑他淳朴的心灵！毫无疑问，我已经下定决心和过去的自己一刀两断。我之所以这样做，完全是为了事业成功考虑，至少是为了生活幸福考虑，绝非出于一时的冲动。我发誓对过去的自己说再见，做一个普通百姓。当然，一个年收入十万美元的人说自己是普通百姓，也不会有人相信。在我看来，年收入十万美元并不是什么好事：因为年收入十万美元而被人知晓，或者说仅仅因为年收入十万美元才被人知晓，更是一种奇耻大辱。在我看来，妄自尊大者，定会穷困潦倒，很难在社会上立足。我很想知道，贫穷对我事业成功的影响究竟有多大。现在，我已经踏上新的人生征程，决心完全凭借个人才华去打拼一番事业。倘若不成功，我无话可说，就只能再回到从前。我认为，进入十九世纪以来，一个人若想成功，必须具备三个条件：年轻、强壮、贫穷。我决心基于这种认识来制定我的未来规划。刚才我就是这样答复船长的。好在船长并不怎么了解我。或许他认为，我是一个文化人，喜欢画画，来这里只是为了寻找绘画灵感，顺便也锻炼锻炼身体。或许他认为，我是个生活拮据的经济学家。

唉！随他怎么去想吧 ①。

　　船长吧嗒吧嗒吸了几口雪茄，对我说道："年轻人，我搞不明白你为什么选择住客栈？客栈毕竟不是房子，充其量只能说看起来像房子，就像说螺旋桨不是船，只是船的一个重要组成部分一样。我觉得你应该抽时间到我住的地方看一看。你过来，从这里向东看，那边有个老码头。码头上有很多破旧仓库。码头后面有很大一片榆树林。看见了吗？我的房子就在那片榆树林里。房子后面有个漂亮的花园，一直到海边，非常安静。站在我家房子的后窗向远处眺望，完全能够看到海湾以外二十英里或者海面上五十英里的地方。如果你住在我们家，你可以整天画，不用担心有人打扰，比你驾驶着小船四处游荡强多了。年轻人，目前我们家只有女儿和我两个人住。女儿很优秀，在女子学校教音乐，但并不仅仅是为了挣钱。俗话说，钱是身外之物。我们从来没有接待过寄宿者，当然也没人来寄宿。虽然缺乏这方面的经验，但我想试一试。年轻人，你以前一定有过寄宿的经历，有时间给我说一说。"

　　看到饱经风霜的老船长如此善良、诚恳、友好，我立刻点头表示同意。老船长说这件事还要征得他女儿的同意，我明天就能得到她的答复。对我来说，船长的女儿好似画页上的一个黑点。记得那所女子学校的一位老师——好像就是这所女校的创始人M太太——曾经跟我说起过船长的女儿。我有一种很奇怪的感觉：她年龄不小了，应该是已过而立之年。

---

① 原文为法语：Vogue la galère!

## 6月12日上午

　　整个上午，我都在作画。"巴基斯愿意。"① 今天早上，布兰特船长让人带话给我，说他女儿欢迎我去他家寄宿。我打算晚上就搬过去，所以，在一两个小时之内，我必须把行李先寄过去。

　　下午。我已入住这里。布兰特船长的家距离我之前入住的小旅馆不到一英里，途经之路环绕海港。走在路上，风景美不胜收，令人心旷神怡。下午六点钟，我便来到了布兰特船长和她女儿居住的房子门前。一位彬彬有礼、上了年纪的黑人女仆带我来到花园。布兰特船长和他女儿正在浇花。他身穿睡衣和拖鞋，对我的到来表示热烈欢迎。布兰特小姐身穿崭新的白裙子，脖颈上系着紫色丝带，裙子纽扣上饰有蔷薇花蕾。接近而立之年的她，看上去也就二十四五岁。她谦谦有礼，婉婉有仪，完全是一副大家闺秀的模样。估计已故的布兰特太太一定相当有涵养。布兰特小姐和我握了握手，非常坦率地说明了她的待客之道："这个家除了我和爸爸，从来没有住过其他人。我们欢迎你来我家寄宿。对于你提出的要求，只要能够做到，我们非常乐意效劳；如果做不到，请你谅解。希望你不要期望太高。"与人相处，我也喜欢丑话说在前头。布兰特小姐长相一般，不是很漂亮。她身

---

① 原文为 "Barkis is willing"，英式俚语，直译为"巴基斯愿意"，可用以表达欢迎某人或"恨嫁"之意。该表述源自狄更斯小说《大卫·科波菲尔》，是其中人物巴基斯先生的惯用语，后者以此表达他强烈的结婚意愿。

材高挑，体态丰满，肤色红润，嘴唇宽大，下巴饱满，牙齿整齐。一头浓密的黑色鬈发，就像一团忧郁的光环，山顶缭绕的烟雾。一双炯炯有神的眼睛，颜色如我昨天见到的峭壁一般呈蓝灰色。值得一提的是，她的笑容很有感染力。到底是她的肤色，还是她的身材使我如此着迷？这个问题一直在折磨着我。也许两者都不是，吸引我的是她的言行举止。她讲话时头部高昂，手臂下垂，活像一个女王。她在花园小径徘徊，轻嗅一朵红玫瑰时透着一种漫不经心与高贵优雅的气质！她虽然不太爱说话，但说起话来句句切题；如果需要的话，还会露出一个甜美的微笑。由此可见，她不太爱说话，绝对不是因为胆小懦弱。难道是因为她认为不值得费口舌？就像其他事情一样，时间可以给我们答案。或许有人说她冷漠高傲。但我坚持认为，布兰特小姐和蔼可亲、机智聪慧，是个非凡女子。喝完下午茶，布兰特小姐在客厅为我们弹奏钢琴。一个狭小昏暗的房间，钢琴上一支蜡烛在燃烧，布兰特小姐在演奏钢琴。因为烛光和琴声的缘故，房间不再狭小昏暗。我承认，我是被这个精彩的场景而不是弹奏这件事的意义所吸引。

## 6月18日

转眼之间，我来布兰特船长家已经快一周了。我占据了两个房间。画室面积较大，采光挺好，但有些空旷。今天，我在墙上贴了几张我画的画，把杂七杂八的画具整理了一下，发现效果还不错。于是，我把房东布兰特父女喊了过来。老船长环视了一下我的房间，问我会不会装饰船只。我告诉他，从来没有尝试过，他就没有再说什么。布兰特小姐微笑着问这问那，并对我的画作赞不绝口。我一直以为她和普通女人不一样。看到她这个样子，我反倒有几分失望。也许我看错了，她就是一个普通女人。对我来说，女人始终是一个谜。当然，我也确实了解到了布兰特小姐的一些真实情况。比如，她今年芳龄二十七岁。从二十岁起，她就在她的母校——小镇外的一个大型寄宿学校——教书。她的薪水和补课收入是她全家的主要经济来源。好在布兰特先生有套老房子，生活也比较简朴。他们父女是否知道，世俗眼光中的生活必需品是什么？世俗眼光中的奢侈是什么？可悲的是，他们一点儿也不知道。对于布兰特小姐来说，奢侈就是向流动图书馆捐献几本书，奢侈就是牵着一只老纽芬兰犬，到海边走一走。除了小说，她什么都不看，而且越来越实用主义。昨天，我听她这样说："我喜欢小说，尤其是优秀小说。比如，我刚刚读完的这本《扎诺尼》①就很不错。"看来，我要介绍一些文学大师的作品给她读了。我非常希望那些生活在纽约的富婆都来看看她过的是什么日子。我也非常希望富人俱乐部里的先生们②来看看什么叫作谦卑的生活。我们八点钟吃早餐。吃完早餐，我开始干我的事。布兰特小姐戴上破旧的软帽和围巾去学校上班。天

---

① 《扎诺尼》（*Zanoni*），一部神秘主义小说。作者是英国作家爱德华·布尔沃-利顿（Edward Bulwer-Lytton，1803—1873）。
② 原文为法语：ces messieurs。

气好的时候，老船长便出海捕鱼。我总共跟着老船长出海捕过
两次鱼。第二次我抓住了一条大青鱼，回来用它做了晚餐。老
船长身穿宽松蓝色外套，卷曲的头发已经花白，O 形腿，皮肤粗
糙。他出身于一个英国的航海世家，生性乐观，是一位优秀健
壮的航海家。他的这座老房子很像船舱。有好几次，我似乎能
够听到海风贴着墙壁呼啸而过。不知道什么原因，室内光线越
强，这种感觉就愈加强烈。我的画室是一个观看天上流云的好地
方。坐在画室里，拉开窗帘，就可以看到空中漂浮的云朵。坐在
画室里，我似乎听到有个声音对我说，它们属于海洋，属于蓝
天。的确如此，站在画室后窗前面，一望无际的大海、广袤无
垠的天空，尽收眼底。我们所在的这个街区街道整洁，空气清
新，行人稀少，就像没有几个人在此居住一样，非常安静。坐
在房间里，我不仅能够听到海港上帆船抛锚的声音，仆人呵斥
犬吠的声音，还经常听到院子里有"咔哒咔哒"的声音，令人
毛骨悚然。

## 6 月 28 日

　　事实证明，我原来的担心都是多余的。现状比预期好很多。
我心情愉悦，能够静下心来思考。我工作也非常努力。这一周
以来，我每天都外出画素描。我乘坐布兰特船长的小船到达海
港，下船后徒步穿过田野，抵达我自己建立的一个工作室——
一块岩石，以及它在太阳照射下产生的阴影。岩石及其阴影都

很能胜任它们的工作。我支起画架，一直画到太阳下山，才回到船上。我奋发图强，积极进取。作品取材范围更加广泛，立意更加高远，境界更加恢弘。一想到我完全能够适应劳累（轻微）和贫困（相对而言）的生活，我就感到一种难以言表的快乐。我喜欢过贫困的生活，如果这样的生活也能够称得上贫困的话。为什么不呢？照这样下去，我一年的开销不会超过八百美元。

## 7 月 12 日

雨接连不停，已经下了整整一周。这是整个新英格兰天气变化最无常的地方。有时，天高云淡，风和日丽。有时，乌云密布，风雨交加。这样的天气非常不利于作画！……布兰特小姐并未因此而不去给学生们上课。她头戴羊毛软帽，身披雨衣，脚穿笨重的木底鞋，手里撑着一把布伞，匆匆出门。当她回到家时，雨水打湿了她黑黑的睫毛，顺着她红红的脸颊不停地往下流。她的大衣上沾满了泥巴，双手冻得通红，好在没有着凉，脸色看起来还不错。我冲她微微鞠了一躬，她回报了我一个意味深长的微笑。她非常敬业，令我钦佩。她没有佩戴任何装饰品，身上穿的衣服有些破旧，但在我看来依然是那么可爱高贵。哦，对了，她冻得通红的小手中还拿着一本诗集。太迷人了！布兰特小姐，请允许我亲吻你的手。我之所以这样请求你，是因为你坦率、朴实、纯真（也许用"睿智"更合适），是因为你言谈举止恰到好处，是因为你……总而言之，你和其他女孩完全不同！

## 7 月 16 日

周一，天终于放晴了。我倚在窗边向外观望。一眼望去，天海相接，色彩斑斓，好一幅构图巧妙的英国水彩画。向下看，大海深邃湛蓝。向上看，天空清新明亮。阵阵微风吹过，海面上泛着波浪，波浪拍打着船舷。见此美景，我连忙拿出画板，支起画架，画了起来。突然，我发现几英里开外的地方，孤零零地躺着一个面积很大的池塘，四周是光秃秃的岩石和长满青草的山坡。顺着它放眼望去，除了一个苹果园，便是浩瀚辽阔的海面。苹果园里有座农舍，阴森森的。池塘的西侧则是大片的海滩和沼泽，岩石遍布，绿草如茵，还有几棵矮小的冷杉和雪松。一些牛羊正在草地上悠闲地吃着青草。看到这一景象，我不由得想起了苏格兰高地的荒野。在这里，要是想找个阴凉地儿，要么躲到那些布满苔藓的大石头下面，要么只好进入滩涂谷地的一片黑莓树丛里。我在半山腰找了一块平坦的地方，费了很大劲用帆布搭建了一个帐篷。因为这几天天气一直不错，绘画工作进展很顺利。今天，我吃完早餐，带着布兰特小姐为我准备的面包和牛肉就出发了。正午时分，我坐在阳光下，看着静静的海面，用沾满颜料的手将面包和牛肉塞进嘴里。晚上七点钟，我回家喝茶，以纾解一天的疲劳。喝茶时，我们三人会谈谈自己这一天都干了什么。布兰特小姐的讲述天天如此：周而复始、令人厌烦的拜访——去学校，去市长家、牧师家、肉铺老板家、糕点师傅家教他们的女儿弹钢琴。令我惊讶的是，她乐此不疲，从未听她抱怨过。每次喝茶，她都会换上崭新的印花连衣裙，头发梳得整整齐齐。她迈着轻盈的脚步走来走去，一会儿掀开茶壶盖瞧瞧，一会儿去切硬硬的面包。喝完茶，她便坐在门阶上大声读晚报。我一边和老船长抽烟斗，看着夜幕降临的海湾，一边心里在想：漂亮开朗，温顺勤快，多么好的一个女孩子啊！老船长非常引以为傲！在他眼里，布兰特小姐孝顺、懂事、大气、聪明、机智，是这个世界上最优秀的女孩子。他待她就像刚过门的儿媳妇，而不是他早已熟悉的老姑娘埃丝特。说真的，就算我是他亲儿子，他也不会对我这么好。他们——不，我怎么能够这么说？——应该是我们，我们是幸福的一家人。我之所以这样说，完全是因为他们父女俩都认为我是一个不可多得的好朋友。关于这一点，我绝对不是自作多情。老船长已经直接对我讲了。女儿矜持一点儿，虽然没有直接对我讲，但我能感觉出来，她对我很有好感。当然，这也很自然，他们了解我的人品。取悦布兰特船长最有效的办法就是善待他的女儿。我猜，他肯定知道我对布兰特小姐有好感。布兰特小姐眼睛幽黑，目光深邃威严。实话说，我对女主人很尊敬，并且常常为此感到自豪。一旦有失礼的地方，我就会向老船长解释，让他放心、高兴。而且，无论谁对她不尊敬，我都不会客气。我一直都是这样做的。我之所以记录得如此详细，仅仅是因为将来有一天，当我远离这两位好朋友的时候，这些文字可以作为我美好回忆的依据。我也很想知道，当这一天来临的时候，布兰特小姐是否还能记得这一切？是否还能记得我们之间的一些小秘密？我想，她一定还记得。她记忆力超群。即便不考虑感情因素，她也不会忘记。我不知道她是否会原谅我，但我知道她绝对不会忘记我。我跟布兰特船长关系好，还有一个重要原因：是我让他有机会重温他心中深藏已久的四海一家的感觉；是我让他有机会把一些奇怪的古书残页拿出来炫耀一番。对他来说，能够找到一个富有同情心的听众听他一遍遍讲述那些冗长乏味的故事，感觉非常好。七月的夜晚，天气不冷不热，花园里弥漫着淡淡的香味。这样的氛围非常适合船长讲故事。老船长很有趣。他喜欢通过观察聆听者的表情，来判断他们是否真的喜欢他对故事的演绎。他的想象力像深井，我的欣赏能力就像浅湖。鉴于此，也可能是他演绎得很好，但很多时候，我无法理解，觉得他的演绎一塌糊涂。当然，有时候，我状态恍惚，也会完全接受他的演绎，而且一副很享受的样子。这种情况比前者更糟糕。假话不害人吗？你我都不会轻信，只是装作相信罢了。所以，我所做的和船长一样不恰当。他对事实进行了美化式的曲解，而我接受了这种曲解。我很想知道我的朋友们是否怀疑其真实性，他们会怎样怀疑？总的来说，一切进展顺利，日子过得还不错，我很开心。当然，这并不是说，我放弃奢华雅致的生活时没有挣扎，但这足以说明，只要我下定决心，完全可以将其放弃，而且，所采用的方式比我预想的还要简单。最让我高兴的是，我过上了心中一直向往的生活。

## 7 月 20 日，星期天

今天，我既不作诗，也没画画，而是和布兰特小姐做了一次愉快的面谈 ①。她下楼时扭伤了脚踝，既没去主日学校 ②，也没去教堂。船长是一个虔诚的基督徒，独自一个人去了教堂。我来到客厅时，教堂的大钟正好敲响。布兰特小姐坐在沙发上，问我是不是周日从来不去教堂。

"如果有事情要做，实在脱不开身，我就不去。"我回答说。

"周日，什么事能够比去教堂更重要？"她斜靠在沙发上，一只脚搁在枕头上，腿上摆放着一本《圣经》。看她这个样子，好像一点儿都没有因为不能去教堂而感到沮丧。

我没有正面回答她，而是说看她自己也不是特别想去。

"今天没能去教堂，我很遗憾！"她对我说道，"这是我本周唯一的节日。"

"你把周日看成节日？"

"能见到那么多熟人、朋友，难道你不开心吗？我承认，我对布道不太感兴趣，也不喜欢把这些东西教给孩子们。我喜欢戴上漂亮的包头软帽，在唱诗班里唱歌，然后在回家的路上碰到……"

"谁？"我打断她道。

---

① 原文为法语：tête-à-tête，意为"私下交谈，面对面交谈"。
② 主日学校（Sunday school），星期日儿童接受基督教教育的学校。

"那些愿意和我一块儿走的人。"

"比如，约翰逊先生。"

约翰逊先生是本街区一位年轻的律师。他对布兰特小姐非常关心体贴，每周都会打电话过来问候。

"是的，"她回答说，"约翰逊先生是其中之一。"

"他现在一定非常惦记你！"

"你这样说，我同意。我和他合用一本书。你笑什么？他老是让我拿着书，自己双手插在衣兜里。上周日，我对他发火了：'约翰逊先生，书你来拿！你自己没手啊！'看到我生气的样子，他竟然笑了起来。今天我没去教堂，他只好自己拿书了。"

"原来是个狂妄自大的家伙啊！我猜，今天做完礼拜，他一定还会打电话给你。"

"可能吧。我希望这样。"

"可我不希望这样，"我心里不太高兴，"我俩的面谈，不喜欢别人掺和。"

"你有什么重要的事情吗？"

"大概没有什么比约翰逊先生的电话更重要的了。"

"他有这个权利。"她回答道。

"啊，你承认了？"

"我不是这个意思。我的意思是说你没有权利不让他给我打电话。"

"请你原谅，布兰特小姐。我必须提醒你，既然我付费雇你早上叫醒我，你就必须全身心为我一个人服务。"

"我就是这样做的。请你告诉我，难道我做得不好吗？"

"不是不好，但也不是很好。比如现在，你在等待约翰逊先生给你打电话。这件事就做得不是很好。"

"请你告诉我，为什么不是很好？我，一个女人，都能和约翰逊先生交往，你，一个大男人，为什么不能？"

"我讨厌狂妄自大的人。作为一位小姐，或者说，作为一个女人，你居然喜欢狂妄自大的男人。"

"是的。女人也会有一些不寻常的喜好。这没什么可奇怪的。"

"至少你得承认，我们的朋友是一个狂妄自大的人。"

"承认？你为什么这么说？我都这样说他好多次了，有什么好承认的。而且，我还当着他的面说他了呢。"

"哦，你们都已经发展到这种程度了。然后呢？"

"发展到什么程度了？你什么意思？"

"当一位小姐和一位先生互相指责对方的缺点，而且感到很愉快时，往往意味着他们的友谊要发生质的改变了。布兰特小姐，你可得注意了。在新英格兰，当一对年轻人的友谊发展到了互相指责彼此的缺点时，就不再是一般的朋友了。你除了当面说过约翰逊先生狂妄自大，还说过他爱挖苦人而且多疑吧？他又是怎么反驳的？让我猜猜，他是不是也说过你有点儿矫揉造作？"

"绝对没有。他很聪明，把这个问题留给你了，先生。"

"我肯定不会这样说你的。把讨好你的机会留给我，你认为，他这样做很聪明吗？"

"把大好时光浪费在讨论这些琐碎杂事上太可惜了。洛克斯利先生,麻烦你走开,让我静静地看会儿《圣经》吧。"

"那你让我干什么呢?"

"建议你也去读读《圣经》吧。当然,前提是你也有一本。"

"我没有。"

布兰特小姐开始读《圣经》了,我只好答应让她与上帝"倾心交谈"半小时。瞧,女人的虔诚之举多么富有教化意义!女人的胸襟真是宽广,不仅可以容纳下世间万事万物,而且把它们井然有序地安置在心中恰当的位置,就像外出旅行时把旅行箱内空间分成一个个小小的格子那样。我敢肯定,布兰特小姐只是把宗教放在她心中的一个小角落里,就像对待她那顶只有周日才会想起的帽子一样——需要的时候拿出来戴上,照照镜子,拂去上面并不存在的灰尘。唉,什么脏东西能够穿透六层亚麻布和包装纸而落在帽子上呢?有个信仰真好啊!至少多了一个让人充满期待的节日。我回到客厅,看到布兰特小姐还在读《圣经》。不知什么原因,我再也没有心情和她开玩笑了,只是冷冷地问了她一句:"读到哪里了?"她也冷冷地回了我一句,并问我道:"你这半小时做了什么?"

我先是回答说:"在花园里散了会儿步,但心里一直想着上帝。"然后,我说出了自己真实的想法:"感谢上帝引领我这个囊中羞涩、形单影只的流浪汉,来到如此宁静美丽的地方落脚。"

"你囊中羞涩、形单影只?"布兰特小姐问道。

"哪个艺术家不到三十岁就很有钱?老实说,我一幅画都没卖掉。我说没朋友，是因为在这个世界上，真正关心我的人绝对不超过五个。"

"真正关心？你太不知足了。我倒觉得，好朋友有五个就已经相当多了。比如我吧，虽然只有两个好朋友，就已经感到很幸福了。如果拥有五个好朋友，你还觉得不幸福，那就是你自己的问题了。"

"也许是吧，"我坐在椅子上，"也许不是。你觉得我令人讨厌吗？难道你不觉得我挺好相处的吗？"

她双臂交叉放在胸前，静静地看了我一会儿，看得我感觉脸有点儿发烧。

"洛克斯利先生，看来你非常想得到别人的赞许。嗯，自从你来到我们家，我还从来没有夸赞过你呢。我想，你内心一定感到非常不舒服！不过，你要沉住气，千万不能使用这种拙劣的方式来博取我的赞许。身为一个艺术家，你却不懂交际艺术，而且沉不住气。'你觉得我令人讨厌吗？难道你不觉得我挺好相处的吗？'你对我说这些话，显然是想要得到我的赞许。如果我想说'你很有魅力'，谁也管不着。但老实讲，没有几个人会同意我的。说实话，你过于自我、挑剔，根本不懂相处之道。你确实对我比较体贴。问题恰恰出在这里。请不要打断我。我是想告诉你，为什么我说你不懂相处之道。你说约翰逊先生狂妄自大，若论狂妄自大，他远远不如你。你是因为狂妄自大而不好相处，而他不是。与男人相比，我只是一个平庸愚钝的女人，是人们同情的对象——这样来形容我是再恰当不过了。你能够友好对待一个像自己一样身体强壮而且脑子清楚的人吗？能够友好对待一个和你一样不愿担负责任的人吗？你肯定做不到。当然，有魅力是件好事。谁不想有魅力？如果我是个男人，像你一样聪明机智，而且见过世面，尽管没有被夸赞为有魅力，但意志坚定，不屈不挠，你还会如此对待我吗？我只有两个好朋友——我的父亲和我们学校的校长。如果我说自己擅长交际，也许你会觉得十分可笑。但是，我愿意和任何一位女性做朋友，这是事实。当然，我不强求你也这样做。我知道，你也不会这样做。也许你会问，我是怎么知道的？我只是揣测罢了。如果说得不对，请你原谅。恭恭敬敬地听一个愚蠢顽固的人说话，你根本做不到！我能做到！这对我来说是家常便饭。啊，你根本想象不到，我在工作时态度是何等谦卑！每天总有一些时候，我必须把自尊塞在口袋里，宝贵的人格尊严遭到扼杀。比如说，因为家庭贫穷，我一直很苦恼。我讨厌富人家的女人，看不起穷人家的女人。我不知道，你是否因为自己心胸狭隘而感到苦闷。如果真的是这样的话，你一定会对有钱人唯恐避之不及。我和你正好相反。我喜欢到富人家里去，以礼相待住在那里的小姐、太太，尤其是那些衣着华丽却无知粗俗的小姐、太太。在这一点上，我们女人都一样。男人多少有点儿像你。我啰里啰嗦说了一大堆，主要想说这一句：若要善于和人相处，就得大胆、勇敢一些。我总觉得，即便是和我们女人相比，你也谈不上大胆、勇敢。你不能太绅士。去教书，开杂货店，整日坐在律师事务所里等着客户上门。只有这样，你才能变得善于交际。否则的话，你充其量只能称得上和蔼可亲。人们之所以不关心你，主要是因为你不关心别人。如果你对于他人的称赞淡然处之，对于他人的冷漠毫不在意，这就意味着尽管你和蔼、善良，但不够大胆、勇敢。你觉得自己已经尽力了，是不是？但别人并不这样认为。"

现在轮到我双臂交叉，放在胸前了。

"洛克斯利先生，"布兰特小姐也像我开始时那样说道，"请你原谅。"

"你讲得很好，"我回答说，"我现在脑子很乱，不知道你是在批评我，还是在夸我。你好像建议我去开一家杂货店，对吗？"

"去做一些不怎么愤世嫉俗的事。比如说，尽快结婚。"

"我求之不得①。你愿意嫁给我吗？但是，我负担不起结婚的费用。"

"那就去找一个有钱的女人。"

我摇了摇头。

"为什么不呢？"布兰特小姐问我道，"怕别人说你唯利是图？那又怎么样？我就打算嫁给第一个向我求婚的有钱人。我已经厌倦了单身生活，厌倦了每天只是给小女孩们上上音乐课，缝补衣服。我要嫁给第一个向我求婚的人。"

"即便他并不富有？"

---

① 原文为法语：Je ne demande pas mieux。

"对，即便他贫穷、丑陋或者呆傻。"

"我完全符合这个要求。如果我现在就向你求婚，你会接受吗？"

"试试看。"

"需要我双膝跪地吗？"

"不需要。我不是也没有双膝跪地吗？不用做得太好。你喜欢怎么样就怎么样。你刚才那个样子就挺好的。坐在椅子上，把两个大拇指放在马甲口袋里。"

如果我是在创作一部浪漫小说而不是在叙述一个事实，如果船长和约翰逊先生当时没有开门进来，我很难想象接下来会发生什么。

约翰逊先生看上去非常兴奋。"你好，埃丝特小姐。听说你的脚受伤了？你好，洛克斯利先生。我多么希望自己是个医生啊！让我看看，伤在哪里？左脚还是右脚？"

约翰逊先生仅仅通过几句问候，便拉近了他与布兰特小姐的距离。看样子他想留下来吃饭。自从进来的那一刻，这个约翰逊先生就一直说个不停。究竟是布兰特小姐已经把话说完了，还是她不想打断约翰逊先生，还是她不想搭理他，我一概不知。然而，无论她闭口不言时的那种从容优雅，还是她侃侃而谈时的那种平和亲切，都让人觉得她是一个好主妇。和她同街区的姐妹们一样的是，这个女人具有很多好的品质。不一样的是，和她同街区的姐妹们的好品质都是后天养成的，而她则是与生俱来的。我敢打赌，即便明天就把她放到麦迪逊广场上，她只需对着整个广

场冷冷地 [①] 扫上一眼，便足以让在场的最优雅的女士黯然失色。约翰逊先生的算盘打得很不错，但没有品位。我看了布兰特小姐好几眼，想知道她有没有被约翰逊先生的花言巧语所打动。嗯，尽管她听得很仔细，一句话也没落下，但是那些话没起任何作用。凭我对她的了解，布兰特小姐现在心里一定在说，这不关我的事。或许她是对的。把"嘴巴不饶人"用到心爱的女人身上确实不太应该，可她这人确实有点儿"嘴巴不饶人"。凭什么这么说她？也许凭的就是我刚刚说的这件事。

## 7 月 24 日

今天晚上，我和船长跑到海港聊了半个小时。作为朋友，我问他道："约翰逊是不是想娶你的女儿？"

"应该是，"老人回答我道，"但我不想把女儿嫁给他。你也认识他，他聪明，有钱，前途无量。可是我总觉得，他们两个人在一起不太合适。"

"他确实配不上布兰特小姐！"我急忙说道，"布兰特船长，说实话，我也不知道谁能配得上——"

"你们俩就很般配。"船长打断我道。

"多谢抬举。在很多方面，约翰逊先生都比我强。"

"但有一点他绝对比不上你——你是一个标准的绅士。"

---

① 原文为拉丁文：nil admirari。

"星期天，埃丝特小姐经常和他在一起。"我回答道。

"噢，她很敬重约翰逊，"布兰特船长说道，"也许她觉得自己会嫁给他吧。你一定知道，她讨厌小女孩们在钢琴上乱弹一气。"船长接着说道："她那双耳朵不知道听过多少这样的曲子。我很纳闷，她竟然能够忍受这么久。"

"她当然有权利追求幸福的生活。"

"嗯，"船长回答道，"也许她天生就应该这样。"

"有时候，应该的事也太无聊了。"我说道。

"没错。但又能怎么办呢？她教书所赚的钱仅够维持生计。有段时间，我以为她今生今世只能是这个样子了，但这个想法很快便消失了。有位来自波士顿的年轻人，和你一样，独自一个人在这里生活。埃丝特和他是好朋友。有一天，埃丝特来找我，她告诉我说，她订婚了。

"'和谁?'虽然早已知道，我仍然问道。随后埃丝特对我说了很多。

"'你们打算什么时候结婚?'我问她。

"'等约翰挣够了钱吧。'

"'那得等到什么时候?'

"'用不了几年。'可怜的埃丝特回答道。

"转眼间，一年就过去了。这位年轻人并没有挣到大钱。他在我们这里和波士顿之间来回奔波。我知道，可怜的埃丝特不希望我问她这个问题，所以一直没有问。有一天，我实在是忍不住了——不能老是这样混着，该和女儿聊一聊了。

"'约翰把钱挣够了吗？'我问她。

"'我不知道，爸爸。'她回答道。

"'你们打算什么时候结婚？'

"'不结了，永远不结了！'埃丝特吼叫道，泪水夺眶而出。

"'你什么也不要问了。'她哭着哀求我，'订婚取消了。你什么也不要问了。'

"'爸爸就问一件事，'看到女儿痛哭流涕，我心里非常难受，'那个让我宝贝女儿伤心的混蛋现在在哪儿？'

"你真应该看看当时她看我时的表情。

"'让我伤心，爸爸？你大错特错了。我不明白你说这话是什么意思。'

"'我说的是约翰·巴尼斯特那个混蛋！'我回答道。

"'我觉得，巴尼斯特先生现在应该在中国。'埃丝特回答我道。她语气平静，气度不凡，就像示巴女王 ①。我就知道这些。至于事情的前后经过，我一直没有打听过。有人告诉我说，巴尼斯特与中国人做生意，发了大财。"

## 8 月 7 日

我已经两个星期没有外出作画了。感冒，发烧，老是犯困。在这期间，都是老船长、布兰特小姐，还有他们家的仆人多萝西

---

① 示巴女王（Queen of Sheba），《圣经·旧约·列王记》中的人物。传说中的示巴女王有两种形象，一是惊艳绝伦，一是丑陋无比。后用其代指具魅力的美女。

在照顾我。愿上帝保佑他们！多萝西告诉我，有一天晚上，我病
得特别厉害。布兰特小姐天一亮就急忙赶来了，并且在我床边守
了一个多小时。当时，我烧得迷迷糊糊的，什么都不知道。能够
再次看到蓝天和大海，真是太好了！我把窗户打开，关好百叶
窗，拉过一把椅子，在窗子跟前坐了下来。屋子里凉爽宜人。尽
管身体还很虚弱，我还是把速写本放在膝盖上画了起来。夏日的
正午，多么美好啊！天空万里无云，海面波澜不惊。如果对着花
园看上一段时间，由于阳光太刺眼，眼睛会直掉泪。光的王国，
太美了！我要把它画下来。开始干吧①。

过了一会儿，我听到有人敲门。布兰特小姐端着一盘桃子走
了进来。桃子刚刚摘下来，红润、饱满，但布兰特小姐脸色苍
白、身体消瘦。两者形成了鲜明的对比。毫无疑问，她有些操劳
过度。我真该死！我急忙对她表示感谢，感谢她在我生病期间对
我无微不至的照顾。她很谦虚，回答说，都是她父亲和多萝西的
功劳。

"特别感谢你那天早上来看我！"我对她说道，"你悄悄地走
了进来，就像曙光女神奥诺拉赶走黑暗一样，赶走了我身上的疾
病。你知道吗？正是从那天早上开始，我才感到病情好转的。"

"我仅仅待了一小会儿，"布兰特小姐回答道，"大概有十分
钟吧。"然后，她批评我说，人都病成那个样子了，还要写日记
呢。对于我有写日记这个习惯，她嘲笑道："我最讨厌男人多愁

①　原文为法语：Allons donc。

善感！"

我承认，听她这么说，我心里确实不大高兴。于是，我回敬道："我最喜欢女人多愁善感。"

"多愁善感的女人当然讨男人喜欢了。但前提是，你得有时间多愁善感才行，"布兰特小姐揶揄我道，"我要挣钱养家，根本没这闲工夫。再见！"

布兰特小姐气呼呼地走了。看着她愤然离去的步态，我不由得想起了另一个女人——朱诺①。布兰特小姐的步态和朱诺一模一样！由于没有得到金苹果，朱诺收拾好衣物，穿过草地，愤然离开帕里斯②和手拿金苹果的维纳斯时的步态。

令我意想不到的是，已经愤然离去的"朱诺"又回来了。她解释说，她已经忘记了半个小时前她来这里的原因。然后，她问我道，愿不愿意和她一起吃晚餐？

我回答说："我刚刚在日记中写道，你怒气冲冲地走了。"

"你真的是这样写的吗？现在，你可以再写，我又回来了。"她看着我的眼睛说道，"楼下有家小店，他家做的冷盘鸡味道不错。"

……

**8 月 14 日**

下午，我租了一辆轻型马车，邀请布兰特小姐与我一起出去

---

① 朱诺（Juno），罗马神话中的天后，婚姻和母性之神。
② 帕里斯（Paris），古希腊罗马神话人物，海伦之夫，拉开了特洛伊战争的序幕。

逛逛。我们接连穿过三个海滩。这次出行非常愉快！我永远不会忘记，马车在威士顿海滩①上小跑时发出的声音。海水正处于低潮期。海岸连绵起伏，在阳光的照射下闪闪发光。昨日大风来袭，到现在尚未停止。阵阵狂风吹来，海面上一浪接着一浪。"哒哒哒哒"，急促的马蹄声打破了海浪拍岸的单调。马车驶离海滩，渐渐逼近海边的众多峭壁。天空中，云卷云舒，犹如舰船上迎风飘扬的旗帜。船头在滔天巨浪中不见了踪影。天地间，紫色、蓝色和金色杂糅在一起。在灰白色天空的最高处与西部地平线处波涛汹涌的深绿色大海间，悬浮着一轮落日，景色优美壮观。这正是透纳②情有独钟的景色。我们在众多峭壁跳入大海的地方停下马车，顺着低矮的棕褐色栅栏向远方眺望。栅栏十分牢固，在它的脚下，迅疾的海水泛着泡沫一波波冲上海滩。

## 8 月 17 日

晚上。卧室的蜡烛已经点燃。我觉得船长似乎有话要对我说，于是来到楼下等他。布兰特小姐和他拥抱道别后朝我走了过来。她笑着和我握了握手。她的微笑意味深长，令我至今难忘。

"约翰逊求婚没有成功。"听到女儿关上房门后，老人才对我说道。

---

① 威士顿海滩（Weston Beach），地名。作者虚构的一个地方。
② 透纳（J. M. W. Turner，1775—1851），十九世纪上半叶英国学院派画家的杰出代表，英国最具代表性的风景画家。

"你说什么？"

他用大拇指指着楼上。透过薄薄的楼板，我们听到了布兰特小姐轻轻的脚步声。

"你是说，他向埃丝特求婚了？"

船长点了点头。

"被拒绝了？"

"是的。"

"可怜的家伙，"我真诚地说道，"是他亲口告诉你的？"

"是的。他哭着求我为他说情。我告诉他，根本不管用。看到没有希望了，他就开始说我女儿的坏话。"

"坏话？"

"完全是一派胡言！他骂埃丝特冷酷无情！埃丝特还许诺把他当作朋友呢。真该把他绞死！"

"太可惜了！"直至现在写这篇日记，我都这样认为。本来挺有希望的一段姻缘，就这么散了。

## 8 月 23 日

今天，我闲逛了一天。首先声明，我是故意这样做的。绝对不是没事干了闲的。对我来说，最值得做的事情莫过于坐下来，思考、品味人生，记下自己的感悟。

星期四晚上，埃丝特告诉我说，明天是她校长的生日。她不用去上课了。

"学校举办茶会，庆祝校长生日，放假一天。茶会下午四点开始。所有老师和学生都参加，"埃丝特继续说道，"四点喝茶。然后是校长讲话。如果不用我帮忙，我就请假。假设爸爸带我坐船出去玩，你愿意去吗？我们可以在外面野餐。我们可以到海湾那边去看看葡京要塞①，我们也可以随身带着吃的，让多萝西到她姐姐家住一天，钥匙我们自己拿着，等我们玩够了再叫她回来。"

我非常赞成这个提议。第二天上午，大概十点钟左右，我们从家中花园脚下的那个小码头登船。那是一个美丽的夏日，无与伦比，妙不可言。我们悄悄驶向目的地。我们将船停靠在我上次来过的那座废弃要塞的背风面。我本以为当我们乘船经过峭壁时，只会听到海风呼啸和树木折断的声音，万万没料到映入我们眼帘的却是这样一番景象：清澈幽深的海水波光潋滟，弥漫着海草的香味。布满苔藓的石头仿佛胀大了一倍，浑身滑溜溜的，没有一丝裂缝。和煦的阳光照耀着峭壁。峭壁上植被蔓生，碎石凌乱，头角峥嵘。峭壁下海水幽深清亮，波光粼粼，水平如镜。白色的沙滩被海水环绕，在阳光的照射下熠熠生辉。对于这片小海湾的清幽宁静而言，我们的说笑声是多么的格格不入！我被这里的静谧所震撼，终生难忘。布兰特小姐抬脚上岸。她站在海滩上，在峭壁影子的映衬下，非常漂亮。我和船长则忙着系船和收拾盛装食物的篮子。克雷索普的空气非常纯净——原始、轻盈、

---

① 葡京要塞（Fort Pudding），地名。作者虚构的一个景观。

明亮，因此，这里的一草一木都显得非常自由、自信。这种感觉我从未有过。眼前的景色很像一幅尚未完成的画作，差最后一步——整体调整。布兰特小姐头戴丝绸圆帽，身穿白色短裙，脖子上系着蓝色纱巾，肩膀上搭着红色围巾，白色短裙外罩丝绸外衣和黑色披风。虽然有点儿做作①，但很可爱。她戴着手套，一手按着丝绸圆帽，一手捂着易碎的首饰。按着丝绸圆帽的那只手在她脸上投下一个椭圆形的影子。透过它，她的两只眼睛闪闪发光。她开心地笑着，露出了一排整齐洁白的牙齿——这显然应该是这幅画的精彩之笔，特别引人注目。

"姑娘，"我对她大喊道，"你很漂亮！你自己知道吗？"

"你是认真的吗？"她回答道，"尽管听了很高兴，但我心里非常清楚，我本人并不漂亮，全是这身穿戴的功劳。"

"我马屁拍在马蹄上了！"我又喊了一句。

"拍得好。"船长鼓励我道。

"其实我想说，你漂亮极了！"

"天啊，你还能说得再好听一些吗？"布兰特小姐嫣然一笑。我敢打赌，这一笑就足以让这小小海湾的守护神塞壬嫉妒死。

等我和船长把所带物品搬到岸上，步履轻快的布兰特小姐已经快要爬到峭壁的顶部了——一个令人望而却步的地方，爬到顶部后她就不见了。过了一会儿，她又出现了，手里拿着一块白

---

① 原文为法语：criarde。

手帕，示威般冲着我们挥来挥去。此时此刻，我们正拎着篮子艰难地往上爬呢。总算到达峭壁顶部。我们嘴里喘着粗气，不停地擦拭着额头的汗水。布兰特小姐则打着太阳伞、戴着手套，悠闲地散着步，一副悠哉悠哉的模样。

面对我和船长的"责备"，埃丝特非常幽默地辩解道："我今天是来度假的，不是来干活的。难道你们俩都不知道？今天，就是油瓶倒了，我也不会扶起来的。你们快看，我的手套多漂亮啊！它可是我花了一美元从克雷索普小镇道森先生那里买来的。无论如何也不可以弄脏。你们赶快找个阴凉地儿把东西放好，然后去找找有没有泉水，我都快渴死了。"

"小姐，你还是自己去找吧，"船长回答道，"篮子里有我们自己带来的泉水。先生，拉我一把！"

船长从篮子里掏出一个又粗又矮的黑瓶子。

"给我个杯子。我去找泉水喝，"布兰特小姐噘着小嘴说道，"我怕蛇。你们要是听到尖叫声，那一定是蛇。"

"一条会尖叫的蛇！"我故意逗她道，"这可是一个新的物种啊。"

闲话少说。我朝四周看了看，没有几处阴凉地方。布兰特小姐就是聪明能干，她总能给我们带来惊喜。她很快就在小谷地的枞树丛下找到了一处山泉。泉水清澈甘甜，汩汩流淌。这个地方就像喜欢模仿丁尼生 ① 的年轻人所描绘的那样，山清水秀，天淡

---

① 阿尔弗雷德·丁尼生（Alfred Tennyson，1809—1892），英国维多利亚时代的代表性诗人。

云闲。我和布兰特船长提来盛满食物的篮子，埃丝特把杯子浸在泉水中，舀水给我们喝。然后，她在草地上铺上桌布，摆上盘子。即便仅仅为了描绘这美好的夏日，我也应该成为一个诗人。我们吃着，喝着，说笑着，有时直接用手拿着食物吃，有时干脆对着瓶子喝，有时嘴里塞满东西也在说个不停。东扯西拉，信口开河。我和布兰特小姐还说了一些俏皮话。布兰特小姐笑称自己是个小南瓜。需要说明的是，我们只拿自己开玩笑。我自认为讲话诙谐、幽默，布兰特小姐却说我是酒后吐真言 ①。船长则一直在拉小提琴。

今天一整天都是艳阳高照，我们沐浴着温暖的阳光。万物，比如大海、峭壁等，色彩明亮浅淡。此时此刻，我禁不住想要创作一幅画，名字就叫"田园盛宴"，旨在提醒人们——确切地说，是要人们忘记——乔尔乔内 ②、博尔多内 ③ 和委罗内塞 ④。具体画面：辽阔无垠的天空，三个人正在一棵大树下享受盛宴——一个年轻女人、一个年轻男人和一个白发苍苍的老头。女人金发碧眼，男人用胳膊肘支撑着身子斜躺着，老头正在开怀畅饮。整幅画用色大胆，别出新意，富有表现力。地点：未知。时间：未知。作者：未知。我们暂且假定作者是罗宾逊，时间为一九〇〇

---

① 原文为拉丁文：in vino veritas。
② 乔尔乔内（Giorgione，1477—1510），意大利威尼斯画派画家，架上画的先行者。代表作品有《暴风雨》《三位博士》等。
③ 博尔多内（Paris Bordone，1500—1571），意大利文艺复兴时期画家，代表作品有《圣座上的圣母子与圣徒》等。
④ 委罗内塞（Paolo Veronese，1528—1588），意大利威尼斯画派画家，与老师提香、丁托列托被誉为十六世纪意大利威尼斯画派三杰。代表作品有《威尼斯的凯旋》《征服斯米尔纳》《保卫斯库塔里》等。

年，地点就是我们所在的这个地方。希望有朝一日，当我们的祖国拥有自己的艺术流派时，这幅画能够在位于芝加哥的一个大博物馆的画廊中展出。

吃过晚餐，布兰特船长眺望着海湾。迎着清凉的晚风，他告诉我们说，他想一个人乘船到海上逛逛，一两个小时就行。在这期间，我和布兰特小姐可以沿着海滨向北步行两英里，在那里和他碰头。我和布兰特小姐都赞成他的提议。于是，他便一个人提着空篮子走了。不到半个小时，他就到达了海边。我和布兰特小姐并没有立刻出发，而是坐在大树下，交谈了很长时间。我们脚下是一条宽宽的裂缝（几乎可以称得上峡谷），一直延伸到寂静的海滩。再往前就是那条熟悉的远洋航线。当然，我们不可能就这样一直坐下去。正如一些哲学家所说的那样，万事万物都有尽头。我们站起身来。布兰特小姐说，她感觉空气越来越清新了。我帮她把黑色披风整好，搭在她的肩膀上，并把红色围巾搭在她的黑色丝绸外衣上。然后，她把丝绸圆帽递给我，自己把蓝色纱巾系在脖子上，并重新整理了一下发卡。为了营造一点儿幽默气氛，我把她的帽子戴在头上。她一边笑，一边低头抬肘，摸索着编辫子。最后，她抖平衣服上的皱褶，戴上手套，说道："可以啦！"

我们首先沿着小峡谷向海滨走去，然后沿着海滨向北步行。海滨就在海边低矮峭壁的脚下，呈狭窄的一条蜿蜒而去。我们走得很慢，一路上没有见到一个人影。我们边走边聊。聊的内容在这里我就不再重复了。事实上，由于我们态度认真，聊的内容有些乏味。我们话都不多，特别是布兰特小姐，几乎没有说话。不对，我很健谈，布兰特小姐沉默的时间比较长，而且恰到好处。听我讲话时，她非常亲切，而且富有女人味！我相信我的记忆力。我们聊的全部内容，我都能记得住。

## 9 月 1 日

我已经持续工作了一周。今天是入秋的第一天。我为布兰特小姐朗读了华兹华斯写的几首诗歌。

## 9 月 10 日，午夜

除了昨天，我一直在工作，没有人打扰。旧的一天已经过去，新的一天又开始了。我破旧的日记本啊，你记录的都是些乏味的琐事，但只有你记载的才是真实的生活啊。

一连三天都很冷，空气潮湿，就连黄昏来得也更早了。今天晚上吃完晚餐，船长说他去镇上有公事要办。我猜，他一定是去救济院或者医院董事会了。我和埃丝特进了客厅，感觉有点儿冷。埃丝特便从餐厅拿来台灯，并建议生火取暖。她拉上窗帘，移开桌子。我去厨房抱来木柴。木柴点燃后火焰非常耀眼，而且发出"噼里啪啦"的响声。两周前，倘若不经一番口舌，她是不会允许我做这些事情的。当然，她也不会亲自去做，这不是她的风格。她经常说，我不是伺候别人的，而是被别人伺候的，然后

摆出一副女主人的样子，大声喊叫多萝西来做。当然，我本该有
自己的做事风格的，但是一切都变了。埃丝特去弹钢琴，我坐下
来看书，可一个字都没有读进去。我一直盯着埃丝特，想入非
非，心神不宁。自从我们相识以来，这是我第一次看见她穿黑色
裙子，看上去挺暖和，应该是羊绒料子的。记得我们初次见面
时，她穿的是一条白色裙子，脖子上戴着一条紫色丝带。现在，
她穿的是黑色裙子，但脖子上仍然戴着紫色丝带。我一边看她，
一边心里在想：这是同一条丝带还是另外一条？我的心提到了嗓
子眼，心中掠过无数诸如此类的琐事。终于，我开口说话了：

"布兰特小姐，你还记得六月份的那个下午，我第一次来到
你家时的情景吗？"

"当然记得。"她立刻回答道。

"当时，你弹奏的也是这首曲子。"

"是的。当时我只会弹一半。我希望用这首富有感染力的曲
子营造出一种氛围，却没想到你对音乐丝毫不感兴趣。"

"我压根儿没有听，心思全在你身上。"

"我也这么认为。"

"为什么？"

"我不知道。猜对一件事，并能给出理由，你见过这样的女
人吗？"

"她们通常会想方设法编个理由。你也可以编个理由。"

"好吧。因为你的眼睛一直在盯着我。"

"呸，你胡说！绝对不可能！"

"是你让我编个理由的。就算真有原因的话，我现在也不记得了。"

"我记得你说过，当时的情景你记得一清二楚。"

"我指的是当时的客观环境，而不是内心感受。比如，我记得我们用了什么茶点，我穿的什么裙子。但我回忆不起当时我在想什么。内心感受不好记。"

"当你父亲提议我来你家寄宿时，你是怎么说的？"

"我问爸爸，你愿意付多少钱？"

"然后呢？"

"你看上去是否是个正派人。"

"然后呢？"

"没了。我告诉爸爸，他看着行，就行。我听他的。"

她继续弹钢琴。我靠在椅子上，默默看着她。

"埃丝特小姐……"又是我先开的口。

"嗯？"

"很抱歉总是打断你……"我走到钢琴跟前，"感谢老天让我们相遇。"

她抬头看了看我，然后面带微笑低下头去，手指仍然弹个不停。

"老天确实待我们不薄。"她低声说道。

"你还要弹多久？"我问道。

"我不知道。只要你喜欢，我便一直弹下去。"

"如果你真的想让我喜欢，就该马上停止。"

琴声戛然而止。她扭过头看着我，一脸的不解。我不知道她是否从我的神情中找到了答案。她站起身，慢慢合上钢琴。

"或许你更喜欢一个人待着，"她说道，"我猜，你的房间现在一定非常寒冷。"

"你说得很对，"我回答道，"我就喜欢一个人待着，独自享受这段美好的时光。你难道不应该去厨房和那位厨师待在一起吗？只有你们女人才能说出这种残酷无情的话来。"

"洛克斯利先生，我们女人说这话时，并没有觉得自己残酷。我们是无心的。当我们察觉到自己不够友善时，即使不知道自己做错了什么，我们也会谦虚地向他人询问。"她恭恭敬敬地给我行了一个屈膝礼。

"我会告诉你，你错在哪里，"我说道，"过来围着炉火坐吧。这可说来话长。"

"说来话长？那我还是去工作吧。"

"先把工作扔到一边儿！对不住了，我就是这个意思。我想让你听我说话。听我说，你必须全神贯注。"

她默默地看着我。那一刻我正在考虑，是否可以把手搭在她的肩膀上。

她走过来，坐在火炉旁的椅子上，两手抱着胳膊，一句话也没说。我们面对面坐着。

"布兰特小姐，"我说，"和你在一起，必须直截了当。你只是大脑中在想，很少为了他人而将其付诸实践。"我停顿了一下。

"难道这样不对吗？"她问我道。

"不是不对，"我回答说，"但也不是非常对。你的问题就在于，对于一个深深爱着你的可怜虫，你太冰冷无情了。"

她爆发出一阵刺耳的笑声。我想，她肯定以为我说的是约翰逊。

"你说的那个可怜虫是谁？是洛克斯利先生吗？"她问道。

"这样的可怜虫很多吗？那个可怜虫就是我。"

"你是认真的？"

"就是因为太认真，所以直到现在才说出来。"

"你老是挂在嘴边的那句法语是什么来着？对，我想起来了：Allons donc!①"

"我们还是说日常英语吧，布兰特小姐。"

"'冰冷无情'这个英语单词的确很常用。但我不明白，你刚才说的那句话究竟是什么意思。你是想说你'深深地爱着我'，还是想说我'冰冷无情'？"

"那你要我怎么说？我的天啊，布兰特小姐，你长点儿心好吗？是的，我深深地爱着你。难道你不相信吗？"

"也不是不相信。"

"谢天谢地！"我高兴极了。

我试着去牵她的手。

"请你别这样，洛克斯利先生，"她恳求道，"请你别这样，好吗？"

---

① 法语，此处可译作"算了吧，算了吧"。

"说一百次不如做一次。"我回答说。

"你说的每个字我都听到了。"

"头碰头窃窃私语，"我继续说道，"可能恋人们都是这么做的吧。现在，我就想大声说出来：你愿意嫁给我吗？"

"那我也要大声说出来：洛克斯利先生，我愿意！"

她向我伸出她的手。——这件事千真万确。

## 9 月 12 日

再过三周，我和埃丝特就要结婚了。

## 9 月 19 日

我去纽约处理事务，待了一个星期，昨天刚刚回来。我发现，男女老少都在讨论我和布兰特小姐的婚事。埃丝特告诉我，从一个月前，他们就开始讨论了。听说我是个穷光蛋，他们都很失望。

"真的吗？只要你不介意就行，"我对埃丝特说道，"他们愿意失望，就失望去吧。"

"你有没有钱，我不知道。反正，我知道，我有钱。"埃丝特回答说。

"天啊！我竟然娶了一个富婆。"

……

这样的小闹剧每天都要上演好几次。我烟抽得很凶，而且非常懒散，整天把手插在口袋里，四处闲逛。在过去的六个月中，我拥有的那笔财产让我身心俱疲。现在，我终于摆脱了那种莫名其妙的疲惫感。至少，埃丝特不是因为我有钱才答应嫁给我的。我曾经对我写的诗歌缺乏自信。这种情况不会再有第二次了。埃丝特喜欢自己动手制作一些日常生活用品，比如，桌布、餐巾等。她买来制作材料，但只对我公开其中的一小部分。昨天晚上，我发现她在给桌布钉扣子。我老早就听她说，她要亲手缝制一件灰色的丝绸裙子。今天早上，我在画室作画，她穿着一条灰色的丝绸裙子，款款向我走来。裙子天鹅绒花边，荷叶边裙裾，非常新潮。

"就是有一点不太好，"埃丝特一边在我画室的大镜子前走来走去，一边说道，"以我们目前的身份，好像不太配穿这件裙子。"

"太美了！我把你也画在上面，"我夸赞她道，"我们要发大财了！所有拥有美丽妻子的男士都会让我为她们作画。"

"应该说，所有购买这款裙子的女人。"

我们的婚礼定在下个星期四举行。我和埃丝特商量，婚礼尽可能从简，只邀请她的父亲和她的好朋友——她的女校长——参加就行。我心中的秘密使我备受折磨，但我仍然决定，等到度蜜月时再告诉埃丝特。在这之前，我不想让埃丝特知道。我要带埃丝特去一个名叫克里富顿①的滨海小镇度蜜月。克里富顿距离老

---

① 克里富顿（Clifton），地名。作者虚构的一个滨海小镇。

船长家大约有十英里。那里远离都市纷扰，是一个安静浪漫的地方，我们可以好好享受二人世界。

## 9 月 28 日

我们已经来到克里富顿两天了。婚礼很顺利。娶走了他的宝贝女儿，我由衷地对船长感到愧疚。婚礼结束后，我和埃丝特立即乘马车来到克里富顿，到达时已经是傍晚时分了，天气阴沉沉的。我们住的地方还不错，海景房，但海上风浪很大。也许去内陆度蜜月会是一个更为明智的选择。这些考虑并非无关紧要：梦想不能过分脱离现实。我坐在靠窗的桌子上写着日记，看着薄暮中的礁石和海雾。我的妻子正站在房前的平台上，与店主家的一个小男孩在聊天。平台的路面是由碎石铺成的。她身披红色围巾，没有戴帽子。突然，她亲了那个小家伙一下。我记得有一次她告诉我说，她非常喜欢男孩。我翻看着日记里有关她的内容。这是我第一次如此仔细地翻看我的日记。大部分内容写的都是她，并且更多地体现在思想层面而不是仅仅在字面上。等她回来，我会把这些东西拿给她看。我会把这本日记全给她看，并坐在她的身旁，看她知道我的秘密时脸上有何反应。

## 结语

不知怎的，我竟然能够心平气和地写下这些文字。唉，我真的不能再继续写了。埃丝特一进来，我立刻就把日记本递给她看。

"读读看。"我说道。

她接过日记本，放在桌子上，摇了摇头。

"我知道。"她面无血色。

"你知道什么？"

"我早就知道，你每年有十万美元的收入。洛克斯利先生，请你相信我，我丝毫没有受其影响。你在日记中写道，我喜欢荣华富贵的生活。的确如此。虽然你自己对金钱财富不感兴趣，但你不能让我也失去它。如果你真的爱我——我相信你是爱我的——你是绝对不会让我失去它的。"

"你希望我怎么做？"我问道，"让我大骂你一顿，然后与你断绝关系吗？"

"我希望你和我一样有勇气。我从来没有说过我爱你，也没有欺骗过你。我只是说，我想成为你的妻子，所以我就嫁给了你。我不像你所想象的那样爱你，直到今天依然如此。不过，我对你的爱的确增加了几分。我无力再承受更多的欺骗了。发发善心吧！你真的没有发现吗？你真的不知道我已经发现了吗？你骗了我，我也骗了你。我们棋逢对手。现在，你不骗我了，我也不想瞒着你了。把你每年应得的那十万块钱给我。这样，我们都解脱了。以前的美好都是虚假的。现在，我们可以坦诚相见了。"

"你已经读了我的日记？"我这样问是有点儿奇怪。我只是不想保持沉默而已。

"是啊，在你生病期间，日记就放在桌子上，里面还夹着一支自来水笔。实话说，我一直不相信你，所以偷偷看了你的日记。"

"真是一个虚伪的女人。"我看着她的眼睛说道。

"虚伪的女人？不——仅仅是个女人而已。先生，我是一个女人，"她的脸上露出了微笑，"你，应该像个男人！"

# 妹妹的婚礼服

十八世纪中期，在美国马萨诸塞州住着一户英国移民。丈夫温格雷夫先生英年早逝，温格雷夫太太独自一个人拉扯着三个孩子。老大是个男孩，随他父亲取名为伯纳德。老二和老小都是女孩，两人相差三岁。事实上，在老二和老小之间还有一个女孩，出生仅仅几周就不幸夭折了。哥哥伯纳德英国血统鲜明，面色白净红润，体格矫健有力，为人忠诚老实，但没有两个妹妹聪明。兄妹三人不仅遗传了家族俊秀的相貌，而且都非常孝顺。他们没有让妈妈失望。尽管当时戏剧还为人们（尤其是上流社会）所不齿，尚未登上大雅之堂，温格雷夫先生却是一个非常狂热的莎士比亚迷。为了表达对这位伟大剧作家的敬仰之情，同时纪念不幸夭折的二女儿，他借用莎士比亚剧作中的人物给他的女儿们起名。大女儿名叫罗莎琳德①，听起来比较喜庆；小女儿名叫帕迪塔②，听起来有些伤感。

温格雷夫先生对于戏剧以及莎士比亚的热爱，主要得益于他在牛津大学的学习经历。因此，他再三叮嘱妻子维罗妮卡：等到儿子伯纳德长大成人，务必送他到牛津大学深造。维罗妮卡对儿

---

① 罗莎琳德（Rosalind），莎士比亚"四大喜剧"之一《皆大欢喜》中的一个大放光彩的人物。她女扮男装，聪明幽默，见解深刻，说话富有哲理。
② 帕迪塔（Perdita），莎士比亚剧作《冬天的故事》中西西里国王莱昂特斯（Leontes）的女儿，由于被父亲认为是私生女而遗弃在波希米亚的海边，由一个牧羊人抚养长大。

子的疼爱远远胜过两个女儿。在伯纳德十六岁那年，虽然心中万般不舍，但为了完成丈夫的遗愿，她狠下心来，眼含泪水，送儿子登上了驶向英国的客轮。伯纳德在英国待了五年。在牛津大学学习期间，他虽然称不上优等生，但各方面表现都不错，日子过得比较充实。大学毕业后，他又去法国游历了一番。直到二十三岁那年，他才乘船返乡。回到美国，他发现，虽然新英格兰贫穷落后，根本不是发展之地，但跟母亲住在一起非常舒适。而且，两个妹妹既像英国女人般优雅，亦如美国女人般奔放。伯纳德夸赞两个妹妹说，多亏母亲的调教，她们完全可以与大家闺秀相媲美。母亲听后非常高兴，随即对两个女儿提出了更加严格的要求：走路时要挺胸、抬头。伯纳德和阿瑟·劳埃德都对此要求表示赞同。阿瑟·劳埃德是伯纳德的同窗好友。这个美国年轻人心地善良，家族背景显赫，现在正以继承人的身份在做投资贸易。他抓住一切机会表现自己，给伯纳德一家留下了很好的印象。温格雷夫姐妹两人正值妙龄，魅力非凡，但各有千秋。姐姐罗莎琳德二十二岁，皮肤白皙，身材修长，一头红褐色鬈发，讲话语速缓慢，做事中规中矩，不喜欢冒险，一点儿也不像莎士比亚笔下的罗莎琳德。妹妹帕迪塔脸颊更像吉卜赛人，眼睛犹如孩童一般露出好奇的神色。她腰细脚小，能言善辩，无论和谁交谈都滔滔不绝。见到留学归来的哥哥，她们非常高兴，同时也被哥哥的好朋友深深吸引。劳埃德五官端正、身体健康、家庭富有、见多识广，而且品位高雅。他会讲法语、会吹竖笛，而且出口成章。无可否认，她们的朋友和邻居中不乏年纪轻轻就小有成就者。她们也不乏追求者，其中两三人甚至可以称得上"大众情人"或者"万人迷"。与劳埃德相比，他们便相形见绌了。面对如此完美的男人，温格雷夫姐妹可以找出一万个理由嫌弃身边的其他男性。这对姐妹喜欢听他讲在欧洲各地发生的新鲜事。喝过茶，大家围坐在客厅里的火炉周围，哥哥和劳埃德便开始讲述他们游历欧洲时的所见所闻。有时讲得兴起，他们一边讲，一边在地毯上来回踱步。姐姐和妹妹一直在认真倾听。在她们所处的那个时代，年轻女子是不可以打断长辈谈话或者询问问题的。两位可怜的小姐只好压抑着内心深处的好奇，端坐在母亲身后，而她们的母亲要么无精打采，要么表情严肃，竭力掩饰着内心深处的欣喜。

劳埃德发现，姐姐、妹妹都很可爱。而且，他有一份强烈的预感，今生今世他注定要与这对姐妹中的一个共同站在牧师面前，一起步入婚姻的殿堂。毫无疑问，作为结婚对象，他必须做出选择。然而，时至今日，你若让他说一说，究竟是姐姐更可爱还是妹妹更可爱，他还真的说不上来。他不想草率行事。毕竟，他见过太多拜金、世故的姑娘了。于是，他决定再花些时间好好考察考察她们。温格雷夫太太似乎没有看出他对于两个宝贝女儿的"真实意图"。好友伯纳德对他的唯一要求是，把她们作为亲姐妹对待。至于两个可怜的姑娘，虽然心中都在暗暗期待他多给自己说些"特别"的话、做些"特别"的事，但表面上却是一副一切随缘、顺其自然的样子。其实，自从劳埃德来到她们家那天起，嫉妒的种子就已经悄然播下。而且，她们深深知道，这个种子迟早有一天会发芽、开花、结果。她们都在默默祈祷，希望劳埃德先生钟情于自己。与此同时，她们也在暗自下定决心，如果劳埃德先生选择的不是自己，就一个人默默承受这份痛苦。在她们所处的那个时代，年轻女子不可以主动追求心仪的男子，甚至极少对心仪男子的追求作出积极回应。她们唯一可以做的事情就是端坐在椅子上，目光低垂，等待神秘人把手帕扔在她面前的地毯上。可怜的劳埃德只好在温格雷夫太太、好友伯纳德以及他未来妻子的姐姐或妹妹的注视下，追求他的爱情。由于姐妹两人同吃同住，形影不离，她们都知道自己时刻在彼此的监视之下。所以，无论是在共住的闺房，还是在一起做家务的场所，她们都尽力做到与以前毫无二致。尽管如此，两个人的生活方式还是有了一丝改变。她们之间的悄悄话变少，至少不再讨论有关劳埃德先生的话题了。她们开始研究梳妆打扮的技巧，比如，如何巧妙使用发带、丝巾等，默默进行着公平竞争。

"这样好看吗？"罗莎琳德终于整理好了胸前的丝带，把目光从镜子转向她的妹妹。帕迪塔停下手中的活儿，抬起头来，盯着姐姐的眼睛。"你最好再缠上一圈，"她煞有介事地回答说，"我以我的名誉担保。"就这样，她们就像威克菲尔德牧师家中的小姐们一样①，整天忙于修改衬裙、涂脂抹粉、梳洗打扮。时光飞逝！转眼间，三四个月过去了，隆冬季节已经到来。罗莎琳德心想，如果帕迪塔再拿不出值得夸耀的东西的话，自己也就没有必要继续跟她较劲了。然而，帕迪塔——迷人的帕迪塔——觉得她

---

① 详见英国十八世纪杰出的散文家、诗人和戏剧家奥利弗·哥德斯密斯（Oliver Goldsmith, 1703—1774）创作的小说《威克菲尔德牧师传》。

的秘密比姐姐的珍贵百倍。

一天下午，罗莎琳德独自一人坐在梳妆台前——这种情形可不常见——对着镜子梳理头发。梳着梳着，她突然发觉天色已经昏暗，便立刻点燃两只蜡烛，并分别放在梳妆镜两边的烛台上，然后起身来到窗前，准备拉上窗帘。举目向外望去，天空乌云密布，大雪将至。而且，窗户正对着花园后门，后门连着一条小径。在昏暗的暮色中，她隐约看到后门在来回晃动，好像有人在外面的小径上用力摇晃它似的。一定是某个女佣或仆人在和心上人约会。就在她准备放下窗帘的一刹那，罗莎琳德看见妹妹帕迪塔匆匆进了花园，朝屋子方向走来。她急忙放下窗帘，只留下一个小小的缝隙窥探。只见帕迪塔一边快步疾行，一边在看手里拿的东西。当走到屋子跟前时，她突然停下了脚步，仔细把玩了一会儿手中的物品，然后放到唇边亲吻起来。罗莎琳德慢慢回到梳妆台边，在梳妆镜前坐下，嫉妒、丧气，心中五味杂陈。不一会儿，门开了。只见妹妹帕迪塔脸颊冻得红红的，有点儿上气不接下气的样子。

"嗨，"帕迪塔看见姐姐，连忙打招呼道，"我还以为你去妈妈那里了。"那个时代的女士们经常参加茶会，每逢这种时候，大多需要女儿帮母亲梳洗打扮。

"快进来！"看见帕迪塔还在门口站着，罗莎琳德大声说道，"茶会还有一个多小时才开始呢。来，帮我收拾收拾头发。"通过镜子，她可以清楚地看到妹妹脸上的表情。通过妹妹脸上的表情，她可以猜到她的所思所想：妹妹此时更想一个人待着。"帮我整整头发就行，"她央求妹妹道，"我马上就得去妈妈那里。"

帕迪塔只好走进房间，拿起梳子。通过镜子，她发现姐姐的眼睛紧紧盯着她的双手。刚刚梳了几下，罗莎琳德突然站起身来，指着妹妹的左手，大声叫喊道："谁的戒指？"帕迪塔中指上戴着一枚漂亮的戒指，上面镶嵌着两颗蓝宝石。戒指小巧精致，在明亮烛火的映照下闪闪发光。既然已经被姐姐看到，也就没有必要再继续保密了。"我的。"帕迪塔大胆承认道，充满了自豪。

"谁给你的？"罗莎琳德没有罢休。

帕迪塔犹豫了一会儿，回答道："劳埃德先生。"

"劳埃德先生？他怎么突然间变得如此大方？"

"不是突然间，"帕迪塔也激动起来，"已经送我一个月了。"

"你的意思是说，你是经过一个月深思熟虑后，才决定接受的？"罗莎琳德说道，"这种小饰品，尽管出自本地最好的珠宝商之手，但一点儿都不上档次。这种东西，即使给我一大把，我也不稀罕。"

"这枚戒指本身并不重要，"帕迪塔回答道，"重要的是它所蕴含的意义。"

"它所蕴含的意义就是，你不是一个矜持的女孩！"罗莎琳德大喊道，"天哪，妈妈知道你的阴谋诡计吗？劳埃德先生也知道？"

"妈妈已经同意了我的'阴谋诡计'。亲爱的姐姐，劳埃德先生已经向我求婚了。妈妈也同意了。有本事的话，也让他向你求婚啊！"

罗莎琳德看着妹妹，心里充满了嫉妒和悲伤。她脸色苍白，眨巴眨巴眼睛，猛地背过身去。帕迪塔说完有些后悔。尽管都是姐姐的不是，但也不能这样对姐姐说话。姐妹之间不应该这样相互伤害。然而，罗莎琳德却不这么想。她转过身来，对着妹妹阴阳怪气地说道："我祝福你们。祝你们幸福，长命百岁！"

帕迪塔苦笑了一声。"你最好不要用这种口吻对我说话！"然而，她抬高嗓门对着姐姐大声喊道："我宁愿你用最恶毒的语言诅咒我。姐姐。"最后，她又补充了一句："劳埃德先生不可能同时娶我们姐妹两人。"

"我真心祝愿你们生活幸福，"罗莎琳德再次坐在梳妆镜前，口中还在念叨着，"白头到老，儿孙满堂。"

帕迪塔听了，心中感到很不舒服。"你能给我一年时间吗？一年就行。生个男孩、生个女孩都行。快把梳子给我！"

"谢谢，"罗莎琳德回答道，"你还是去帮妈妈吧。让一个已有未婚夫的女士来服侍一个单身女人，显然不太合适。"

"瞧你说的，"帕迪塔回答得很幽默，"我现在有阿瑟服侍了。不必劳驾了。"

由于姐姐坚持要她离开，帕迪塔就出去了。听着妹妹走远了，可怜的罗莎琳德双腿跪在梳妆台前，双手抱头，嚎啕大哭起来，尽情宣泄着心中的悲伤。哭过以后，她感觉心里好受了许多。作为对妹妹的道歉和补偿，罗莎琳德坚决要求亲自给她梳妆，帮她穿上最漂亮的衣服，戴上最贵重的首饰，还送给她一些蕾丝。她对妹妹说道："既然快要结婚了，就应该打扮得漂漂亮亮，以证明自己所爱的人做出了正确的选择。"

　　既然全家人都同意这门婚事，下一步就是确定婚期了。经过两家商议，婚礼时间定在了第二年的四月份。因为劳埃德先生既要忙于筹备婚礼，又要忙于生意，所以不能像以前那样频繁拜访温格雷夫一家。罗莎琳德所不愿看到的事情——劳埃德和帕迪塔两人天天黏在一起，卿卿我我——也就没有发生。劳埃德非常清楚，罗莎琳德也喜欢他，但是从未对她有过任何暧昧的表示。无论在感情生活方面，还是在生意场上，劳埃德都很顺利。他感到十分幸福。当时，殖民地革命之火尚未燃起，谁也不会想到他的婚姻会是一个悲剧。那段时间，温格雷夫家中热闹非凡：丝绸的摩擦声、剪刀的咔嚓声以及飞针走线的声音不绝于耳。温格雷夫太太决定倾其所有，为小女儿好好置办一些嫁妆。街坊邻里也都纷纷为帕迪塔的婚礼服饰献计献策。唯独可怜的罗莎琳德表现得不够积极、热心。罗莎琳德身材高挑，相貌端庄，天生一副贵妇人相。她非常喜欢穿着打扮，而且很有品位。妹妹帕迪塔对此非常清楚。然而，当她妈妈、妹妹和街坊邻里面对各种布料，因为不知如何选择而一筹莫展时，她却头颅高昂、双臂交叉，态度冷漠地端坐一旁。一天，新郎劳埃德亲自送来一块白色锦缎，帕迪塔把它铺展在椅子的靠背上，只见它白底蓝色图案，精美绝伦。这应该是帕迪塔所能够想象到的最时尚、最光彩照人的布料了。她感到有些不知所措。

　　"姐姐，你穿这个颜色更好看，"帕迪塔看着罗莎琳德，恳求道，"现在，就看你的了。"

罗莎琳德站起身来，两眼盯着这块华美的布料。她小心翼翼把它从椅子背上取下来，捧在手里，轻轻抚摸着。突然，她转过身对着镜子，在自己身上比试起来。首先，她把这块锦缎搭在肩膀上，慢慢垂到脚面，然后用雪白的手臂把它围拢在腰间。红褐色的长发垂落在华美的锦缎上，绝对一幅美人美服图！她两眼看着镜中的自己。旁边站立的各位女士不约而同一起赞叹道："啊，真漂亮！""妹妹说得对，"罗莎琳德自言自语道，"我比她更适合穿蓝色。"帕迪塔非常清楚，此时此刻，姐姐的创造力已经得到充分激发，足以裁剪好这块锦缎，足以解决为她做嫁衣过程中所遇到的问题。随后，罗莎琳德的表现也印证了她的判断。罗莎琳德知道妹妹喜欢帽子。于是，她不辞辛劳地使用丝绸、缎带、衬布、天鹅绒和蕾丝等为妹妹制作帽子。由于罗莎琳德的大力支持，帕迪塔的虚荣心在婚礼那天得到了巨大满足。事实上，罗莎琳德的虚荣心比任何一位已经收到来自上帝神圣祝福的、爱慕虚荣的新娘都更为强烈。

按照计划，劳埃德和帕迪塔将去一位英国绅士的乡间宅邸度蜜月。这位绅士是阿瑟·劳埃德的好朋友，一个单身汉。他非常乐意为劳埃德夫妇的新婚蜜月之行提供方便。劳埃德夫妇的婚礼仪式是在教堂举行的，主持人是一位英国牧师。仪式结束后，帕迪塔——年轻的劳埃德夫人——立即赶回母亲家中。在姐姐罗莎琳德的帮助下，她迅速脱下婚礼礼服，换上骑马穿的衣服。此时此刻，马车已在门口等她。也就是说，阿瑟已经在催她了。于是，她急忙走出她的闺房——她和姐姐朝夕相处的那个房间——去跟母亲道别。等到跟姐姐道别时，她发现姐姐并没有随后跟来。为了尽快跟姐姐道别以便马上离开，帕迪塔只好再次回到闺房去找姐姐。当她推开房门时，眼前的景象让她惊呆了：罗莎琳德站在镜子跟前，身上穿着她刚刚摘下来的面纱和花环，脖子上则戴着她刚刚摘下来的珍珠项链——那是丈夫送给自己的新婚礼物。对帕迪塔来说，这些饰品无比珍贵。之所以把它们堆放在那里，是因为她马上要和丈夫去英国乡下度蜜月而没有时间收拾。见此情景，帕迪塔非常生气，姐妹二人勾心斗角的陈年旧事再次涌上心头。她迈步朝姐姐走去，好像要把面纱和花环从姐姐身上扯掉似的。然而，当她和姐姐在镜子里四目相对时，她停住了脚步。

"再见，罗莎琳德，"她的声音很平和，"等我走后你再穿戴我的这些贵重饰品，效果也许会更好！"未等姐姐回答，她就匆匆离开了。

劳埃德先生在波士顿买了一栋房子。房子设计典雅大气，居住舒适惬意。买后没过多久，他们就住了进去。他们的新家距离温格雷夫太太家大约二十英里。考虑到当时的交通情况，相距二十英里大致相当于今天相距一百英里。因此，在他们结婚的头一年，帕迪塔几乎没怎么回家探望过妈妈。想念出嫁的小女儿使得温格雷夫太太情绪有些低落，对于大女儿的担心却使她整日整夜忧心忡忡、寝食难安。自从小女儿出嫁走后，大女儿就一直无精打采、萎靡不振。个中原因，读者应该非常清楚，但温格雷夫太太和她的朋友们却认为是罗莎琳德的健康状况出了问题，如果换一换环境，可能会好一些。于是，温格雷夫太太决定送罗莎琳德去纽约，到温格雷夫先生的亲戚家住上一段时间。就这样，罗莎琳德在纽约接连住了好几个月。因为要参加做律师的哥哥伯纳德的婚礼，罗莎琳德才从纽约回到家中。此时此刻，罗莎琳德面容如百合花一样亮丽，两颊如玫瑰花一样粉红，得体的微笑洋溢在她的嘴边，她所遭受的情感伤害已经痊愈。劳埃德先生也从波士顿赶过来参加伯纳德的婚礼。劳埃德夫人因为有孕在身且即将生产而无法前来。

　　罗莎琳德将近一年没有见到劳埃德先生了。得知帕迪塔不能参加哥哥伯纳德的婚礼，她非常高兴。劳埃德先生看上去心情不错。他比结婚以前更加成熟稳重了，但在罗莎琳德看来，阿瑟"很纠结"。毫无疑问，一方面，他心中一定会惦记快要生产的妻子帕迪塔；另一方面，他也不可能不注意到美丽的罗莎琳德。在伯纳德婚礼结束后的第二天早晨，劳埃德先生便吩咐仆人，将一个女士用马鞍套在马背上，和罗莎琳德一起骑马兜风去了。那是初冬一月的一个美丽晴朗的早晨，地面荒芜坚硬，人马神清气爽——罗莎琳德尤其如此。她头戴饰有羽毛的帽子，身穿皮毛饰边的深蓝色骑装，漂亮迷人。他们整个上午都在骑马，后来因为迷了路，只好跑到一家农户要了点吃的。他们回到家时，暮色已经降临。只见温格雷夫太太脸拉得很长，一副悲伤的样子。原来午后时分，劳埃德夫人派人送信来说，她觉得身体不适，要求丈夫即刻返家。想到自己因为骑马外出游玩而耽误了好几个小时，而且如果利用这几个小时立马回家的话，现在他早已经守在妻子身边了，劳埃德先生心中暗暗责骂自己。他顾不上吃晚餐，跨上信使的快马，飞奔回家。

直到午夜时分，他才匆匆赶回家中。帕迪塔已经顺利产下一名女婴。

"亲爱的，你怎么才回来？"妻子责备他道。

"送信人到达时，我正和罗莎琳德在郊外骑马。"劳埃德先生回答说。

劳埃德夫人小声呻吟了一下。在过去一周里，她的身体曾有过好转的迹象。然而，不知道是因为吃了变质的食物，还是因为受了凉，那几天她的健康状况迅速恶化。她心里很清楚，自己的生命已经走到了尽头。就在病情恶化的第三个晚上，她告诉丈夫，自己恐怕撑不到第二天了。于是，她要求仆从，包括她的妈妈都散去——温格雷夫太太前一天刚刚到达。她把女儿放在床上，依偎着孩子躺下，让孩子吮吸着她的乳房，然后紧紧握住丈夫的一只手。虽然灯光被厚重的床帘遮住，房间却被壁炉里熊熊燃烧的木柴所发出的火光映照得通亮。

"炉火！死亡！唉！"帕迪塔脸上勉强挤出一丝微笑，"假如我的生命之火能够像这炉火一样，该有多好！只可惜现在仅仅像它迸发出的一点火星而已。"她一边发着感慨，一边低头看着襁褓中的女儿，然后抬起头，望着自己的丈夫，心中充满了焦虑。阿瑟刚刚亲口告诉她，就在她分娩的痛苦时刻，他没有陪在她的身旁，却和罗莎琳德在一起骑马玩乐。她至今还没有从阿瑟的回答中回过神来。

　　她十分信任并深爱着自己的丈夫，但是一想到姐姐，她就会倒吸一口凉气。罗莎琳德一刻也没有停止对她的嫉妒。结婚一年来，尽管生活平稳、快乐，但她脑海中经常浮现出这一幕——罗莎琳德穿着她的婚纱，脸上满是胜利者的笑容。一旦自己死去，阿瑟独身一人，罗莎琳德一定会主动出击。她不仅美丽动人，而且心机满腹，趁阿瑟悲痛欲绝之际，她必定会趁虚而入。劳埃德夫人默默看着自己的丈夫。他一双明亮的眼睛饱含泪水，面部因为不断抽泣而颤抖，一双大手温暖有力。他高贵温柔，诚挚友善。"不会的，"帕迪塔心想，"他爱的人是我，不是罗莎琳德。而且，罗莎琳德也不真心爱他。她觊觎的只是名利和珠宝。"她低头看着手上丈夫送给她的戒指，睡袍上镶嵌着的蕾丝边。"与其说她垂涎我的丈夫，倒不如说她垂涎我的珠宝和衣服。"

　　为了防止姐姐的无耻行径可能会给自己尚在襁褓中的女儿带来不幸，"阿瑟，"她嘱咐丈夫道，"如果我死了，你就把我手上的戒指摘下来。等咱们女儿长大了，你把它以及我的其他首饰都交给她。对了，还有蕾丝和锦缎，今天我把它们全都拿出来晒了晒。这些东西个个无与伦比、绝无仅有。就算是我留给女儿的一点儿心意。你务必保管好，等女儿长大了亲手交给她。这些是留给妈妈的。这些是留给罗莎琳德的。但是，我刚刚交代你留给咱们女儿的东西，必须保存好。这件白底蓝色衣服，我只穿过一次，也留给咱们的女儿吧。女儿眼睛长得像我，肤色也像我。适合我穿的衣服一定也适合她。时尚的东西基本上二十年一个轮回。我在留给她的衣服里都放上了樟脑丸和玫瑰叶，可以一直存放到她能够穿戴的那一天。啊，我一直想象着咱们女儿长大后的样子：一头乌黑秀发，身着我的康乃馨色礼服。阿瑟，你能答应我吗？"

"你说，亲爱的？"

"答应我，一定要保管好你可怜的妻子留给咱们女儿的那些旧礼服。"

"你担心我会扔掉它们？"

"不，我担心你四处乱放。我让妈妈把它们包好。你负责把它们保存好。我们家阁楼上有个大衣柜。你把它们都放在那里，然后加上两道锁。妈妈和管家可以帮你上好锁，然后把钥匙交给你。你把钥匙放好，等咱们的女儿长大后再交给她。除了女儿，谁也不能给。你能答应我吗？"

"我答应你！"实际上，劳埃德当时并不了解妻子的想法。

"你能发誓吗？"

"我发誓！"

"好的——我相信你——我相信你！"可怜的帕迪塔女士望着丈夫，眼神非常坚定，同时充满了恳求。

面对丧妻之痛，劳埃德表现得比较勇敢理智。妻子刚刚去世一个月，他便决定离家去英国做生意。这样一来，他可以转移一下注意力，平复一下悲伤的心情。他在英国待了接近一年。回来后，他仍旧住在原来的房子里，而且房子的布置一直保持着妻子生前的样子。人们猜测，对他有意的姑娘都排成了长队。过不了多长时间，他一定会再婚的。然而，六个月过去了，他并没有结婚。从他出国到现在，女儿一直由外祖母照顾。温格雷夫太太坚持认为，孩子年龄太小，跟着他四处乱跑，不利于她的健康成长。他非常想念孩子。于是，他派管家坐着马车去迎接女儿回家。看到妈妈不放心，罗莎琳德主动提出把外甥女送回家，并保证马上回来。劳埃德先生见到女儿非常高兴，同时也为罗莎琳德的善良与真诚所感动。然而，罗莎琳德并没有马上返回马萨诸塞。阿瑟和外甥女都不愿意她回去。一听说姨妈要走，小外甥女便大哭不止。阿瑟也恳求她尽量多住些日子，等女儿适应了别人的照顾和陪伴后再走。一周后，罗莎琳德回家拿了一些换洗衣服，又重新回到了波士顿。

就这样，罗莎琳德在妹妹家一连住了两个月。温格雷夫太太一直很纠结。一方面，她对大女儿长时间住在小女儿家非常不满。在她看来，这样做会遭别人讥笑的。另一方面，罗莎琳德这一走，倒是给这个家带来了久违的和谐与宁静。儿子伯纳德结婚后和妻子一直住在家里。但是，罗莎琳德和嫂子关系不太融洽。虽然罗莎琳德毛病很多，但脾气还是不错的。她和伯纳德夫人发生争吵，责任大多在后者。毫无疑问，只要她们姑嫂发生争吵，无论孰是孰非，温格雷夫太太也好，伯纳德先生也罢，都会感到不高兴但又无可奈何。去妹妹家住，如果仅从避免和嫂嫂吵架这个角度来说，罗莎琳德会感到高兴；如果从和自己心仪的男人待在一起这个角度来说，她会感到双倍甚至十倍的快乐。

帕迪塔一直怀疑姐姐罗莎琳德企图夺走她的丈夫劳埃德先

生。尽管缺乏足够的证据，但罗莎琳德确实对劳埃德有好感。事实上，劳埃德先生的内心也在发生微妙的变化。劳埃德不是彼特拉克 ①，用情专一不是他的本性。他和罗莎琳德相处了没有几天，就确信她是——用当时的话来讲——一个很好的女人。当然，今天如果再去追究，姐姐罗莎琳德是否如妹妹帕迪塔猜测的那般使用了卑劣伎俩勾引她的丈夫，显然已经没有什么必要了。但有一点可以肯定，她找到了展示自己魅力的有效方法。比如，每天早上，她都会坐在餐厅里的壁炉前编织挂毯，小外甥女则乖乖坐在她的身边，摆弄着姨妈编织挂毯用的毛线，那个场面非常温馨动人。如果劳埃德对此画面无动于衷，那他一定是个傻子。他非常喜欢女儿，一会儿把她抱在怀里，一会儿上下抛举，逗得她咯咯直笑，而且乐此不疲。当然，倘若他动作幅度过大，女儿就会突然大叫或哭泣以示不满。这时，罗莎琳德便会停下手中的活儿，伸出纤纤玉手，从劳埃德手中接过外甥女，像母亲般百般抚慰。劳埃德先生则手足无措地站在那里，呆呆地看着罗莎琳德。

罗莎琳德非常注意形象，尤其在和热情好客的劳埃德先生打交道方面，她表现得非常谨慎。用劳埃德的话讲，虽然他把她当作家庭一员来看待，但她自己却没有。她表现得过于客气，没有一家人那么自然。吃过晚餐半小时，漫漫冬夜刚刚开始，她便点燃蜡烛，屈膝给劳埃德规规矩矩行上一礼，就早早上床睡觉。如

---

① 彼特拉克（Francesco Petrarca, 1304—1374），意大利学者、诗人，文艺复兴时期第一个人文主义者，被誉为"文艺复兴之父"。值得一提的是，他在 23 岁那年结识了当年 19 岁已婚的美丽女子劳拉，从此展开了长达二十余年的精神追求，为此留下了 366 首献给劳拉的十四行诗，最后合编成举世闻名的爱情绝唱《歌集》。

果把这些礼节看作艺术，罗莎琳德无愧为一名伟大的艺术家。正如读者下面所看到的，这些礼节看似轻描淡写，但就对付劳埃德这一点来说，非常有效。数周过后，罗莎琳德觉得已经稳操胜券，便收拾行李回母亲家了。她在母亲家静静等待了三天。第四天，劳埃德先生，一个令人尊敬而且难以拒绝的求婚者，便出现在了她的面前。罗莎琳德红着脸听劳埃德把誓言说完，欣然接受了他的求婚。整个过程，她言行举止恭恭敬敬。当然，如果妹妹帕迪塔天上有知，一定不会同意丈夫娶姐姐的。如果说还有什么东西能够稍稍平息她心中的气愤的话，最佳选择无疑是他们两人表现得都非常低调——无论是订婚还是结婚，都没有大肆炫耀。就像当时人们所戏称的那样，这样一来，第一任劳埃德夫人就不会知道了。

这段姻缘看上去非常美好，两个人都得到了自己想得到的东西——劳埃德先生得到的是，用他自己的话说，一个"非常好的女人"。罗莎琳德的想法——正如读者所看到的——一直扑朔迷离。美中不足的是，结婚三年，罗莎琳德一直没有怀孕。而且，劳埃德的生意也不景气，一直处于亏损状态。收入的锐减导致各项支出大幅减少，在物质上，罗莎琳德婚后的生活显然不如妹妹那时富足。尽管如此，她还是打扮得非常时尚。她心里非常清楚，存放在阁楼上的那一大箱子精美衣服及布料，是妹妹帕迪塔留给女儿的。但是，一想到这么多好东西竟然留给一个尚且坐在高脚椅上、用小木勺吃面包和牛奶的小女孩，她就感到非常不舒服。婚后刚刚过了几个月，她便迫不及待地和丈夫谈起这件事，说什么好衣服放久了，不仅不时尚了，而且会渐渐褪色。如果被虫蛾叮咬，那就更可惜了，还不如让她穿。等小外甥女长大了，再给她买新的。劳埃德先生断然拒绝了她的请求，一点儿商量的余地都没有。半年过去了，罗莎琳德心里仍然念念不忘阁楼上妹妹存放的遗物。有一天，她爬上阁楼，两眼盯着锁在箱子上的三把大铁锁。毫无疑问，这三把大铁锁进一步助长了她心中的贪婪。这口大箱子就像古宅中恪尽职守的老管家，双唇紧闭，表情冷酷。尽管它对家族秘密知道得一清二楚，你却休想从它那里打听到一个字。罗莎琳德怒火中烧，她用力踢了箱子一脚。从箱子发出的声音可以听得出来，里面装得满满当当的。她心中的渴望更强烈了。"太可笑了！"她大叫道，"无知、可耻至极！"她决定再向丈夫争取一次。第二天午餐时分，看着丈夫喝干杯中最后一滴葡萄酒，罗莎琳德便鼓足勇气开始说了起来。然而，她刚一张口便被丈夫打断了。

"亲爱的，我再说最后一遍，"丈夫神情非常严肃，"倘若你再提这件事，就别怪我对你不客气了！"

"你说什么？对我不客气？"罗莎琳德挖苦丈夫道，"上帝啊，我今天才知道，我在你心目中是什么地位。"然后，她大声哭喊道："能够嫁给你这样一个反复无常的人，我太开心了！我太幸福了！"她的眼睛里充满了愤怒与失望。

劳埃德先生天生心地善良，一看到妻子流眼泪，心就软了。他急忙向妻子解释道——准确地说，应该是妥协："亲爱的，我不是反复无常，我是在信守诺言，坚守誓言。"

"坚守誓言？说得倒挺好。请问，你这是为谁坚守誓言？"

"帕迪塔！"劳埃德先生抬起脑袋但又立马耷拉下去。

"帕迪塔！啊，又是帕迪塔！"罗莎琳德放声大哭，顿时泪流成河——好像她发现妹妹订婚那夜没有哭出的眼泪这次也一起流了出来，她的胸膛随着剧烈的抽泣不停地上下起伏。她本来已经想通了，对于妹妹的妒忌之火已经平息，但这次又被愤怒点燃。"你把我当成什么人了？因为帕迪塔，你就应该对我如此残酷无情？表面上看，我很风光，住着漂亮的房子，享受着帕迪塔所不能享受的东西。请问，帕迪塔享受过的东西，我享受到了吗？事实上，我什么都没享受到。"

罗莎琳德的这些话虽然毫无逻辑，但是发自肺腑。劳埃德先生抱住她的腰，试图去亲吻她，却被她一把推开了。可怜的劳埃德！面对罗莎琳德——这位曾经让他梦寐以求的"非常好的女人"——鄙夷的目光，他的心在滴血，耳在鸣响。他走到书桌前，从抽屉里摸出一个贴着封条的小袋子。那口大箱子的钥匙就放在里面，是他亲手把那三道锁一一锁上后放进去的。封条上写着他当年亲口对帕迪塔许下的承诺：Teneo①。看到这个承诺，他感到十分羞愧，但还是把袋子扔在了罗莎琳德身旁的桌子上。

"我不稀罕！"罗莎琳德哭喊道，"你还是自己留着吧！"

"全给你，"劳埃德大喊道，"上帝啊，原谅我吧！"

罗莎琳德耸耸肩膀，迈着大步，昂首走出了房间。劳埃德见

---

① 拉丁文：了解、理解、维护。此处可译为"我一定保存好"。

此情景，也赌气从另外一道门走了。大概十分钟后，罗莎琳德又回来了。当时，小外甥女和保姆都还在。小外甥女蹲坐在椅子上，手里拿着那个装钥匙的小袋子，她的小手已经把封条撕掉了。罗莎琳德急忙把袋子夺了过来。

直到晚餐时间，劳埃德先生才从账房里走出来。时值六月，昼长夜短。即便到了晚餐时间，天还大亮。当时，饭菜已经在餐桌上摆放完毕，只等劳埃德夫人过来。劳埃德先生派仆人去请夫人来就餐，仆人回答说，她没在自己的房间，而且自午餐过后就一直没有看见过她。事实上，他们此前看见她的脸上挂着泪珠，本以为她会躲在自己房间里哭的。劳埃德先生大声呼喊着她的名字，四处寻找。然而，找遍了整座住宅，既没有看到她的踪影，也没有听到她的声音。突然，他想到了阁楼。他决定自己一个人上阁楼去找。他站在通向阁楼的楼梯上，手搭楼梯扶手，呼喊着罗莎琳德的名字。刚开始，他的声音不大而且直打颤。渐渐地，他的呼喊声越来越大，而且越来越坚定。然而，他听到的只有他自己的回声。尽管如此，他还是毅然决然地登上了通向阁楼的楼梯。

劳埃德先生登上了阁楼，一个宽阔的大厅展现在眼前。大厅里壁橱林立，壁橱的尽头则是一扇大窗。那口大箱子就放在窗子跟前。窗子朝西，落日的余晖洒满了阁楼，罗莎琳德跪在大箱子前面。尽管满腹惊讶和恐惧，他还是立即冲了过去。箱子的盖子敞开着，用香巾包裹的珠宝首饰裸露出来。罗莎琳德跪着，身体呈后仰姿势，一只手撑着地面，另一只手按在胸口，身体已经冰冷僵硬。借着落日的余晖不难看出，她脸上的表情比死亡本身更加令人恐惧。她的嘴巴张得很大，可能出于失望，可能出于痛苦，也可能出于乞求。在她没有一点儿血色的额头和面颊上，留有十道丑陋的致命伤痕。这应该是变成厉鬼的复仇者所为。

## 德·格雷家族

一八二〇年春天，德·格雷夫人已经六十七岁高龄，但风采丝毫不减当年。她身材高挑，体态丰腴，满头银发，眼珠乌黑，脸颊就像年轻人一样红润舒展，嘴角始终挂着一丝淡淡的笑容。可能是因为年纪大了和丧夫的缘故，她经常身着黑色衣裙，但手上佩戴的戒指却璀璨闪亮，使她整个人看起来并不沉闷。而且，每逢春天，她就会在胸前别上一朵小花或一片绿叶。有人说，这是赫伯特先生送给她的。事实上，这些花草都是女仆从家中的花园里采摘来的，德·格雷夫人只是从中精心挑选了几枝而已。

德·格雷夫人家境殷实，为人率直、坦诚。从她那双明亮的大眼睛到她那两片迷人的双唇，很难想象她心中藏有什么秘密，为人有什么城府。她的丈夫乔治郁郁寡欢，似乎精神不太正常，结婚仅仅一年便撒手人寰，给她留下了一大笔钱和一幢豪宅。独子保罗英俊潇洒，诙谐机智，孝顺懂事，很少给她惹是生非。六个仆人个个忠心耿耿，尽职尽责。德·格雷夫人是一位虔诚的天主教徒。她爱她的儿子、爱她去过的每一个地方——教堂、花园，甚至洗手间。赫伯特神父——丈夫的好朋友——长住她家，即便在她丈夫死后，仍然与她朝夕相伴，为她分忧解难。当然，难免惹人议论。她跟镇上其他上了年纪的阔太太一样，生活快乐幸福。她的人生就像一杯富含奶油和蜜糖的奶茶，香气浓郁。迄今为止，德·格雷夫人从未品尝过害怕、迟疑、焦虑的滋味，也从未发过什么脾气。她究竟是痛苦的，还是快乐的？"她生活在黑暗之中。"不少女人这样形容德·格雷夫人的生活，尽管没有给出什么合理的解释，但至少有一点可以肯定，这话可以大大降低人们对德·格雷夫人的羡慕程度。

德·格雷夫人一向深居简出，形单影只。丈夫死得早，儿子保罗年少时曾经陷入一场风流闹剧，以至于长大成年后接连几年心情抑郁，懒散度日。尽管德·格雷夫人和赫伯特先生都对此心知肚明，但都声称无法理解保罗为何不太上进。德·格雷夫人的父亲是一个英国人，虽然家道中落，但一直坚称自己具有贵族血统。赫伯特先生也是一个土生土长的英国人。他认为，无论身处哪一阶层，懒惰都是可耻的。后来，保罗总算长了一点儿志气，从伦敦几家银行获得了一大笔信用贷款，但他大部分时间待在家中，要么埋头读书，偶尔写上几句英雄双韵体诗①，要么待在花园里懒洋洋地躺着。年底时，他骑马在国内周游了一圈，回来后俨然成了一个热情的美国人，感觉自己可以只身去国外度假了。事实上，早在他还是个孩子的时候，德·格雷夫人就和赫伯特先生多次讨论过这个旅行计划。他们既没有试图预测保罗将来从事什么职业，更没有为他从事某一职业而做任何准备。他们希望保罗可以像他父亲生前那样自己选择职业。然而，他们都认为，找工作不能操之过急。保罗应该先出去见见世面。对德·格雷夫人

① 十七、十八世纪英国新古典主义诗歌中使用的一种五音步抑扬格。

来说，"世界"仅仅是个名词而已，但对身为神父的赫伯特先生来说，却是活生生、真实存在的东西。在赫伯特先生看来，保罗已经长成了一个落落大方、机智聪敏的青年，现在是时候检验一下他能否独立应对各种试探和诱惑了。他希望，经过几年生活历练，保罗能够慢慢稳重、成熟起来，在小事上严谨细致，在大事上信心满满，最终成长为一个虔诚的天主教徒，一个颇有成就的绅士。所以，保罗刚刚年满二十三周岁就跑去欧洲度长假了。在欧洲游历的时候，保罗给家里写了好多封长信，写得非常认真，令人欣喜。德·格雷夫人和赫伯特先生在为其文学天赋感到自豪、盼望他早日归来的同时，也陷入了迷茫：这孩子究竟是在家时更让他们满意，还是在国外时更让他们放心呢？

保罗走后，家里安静了许多。德·格雷夫人既不出门，也不找人来家中娱乐。只在偶尔的晨间问候时，她才与外人接触。赫伯特先生埋头学问，几乎把所有时间都投入读书当中了。大多数时间，德·格雷夫人都是一个人独处。她把房间收拾得如此干净，甚至女仆们都感到"敬畏"。有时，她也会读读与宗教相关的书，或者为教会编织衣物。有时，她还会给儿子写信，但是就连赫伯特先生也不知道她写了什么。德·格雷夫人的这种生活状态，即便是在四十年前，人们也会觉得无聊至极，更不用说现在。这根本不是她应该过的生活。好歹这一天终于来到了：就在她六十七岁那年，即保罗回来的前一年，四月的某一天早上，德·格雷夫人突然觉得自己十分孤独。考虑了好大一会儿，她决定和赫伯特先生好好谈一谈。

赫伯特先生出生于一个天主教徒家庭，家境还算殷实。他是家中的小儿子。在伦敦，他与乔治·德·格雷一见如故，惺惺相惜，成为了好朋友。当时，德·格雷还没结婚，赫伯特刚刚开始学习法律。看到赫伯特不太喜欢自己的专业，对其他东西也没多大兴趣，而且身体状况还不怎么好，德·格雷没费多大力气就说服了他。于是，两个年轻人结伴同行，一起游览了法国和意大利。德·格雷家境富裕，为人慷慨。一路上，两个人精神抖擞、非常友好。也不知道什么原因，他们在威尼斯大吵了一架。有人说是因为赌牌，也有人说是因为女人。后来，德·格雷回到美国，赫伯特则去了罗马，进入一家修道院研究神学，后来成为了一名神父。德·格雷三十三岁那年，娶了德·格雷夫人。结婚仅仅几周，他就写信给赫伯特，表达了和解的愿望。其实，赫伯特早就原谅德·格雷了。他从信中感觉到德·格雷非常不开心，十分同情他。恰好，他接到教会让他到美国布道的任务，于是就来到纽约，去德·格雷家中探望他。也就是从那时起，德·格雷的家成为了赫伯特的家。德·格雷因纵欲过度身患重病，整天足不出户。因为赫伯特的到来，德·格雷身体好了许多，但仅仅维持了几个月便去世了。德·格雷死后，流言四起，说他把大笔遗产留给了赫伯特，条件是赫伯特继续和他妻子、儿子一起生活，并全权负责教育他的儿子。

二十五年过去了，赫伯特一直以德·格雷夫人的朋友、顾问和保罗导师的身份住在德·格雷家中。在与德·格雷和解后，他就主动放弃神父的身份。他现在只是一个普通的虔诚信徒，不再在乎教区和讲道坛。另外，赫伯特还是一个好学不倦的人。他扩建了德·格雷留下的图书馆。据说，他还就天主教会在美国的历史写了厚厚的一本书。作为一名天主教徒，他并没有掺杂过多的个人情感，写得比较客观。那本书虽然读起来并不怎么有趣，但由于记载了大量的史实，很有保存价值。遗憾的是，这件事只有保罗一个人知道，而且书稿或许永远不会出版。

赫伯特先生身材瘦小，腰背弓驼，但手指很好看。他很有教养，只是性格有些沉闷乏味，就像他写的著作一样。恰如法国人所说，微笑时只动动嘴唇，握手时只动动指尖。他年轻时油头粉面，明眸善睐，魅力四射。现在，因为头发脱落，他经常头戴黑色丝帽。另外，他喜欢穿无领上衣，而且脖子上经常戴一个皱巴巴的领结。

德·格雷夫人来到赫伯特先生面前，说道："如果没有发现变老的迹象，我还以为我越活越年轻呢。"

赫伯特先生感到不解。"变老的迹象？"

"我的视力越来越差，连书上写的字都看不清了。"

"越活越年轻？"

"我感觉孤单，喜欢有人陪伴。要是保罗在家该有多好！"

"保罗很快就回来了。满打满算也就一年。"

"我知道。但是，就这一年我也撑不住了。"

"你为什么不找个人陪你读书、聊天？有好多可怜的女士在寻找栖身之所。"

"那些女人又老又丑，我不喜欢。我需要一个年轻、有活力的人，就像保罗一样。你今年七十多了，我六十五岁（略带得意），黛博拉六十岁，连厨师和车夫都五十五岁了。全是老古董。"

"想找个年轻女孩儿陪你？"

"说得对。找一个年轻、漂亮、而且活泼的女孩儿。不时地笑一笑，在这座大房子里弄些声响出来。"

"嗯，"赫伯特先生沉思了好大一会儿，"在保罗回来前，你做什么都行。"

"当然。赫伯特，想必你也能明白我的想法。"

"嗯，非常明白。夫人，请允许我补充一句。说句心里话，希望你以后不要后悔。"

德·格雷夫人说道："保罗还年轻。就算悲剧重复上演，但总会有结束的那一天。"

赫伯特面色凝重，反驳道："他父亲去世时只有二十六岁。"

一听这话，德·格雷夫人眉头紧皱，脸色泛红，两眼死死盯着神父。两人四目对视，神父丝毫没有痛苦的神情。不一会儿，德·格雷夫人恢复了一贯的冷静，不再言语。

这次谈话过后不到一周，德·格雷夫人就在教堂看到了一位老妇人和一个年轻姑娘。她以前从来没有见过她们，想必是新加入会众的。老妇人衣衫不整，身体状况不好，但举止文雅，态度虔诚。一周后的周末，她又看到了她们。当时她们正在祷告。两人脸上的忧伤和烦恼敲击着她的心弦。第三个周末，她在去做祷告的路上再次碰到了那位年轻姑娘。她身着丧服，脸色惨白，独自一人从忏悔室中走了出来。姑娘沉重的步伐和悲伤的表情似乎在告诉德·格雷夫人，她在这个世界上孤苦伶仃、无依无靠。德·格雷夫人深知孤独之苦，强烈的同情心使她产生了跟这个陌生姑娘搭讪的冲动。她很想知道这位姑娘为何如此悲伤。于是，就在姑娘离开教堂之前，她急忙走上前去与之交谈，而且很快赢得了姑娘的信任。姑娘告诉她，她是南方人。父亲是一名海军军官，两年前就已经葬身海底了。母亲体弱多病，刚刚去世。她和母亲来纽约完全是为了给母亲看病。医生非常善良，看见她们母女可怜，没有收取她们任何费用，但是没能够医好母亲的病。她们的所有积蓄都花在了衣食住行和为母亲举行葬礼上。在这座城市里，她独自一人，举目无亲，而且身无分文，也没有安身之处。对她来说，当务之急便是找份工作。

姑娘继续说道："尽管我看起来面色苍白、身体虚弱，但实际上强壮着呢。我只是太累了，太悲伤了。我什么活都能干，只是不知道该去哪儿找工作。"她面无血色，身体瘦弱，衣衫褴褛。尽管如此，德·格雷夫人仍能看得出她是一个漂亮的姑娘。她头戴一顶破旧的黑色帽子，浅色头发胡乱塞在里面，一双蓝色眼睛清澈明亮，动人心弦。她告诉德·格雷夫人，她接受过良好的教育，还会弹钢琴。德·格雷夫人脑海里立刻浮现出这样一番景象：她剪掉杂乱的头发，穿上白色的连衣裙，系上蓝色的腰带，时而倚窗读书，时而纤细的手指在一架古老钢琴的键盘上跳跃。德·格雷夫人暗暗劝说自己，如果想收留她，就不能讨厌她身上穿的黑色丧服。毫无疑问，此时此刻，这位姑娘孤独无助，只要

有事做，一定不会讲条件。德·格雷夫人在神圣的教堂里轻轻亲
吻了她，连祷告也没有做，便上了马车。第二天，玛格丽特·奥
尔蒂斯（这位姑娘的名字）乘坐这辆马车来到了德·格雷夫人的
住宅。

　　这是一座古色古香的大宅子。房间、大厅宽敞、明亮，并带
有一个漂亮的大花园。虽地处市郊，但紧靠一条新修的大道，交
通非常便利。周围茂密的树木形成了一道树墙，将马路上的喧嚣
隔离开来。这里清幽静谧，日光柔和，别有洞天。身居其中，身
体感到舒适，灵魂得到慰藉。在这里干活，玛格丽特丝毫没有寄
人篱下、受人恩惠之感。她精神焕发，像鲜花一样再度盛开了。
悠闲自在、心情舒畅的生活使她恢复了往日的快乐和美丽。她
美丽但不张扬，快乐但不炫耀，两者相结合更加彰显出如花少女
的优雅和魅力。她纤瘦虚弱，面容憔悴，步履蹒跚，说话轻声细
语。所有这些都源自她的不幸遭遇。但是，她深邃的蓝眼睛燃烧
着热情的火焰，充满勃勃生机。她苍白的嘴唇无声地诉说着自己
坚定的决心。毫无疑问，她天生喜欢这里安逸奢侈的生活。有时
候，她能够一动不动接连坐上几个小时。她脑袋微微后扬，眼睛
慢慢游移，一种说不出的满足感令其沉迷其中。每当这时，赫伯
特神父就会躲在一边偷偷看她。事实上，从她刚刚到来的那一刻
起，他就开始密切关注她的一举一动。尽管他是一位学者，一个
隐士，但并没有丧失欣赏女性美的能力。德·格雷夫人带回的这
个漂亮却贫穷的姑娘让他惊叹不已。一天晚上，这个年轻女孩呆
呆地坐在那里，不言不语，神情恍惚。后来，听到德·格雷夫人

喊她，她才站起身来。突然，她疾走了几步，来到德·格雷夫人面前，"扑通"一声跪倒在地，脑袋趴在老夫人的大腿上，止不住一阵抽泣。赫伯特神父一直在旁边站着。这时，他走过来，将一只手放在她的头上，另一只手画了一个十字，像是在祷告。这样一来，这场感恩仪式便具有了神圣感。也就是从这一刻起，赫伯特神父爱上了玛格丽特。

玛格丽特嗓音清脆、甜美。她不仅天天为德·格雷夫人朗读文章，周末晚上还要吟唱赞美诗。另外，她心灵手巧，是做针线活的好手。她们在悠长的夏日清晨一起读书、聊天。玛格丽特向德·格雷夫人讲述着她的过去。事实上，这些陈芝麻烂谷子的事，德·格雷夫人听她讲过好几回了。但作为一种消遣，她让玛格丽特讲了一遍又一遍。德·格雷夫人也乐此不疲地讲述着自己的故事。这些故事空洞贫乏，给玛格丽特一种朦胧感。然而，这种感觉很快就被一个叫保罗的人给冲没了。德·格雷夫人不厌其烦地讲述着保罗的一切。渐渐地，玛格丽特开始喜欢上了保罗。她聚精会神地倾听着德·格雷夫人对儿子的赞美，心想自己未曾与其谋面真是一大憾事。她盼望着保罗尽快回家来，突然间又对此心生恐惧。很显然，德·格雷夫人对自己的儿子唯命是从。或许保罗不喜欢自己待在他的家里，一回来就将自己扫地出门。情况也许会更糟。他已经迎娶了一个外国女人，将她一起带回家来。这个外国女人一见自己也许会心生醋意，妒火中烧。在欧洲游历的保罗将母亲对自己的思念视为理所当然，却未曾想到自己在母亲那卑微的女仆心中竟然如此高贵。的确，我们人人都知道自己的生命始于何地，可又有谁能够知道它会止于何处呢？这位年轻人在一个素未谋面的女孩心中激起了层层涟漪。德·格雷夫人迫不及待地将保罗的两幅画像拿给玛格丽特欣赏：一幅画于童年时期，那时的保罗面色红润，头发赤色，身穿亮蓝色的夹克服，颈部被衣服的饰边团团围住，饰边开口很低；另一幅是他出国前的画像。画像中，这位帅气的年轻人身穿浅黄色西服马甲，赤褐色鬈发，面容清秀，两只大眼睛炯炯有神，整个人看起来神采奕奕。对玛格丽特来说，第一幅画像就是一个俊秀的小男孩。当她看到第二幅时，就禁不住芳心暗许了。德·格雷夫人告诉玛格丽特，虽然画像上的保罗十分帅气，但还是未能充分展现出保罗的神韵。日思夜盼，几个月后她们终于收到了保罗的来信。信中附有一幅画像——是巴黎一位著名艺术家的微型画。画像中的保罗看起来比以前更加优雅、绅士，却很难说清楚，到底哪里发生了变化。德·格雷夫人说，看上去儿子在欧洲这两年生活得不错。

"生活得不错？"赫伯特神父带着不含恶意的蔑视笑了笑，脸色随即恢复了以往的凝重。

"他看上去很悲伤。"玛格丽特怯怯地嘟囔了一句。

"简直是一派胡言，"赫伯特神父大声吼叫道，"看上去就是个花花公子。当然，这都是那个法国画师的错。"然后，他的语气变得缓和了许多："他究竟为什么寄这幅画像给我们？这幅画像粗俗无礼至极。他是否觉得我们把他给忘了？我要是想他的话，可以看其他画像。随便一幅都比这幅强百倍。"

就在赫伯特神父滔滔不绝的时候，德·格雷夫人和玛格丽特已经带着那幅画像悄悄离开了。她们是去读保罗的来信了。玛格丽特大声朗读着这封足足八页长的来信。她读了一遍又一遍，晚上又读了一遍。第二天，德·格雷夫人又给她拿来一大包保罗以前的来信，玛格丽特足足读了一天。傍晚时分，她独自一人来到花园。年少的保罗曾经在这个花园里玩耍、休憩，甚至进入梦乡。她在这里看到了保罗的名字——这么好听的一个名字，竟然被人刻在一条木质长凳上。玛格丽特好像已经通过保罗的来信感受到了他的人格魅力，领略到了他炽热的情感和深邃的思想。如果和他在一起，即便在天上漫步，也不会有一隅景色入眼；即便走在著名的教堂和宫殿边熙熙攘攘的马路上，也不会有一丝声响入耳。她有生以来第一次体会到了生命的意义与生活的甜蜜。朗朗星空下，玛格丽特在花香四溢的昏暗小径上来回走了半个小时。德·格雷夫人由于身体不适，已经回房间休息了。这时，城市中的各种声音逐渐退去。夜阑人静的时候，她从花园回到大厅，点燃了一支壁炉银烛台上的蜡烛，然后手举蜡烛来到德·格雷夫人悬挂保罗微型画像的那面墙前。这是德·格雷夫人第一次使用如此巨大的金色画框来镶画。为了悬挂这幅画像，她还移走了一些重要的画像。玛格丽特觉得睡前必须再看一眼这幅画像，否则难以入睡。在深夜独自秉烛欣赏，也别有一番韵味。起风了——窗户是敞开的，温暖的西风将窗前长长的白色窗帘吹得鼓鼓的，摇来摆去，在黑暗中显得有些恐怖。玛格丽特用手护住烛火，眼睛紧紧盯着亮铮铮的玻璃画框下的那幅画像。画像在烛光映照下，给人的感觉十分温暖。

这幅仅仅几英寸大的画像里承载着多么巨大的热情与生命力啊！画像中的年轻人用似曾相识的眼神看着玛格丽特。玛格丽特被这眼神深深打动了，不能自拔。突然，壁炉架旁边的大座钟发出了一声清脆响亮的声音。玛格丽特心里一惊，十点半了。她高高举起蜡烛，看着表盘，发现了三样东西：第一，已经凌晨一点钟了；第二，蜡烛快要燃尽；第三，有个人正从房间的另一侧注视着自己。她定睛一看，原来是赫伯特神父。

"奥尔蒂斯小姐，"赫伯特神父走过来，说道，"你觉得这幅画像画得如何？"

玛格丽特有些吃惊、困惑，但毫无困窘尴尬之感。她说道："我在这里待了多长时间了？"

"不知道。我是半个小时前过来的。"

"非常感谢你，没有打扰我。"

"这幅画像画得真好。"赫伯特神父搭讪道。

"是啊，非常好！"玛格丽特又看了一眼画像。

这位老人笑了笑，有些伤感。他转过身去，马上又回过头来，酸酸地问道："奥尔蒂斯小姐，你觉得画像上的保罗帅气吗？"

"非常帅！"玛格丽特非常坦率。

"可他本人并没有画像上帅。"

"听他母亲说，他比画像上帅气多了。"

"但凡这种情况，母亲的话能信几分？保罗的确长得不错，但终究不是完美无瑕。"

"听他母亲说，他是个快乐的小伙子。可他看上去有些悲伤的样子。"

"也许他这两年改变了很多，"过了一会儿，赫伯特神父又问道，"你觉得，他看上去像是一个沐浴在爱河中的人吗？"

"我不知道，"玛格丽特低声回答说，"我从来没有恋爱过。"

"从来没有？"神父认真的样子让她非常惊讶。

她有些脸红。"从来没有，赫伯特神父。"

神父两眼盯着她，眼神非常炽烈。"孩子，我希望，你永远不会恋爱。"

他的语气和蔼、郑重。但对于玛格丽特而言，这愿望非常残忍，令人不寒而栗。

"我为什么不能恋爱？"她非常不解。

老人耸耸肩。"这件事，一两句话说不清楚。"

夏日倏忽而逝，转瞬至秋。时间的齿轮飞速转动。转眼间，秋尽冬来，十二月张开了冰冷的怀抱。德·格雷夫人给儿子写了封信，把玛格丽特来家中与她做伴一事告诉了他。儿子乐见其成。"亲爱的妈妈，请你代我问候奥尔蒂斯小姐，"他在回信中写道，"对她给你带来的慰藉，我非常感激。希望在不久的将来，能够当面向她致谢。"当保罗·德·格雷写下这些客气话的时候，或许他压根儿就没想到，它们会在可怜的玛格丽特心里激起怎样连绵不断的涟漪。一个月后，德·格雷夫人早餐时又收到了一封信（此信因为误寄而未能如期送达德·格雷夫人），来信的开头这样写道："十二月三号，你会收到我的一封信。信中所谈之事，你未必赞同。"就在德·格雷夫人阅读这封来信的时候，赫伯特神父看了玛格丽特一眼。玛格丽特脸色苍白。"不论你赞同与否，非常抱歉。我不可能和 L 小姐结婚了。我们的婚约已经取消。我不想细说此事，不想具体说明原因。我确定，我们已经彻底结束。阿门。"接下来，他开始讲述其他事情，对此再无只言片语。保罗的这封来信让他们既悲伤又茫然。尽管德·格雷夫人马上写信给儿子，强烈要求他解释此事，但他的下封来信依旧对此只字不提。经不住德·格雷夫人的再三要求，保罗回信说，他在信中不想再说此事。等他回到家后，一定会把事情的来龙去脉告诉她。"亲爱的妈妈，你不要胡思乱想，"他在信中这样写道，"L 小姐三周前于那不勒斯去世了。"读到这里，德·格雷夫人不由看了赫伯特神父一眼。神父脸色铁青，双唇紧闭，呆呆地看着夫人。突然间，他的喉咙里发出一声模糊难辨的呐喊。他把拳头重重地砸在桌子上——玛格丽特坐在一旁，满面惊恐——他一把抓住她，把她紧紧抱在怀里。

"孩子，我的孩子!"他声音嘶哑，"我爱你! 我对你尖刻、冷漠、暴躁，那都是因为我心里害怕。现在雷霆已经落下，报应已经来到，我已经回归自我。原谅我吧，孩子!"玛格丽特吓坏了，奋力挣脱了他的拥抱，但双手仍被他紧紧握住。"可怜的保罗!"他长叹一声，声音在颤抖。

德·格雷夫人坐在一旁，闻着嗅盐，看上去比神父镇静很多。"可怜的保罗!"她重复了一声，没有叹息。下面这句话显然有几分讽刺意味。"他终于可以不再爱她了。"她说道。

"啊，夫人！"赫伯特神父大声叫喊道，"不要亵渎上帝！现在，你唯一需要做的就是：跪下，诚挚地感谢上帝，是他没有让我们亲眼看见那可怕的一幕。"

玛格丽特既迷惑又震惊。她把手抽出来，满脸好奇地看着德·格雷夫人。夫人微微笑了笑，用食指轻叩前额，做了个祈祷的姿势，随即扬起眉毛，不以为然似的摇了摇头。

光阴似箭，保罗的归程从数以月计到数以周计，再到最后几天倒计时。大家都在掰着指头数日子。随着五月的翩然而至，保罗从英国启程了。德·格雷夫人打开儿子的房间，等待它的主人归来。房间布置得和他离开时一模一样。她让玛格丽特进来看一看。玛格丽特时而揽镜自照，时而沙发小坐，时而浏览书架。书架上的图书数量惊人，涉及数种语言，足见其主人很有学问。突然，一幅铅笔素描映入玛格丽特眼帘。她赶紧上前审视一番。这是一幅年轻女孩的肖像，绘制得非常精致，画中人的原型显然是一个模样俊俏的姑娘。素描底部留有作者姓氏——德·格雷。玛格丽特看着这幅肖像画，心跳急剧加速。

"这是保罗先生画的吗？"最后，她忍不住问道。

"它是保罗的，"德·格雷夫人回答道，"他很喜欢它，坚持要把它挂在这儿。这幅画是他父亲的手笔，是在我们结婚前画的。"

玛格丽特如释重负。"这位小姐是？"

"我不太清楚。她可能是一个外国人，是德·格雷先生曾经喜欢过的人。没人知道她现在住在地球的哪个角落。"

玛格丽特发现，就在这幅素描的背面写着一行小字："obiit，1786①"。

就在玛格丽特看这行小字的时候，德·格雷夫人说话了："亲爱的，这是拉丁文。意思是说，这位小姐去世已经三十四年了。"

"太可惜了！"玛格丽特轻声叹了一口气。离开保罗房间时，玛格丽特在门口徘徊，四处张望，希望能够为这次来访留个纪念。她想了半天，说道："只有知道保罗到达的准确时间，才可以在他房间的桌子上摆放鲜花。如果摆放时间太早，花会枯萎的。"

德·格雷夫人非常肯定地告诉她，没人知道保罗到达的确切时间。玛格丽特只好假想自己留下了一个美丽的花束。剩下的那些天，她都是在期待中度过的。她已经做好准备迎接一个英俊富有而且带有几分异域风情的年轻男子，哪怕他看到自己连个招呼都不打，便匆匆从她身边经过去见母亲。一听到有脚步声或者开门声，她就立马放下手中的活儿，仔细倾听外面的动静。一天夜里，赫伯特神父和德·格雷夫人就像事先约定好了一样，不约而同来到了客厅——这间屋子是专门用来庆祝家中喜事用的。

客厅里没有点灯，赫伯特神父、德·格雷夫人以及玛格丽特都默默地坐在黑暗中。玛格丽特说道："夫人，一年前的今天，我来到了你家。这一年我过得很开心。"

---

① 拉丁文：1786 年去世。

"但愿明年也是这样。"赫伯特神父郑重其事地说道。

玛格丽特有些激动，带着哭腔继续说道："夫人！神父！你们是我仅有的朋友，是你们把我从不幸中拯救出来！和你们在一起，我很幸福！谢谢你们。"她满怀感激，双眼噙满了泪水。倘若不是德·格雷夫人出手相助，她可能一辈子都会漂泊不定。一想到这儿，她就会激动不已。突然，她下意识地感觉到，大家都沉浸在迎接保罗归来的喜悦中，自己的多愁善感可能会让大家感到扫兴。于是，她默默走出客厅，一个人漫无目的地来到了花园。不一会儿，花园的篱笆门开了，一个青年男子走了进来。两人相隔不到六米。玛格丽特借着微弱的月光，认出他就是保罗先生。保罗也看见了玛格丽特，大步向她走来。

他摘下帽子。"嗨，你应该就是……那位女士。"

保罗忘记了她的名字。这在玛格丽特看来，是比冒昧唐突打招呼更不得体的事情。尽管如此，玛格丽特还是回答了他："德·格雷夫人和赫伯特神父都在客厅。他们每天都在盼望你回来。"玛格丽特的声音很小，但两人都能听得清。

保罗很高兴，急忙向客厅跑去，玛格丽特则不紧不慢地跟在后面。走到窗边时，她停住了脚步，默默地站在窗边听着里面的动静。屋内很安静，但她能够感受到其中弥漫的浓浓的温馨气息。

在欧洲这段时间，保罗收获很大。他不仅保留了原有的好品质，而且还养成了一些新的好品质。天性使然加上后天栽培，他俨然是一个聪明亲和而且才华横溢的男人了。能够拥有如此这般独特、不可言状的迷人之处实在是他的福气。保罗又高又瘦，但很结实，也很灵活。他五官端正，前额饱满，有着一头红褐色的鬈发和一双一颦一笑都充盈着智慧与活力的眼睛。他说话直白、坦率。在玛格丽特看来，保罗举止尊贵、高雅，但过于拘泥形式。这也是他与众不同的地方。事实上，并非玛格丽特感受到了保罗的独特之处，而是她自己从来就没听过比此更加稳重优雅的话语。如果玛格丽特稍稍动动脑筋，就不难想通，保罗出身于贵族家庭，大凡贵族子弟都应该是这个样子。更为糟糕的是，玛格丽特还特别满足于自己的无知，越发喜欢保罗的这种言行举止。在玛格丽特眼里，保罗的一举一动都带着光环。就连他说出的每一句话，她也觉得如同钻石和珍珠般宝贵。保罗就像一道耀眼的光束，照亮了这两个女人枯燥无聊的生活，为整个家庭带来了温暖和欢笑。无可否认，每次和他聊天都让人开心。保罗不停地讲述着他的经历，其他人则静静地倾听。夏日漫长，但保罗总能找到值得大家畅聊一番的谈资。德·格雷夫人的大宅子俨然成为了一处休闲胜地。遗憾的是，保罗刚刚回来一周，赫伯特神父就每天早餐后催促他去学习。玛格丽特每次经过那扇半掩半开的房门，都能听到保罗那犹如音乐般动人的嗓音。此时此刻，玛格丽特十分妒忌赫伯特神父，只有他能够额外、单独聆听保罗的声音。当然，她也知道，有了神父的教导，保罗肯定会更有知识，更加睿智。至少要比和两个头脑简单的女人在一起闲聊要好得多。这位年轻女孩祈盼保罗更为出色，祈盼他说得更好，做得更好。在赫伯特神父看来，保罗的优秀之处已经超出了他的期望。

保罗已经掌握了许多知识，也学到了他所期望的品质。虽然还不能完全抵制一些罪恶的诱惑，但基本能够做出比较机智、理性的权衡与判断！女人与神父，这两类人与其他人并没什么区别，他们同样也逃不过恶与罪的束缚。赫伯特神父为保罗的进步感到满足与欣慰。对他来说，保罗不仅像儿子，更像是他的智慧、耐心以及奉献所结出的果实。

每天下午和晚上，保罗都不需要学习。于是，他就和母亲黏在一起。德·格雷夫人一旦出了卧室，就完全离不开玛格丽特。女孩得体的照料和呵护成了这位老夫人的生活必需。每当保罗讲述他的经历，玛格丽特就在一边坐着，边听边做针线活儿。保罗说起花边新闻、奇闻异事就停不下来，而且他的描述也很生动形象，令玛格丽特大为赞叹。她就像是着了魔一般，被保罗带进了另一个世界，城市、教堂、画廊、戏院纷纷涌现在她的眼前。他遇见过的人和风景在这位女孩的脑海中一一快速闪过。有时候，保罗也会陷入沉默。玛格丽特一边干活，一边瞥他一眼，发现他两眼盯着某个地方，要么面带微笑，要么十分严肃。她十分好奇，究竟是什么将他的思绪拉回到久远的记忆。她偶尔还发现保罗正在看她，看她的一双纤手，看她手里忙碌的事情。他从来不会惶恐地转移视线，只是呆呆地看着。有时为了能够看得更清楚一些，他还会稍稍调整自己的坐姿。

几周过去了，到了盛夏时节。德·格雷夫人也恢复了午餐后回到卧室小憩一下的习惯。保罗和玛格丽特没有这种习惯。他们觉得在生命最旺盛、最富有朝气的季节，以睡觉来度过这一年中最美好的时光实在可惜。于是，两人心照不宣，达成一致。他们午餐后到客厅喝一小时的下午茶，聊聊八卦来打发时间。有时候，他们也会做些改变，跑到花园的凉亭里休息。凉亭位于花园中心，面北、背对庄园，两侧覆盖着一丛丛茂盛的葡萄藤。紧挨着墙的内侧有一条宽阔的长凳，中间放了一张桌子。桌子上摆放着玛格丽特的针线活筐和保罗阅读的书籍。里面凉爽静谧，完全感受不到炎炎夏日刺眼的阳光。之所以说这里安静，其实是指这两个无忧无虑的年轻人可以畅所欲言，无人打扰。不一会儿，他们就开始东拉西扯，漫无边际地闲聊起来。这也恰好说明他们已经亲密无间。德·格雷夫人在场的时候，玛格丽特总是浑身不自在。现在，她总算找到机会向保罗接二连三地发问了，并且还能追问一些让德·格雷夫人费解的细枝末节。保罗十分健谈。倘若奥尔蒂斯小姐愿意听，他肯定非常乐意讲。有一天，他突然想到，奥尔蒂斯小姐只是助长了他的自我主义。在过去的六个周里，他除了对自己的经历、感情和观点夸夸其谈外，实在没干什么正事。

于是，他建议道："奥尔蒂斯小姐，是你把我变成了一个自高自大的家伙。我宣布，从现在开始，关于保罗·德·格雷的事情绝口不提，现在轮到说玛格丽特·奥尔蒂斯了。"

玛格丽特微笑着问道："我们聊保罗·德·格雷先生好吗？"

"不，我们聊玛格丽特·奥尔蒂斯小姐。你的名字真好听。"

"可能对你来说是个好听的名字，"玛格丽特回答道，"对我来说，除了这个名字，我一无所有。"

保罗大叫道："奥尔蒂斯小姐，你是说你的美丽都蕴含在你的名字里——"

"你误会了。我不是这个意思。除了这个名字，我的美丽只存在于我的幻想里。"

"你根本不知道你有多美！"

玛格丽特真的很美。尽管炎热的天气让她略显苍白无力，但一年的休养生息使她看起来生机勃勃。保罗说话时一直盯着她的面庞，不知不觉中已被这张散发着无限魅力的脸庞深深打动了。没错，她的美丽确实令人难忘。

保罗说道："奥尔蒂斯小姐，我只是希望你聊聊自己。我想听听你的经历。我想听——我非常想听。"

玛格丽特回答说："我的经历？我哪有什么经历？"

保罗叫喊道："没有经历本身就是一种经历。"

就这样，玛格丽特开始给保罗讲述她年幼时的生活。就这么短短一个下午，肯定讲不完所有的故事。她只是简要说说而已。一个星期过后，玛格丽特发现，保罗并没有完全记住她的讲述。

"不，我跟你说过，他已经结婚了。"玛格丽特说道。

"是吗？他结婚了？"保罗再次问道。

"对啊，他的妻子很胖。"

"哦？他妻子很胖吗？"

"嗯，他为她考虑得非常周到，事无巨细。"

他们就这样随意地聊着天。玛格丽特娓娓道来，保罗时不时地评论上几句。当然，保罗还有其他想法，这些想法无声而深邃。当他听着这位浅颜色头发女仆的故事时，常常陷入深深的思考之中：在这个世界上，与他相比，玛格丽特更加坦率、真实。面对玛格丽特——她的一颦一笑，一举一动——欧洲之行留给他的回忆顿时变得黯淡无光。她温柔亲切，容光焕发，仿佛笼罩着光环一般。他不禁扪心自问，当他漫游欧洲时，就像一只无头苍蝇似的，漫无目的地寻找他的目标、他的未来、他的归宿。现如今却发现，他所要找寻的这一切近在咫尺，就在被他遗弃的家中安安静静地等待着他。他想要得到的一切都可以在玛格丽特身上找到。想到这里，他忍不住内心的狂喜，大声叫喊道："玛格丽特，我母亲是在教堂发现你的。她在圣坛前拥抱你，亲吻你。我常常想到这个场景。这绝不是一次普通的雇佣。"

玛格丽特回答说："我也常常回忆起这一幕。"

保罗继续说道："那是你蒙福的一天，神圣的一天，永恒的一天。你来到我们身边，永远和我们在一起。"

玛格丽特两眼望着他。"啊，保罗，你可以永远把我留住！"

保罗也热情地对玛格丽特表达了他内心的渴望。

保罗和玛格丽特非常认同彼此的感情。出于对母亲的爱戴与尊重，保罗始终认为，赫伯特神父机敏聪慧，而且极富自信和魅力。一天，他们穿过花园，来到门口时，玛格丽特突然发现，她将剪刀落在花园的凉亭里了。保罗随即返回寻找。这位年轻姑娘独自一人走进住宅，在楼梯口等待她的心上人。就在这时，赫伯特神父出现在书房门口，脸上挂满了忧郁的笑容。他站在那里，一只手叠放在另一只手上，凝视着她。

"在我看来，玛格丽特小姐，"他缓缓说道，"可怜的赫伯特先生知晓一个惊人的秘密。"

面对这位温和尊贵的学者，玛格丽特无需假装羞涩。"亲爱的赫伯特神父，"她的话简单明了，"我刚刚请求保罗将一切都告诉你。"

"啊，我的女儿，"老人哽咽了，他叹了一口气，"这是一个陌生而又可怕的秘密。"

这时，保罗踏着轻快的脚步穿过大厅，走向他的爱人。

"保罗，"玛格丽特说道，"赫伯特神父已经知道了。"

"赫伯特神父已经知道了！"赫伯特神父重复道，"赫伯特神父无所不知。你和你的爱人是无辜的。"

"作为神父，先生你是如此睿智。"保罗满脸羞红。

"一周前我就知道了。"老人非常严肃。

"是的，先生，"保罗说，"我们爱你，但更爱彼此。希望你不会因此将你对我们的爱减损分毫。"

"赫伯特神父认为这事'可怕'。"玛格丽特笑了笑。

"天啊！"赫伯特神父假装痛苦地哭了起来。他双手扶着额头，转身进入了他的房间。

保罗将玛格丽特的手挽在自己的手臂上，紧紧跟在神父身后。

"先生，你可能会认为，"保罗说道，"你将失去我们，或我们将离开你。我们能到哪里去呢？只要你在世一天，只要我母亲还在世一天，即便我们在一起了，也都还是你的家人。"

　　这位老人仿佛从痛苦中回过神来一般。"啊！"他哭喊道，"无论身在何处，我也会幸福的。你们还年轻。"

　　"我们已经不年轻了，"保罗大笑起来，"已经在这个世界上活了很久了。我已经二十六岁了。我都长这么大了①，我都长这么大了。"

　　"他什么都经历过了。"玛格丽特依偎在他的肩膀旁。

　　"远远没有到你想象的那种程度。"保罗老成持重，低下脑袋，看着自己的爱人，微笑着。

　　"噢，他太谦虚了。"赫伯特神父小声说道。

　　"除了有过一段婚约，保罗什么都好。"玛格丽特抱怨了一句。

　　这个年轻人有些不耐烦了。赫伯特神父捕捉到了这一点变化。

　　"你能否不再提它？"保罗有些生气。

　　自从欧洲回来那天开始，保罗已经解释过多次。他不想再提它。无论是妈妈提它，还是神父提它，他都非常生气。太痛苦了！

　　"奥尔蒂斯小姐可能是出于嫉妒。"赫伯特神父插嘴道。

　　"你说得很对，赫伯特神父！"玛格丽特大喊道。

　　"没什么可嫉妒的。"保罗回答道。

　　"这小伙子！"赫伯特神父提高嗓门，大声说道，"仿佛他从

---

① 原文为法语：J'ai vécu。

未爱过那个女人似的。"

"这是事实。"

"噢!"赫伯特神父将手搭在这个年轻人的手臂上,"不要这样说!"

"先生,我必须这样说。我从来没有对她承诺过什么。是她一直在迷惑我,纠缠我。我发誓,我从未爱过她!"

"哦,上帝,你帮帮我吧!"赫伯特神父将脸埋进双手之中。

玛格丽特脸色苍白,收到保罗宣布取消婚约的那封信的画面一幕幕浮现在她眼前。"赫伯特神父,"她叫喊道,"你心中究竟藏着什么可怕的秘密?如果与我有关——与保罗有关——请你告诉我们。"

赫伯特神父显然已被这位年轻女孩压抑的痛苦所感动。他露出脸颊,快速向玛格丽特投去哀求的目光。她知道这个眼神意味着什么。赫伯特神父举起双手,各放一只于两位年轻人的肩膀上。"很抱歉,保罗先生,"他说道,"我是一个愚蠢的老人。人年纪大了,大多变得伤感迷信起来。我相信,所有女人都是天使,而所有男人——"

"所有男人都是傻瓜。"保罗笑着插嘴道。

"完全正确。你看,"赫伯特神父低声说道,"这里除了我们之外没有傻瓜。"

玛格丽特听到这番奇妙的对话后,不禁心跳加速。在她看来,老人的暗示不能全信。与此同时,赫伯特神父恳求保罗,推迟几天再让他母亲知道他们两人订婚这件事。

第二天恰逢周日。这也是八月的最后一个周日。一周以来热浪袭人。当天却是一个大阴天，阴森森的有些吓人，好像暴风雨就要来了。玛格丽特吃完早餐，刚要离开餐桌，赫伯特神父拍了一下她的肩膀。

"别去教堂了，"他低声说道，"找个借口，留在家里。"

"什么借口？"

"就说你要写信。"

"写信？"玛格丽特苦笑了一下，"我能给谁写信？"

"唉！那你就说病了。我宽恕你了。等他们一走，就过来找我。"

到了该去教堂的时候，玛格丽特就假装身体不太舒服。等到德·格雷夫人挽着儿子的手臂，登上一辆有些年头的马车直奔教堂去了，她便立即跑去找赫伯特神父。神父一脸凝重，看来真的要宣布可怕的消息了。

"我的女儿啊，"神父说道，"你是一个勇敢虔诚的女孩儿……"

"啊！"玛格丽特惊呼了一声，"肯定不是什么好事。否则你就不会这样说话了。赶紧告诉我吧！"

"你可得鼓起勇气啊。"

"是他不爱我了吗？……看在上帝的分上，快快告诉我吧！"

"如果他不爱你就好了。"

"那又是什么呢，请你赶快告诉我吧！"玛格丽特恳求道。

"那就是——你必须离开这个家。"

"为什么？……什么时候？……我该去哪儿呢？"

"最好现在就走。去哪儿都行，越远越好——离他越远越好。孩子，你听着，"赫伯特神父看着玛格丽特疑惑而又惊恐的表情，自己心里也不是滋味，但他必须说下去，"反抗、哭泣、拒绝相信都是没用的。这就是命啊！"

"神父，"玛格丽特问道，"我究竟做错了什么？"

"你没做错什么。"

"但总得有个原因吧……"

赫伯特神父把手指放在嘴唇上，指着一个座位，然后又转身走向一个放在桌上的古老箱子，打开它，拿出了一本小书。那书有羊皮封面，应该是一本启人心智的祈祷书。"没有其他办法了，"他说，"只能把事情的原委都告诉你。"

他在她面前坐了下来。她全身僵硬，对接下来要发生的事情充满了期待。屋外乌云在聚集，屋子里面的光线也暗淡下来。远处还传来低沉的隆隆雷声。

"长话短说。"他打开那本小书，翻到扉页，上面密密麻麻写着像备忘录或人名表那样的东西。字迹不同，但都非常小，有些甚至几乎无法辨认。"愿上帝与你同在！"赫伯特神父在胸前画了个十字，玛格丽特下意识地照做了。"乔治·德·格雷，"他开始读道，"一七八六年九月同米兰的安多妮塔·盖碧妮相遇并相爱。安多妮塔死于同年十月九日。约翰·德·格雷于一七四九年四月四日与亨瑞塔·斯宾塞喜结连理。亨瑞塔死于同年五月七日。乔治·德·格雷一七一〇年与玛丽·福特斯克订婚，玛丽死于同年十月三十一日。保罗·德·格雷,一六七二年,十九岁的他与布里斯托尔三十一岁的露可瑞提雅·丽芙瑞在当地订婚,露可瑞提雅死于同年七月二十七日。约翰·德·格雷于一六四九年一月十日,与来自坎伯兰郡弗拉斯堡市的布兰彻·弗拉斯订婚,布兰彻死于同年一月十二日。斯蒂芬·德·格雷于一六一九年十月与伊莎贝尔·斯特林结婚,伊莎贝尔不到一个月就死了。保罗·德·格雷则于一五八六年八月与马格达伦·思科普结婚,而马格达伦于一五八七年九月难产而死。"赫伯特神父停顿了一下。"还要我继续往下念吗?"他双眼闪着泪花,"后面还有两页。德·格雷是一个古老的家族,都有记录。"[①]

玛格丽特脸色渐渐暗淡下去,露出了万般惊骇的表情——不像是被吓到了,更像是一种愤怒、一种自尊心受挫的样子。她突然冲向神父,像只灵活的小猫,从他手中一把夺过那本可笑的记录。

"这简直是一派胡言!"她叫喊道,"你什么意思?我从来没听说过这种事。可耻!可笑!"

神父紧紧抓住她的手臂,声音中充满了恐惧。"一八二一年八月,保罗·德·格雷与玛格丽特·奥尔蒂斯订婚。落叶飘零的时候,她……也离开了人世。"

可怜的玛格丽特环顾四周,想要找到一丝帮助、一丝启发,或者一点慰藉,但这间屋子除了书什么也没有。那些羊皮封面的

---

① 此处出现的部分名字只是人名相同而已,实际上指的是德·格雷家族中不同的人。

书籍密密麻麻地摆放着，每一本都只会让她想起手中这本。一声巨雷传来，打破了中午的宁静。突然，她感觉到自己已经没有了力气，感受到了自己的软弱和孤独，也感受到了面对命运的无可奈何。她把书扔在地上，一下子扑到赫伯特神父怀里，抱住他的脖子，失声痛哭起来。

"你还是不愿意离开他，对吗？"神父问道，"你要是离开他，就可得救。"

"得救？"玛格丽特急忙抬起头，问道，"那保罗呢？"

"至于他嘛……他会忘记你的。"

玛格丽特沉思了一会儿，说道："要他忘了我，还不如让我去死。"然后，她用手绾起头发，脸上一副找到救命稻草的样子。"你确定这里面没有例外吗？"

"无一例外，我的孩子，"赫伯特神父把书从地上捡起来，语重心长地说道，"你现在满脑子只有爱情。过一段时间，这一切都将烟消云散。你看看德·格雷夫人就知道了。这个家族被诅咒过。这是一个可怕的秘密。我的孩子，希望你安然无恙，那位可怜的 L 小姐！保罗已经尽力做到对我没有隐瞒。我曾经仔细探究过他的生活，对他的良知进行盘问。那是一颗纯洁无瑕的心。我的孩子，一开始我就十分害怕。当你踏进这座房子时，我非常焦虑。我希望德·格雷夫人能够拒绝你的求职。她对此一笑置之——她觉得这是一个荒诞的传说。她自己就很安全。她丈夫更没把它放在心上。但是，一位年纪轻轻就在意大利香消玉殒的黑眼睛姑娘却告诉我们另外一个故事。她已经枯萎凋零了，我的孩子。她的生命——已经化身为太阳的一缕光线灰飞烟灭了。她是因为德·格雷先生的亲吻而去世的。不要问我这个悲剧是怎么开始的，它由来已久，从现在可以说到天黑。据说，这个家族的一位先祖从东部战场回来后感染上了瘟疫。在他上战场之前，他曾对一位姑娘许下诺言，说他从战场回来后马上娶她。然而，他回来后感觉身体不适，于是就向这位姑娘的兄长请教是怎么回事。这位姑娘的兄长医学知识丰富，并且拥有魔力。他确诊这位先祖感染了瘟疫，要他把婚礼推迟。这位先祖没有遵循他的忠告，婚礼如期举行。医生非常气愤，便对他的家族下了一个诅咒。没过一个星期，新娘便香消玉殒了。这位先祖只是偶感微恙，很快痊愈了。诅咒生效了。"

玛格丽特手拿那本古朴精致的祈祷书，翻到记录死亡的那一页，想起了那些与她同病相怜的女性。她们的命运确实十分悲惨。那些男性也是受害者。她默默地看着手中的书，机械地翻了一页，上面写着祷告词。她抬起头，深蓝色眼睛里闪着寒光。"赫伯特神父，"她郑重地低声说道，"我要打破这个诅咒。我要解除这个诅咒。我诅咒它。"

这位姑娘意志坚定，决断力惊人。从此开始，再也没有什么能够改变她的这个决定。如果她死了，就是中了这种致命的诅咒。他们就会知道，她并未使那个诅咒失去效力。她坚持认为，鉴于她的虔诚与感恩，诅咒不会夺走她的生命。诅咒将会失效。她对此信心十足。这让年迈的神父既惊讶又生气。赫伯特神父非常无奈，只好颤抖着双手为其祷告。他已经尽职尽责，事情接下来只能听从上帝的安排了。多年以来，让他忧心忡忡的时刻终于来到了。他的一生都笼罩在这个诅咒的阴影之下。这位柔弱纯洁的姑娘受心中愤慨和爱情的指使，满怀激情要打破这一不幸的魔咒，尽管赫伯特神父已经做了很多努力，她还是不为所动。更加不可思议的是，这个决定让玛格丽特精神焕发、魅力十足。保罗已经完全为她的激情和魅力所倾倒，根本没有考虑玛格丽特与其订婚的动机或原因。他立刻答应了她的请求，并将他们订婚一事告诉了他的母亲。这位母亲和蔼可亲，正式亲吻了玛格丽特。

"我的上帝啊！"赫伯特神父喃喃自语道，"这两个人结合得太快了。"第二天，德·格雷夫人在谈到这件事的时候承认，她是纠结了好久才接受这位拿她工资的姑娘成为她的儿媳这一事实的。"夫人，"赫伯特神父苦笑了一下，"我敢保证，你要付出的代价可远远不止这点儿工资！"

"我们再看吧①。"德·格雷夫人倒是非常镇定自若。

一周平安无事。保罗欣喜若狂，甚至有些不知所措。他的爱情和执着得到了回报。玛格丽特因为心中燃起的激情变得更加美丽动人。"如果一位普普通通、貌不惊人的女孩儿有了爱人，"保罗心想，"她就会变得美丽迷人。如果一位迷人的女孩儿有了爱人——"如果玛格丽特出现在他的面前，他那双动人的眼睛就有了答案。如果她不在，他就一刻不停地四处找她。在过去十天时间里，她似乎一瞬间长大成熟了。她与保罗的婚姻仅仅一步之

---

① 原文为法语：Nous verrons。

遥。在保罗眼里，她亭亭玉立，风姿绰约，令人着迷。她性格坚强，忠贞不渝，令人佩服。然而，所有这一切都已经成为过去，取而代之的则是深深的敬佩之情。毕竟，玛格丽特并非仅仅拥有美丽的外表。保罗风度翩翩、谦和有礼。俗话说，善有善报。他曾弯腰采摘因为没有阳光照射而毫无生机的花朵，并将细长的花茎沉浸在充满爱意的清水之中。瞧！花朵抬起了头，花瓣舒展开来，绚丽的紫色和绿色熠熠生辉。他的心中充满了爱意，身体却在颤抖。这似乎是一个不祥之兆。他贪婪地看着她，希望大声称呼她为德·格雷夫人。他渴望占有她。

"玛格丽特，"他说，"你一天比一天漂亮了。我恨不得今天就娶你为妻。我以我父亲的名义发誓，我绝对没有说谎！你自己照照镜子，真漂亮！"他把她拉到镜子前面。这是德·格雷夫人的更衣室。

玛格丽特看着镜子，从头到脚仔细打量着自己。她察觉到了自己外貌上的变化，心中窃喜，脸上却不动声色。她看着镜子里的美人——肩膀优美的曲线，眼中迷人的光彩，微微抖动的薄唇，饱满高耸的胸脯，无一处不让人羡慕。"布兰彻·弗拉斯，"她嘴里默默念叨着，"伊莎贝尔·斯特林，还有马格达伦·思科普——这群蠢女人！怎么都跟孩子似的！保罗，这都是你的错！"她哭出声来。"如果不是我长得漂亮，你怎么会对我感兴趣？"她端详着身边那位年轻人苍白的脸庞。"我的保罗，"她握住他的手，"你的脸色过于苍白，这对于一个马上就要结婚的男人来说可不是一件好事啊！好事多磨，祝你今天过得愉快！请见谅，先生，我该走了。”

婚礼定于九月底，两个女人开始火急火燎地购置各种婚礼用品，玛格丽特用积蓄为自己买了一件礼服。但是，不要忘了，其他的衣服都是德·格雷夫人给她置办的。实际上，玛格丽特从来都不担心钱的事。一旦钱花光了，她就会找德·格雷夫人要。对于奢侈品，她更是风卷残云一般，见到就买。就在那段时间，她疯狂购买各种华贵礼服，将其作为婚期临近的“抗争”。每当做这些她视为“抗争”的事时，她都非常激动。

有一天，她拿着商店送来的一匹缎子走过大厅。这匹缎子颜色靓丽、光彩夺目，她手里拿着其中一端，另一端沿着她的手臂滑落到了脚边。她看到赫伯特神父房间的门半开着，驻足片刻，便走了进去。

“打扰你了，神父，”玛格丽特说道，“我觉得如果不把这匹缎子拿给你看一下，真的是太可惜了。这个粉色多好看——都有点像玫红色了，更确切地说，是像康乃馨色。这象征我的爱情，也象征我的死亡。”她哭了，继而发出一阵尖锐的笑声。“这就是我的寿衣，你不觉得它很漂亮吗？粉红的缎子，金色的蕾丝边，还有珍珠镶嵌在上面呢！”

老人面色憔悴，形容枯槁。“孩子啊，”他吃力地说道，“保罗将会迎娶一位美若天仙的妻子。”

“如果你是说把我和祈祷书里的女人相比的话，那你说得太对了。毫无疑问，保罗至少会娶到一位妻子！”

老人看着玛格丽特，眼神迷离，既亲切又陌生。“告诉我，孩子，"他说，"发生了这么多事，你就没有做祷告吗？"

"哦！上帝保佑！"这个可怜的女人咆哮道，"发生了这么多事情，我哪里还有心思去做祷告啊！"

她跟保罗谈了很多，主要是他们今后的幸福生活。他郑重告诉她，他会重新安排他们的生活，使其不再被沉闷和阴郁所打扰。以前的生活多么荒谬！他甚至搞不明白，他们为什么一直那样活着。他们应该像其他人一样正常生活。他们应该去旅行，晚上去剧院看戏剧。他们应该努力使彼此过得开心。玛格丽特从未看过戏剧，但在结婚后，只要她愿意，每个星期都可以去看。"别害怕，亲爱的，"保罗大声说道，"如果我甘心让你像我那可怜的母亲那样生活的话，那我们还是找一家丧葬公司来操办我们的婚礼好了。"

保罗谈论着他们幸福的未来，轻快有力、掷地有声、眼神坚定。玛格丽特从他的话中听出了坚毅、欣喜以及对未来一切危险的不屑一顾。对于玛格丽特来说，赫伯特神父所说的秘密只是一个噩梦、一则传说、一种幻想。当她再次遇到这位老人时，她从他枯槁的面容上读出这样一行字：这是活生生的现实。至少在他看来是这个样子。她时刻都在关注自己的身体状况。她从欣喜到恐慌，从希望到绝望，思想波动严重，但从未放弃静候病魔、与死亡殊死一战。她想，整天背负着这个可怕的精神负担，很可能会被逼疯或沦为一个十足的蠢货。对于这个事关她人生的秘密，如果始终对其一无所知，结局就会很悲惨。一旦知晓，则天天提心吊胆。在她与赫伯特神父交谈过后的一个星期里，每天二十四个小时，她连半个小时都睡不了，有时甚至根本就不想睡。她为这不间断的高度警惕和焦虑所驱使，极度兴奋，激动不已。她心里非常清楚，这种状态不会一直持续下去。就在保罗山盟海誓后的某个下午，他跨上马背去兜风。玛格丽特则站在门口，忧心忡忡地看着他。他给了她一个飞吻，然后疾驰而去。在下午茶前一个小时，她走出房间，来到客厅——德·格雷夫人晚上经常一个人坐在那里。仅仅片刻工夫，就在赫伯特神父正要打开书桌上的台灯时，他听到了一声刺耳的尖叫声，声音响彻整幢住宅。

他的心跳仿佛已经完全停止了。"时候到了，"他自言自语道，"一旦错过，便是终身遗憾。"仆人们也听到了那声尖叫。他和仆人一起急匆匆赶到客厅。只见玛格丽特躺在沙发上，四肢伸开，面色苍白。她闭着眼睛，喘着粗气，一只手紧紧按着身体一侧。赫伯特神父与德·格雷夫人迅速交换了一下眼神。德·格雷夫人弯下腰，握住这位年轻姑娘的另一只手。

她神态威严，警告仆人道："你们要注意保密！"然后立即驱散了他们。玛格丽特慢慢苏醒了过来。她说没什么大碍，只是突然感到一阵心绞痛，不过现在已经好多了。德·格雷夫人回到房间去找嗅盐，留下赫伯特神父一个人陪伴玛格丽特。他双膝跪地，紧紧握着她另外那只手。她坐起身来。

"我知道你要说什么，"她大声说道，"那是错的。保罗在哪儿？"

"你想告诉他？"赫伯特神父问道。

"告诉他？"她一下子站了起来，"我要是死了，他会心如刀绞。我要是告诉他，他会心碎不已。"

这时，她听到并辨认出走廊里急促的脚步声。保罗猛地打开房门，走了进来。他上气不接下气，面色如死人般惨白。玛格丽特朝他走去，一只手仍然紧紧按着身体一侧。赫伯特神父如木偶一般站起身来。"出什么事了？"这位年轻人叫喊道，"你病了？！"

"谁告诉你的？"玛格丽特问道。

"赫伯特神父干吗跪着？"

"我在祷告，先生。"赫伯特神父回答说。

"玛格丽特，到底出什么事了？"保罗再次问道。

"你没事吧，保罗？"

保罗先是冷冷地盯着这位年轻姑娘，在她身上搜寻着答案，然后双手紧紧抓住椅背，闭上了双眼。"十分钟前，"他缓缓说道，"我沿着河边骑马。突然，我听到远处传来了一声尖叫。我听出那是你的声音。于是，我转身疾驰而回。三英里的路，我只用了八分钟。"

"一声尖叫，亲爱的保罗？我为什么要尖叫？还能传出三英里之外？你真是太瞧得起我的肺了。"

"不错，"这位年轻人说道，"当时，我也以为是错觉。但是，我的马也听到了。它竖起耳朵，前蹄跃起，往回飞奔。"

"那一定也是它的错觉！这说明你是一个非常出色的骑手——人马合一！"

"哎，玛格丽特，不要开玩笑！我是认真的！"

"那就'马人合一'好了。"

"不论你怎么说，我被吓坏了。"

"我的天啊，你抖得像发疟疾似的。来，坐到沙发上。"她拉着他的胳膊，把他扶到沙发上。他则一把抓住她的胳膊，把她拉到自己身旁。赫伯特神父默默走了出来，正巧碰到拿来嗅盐的德·格雷夫人。

"她现在不需要我们了，"他对德·格雷夫人说道，"保罗来了。"两个人边说边走到茶几前。下午茶喝到一半的时候，玛格丽特和保罗走了进来。

"亲爱的，你感觉怎么样？"德·格雷夫人询问道。

"他感觉好多了。"玛格丽特急忙回答说。

德·格雷夫人笑了笑。"当然，"她想了想，"我未来的儿媳可真会说话。"

第二天，玛格丽特来到德·格雷夫人的房间，发现保罗也在。夫人眼睛红肿，好似哭了整整一个晚上。保罗一副痛苦的表情，仿佛刚刚做过忏悔。看到玛格丽特进来，他没有和她打招呼，而是走到窗口，看着窗外。她假装进屋来是找刺绣的，便拿着刺绣走出了房间。她很纳闷，保罗在她进来之前在做什么？在说什么？为什么保罗不跟她说话？为什么他要背对着她？只有夜幕降临，两人独自待在客厅时，他才会温柔地待她。这是一个谜题。倘若搞不明白，她是不会罢休的。下午，保罗穿戴整齐后，又一次准备骑马外出兜风。她在保罗下楼的时候拦住了他。因为马匹还没有到，她把保罗带到了花园。

"保罗，"她问道，"今天早上你和你母亲说什么了？"她想微笑却怎么也笑不出来。"我承认，我嫉妒了。"

"我的天啊！"年轻人双手捂脸，大声叫喊道。

"亲爱的保罗，"玛格丽特紧紧抓住他的胳膊，"今天天气的确不错，但这不是我要的答案。"

保罗停下脚步，拉着她的手，两眼看着她，眼神很坚定，但有些疲惫。不，是失望。"你是说嫉妒？"

"啊，别用那种眼神看我！"她紧紧抓住他的手，哭喊道。

"这是我听你说过的最愚蠢的一句话。"

"嫉妒你母亲的确很愚蠢。我更嫉妒你老是丢下我一个人不管。我感受不到骑行的乐趣。这些乐趣你本应该与我分享的。"

"你不希望我骑马兜风吗？"

"亲爱的保罗，你的智慧呢？但愿它还在吧！"

"我的智慧已经和其他事情一起消失了！"他闭上眼睛，像是感到非常疼痛似的皱起了眉头，"我的青春，我的希望，我该怎么称呼它呢？我的幸福。"

"哦！"玛格丽特责备说，"你是在睁着眼睛说瞎话吧。"

"不，没有青春的幸福是什么？"

"我敢保证，有人会认为我四十岁。"玛格丽特大喊道。

"好吧。那我就是六十岁！"

玛格丽特意识到，在这些貌似轻松的话语背后一定隐含着十分严重的事情。

"保罗，"她继续说道，"你好像不太开心。"

他点了点头。她感到有一只看不见的手正在剥离她的生命。

"你对你母亲讲了？"

他再次点了点头。

"难道你不愿意告诉我么？"

他红着脸回答说："我还没有想好。"

她放下他的手，瘫坐在花园的长凳上。突然，她又站起身来："走吧，你去骑马吧。但是，在你走之前，必须再亲吻我一次。"

保罗亲吻了她，骑上马走了。她走进房子，遇见了赫伯特神父。他一直在观察他们，直到保罗骑马离开，才顺着门廊回到书房。

"我亲爱的孩子，"神父说道，"保罗病得很重。天意如此，如果你要活下去，那代价就是保罗的死。"

这句话点醒了她。玛格丽特站在过道里看着他，表情很复杂，似乎是对他那令人心惊的担忧的一种回应。她回到房间，坐在床上。老人的话在她内心深处不断回荡。在一时的激情过后，她发现，诅咒是永恒的。它可以转移，但绝对不可避免。尽管人类因为极度贪得无厌而痛苦，却总声称自己是受害者。她已经筋疲力尽。到底该怎么办？她精心营造的辉煌和勇敢仿佛一瞬间抛弃了她。她在颤抖。肩上的担子越来越重，压力越来越大，谁也不能独自承担。两个人应该一起面对才对。她在积极努力，他却萎靡不振。她在为他而活，他却在为她而死。活生生一出悲剧！她想到了逃跑，也想到了自杀。在她的生命突然消失时，保罗或许会得到解脱。如果真的能够这样，她愿意付出生命。她会毫不犹豫地把刀刺进自己的胸膛。然而，保罗身体不太好。如果她先死去，他能否承受住这个打击？更糟糕的是，她隐隐约约感觉到，他开始厌恶她了。否则的话，当他感觉不太开心时，为什么不第一个跟她讲呢？尽管如此，玛格丽特仍然认为，把自己的想法和那个恐怖的秘密告诉保罗，还为时尚早。

现如今，她亟需休息和忘记。她闭上双眼，陷入了昏睡之中。当她醒来时，屋子里一片漆黑。她起身走到窗边，只见天上繁星点点。她点上蜡烛，看了一眼那只小巧的钟表。九点钟了。她已经睡了五个小时，于是匆忙穿好衣服，来到楼下。

客厅里点着蜡烛，德·格雷夫人披着围巾，坐在敞开的窗子旁边，见她进来，说道："亲爱的，你可真有福气。在这种情况下，你还睡得这么香。"

"什么情况，亲爱的夫人？"

"保罗至今还没回来呢。"

玛格丽特没有回答，倾听着远处传来的马蹄声。她冲出客厅，跑到前门，穿过院子，来到大门口。在昏暗的星光下，随着一阵急促的马蹄声，一个黑影渐行渐近。是保罗的马。它在狂奔，但马背上没人。玛格丽特大叫一声，冲了出去，一把抓住缰绳。马大声嘶鸣着，冲进了大宅子。在通往马厩的路上，玛格丽特听到了马夫的呼喊声，以及马蹄"咔哒咔哒"的声音。

玛格丽特发疯似的冲进了黑暗之中。她一路呼喊着保罗的名字。还没跑出四百米，她就听到有人回应——是保罗的声音。

他倚在路边的一棵大树上，没有受伤，但脸色苍白，像是戴着面具，在黑暗中，又像是鬼火。刚才，他突然感到四肢无力，脑袋发昏，于是努力想坐稳在马鞍上，不想马受了惊吓，猛然加速，把他甩了下来。他靠在玛格丽特的肩膀上，断断续续向玛格丽特诉说着。

"我就像女士在骑马似的，"他说道，"我一出家门，就感到不太舒服。由于没有发现阴凉地儿休息，我试着靠活动活动四肢来克服这种感觉。"他重重地喘了口粗气。

"你现在觉得好点了吗，亲爱的？"玛格丽特轻声问道。

"我觉得更难受了。难受死了。"

玛格丽特将他的爱人紧紧抱在怀里，悲凉的呼喊声在夜空中回响。

"可怜的姑娘，我再也不属于你了，我不懂什么叫命中注定，但我属于死亡、黑暗和虚无。是它们要了我的命，你听到我的话了吗？"

"天啊，我是个无知的蠢货。是我杀了你！"

"是的。你知道，你是用什么杀死我的吗？玛格丽特，用你的美丽！"他说话的声音比窃窃私语大一点儿。他冰冷的呼吸抽打着她的脸颊，两只手臂重重地箍住了她的脖子。

"不！"她大喊道，"天啊，你不能死。"

"再见！再见！"保罗倒下了。

赫伯特神父举着蜡烛，带着仆人，顺着哭喊声，找到了瘫坐在地的玛格丽特。玛格丽特坐在路边，怀抱着她的爱人，一遍一

遍亲吻着他，大声哭喊着。她完全丧失了理智，身体也失去了
知觉。

　　好几个月过去了，德·格雷夫人才渐渐从儿子英年早逝的巨
大痛苦中走了出来。赫伯特神父很惊讶。他发现，虽然亲身经历
过了，德·格雷夫人还是不同意他的说法，即她的儿子是因为
德·格雷家族被诅咒而去世的。她仍然相信，她儿子是从马背上
摔下来摔死的。

　　"假如死去的人不是保罗，而是玛格丽特呢？"神父问道。

　　"你是说'假如'，"德·格雷太太回答说，"即便如此，又能
怎样？这和你的理论有何关系？"

　　"假如在保罗遇到玛格丽特之前，她已经有了一位爱人，而
且后者对她非常痴情。在这种情况下，保罗不顾一切爱上了玛格
丽特，甚至因为爱她而送了命。"

　　"然后呢？你到底想说什么？"

　　"你觉得，他们三个人谁最痛苦？"

　　"但凡灾难发生，幸存者最痛苦。"德·格雷太太回答说。

　　"说得好，夫人。幸存者最痛苦——痛苦一生一世。"

# 心中的圣母像

宴会上，大伙都在谈论这个话题：那些一生只有一件杰作的大师。他们中有画家，也有诗人，一瞬间灵感乍现，到达了艺术生涯的巅峰。

女主人向我们展示了她所珍藏的一幅画，小巧而精致，作者名字从未听说过。他凭借此画一举成名，之后便归于平庸。我们一边传阅着这幅画，一边谈论着这种现象。H 先生一直坐在一旁吸烟，没有说话。他注视着我们手中的画，一副若有所思的样子。这时，他突然开口了。"我不知道这种现象是否普遍，但我真的亲身经历过这样一件事。"他笑了笑，"我认识一个可怜的家伙，他做梦都想绘制一幅杰作，但一直未曾动笔。因此，他虽然具备成名的条件，最后却没有成功，一生默默无闻。"H 先生见多识广，见过形形色色的人，经历过许许多多的事。他话音未落，立刻就有人追问。在大伙的催促下，他开始给我们讲述故事的来龙去脉。女主人有事出去了一会儿，回来时换了一身玫红色的衣服。她发现我们围成圈子，一边吸烟，一边听 H 先生讲述。她默默坐回到自己的座位上。她非常富有同情心，听完这个令人唏嘘的故事后，美丽的双眸中噙满了泪水。每当我无法确定这个故事值不值得讲给别人听时，就会想起这一幕。

　　故事发生在意大利，当时我还很年轻（H 先生回忆道）。我抵达佛罗伦萨时已经是深夜了。酒足饭饱后，虽然很累，但我觉得与其直接上床呼呼大睡，还不如出去好好欣赏一下这座城市的夜景。我住的旅馆前面有个小广场。一条狭窄的通道从广场一直延伸到远处的黑暗之中，似乎直达佛罗伦萨市中心。在凉爽的秋夜里，我踏着柔和的月光，顺着这条通道慢慢前行。走了大约十分钟，便来到了一个大型露天广场。广场对面是高耸的维奇奥宫，如同一座巨大的城市要塞，层层筑垒，犹如一株山松傲立于悬崖边上。在维奇奥宫的影子底部有几尊雕塑微微发光。我心生好奇，走近去看。位于宫殿大门左边的是一尊人物铜像，在夜色中闪闪发光，就像一个随时待命的哨兵。我一眼就认出来了，这正是米开朗基罗的杰作《大卫》。它站在高大庄严的门廊下，这座大门象征着自由、进取，与死气沉沉的砖石宫殿形成了鲜明的对比。还有一个造型优美的人物雕塑，是珀耳修斯①，只见他手拿蛇头女妖美杜莎的头颅，胳膊高举，肌肉紧绷。这个故事不仅出现在希腊神话中，而且在本韦努托·切利尼②的回忆录里也可以看到。看着它们，就像其他人一样，我情不自禁地发出了由衷的赞叹声。一个坐在门廊台阶上的人好像是被我发出的赞叹声吵醒了，站起身来。他身穿一件黑色天鹅绒长袍，赤褐色的头发从

---

① 珀耳修斯是希腊神话中天神宙斯与达那厄的儿子。智慧女神雅典娜让他取来女妖美杜莎的首级，并答应事后将他提升到天界。珀耳修斯拿着智慧女神给他的盾牌，与美杜莎作战，最终割下她的首级，骑着飞马脱离险境。

② 本韦努托·切利尼（Benvenuto Cellini, 1500—1571），意大利雕塑家、作家。《珀耳修斯》是他的雕塑代表作。

头顶的小四角帽<sup>①</sup>里钻了出来。他矮小瘦弱，衣衫不整，语气谦卑，非常像个看门人。我敢肯定，绝对不会有人看出他竟是一位艺术天才。他操着一口流利的英语跟我打招呼，问我对佛罗伦萨印象如何。我没有吭声。他置若罔闻，开始发表长篇大论。

"先生，我来佛罗伦萨很长时间了，但从未发现她像今晚这般美好。现在的佛罗伦萨正在酣睡，但其灵魂却在空旷的街道上游荡，飘浮在我们的周围，如同一个看得见的梦境。成双成对的佛罗伦萨人在大街上漫步，评价着米开朗基罗、切利尼的作品！即便仅仅听到只言片语，也会受益匪浅。即便是最普通的人，只要受过高等教育，都会提出对你有益的见解。先生，这里是艺术的殿堂。太阳高悬在天，普照万物，给最黑暗的地方带来光明，使浑浊的目光变得清澈。我们却像生活在黑夜中，什么也看不见。我们在黑暗中摸索，用自己那一点点自以为是的小聪明，去揣测伟人高深的思想。光明的时代远去了！我幻想着……幻想着……"他沉溺于自己的想象中，语气变得亲切起来，"我幻想着那个时代的光芒能够在我们身上驻足，哪怕只有一小会儿！我从未看到过这样精美的大卫和珀耳修斯！在皎洁的月光下，空气中飘荡着大师们的秘诀。只要虔诚地站在这里，我们就可能——就可能受到他们的启示！"他说话就像诗人一样令人费解。大概是察觉到了我的疑惑不解，他突然涨红了脸。他停顿了一下，苦笑着继续说道："你或许认为我耽于幻想、满嘴胡话，其实，我

---

① 天主教神职人员戴的法冠，通常为三角或四角。

根本没有在广场上闲逛、跟游客搭讪的坏习惯。今天晚上，我真的被你吸引住了，不知为何就认定你也是一位艺术家。"

"实在抱歉，我不是艺术家。你的讲话富有激情，让我为之倾倒，我被你吸引住了。"

"你不是艺术家，但具有成为艺术家的潜质！"他笑着说道，"一个在深夜抵达佛罗伦萨的年轻人没有立刻上床休息，而是手拿旅馆为游客准备好的旅行手册，前来欣赏这精美的艺术作品。这样的年轻人真让我感动！"

"只要是来自纽约的年轻人都会这么做的。"

"纽约人都是这么热爱艺术。"他回答道。

我突然感到一阵恐慌。难道我遇到的是一位负债累累的欧洲企业家，或是一位绝望的画家？他想要敲诈一个闲逛的游客？我心里虽然这样想，但并没有呼救。这时，远处高耸的钟楼响起了钟声，已经是凌晨了。他向我道歉说耽搁了我的行程，他准备马上离开。不过，他又说接下来的路程我一定感兴趣。我也不想和他分开，于是建议我俩边逛边往回走。他欣然同意了。我们离开了广场，经过乌菲齐美术馆①的拱廊，看到了各式各样的雕塑，然后又经过阿尔诺河。我都不记得具体是什么路线了，只记得我们走得很慢，花了大约一个小时。一路上，他吟诵了许多关于月亮的诗。尽管我不太懂，但听得很认真，心想：天哪，他到底是谁？当他承认自己是一个美国人时，语气略带忧郁又让人充满

————————

① 乌菲齐美术馆（The Uffizi），亦可译作乌菲兹美术馆，是世界著名的绘画艺术博物馆，在意大利佛罗伦萨市乌菲齐宫内。

敬意。

"我们是被剥夺了艺术传统的人!"他大声说道,"肤浅的东西是注定要被艺术排除在外的!美国人所能感受到的只不过是一些可怜的人工沉淀。我们要付出十倍的努力才能赶上欧洲人。我们缺少深刻的感受力、洞察力。怎样才能拥有这些东西呢?恶劣的气候,贫瘠的土地,沉默的过去,喧闹的现在,消极的氛围,持久的压力,这一切都无法滋养、激励和鼓舞艺术家。面对这一切,我虽然内心沉痛,但无力改变,也慢慢麻木了。我们这些有抱负的可怜人,只能永远过着流放的生活。"

"你虽然生活在国外,但还是像在祖国一样啊,"我回答道,"佛罗伦萨对于我来说,就像西伯利亚。你知道我心里是怎么想的吗?我觉得在这里讨论什么肥沃的土壤、机会、鼓励等等是最无用的。我们应该去做一些其他的事情!我们的宪章不会反对我们去发明、去创造、去获取。不管你想实现哪一个,都需要无数次的努力才能成功。作为一个艺术家,不仅要成为自己的领导者,"我笑着把手放到他的肩上,继续说道,"还要带领大家打破束缚。"

"年轻人,说得好,说得好!"他笑着大声说道,"是的,去发明、去创造、去获取才是我们应该做的事情。这一点我非常清楚。不要把我当作那种不去努力只会埋怨的人——那些既没天赋又没信仰、只会愤世嫉俗的人。我一直在努力工作!"他低头瞅了瞅自己,放低了声音,好像在诉说一个不寻常的秘密。"我没日没夜地工作、创造!但我不是领导者,只是一个艺术家,虽然贫穷但有耐心。如果我能在这片干涸的土地上注入一股美丽的清流，会是一件多么好的事情呀！不要把我看作一个自大狂。"他笑着看了我一眼，好像很认同我刚才说过的话似的，然后继续说道："今晚，我感到很焦虑，从睡梦中惊醒了。我坚信，一定会有伟大的事情发生！午夜时分，南风吹过佛罗伦萨，似乎把藏在教堂和艺术馆内那些美好事物的灵魂引诱了出来。月光洒落在我的工作室。我沐浴着南风和月光，心灵受到了极大的震撼。你看，我总是往我的构思里增加想法！除非能够和米开朗基罗聊一聊，否则我无法入眠。"

他好像很了解佛罗伦萨的历史和传统，热心地[①]为我描述着它的魅力。他已经把这个美丽的城市深深印在了自己的脑海里。"我感激这里的一草一木，"他说道，"自从我来到这里，我的思想才真正活跃起来。我抛弃了一个又一个世俗的欲望，只留下一支铅笔和一个笔记本，"他轻轻抚摸着自己的上衣口袋，"还有对真正大师的崇敬之情。他们因为天真和纯粹而强大！"

"你的作品很多吗？"我问道。

他沉默了一会儿，才开口说道："在世人的眼中并非如此！我已经决定永远不再暴露我的缺点。我将每一次做得好的地方转换成新一轮创作的动力，同时消除做得不好的地方。我可以自豪地说，我没有给这个世界增加一点儿垃圾。为了证明我有良知，有责任心，"他稍作停顿，双眼坦诚地看着我，似乎想让我相信

---

① 原文为意大利语：con amore。

他所言不虚，"我从来没有卖过一幅画！你还记得勃朗宁那句诗吗？'至少我的内心远离商业的喧嚣'。我的工作室虽然小，但从未被肤浅、利欲熏心的商人亵渎过。它是工作的圣殿，也是休憩的圣地。艺术至上！如果我们只为挣钱而工作，当然应该尽快多出作品。如果我们是为艺术而献身，则应将出作品的速度慢下来。艺术精品需要经得起时间的考验！"

我不禁为他感到惋惜，像他这种具有英雄情怀的艺术天才，现在确实不怎么受待见。聊着聊着，我们不知不觉来到了我入住的旅馆门前。分别时，我非常希望能够再次见到他。次日清晨，我更加希望能够在佛罗伦萨的某个画展上与他不期而遇。没过多久，我的这个愿望竟然真的实现了。一天早晨，我在乌菲齐美术馆——一个藏有世界名作的艺术宝库——见到了他。他背对着《美第奇的维纳斯》[①]，胳膊搭在护栏上，手托脑袋，两眼紧紧盯着安德烈亚·曼特尼亚[②]那幅著名的三联画。该三联画用料并不华丽，气势也不及周围其他作品威严，却能让人的心灵得到慰藉。我从背后瞅了他几眼，他没有发现我。过了一会儿，他对着三联画重重地叹了一口气，转过身来。当他认出我时，脸刷地一下子就红了，可能是对自己那天晚上的表现不太满意吧。我友好地向他伸出手。他看上去像是熬了一个通宵，脸色憔悴。要不

---

① 大理石雕像，公元前1世纪的作品。从1677年起一直在乌菲齐美术馆展出。
② 安德烈亚·曼特尼亚（Andrea Mantegna，1431—1506），意大利文艺复兴时期重要画家。乌菲齐美术馆收藏有他创作于1462至1464年间的宗教题材三联画《三王朝拜》《割礼》和《耶稣升天》，后文所说三联画即指此作品。

是那头蓬乱的头发①，我几乎认不出他了。他身穿破旧的天鹅绒外套，头戴一顶样式古老的帽子。帽子上面还有铁锈色，应该是戴了很久的缘故。他脸色苍白，面容瘦削，眼皮耷拉着，但目光柔和，语气谦卑。我不知道他天生就是这个样子呢，还是营养不良。他说自己是个贫穷的艺术家，从来没有卖出过一幅画，看起来的确如此。我们聊了几分钟后，他的眉头便舒展开来，又开始变得能言善辩了。

"你是第一次来这里参观吗？"他兴奋地叫喊道，"年轻真好！"他拉着我欣赏一幅幅杰作，给我介绍其精华所在。我们刚看到曼特尼亚的作品，他便拉住我的胳膊，一边看着那幅画，一边低声说道："他是一个能够耐得住性子的人，知道欲速则不达！"我不敢说我的这位朋友是个真正的评论家，却敢说他是个非常有趣的人。他可以一股脑儿说出许多观点和理论，既能发表长篇大论，也会谈论传闻轶事。他非常重视艺术上细微的差别，总是试图发现作者隐藏的意图。他还不时地置身于形而上学的海洋，但只是身体在海水中挣扎，头脑却不着边际。他知识渊博，判断力强，口若悬河，我全神贯注地听着，几个小时就这样快速过去了。他责怪我四处闲逛，浪费时间，身处浓厚的艺术氛围却不好好珍惜。我一直记得他说的这句话："人们经过画廊时有两种心态，一种是批判，一种是赞美。奇怪的是，似乎两者谁也占不了上风。批判时总觉得那些作品有一种亲切感，赞美时却让

---

① 原文为法语：chevelure。

自己无端生出些许优越感。在我看来，只有将两者有机结合，才会领略到艺术的精妙之处、画家的聪明之处。画家画的都是他喜爱的事物：小巧的荷兰马车、水壶、修长的手指、姗姗来迟的圣母马利亚被微风吹起的披风、青山绿水、田园风光，等等。有时候，有些人要求过高，言辞苛刻，认为所有画作只不过是雕虫小技，不足挂齿，无视艺术家们的心血以及所付出的巨大努力。当然，适切的批评是必要的，但绝对不能抹杀米开朗基罗的艺术成就，绝对不能否认拉斐尔的艺术天赋。"

乌菲齐美术馆不仅拥有丰富的藏品，而且这座建筑将河流与城市融为一体，形成了壮观的皮蒂宫①。长长的走廊悬挂在街道和河流上方，成了连接两个艺术馆之间的桥梁。无论在卢浮宫，还是在梵蒂冈博物馆，你都不会有这种感觉。我们经过画廊，作品高高悬挂在那里。它们都出自大师之手，非常珍贵。阿尔诺河淡黄色的河水潺潺流动，一直流到皮蒂宫公爵的住处。公爵的客厅不像展厅那样美轮美奂，窗户幽暗，线条繁杂，墙上挂着密密麻麻的画作。斑驳的光线照在上面，让人感觉似乎置身于画作自身散发出的光芒之中。昏暗的天花板悬在上方，外墙淹没于魅影之中，画作的色彩和周围昏暗的装饰交相辉映、对比强烈。这一切看起来就像一幅提香和拉斐尔不经意间的画作。我们在公爵的客厅里逗留了很长时间，看到我的这位朋友都有些不耐烦了，我便让他直接带我去最终目的地——拉斐尔笔下最美的圣母像：

---

① 皮蒂宫（Pitti Palace），佛罗伦萨最宏伟的建筑之一，建于1487年。拉斐尔在文艺复兴鼎盛时期的作品《椅中圣母》和《披纱巾的少女》都收藏在这里。

《椅中圣母》。对我而言，这是世界上所有名画中最美的一幅。一分耕耘，一分收获。万事万物都要遵循规律。构思与作品总会有不协调之处，这很难免。在那些完美的画作中，这些不协调少了许多。画面优美，充满人性，令人感同身受。这种美无关乎任何绘画方式、技巧、甚至风格。柔和之中大放异彩，看上去如此和谐，好似一瞬间的灵光迸发。参观者看到画中人物，内心顿时变得柔和，完全沉浸于世间最娇嫩的"母性"花朵的芬芳之中，说不清楚究竟是为神圣的纯洁还是为世俗的魅力所着迷。

我们默默地看了一会儿。他开口说道："这便是我所说的绝佳画作。我经常临摹，现在闭着眼也能将它画出来。其他画作都是拉斐尔所作，这幅画体现的则是拉斐尔本人。其他画作，你可以描述、称赞、评价、解释，但这一幅，你只能热爱和称赞。拉斐尔看起来非常平凡，他的心中却充满了神圣的情感。这幅画完成后，他死而无憾。这个世界上已经没有人能够超过他了。我的朋友，你好好想一想，就会知道我不是在胡说八道。好好想一想，完成这幅画作绝对不可能一蹴而就，也不是于美梦之中，更不是心血来潮。这不像写诗，五分钟的热度即可——遣词造句，推敲着一成不变的诗节。他年复一年，日复一日，承受着庸俗生活所带来的干扰，还有希望与焦虑，手拿画笔一点儿一点儿地创作，打破传统，发散思维，最终完成了这幅与众不同、独一无二的画作。他确实是一位大师！啊！他也是一位预言家！"

"你有没有想过，"我问他道，"他的模特是一位非常漂亮的年轻女士。"

"不管有没有，都不会减弱这幅画的魅力。当然，他需要有所参照，也许有一位年轻的美人面带微笑坐在他的画布前，她清秀美丽的容貌能够让这幅画作更加完美无瑕。最终起决定作用的是他活跃的思维和丰富的想象力。圣母决不会因为人类的相貌而变得世俗。他们面对面进行交流，让这幅画变得更出色、更美丽。是纯洁成就了这幅画，就像是花香成就了玫瑰。这便是他们所说的理想主义。虽然这个词已被滥用，但理想主义本身却是好的。这便是我的信条。亲爱的圣母马利亚，立刻成为我的模特儿，赋予我灵感吧！我会让你见证，我也是一位理想主义者。"

"理想主义者，"我想让他说出更多的想法，便开玩笑说，"其实是通过漂亮女士与自然对话的绅士。你心里应该是这样想的吧：'得了吧！你彻底错了！你表现出的精致是如此粗俗，光芒是那样暗淡，优雅是那样鲁莽，这才是你的真面目。'这难道不是与理想主义者进行对抗吗？"

他看着我，神情非常气愤，当认识到我只是在开玩笑时，才勉强笑了笑，神情仍然非常严肃。他指着那幅画对我大声说道："收起你那无礼的嘲笑！这才是理想主义！不必做任何解释，人们就会感受到它的气势。不用和自然对话，也不用和漂亮女孩儿说一些令人无法原谅的话！他只是在跟圣母马利亚对话，'把我当作朋友吧，让你那美丽的脸庞给我力量吧！相信我、帮助我，你的眼睛将为我的画作贡献一大半的力量'。没有人能够像艺术家那样热爱和尊重自然。他们用想象力去爱惜、去赞美自然。他知道什么是事实（你可以从身后这幅《红衣主教托马索·因吉拉米》<sup>①</sup>来判断他知不知道这一点）。毫无疑问，他的想象力总是凌驾于事实之上，就像爱丽儿<sup>②</sup>一直在熟睡的王子身边徘徊一样。世间只有一个拉斐尔。艺术家就是艺术家。就如同我昨晚所说的那样，光明的日子已经一去不复返了，想象力也越来越稀缺。我们必须等上很久才能看到希望。当然，在沉思之中，我们仍然可以播种理想，进行打磨、修饰，使其完美。结果……结果，"他突然情绪激动起来，声音颤抖，泪流满面，紧紧盯着那幅画，"结果或许并不如此完美，但仍旧很好，甚至非常好！多年以后，这幅画或许会与其他画作一起被悬挂于某处，使拉斐尔名垂青史。你想象一下，纵使世界风云变换，这幅画悬挂了几个世纪依旧家喻户晓。在人们挑剔的目光下，在灵巧的双手间世代相传。随着时光流逝，对于后世而言，这幅画就成为了过去，成为一种娱乐、一种权威，使美好成为力量，让纯洁成为典范。"

我笑着说道："希望没有打击到你！不知道你有没有想过，拉斐尔除了拥有过人的天分以外，还会对我们已经丧失的某个信仰感兴趣。据我所知，有些人认为，拉斐尔笔下完美无缺的圣母马利亚只不过是那个时期一个漂亮女孩儿的写照，经过他的修饰而已。有人说这种修饰是一种亵渎。话虽如此，那时人们的宗教需求和审美需求并存，那时人们需要一位触手可及、令人尊重的圣母马利亚。然而，现在的人恐怕已经没有这种需求了。"

---

① 《红衣主教托马索·因吉拉米》（*Tommaso Inghirami*），拉斐尔于 1515—1516 年创作的油画，画中人物为文艺复兴时期人文主义者托马索·因吉拉米（1470—1516）。
② 爱丽儿（Ariel），莎士比亚传奇剧《暴风雨》中的一个小精灵。

我的这位朋友一脸困惑。他摇摇头，无比坚定地说："需求总是有的！那些用言语难以描述其妙处的艺术品是人类心灵永恒的需求。一般来说，虔诚的信徒只是暗自憧憬，羞于张口。只有达到这种水平的艺术品诞生时，他们才有勇气去表达。面对堕落的一代，这样的艺术品怎么会诞生呢？艺术品不可复制。当教堂的钟声响起，艺术家灵感乍现，挥毫落纸，这样的艺术品怎么可以复制呢？只有辛勤的耕耘和激昂的热情才能催生出这种传世之作。一个艺术天才惊才绝艳，就连取景都不需要，你能想象这种本事吗？能画出这幅画的人能够描绘世间的万事万物。这幅画的方方面面——形状、颜色、构图——都尽善尽美。你既可以说它很简单，又可以说它很复杂。你既可着眼于它宏观层面的创意，又可着眼于它微观层面的刻画。想想那个光着屁股的婴儿，想想那个正在织布的母亲，想想关于伟大母爱的故事，想想母亲脸上的表情，既有新生命带来的喜悦，也有初为人母的疲惫。请看，这动人的线条，饱满的色彩，生动的形象，真实的美丽，精湛的手法！"

"我也是个画家啊！①"我大声嚷道，"要是我没搞错，你一定正在酝酿一幅杰作。若把你刚才所说的那些内容全都融入其中，一定会比拉斐尔做得还要好。大作完成时告诉我一声。不管在世界的哪个角落，我都会赶回佛罗伦萨瞻仰你亲手绘制的这幅——心中的圣母像！"

---

① 原文为意大利语：Anch' io sono pittore! 据传这是意大利文艺复兴时期画家科雷乔（Antonio Correggio，1489—1534）在观摩拉斐尔画作时发出的喟叹。

他长叹一声，说道："我讨厌作品尚未完成就大肆宣扬的做法。伟大的作品需要在宁静中酝酿，在寂寞中完成，给人一种神秘感。当下世人肤浅、刻薄，根本不认同一个人想画圣母像的愿望。我因此而遭到别人的嘲笑。嘲笑，先生！"他脸涨得通红。"我也不知道是什么促使我信任你，对你毫无隐瞒。亲爱的年轻人，你应该不会嘲笑我。"他把手放在我的手臂上。"我应该得到尊重。不管我的天赋如何，起码我是真诚的。一个人倾尽一生去实现自己的梦想，没有什么可笑的。"

看着他严肃正经的样子，我没再说话。一连两周，我们相约共览名胜。他对佛罗伦萨的历史烂熟于心，对这座城市的布局了如指掌。他常在街巷闲逛，是教堂和画廊的常客。他是最理想的私人导游 ①。有了他，我根本不用带我的贴身男仆默里出门。每当说起佛罗伦萨，他就像聊他的情人一样，坦言自己对这座城市一见钟情。"现在人们都喜欢用'她'来指代城市，"他说道，"我觉得这种说法不太好。怎能把佛罗伦萨和纽约、芝加哥相提并论呢？佛罗伦萨是其中唯一的完美女性。人们面对她，就像一位十几岁的少年面对一位比自己年长而且阅历丰富的美丽女性，忍不住想献殷勤。"我这位朋友独自生活，心无旁骛，一心扑在事业上。他能喜欢我这样的浮躁之人，愿意牺牲宝贵的时间陪我游玩，让我颇为感动。我们花了很多时间欣赏那些早期的画作，心中不免有些不解：与后期发展成熟的作品相比，它们应该更加珍

① 原文为法语：valet de place。

贵才是啊。我们经常在圣·洛伦佐教堂中逗留，观赏米开朗基罗的士兵雕塑。士兵的脸庞模糊不清，坐在那里，恍若一个戴着面具的天才正在思索生命的奥秘，令人敬畏。我们多次在这座修道院里驻足，弗拉·安吉利科 ① 曾经在此进行创作。他的画作好似清晨的鸟啼，亦如四处滚动的露珠。我们花了一小时欣赏他的画作，感觉就像清晨在修道院的花园中散步一样。另外，我们还进入潮湿阴暗的院子和积满灰尘的房间，找寻暗藏的壁画和雕刻。

我的这位朋友有一个明显的特征，那就是爱画成痴，我非常佩服。他目之所及，耳之所闻，终将指引他走上真善美之路。他给人的感觉就像是来自另一个星球的人。他确实对我们居住的星球知之甚少，天天只是在他自己那小小的艺术天地里生活。非常难以想象，世间竟有这样一个未被俗世玷污的人。尽管一想到他是我们这群精明的美国佬中的一员，我就感到非常好笑，但我知道，他对艺术的狂热却是他美国身份的最佳证明。因为欧洲人生来就能一边做艺术的拥趸，一边舒舒服服地生活。此外，他对理性判断持怀疑态度，喜欢极度赞美之词，这一点也和我们一样。他发表评论时非常慷慨，"了不起""真罕见""无与伦比"这几个词是我们能从他嘴里听到的最温和的赞美之词。在他看来，一位绅士不需要掌握太多赞美的词语，因为它们并没有本质上的区别。虽然说话直截了当，但他还是让人无法捉摸。比如，他所从事的工作。他对自己所从事的工作总是含糊其词，让人搞

---

① 弗拉·安吉利科（Fra Angelico，1387—1455），意大利佛罗伦萨画派画家。原名圭多·迪·彼得罗（Guido di Pietro），安吉利科（意为天使）是后人给他的美称。

不清它的具体内容和环境。他既谦逊又高傲，从不谈论家事。他生活很贫困。他的艺术理想并没有给他带来巨额财富，只能勉强维持生计。可能是因为没有体面的房子，他从来不提及自己的住处，更不用说邀请我去那里小坐了。我们要么在公共场合，要么在我住的旅馆碰头。要是在我住的旅馆见面，我就千方百计好好招待他，而且尽最大可能不让他感觉我在施舍。他总是肚子很饿。这正是我觉得他比较真实的时候。我叮嘱自己不要问他一些唐突的问题。每次我们见面，我总是壮着胆子问他那幅大作进展如何。"正在创作，"他总是笑着回答，"进展还可以。你知道，我最大的优点就是从不浪费时间。你的提议太管用了！与你在一起的每时每刻都让我受益匪浅。就像虔诚的基督徒时刻要祷告一样，真正的艺术家一刻也不能停止创作。他们随时都能从阳光照耀下的万物中发现'宝物'。这种观察乐趣无穷！为了用好每一种色彩，画好每一根线条，我认真观察，从不浪费一分一秒！回到家中，我将掌握的诀窍都用在描绘圣母像上了。啊，我绝对不会碌碌无为！一日不可懈怠 ①。"

在佛罗伦萨，我还结识了一个美国女人——考文垂夫人。她家住四楼，客厅成了外国友人聚会的地方。她虽然不太富有，仍然为客人提供上等的茶水、各种各样的点心，陪着他们闲聊。考文垂夫人是一个极具"艺术"气质的人，与她聊天总能感受到浓厚的艺术气息。她的住处可以算作一个小型的 ② 皮蒂宫了。这里

---

① 原文为拉丁文：Nulla dies sine linea。
② 原文为法语：au petit pied。

收藏着"大师的早期画作",数量可以用"打"来计算:客厅内挂着一组佩鲁吉诺①的作品,卧室里挂着乔托②的画,客厅的壁炉架上挂着萨托③的画。古老的可折合式双联圣像、青铜雕像、马略利卡陶器数不胜数。她家到处都是宝贝。也正是这个原因,考文垂夫人自认为精通艺术,并十分享受这种高雅。她总是穿着一件胸前印着《椅中圣母》图案的衣服。一天晚上,我终于逮到机会与她攀谈起来,问她是否认识西奥博德先生。

"我知道!"她很激动,"那个可怜的西奥博德!佛罗伦萨没有一个人不认识他。他那火红的头发,黑色的天鹅绒外套,关于'美'的高谈阔论,还有他那普通人从未见过、也等不到的惊世之作圣母像。"

"他志在必得,"我很惊讶,"难道你不相信?"

"年轻人哪,你真是太天真了!"精明的考文垂夫人回答道,"你相信他?说实话,我们也相信过他。他刚刚来到佛罗伦萨的时候,还引起过不小的轰动呢。这个美国佬没准儿能够与拉斐尔一样伟大。这个世界上又要出现一个拉斐尔。虽然他有头发,但没有拉斐尔齐肩的秀发。当然,他更缺乏拉斐尔般的头脑!我们都围着他转,时常把他挂在嘴边,赞美他的才华。漂亮的女士们个个渴望成为他的模特,像蒙娜丽莎那样流芳百世。他的一举一

① 佩鲁吉诺(Pietro Perugino,约 1445—1523),意大利画家,擅长画柔软的彩色风景、人物和脸以及宗教题材,是最早使用油彩的意大利画家之一。
② 乔托(Giotto di Bondone,1266—1337),意大利画家,雕刻家,建筑师,意大利文艺复兴时期开创者之一,被誉为"欧洲绘画之父"。
③ 萨托(Andrea del Sarto,1486—1530),意大利佛罗伦萨画家,文艺复兴盛期佛罗伦萨画派的最后一位代表,开意大利架上画之先河。

动像极了列奥纳多·达·芬奇，神秘莫测，令人着迷。几个月过去了，这位大师的神秘感丧失殆尽。他每天都在美术馆或教堂里度过，凝视、冥想、构思。他总是说说而已，从不付诸笔端。我们早就预订了他的大作，但他迟迟没有完成，所以都把定金要了回来。我是最后一个向他要的定金。我之所以这样做，主要是想让他为我画一幅肖像画。我做梦也没想到，他竟连绘画的基本功都没有！把我画得既滑稽又可怕。从那以后，再也没有人去找西奥博德先生画肖像，因为我们都不相信他了。据他自己说，他最大的特点就是多愁善感。只要我们表现出一丁点儿疲于等待、急于观看成品的样子，他就会愤然离开，并厉声呵斥我们道：'伟大的作品需要时间，需要仔细斟酌，需要安静的氛围，需要保持神秘！你们什么都不懂！一群白痴。'我们立刻回应道，我们并不苛求什么大作，只不过想要价格便宜又能让人耳目一新的画作。这个可怜人儿认为自己生不逢时、遭人误解，甩手走了！他肯定怀疑我是背后主谋，是我把他的创作热情扼杀了——一种需要二十年才能迸发的热情。如果你问他是否认识我，他肯定会说，我又老又丑，而且可怕。是我毁了他的前途，仅仅因为他没有把我画得如提香的《花神》那样美。从那时起，只有不了解他的陌生人，才会把他说的话当真。他一直在创作，至今也没见到什么成果。有一次，我们在一家画廊不期而遇了。他瞪着一双又黑又大的眼睛，非常冷漠地看着我，仿佛我是一幅萨索费拉托 ①

① 萨索费拉托（Giovanni Battista Salvi da Sassoferrato，1609—1685），意大利巴洛克画家，代表作品有《圣·皮埃特罗》《祈祷的圣母》等。

的劣质赝品！很久以前，我就听说他在研究一幅圣母像。这幅圣母像在意大利被视为范本。正如古老的维纳斯从这个经典形象借来了鼻子，又从那个经典形象借来了脚踝，他也打算用此思路，新创作一幅杰出的圣母像。这让我想起了他为我画的那幅肖像画。如果单看其中某个部分，还能说得过去，整体来看就差得太远了。在承诺严守秘密的情况下，他把这个惊人的想法告诉了五十个被他选中的人，并迫使他们听他讲了足足五分钟。我想，他可能很想获得一个订单。这也无可厚非。只有上帝才知道他是靠什么来维持生计的。"她停顿了一下，继续说道："你一脸红，我就看出来了。他之所以尊敬你，是因为你信任他。亲爱的年轻人，你没必要感到难为情。像你这个年纪，非常容易轻信他人。我给你提个小小的建议：不要相信他，等画好了再付款！在你前面的那五十个人也不会全都相信他。如果你能进入他的画室，就一定能找到与巴尔扎克的故事相似的画面——一堆杂乱无章的草图，涂得到处都是的颜料，还有已经干掉的油漆！"

　　我一言不发，认真倾听着她尖酸刻薄的长篇大论。虽然她的话有几分道理，但听的人还是备受折磨。也许她是对的，也许她是错的。我决定静观其变。坦率地说，听了她的话，当我再次见到西奥博德先生时，我开始带着大家对他的成见打量他。一见面，我就立刻问他认不认识考文垂夫人。他把手放在我的手臂上，苦涩地笑了笑，开口说道："你是不是听她说我什么了？她这个人伪善愚蠢，没心没肺。她念叨乔托的第二人格，八卦维多利亚·科隆纳① 和迈克尔的风流韵事——旁人会以为这位迈克尔就住在路对面，很喜欢玩惠斯特② 呢。她根本不懂艺术，也不懂如何评价一幅作品，就跟我不懂佛教差不多。她还口出狂言，说一些亵渎神灵的话。"他停顿了一下，说得愈发起劲了。"她对你的帮助，最多不过是在她那破旧的小客厅里让你喝杯茶而已。那间小屋里挂着廉价佩鲁吉诺的壁画！要是你三天之内不能为她画出一幅新画，她就没办法向客人们交差，就会毫不客气地对他们说，你是个骗子！"

验证考文垂夫人的话是否可信的机会来了。一天下午晚些时候，我和西奥博德先生有幸去圣米尼亚托大殿。这座古老的大殿就坐落在山顶，非常安静。值得一提的是，从山顶可以俯瞰整座城市。翠绿的草木在风中摇曳，连绵的群山环绕四周，圆顶楼房、尖顶灯塔散落全城。通向教堂的石板路两旁种着柏树。教堂前面是一个宽阔的露天平台。教堂墙壁上镶嵌着黑黄相间的大理石。在时间长河的冲刷下，这些大理石早已布满裂痕。听说剧院上演的剧目平时不容易看到，我便邀请西奥博德先生第二天晚上一起去剧院看戏。正如我所料，他礼貌地拒绝了。我观察到，他晚上从不外出，但从来没有告诉过我，他是如何度过这段时光的。我笑着说："你让我想起了一位佛罗伦萨画家的演说。他在

---

① 维多利亚·科隆纳（Vittoria Colonna，1490—1547），意大利贵族、女诗人。后文所说的迈克尔（Michael）实指其同时代的著名雕塑家、诗人米开朗基罗（Michelangelo），科隆纳与其过从甚密。
② 惠斯特（Whist），一种纸牌游戏。

缪塞①的《罗朗萨丘》中这样说道：'我没伤害任何人。我把时间都耗在了画室。星期天我去教堂向圣母马利亚表示敬意。修道士给我穿上白色长袍，戴上红色帽子，我们合唱，有时候我也会独唱。此外，我不会出现在公众场合。晚上，我常常去看望我的爱人。倘若夜色美好，我们就在阳台上共度良宵。'你有没有爱人？她的家中有没有阳台？"他没有立刻回答，一脸严肃地看了我一会儿，才开口说道："你能用尊敬的口吻谈论一位漂亮的女士吗？"

"当然可以，"我回答道，"我并不觉得难为情，不过，我会为自己的粗鲁言语感到抱歉。"然后，我向他保证，我会改正。他故作神秘地告诉我，他要给我介绍一位意大利最美的女人——一个富有灵魂的美人！

"哎呀，"我大声叫道，"我真是太幸运了！"

他继续说道："这位女士的美丽是一堂课，是一首诗，是一个道德准则！我每天都在研究。"

当然，我没有忘记他刚才对我的承诺。在我们分别前，他对我说："不知什么原因，我觉得一直盯着她，凝视着她，就好像侵犯了她的隐私。我从来没有向任何人提过她。今天告诉你，绝对是因为我们之间的友谊啊！不过，我的朋友，太过熟悉某事物，就不太容易获得对其真正价值的体会，或许你会有其他想法。"

---

① 阿尔弗雷德·德·缪塞（Alfred de Musset，1810—1857），十九世纪法国浪漫主义诗人、小说家、剧作家。《罗朗萨丘》是他创作于1834年的一出悲剧。

按照约定，我们来到了佛罗伦萨市中心的一座老房子——就在老市场附近。我们爬上昏暗陡峭的楼梯，来到楼顶。鉴于西奥博德先生的艺术追求远在普通人之上，他口中的美丽亦是如此。他没有敲门，径直沿着昏暗的走廊进入一所小公寓，推开一扇房门，将我带进了一个房间。房间面积不大，尽管开着窗子，挂着白色窗帘，光线仍旧不是太好。一位黑衣女子坐在灯旁忙着刺绣。听到我们进来，她抬起头，微笑着看着西奥博德先生。当她看到我时，先是有点惊讶，随即优雅地笑了笑。西奥博德先生走到她的面前，行了一个吻手礼，带着一种难以形容的远古气息。就在他低头行礼的过程中，她看了我一眼，我觉得她的脸红了。

"来啊，我给你介绍一下，这位就是塞拉菲娜！"西奥博德先生向我招了招手，然后介绍我道，"这是我的一位朋友，一位艺术爱好者。"塞拉菲娜向我微微一笑，行了一个屈膝礼，然后招呼我们坐下。

西奥博德先生眼中意大利最美丽的女人原来是这样的：意大利式的热情，穿着朴素，举止拘谨。她坐回灯旁，继续刺绣，看起来没有什么话要和我们说。西奥博德先生见到她，欣喜若狂，问了她一大堆问题，主要是身体如何、心情如何，还有刺绣进度如何。他两眼盯着刺绣，还招呼我过去观看。这刺绣是一件教衣的图案——用金丝银线绣在黄色缎面上，显然是经过精心设计的。她的回答声音洪亮，简洁明了，令我开始猜想这到底是当地人的习惯，还是我在场的缘故。她告诉我们说，那天早上，她先去找神父告解，然后到市场买了一只鸡做晚餐。定制刺绣的客户和提供针线、布料的人都希望她能够尽快把这些金丝银线绣在图案上。正如他们所言，这是为上帝而制。她感到很光荣。偶尔，她的速度也会慢下来，抬眼看看我。一开始，我觉得她只是好奇。后来，随着她看我的次数越来越多，我便开始想入非非——或许她想以西奥博德先生为桥梁，增进我们之间的了解。与此同时，我也注意到了西奥博德先生对她的崇敬之情。这或许就是她严以律己的结果吧。

刚刚见到她时，看她已不年轻，我感到很惊讶，现在已经习惯了。她的确是个美丽的女人。她的美不在于青春年少，而在于外表和形体。正如西奥博德所言，她的美是一种"组合美"。她身材丰满，肤色白皙，浓眉大眼，齐耳棕发非常浓密，犹如修女的面纱一般覆盖在头上。她低头垂眉，偶尔也抬头挺胸，轻微地活动活动。平和、沉着应该是这位女士给我的最为深刻的印象。她身着朴素的黑衣，胸前系着一条深蓝色丝巾，脖子露在外面。丝巾上有一个小小的银色十字架。她衣着得体，正襟危坐，再加上会编织精美的刺绣，就像一个获准生活在修道院外的虔诚修女。在我看来，她就是当代的埃杰里亚 ①。可能是为了方便我悄悄看她，西奥博德先生开始抱怨屋内光线太暗，说这样对她的眼睛没有好处。说完，他站起身来，从壁炉架上取下一支蜡烛，点燃后放在桌子上。借着明亮的灯光，我猛然发现她又矮又胖，而且俗不可耐，只是嘴唇和眉毛带给我一点儿温和感。这就是西奥

---

① 埃杰里亚（Egeria），罗马神话中的仙女，曾是为罗马第二代王努玛蓬庇利乌斯提供预言忠告的顾问。

博德对我所说的那个"有灵魂的美人"。她低头垂眉的样子，看似虔诚、圣洁，事实上只不过是刺绣时必须要做的动作。就在西奥博德先生起身点燃蜡烛时，这位女士瞥了我一眼，用手指轻敲着她的额头，微微笑了笑。我也看了她一眼，但是面无表情。她耸了耸肩，继续忙她的刺绣。

他们两人究竟是什么关系？是朋友还是恋人？她把他看作一个追求者，在夏日的夜晚让他来到她的小客厅，向她表达爱慕之情？还是他让她待在这里，因为这里生活清闲，她不会因时间的流逝而失去光彩，能够永远以完美的姿态出现在他面前？我仔细观察了一下，她的双手细腻、白皙、漂亮，看不出经常干活的痕迹。

"你的画进展如何？"沉默一段时间后，她问西奥博德先生道。

"还可以！这个朋友跟我志同道合，经常鼓励我，让我信心倍增。"

她转过头，面带疑惑，盯着我看了一会儿，然后像刚才那样用食指敲了敲额头，对我说道："他是个天才！"

"我也这么觉得。"我笑了笑。

"你笑什么？"她大声说道，"来看看这幅《圣婴图》，你就无话可说了。"说完，她拿起蜡烛，把我带到房间的另一边。墙上挂着一个黑色画框，下面是一个装圣水的小碗。画框里面是一幅红色粉笔画：一个全身赤裸的婴儿，下半身裹在妈妈的长袍里，双臂张开，像是在祈福。画面生动、神圣，让人想起科雷乔的画作。"瞧瞧!"她指着画作说道,"这是西奥博德送给我的礼物。除了这幅画,他还送我许多东西!"

我注视着这幅画,心中钦佩不已。我向西奥博德先生保证,这幅画要是挂在乌菲齐美术馆,再贴上精美的标签,肯定影响更大。他听到我的赞美,特别高兴,过来握住我的手,眼睛噙满了泪水。他走到女主人面前,和她握手告别,还是来时那种不温不火的态度。我灵机一动,我也跟女主人这样告别,正好可以看看她的反应。她似乎已经猜到了我的想法,收回双手,垂下眼睛,一脸严肃,给我行了一个正式的屈膝礼。西奥博德先生拉着我的手臂,迅速来到了大街上。

"你觉得神圣的塞拉菲娜怎么样?"他大声问我道,充满了期待。

"很好,非常好。"我回答说。

他瞥了我一眼,好像突然想到了什么似的:"你知道我最初看到他们时,他们是什么样子吗?母亲裹着头巾,一脸愁容,怀里抱着一个婴儿。恐怕拉斐尔也是在不经意间发现创作原型的吧。那是夏日的一个晚上,我吃完晚饭出去散步,在城门口遇到了一个女人。她伸出手来向我讨要钱财。她脸色苍白,但很漂亮,就像刚刚从伯利恒的马厩 ① 里跑出来!她可能和圣母马利亚一样,也是忍辱负重,贞女产子吧。我给了她一些零钱,并带她进了城。我就像对待珍贵的艺术品一般守护着他们母子二人。可

---

① 伯利恒的马厩,耶稣诞生的地方。

能是天意如此，不到一个月，婴儿便夭折了。当感觉孩子快要不行的时候，她抱着孩子在我面前站了足足十分钟。我就像一个老僧侣画家，脉搏快速跳动，灵光乍现，画下了这幅图。梦想就这样奇迹般实现了！"

"我想，你大概也能从画中看出仓促的痕迹，我真的不忍心让这对可怜的母子一直保持这个姿势。我仔细打量着这位母亲。她活在对孩子的思念中，活在自己坚定的信仰中！虽然我并没有给予她很多帮助，她仍然对我感恩满怀。她甚至都不知道自己有多美。上帝知道，我对她的赞美发自内心。面对我的称赞，她并没有忘乎所以。我仔细研究过她，姑且说我了解她吧。她谦逊、稳重、善良、单纯、讨人喜爱。我彻底被她吸引住了。现在，我决定聘请她当我的模特！"

"现在……现在？"我大吃一惊，"你的意思是，你还没有画过她？"

"我还没有让她坐下来，画……画过，"西奥博德先生慢慢腾腾地回答说，"你知道，我私下画过一些草图，但还没有让她面对我的画架，在灯光下摆过姿势。"

在他说出这番话之前，我一直有自己的观察和看法。他说完之后，我一时竟不知该说什么好。我们走到拐角的路灯下面，停了下来。我抑制不住内心的冲动，大声感叹道："我可怜的朋友，"我一只手搭在他的肩膀上，建议他道，"你这样做完全是浪费时间。这个女人太老了，太老了！创作圣母马利亚，绝对不能用她做模特。"

或许是我的话过于残忍，打击到他了。我一辈子也忘不了他的反应——脸色铁青，表情非常痛苦。

"浪费时间？你……你……"他突然变得结巴起来，"你不是在开玩笑吧？"

"老兄，你不会把她当成一个二十岁的女人吧？"

他倚在墙上，看着我，深深吸了一口气。过了一会儿，他一把抓住我的胳膊问道："请你严肃地回答我，她真的有那么老吗？她真的年老色衰了吗？我的眼睛真的瞎了吗？"

我终于意识到，他是一个异想天开的人。时光悄悄流逝，年复一年，他只想不做，一事无成。对于他这种人，就应该直言不讳。"非常遗憾，你的眼睛确实瞎了，"我回答道，"你把时间都浪费在思考上了。光想不做，是不行的。她年轻时可能甜美可爱、纯洁无瑕，但那已经是很多年以前的事了。现在，尽管她风韵犹存 ①，但完全不符合你的创作需求！"

西奥博德摘下帽子，一边用手帕擦拭着前额，一边嘴里嘟囔道："风韵犹存？感谢你的直言不讳。我创作的圣母马利亚一定是幅杰作！年迈——苍老！年迈——苍老！"

"请你不要只是停留在口头，"我大声劝说他道，"你天赋过人。我衷心希望你一个月内完成大作。"他眼睛看着我，对于我的话充耳不闻。"年迈——苍老！"他嘴里一遍一遍念叨着，"她真的老了？我的大作该怎么办？这是大梦一场？"她的女性魅

———————————

① 原文为法语：de beaux restes。

力，即便有，现在也已不复存在。他耽于幻想的那根琴弦绷得过紧，早已脆弱不堪。经我无意间一碰，便分崩离析了。他低下脑袋，眼里噙满了泪水。唉，这位可怜的老兄只是纸上谈兵、画饼充饥。

我们朝着我入住的旅馆方向走去。一路上，我既没能帮他抑制住悲伤，也没能让他完全接受这个残酷的现实。到达旅馆时，我试图说服他进来坐一会儿。

"我们可以喝一杯，"我笑着对他说道，"预祝你顺利完成圣母像。"

他抬起头，眉头紧皱，脸色阴郁可怕。他沉思了一小会儿，握着我的手："我一定会完成的。一个月内！不，两个星期内！我已经成竹在胸！"他轻轻拍了拍自己的额头。"二十年过去了。她确实已经老了！你的描述是符合事实的。但在我看来，这个女人仿佛仅仅长了一岁！年迈——苍老！你说，这是为什么？她应该永葆青春的！"

我本来打算把他送到家，但他坚决不让我送。他向我挥了挥手，拄着手杖、吹着口哨一个人走了。我悄悄尾随着他，看着他经过圣·特里尼大桥。当他走到桥中央，突然停下脚步，倚靠在大桥的防护栏上，看着桥下的流水，仿佛浑身没有了力气。我心里顿时紧张起来，两只眼睛看着他，一眨未眨，直到他耷拉着脑袋，继续缓慢地向前走。坦白地说，这十几分钟，对我来说，非常漫长。

此后，西奥博德先生断绝了和我的一切联系，既不找我，也不给我写信。即便在他经常去的那几个地方，比如画廊、圣·洛伦佐教堂、阿尔诺河边、卡斯宁公路两旁的林荫小道（小道两旁满是参天大树）上，我都没有看到他的身影。七八天过去了，我开始为他担心：生我气了？生病了？我的言行不但没有激发他的天赋，反而给了他致命一击，使他失去了创作的自信？眼看就要离开佛罗伦萨这座老城了，在开始新的旅途之前，我必须搞清楚西奥博德先生到底是怎么了。令我苦恼的是，直到那时，我还不知道西奥博德先生住在哪里，我该去哪里找他。最简单的方法就是询问住在老市场附近的那位女士。我承认，采取这种方法同时也可以满足我对这位女士的好奇心。也许我对她的评价并不公平，她确实靓丽如初、青春永驻。无论如何，我都想再见一见这位女士。一天下午，我爬上长长的楼梯，来到她的住处门口。房门是半开着的。我穿过狭窄的走廊，走进我之前曾经去过的房间。房间内灯火通明。一位绅士，至少是一位男性，坐在桌子一端，一边吃着牛排和洋葱，一边喝着酒。房屋的女主人坐在他的旁边，虽然距离适中，但姿态不太雅观。她一只手端着盘子，一只手拿着叉子，盘子里盛满了通心粉，叉子上有一根热气腾腾、淌着酱汁的空心粉。桌子上没有桌布，六座小雕像放在正对着那位男士的另一端。雕像呈黄褐色，材质好似陶土。他眉飞色舞，一边挥舞着刀叉，一边点评着这些雕像。

　　毫无疑问，我是个不速之客。女主人惊叹一声，顿时面红耳赤。她匆忙将空心粉放进嘴里，站起身来。我意识到，这位女士的秘密比我之前所想象的更多。我一边鞠躬微笑，一边用意大利语为自己的不请自来向她致歉。她面带微笑，一边对我的到来表示欢迎，一边给我让座，并向我介绍说，那位男士是她的朋友，也是一位画家。她的朋友捋了捋胡须，冲我鞠了一躬。我看了他一眼。他身材消瘦但很结实，眼睛又小又黑但眼神尖利，鼻尖高耸，嘴巴上蓄着八字胡，头戴一顶深红色的吸烟帽①，脚穿拖鞋。塞拉菲娜对他介绍道，我是西奥博德先生的朋友。他一听很激动，嘴巴里吐出一串意大利人常用的法语，夸赞西奥博德先生是个绘画天才。他对桌子上摆放的那些小雕像很熟悉，大概是它们的作者。

"这一点，我确实不太清楚，"我耸了耸肩膀，"除了那幅伟大的《圣婴图》，我没见过他的其他作品。"

他大声赞扬道，尽管那幅画用的不是上等的画板，但绝对是一幅旷世杰作，完全可以同科雷乔的作品相媲美。塞拉菲娜女士称赞西奥博德品德高尚，不会撒谎。"我不是伯乐，"她补充道，"我只是一个可怜的寡妇，对画作一无所知，但有一点我敢肯定，西奥博德先生拥有天使般善良的心灵，品德堪比圣人。他是我的大恩人。"映着落日的余晖，她的脸颊泛起了红晕，但并没有为她增添一丝美感。虽然她长相平凡庸俗，却得到了两个艺术大师的宠爱。

"我也十分钦佩他，"我说道，"快十天没有见到他了，我整天坐立不安。这几天你看到过他吗？他是不是病了？"

---

① 吸烟帽（Smoking cap），男士抽烟时戴的帽子，能够防止头发沾上烟味，同时也为头部保暖。

"病了？不会吧？"塞拉菲娜女士一听，禁不住痛哭起来。

那位男士责备她道："你还不知道他究竟怎么样了，哭什么哭！"她迟疑了一会儿，傻笑了几声，昂着头，气愤地说道："或许他在你们眼里过着圣洁的生活。他来看我，无可非议。我去看他，也没有什么不妥的。"

"他非常喜欢你，"我说道，"你去看他，他一定感到非常荣幸。"

她回过头来，狠狠瞪了我一眼："得了吧。你去看他，他肯定会更开心！"然后，她提起了我的上次来访，说我没有给她留下什么好印象。她还说，从那时起，西奥博德先生再也没来看她。肯定是我说了她很多坏话。"我可以明确地告诉你，"她语气非常严肃，"我们是老朋友了！这几年他每天晚上都来看我。没人比我更了解他！"

"我并不了解他，"我解释道，"对我来说，他就是一个谜……"我摸了摸额头，摆了摆手。

塞拉菲娜女士看了看那位男士，好像在寻找灵感。那位男士耸了耸肩，将酒杯斟得满满的。塞拉菲娜女士对我笑了笑，好像是在讨好我似的。"正因为这样，我才爱他！"她说道，"人们嘲弄他、蔑视他、欺骗他。面对这恶劣的环境，西奥博德先生试图在我这里寻找一隅天堂。真的。说来惭愧，对他来说，我就是圣母马利亚。请上帝宽恕我！我鼓励他想其所想，只要他开心就好。他曾经帮助过我，我也不是忘恩负义之人。他每次来我这里，我都会好好招待他，询问他的近况，任他端详！有时他一坐就是一小时，一言不发；有时他滔滔不绝，谈论艺术、自然、美好和责任之类的事情。这些我都听不懂，请你们理解。不过，他从来都没有要求过我认真听他说话。他不会逗人开心！虽然他有点儿不正常，在我看来，他就是一位圣人。"

"说得很对！"她的朋友——那位男士——大喊了一句，"圣人都有点儿不正常。"

"命运的安排太奇怪了，"她继续说道，"有这样一种关系——它游离于友情与爱情之间。"她的朋友吃着东西，胡子变得扭曲，脸上的微笑令人费解。他和塞拉菲娜女士也保持着这种奇怪的关系吗？"在这个残酷的世界里，你想得到什么？不要问太多问题，应该随心而动，珍惜当下。我和我的好朋友已经保持了二十年的友谊。先生，从今天开始起，请你不要让他对我产生偏见！"

我向她保证，我没有这种想法。我现在非常担心西奥博德先生，很想马上找到他。塞拉菲娜女士给了我他的地址，还因为他的突然消失倒了一肚子苦水。她也从来没去过西奥博德先生的住处，原因有很多，主要原因是西奥博德从不轻易透露自己的住址。

"你可以给他写封信。"我向她建议道。

"啊！千万别提我！"那位男士又大喊了一句，"他虽然喜欢塞拉菲娜，可不一定喜欢我，"他手摸鼻子，非常自信地说道，"他是一个纯粹主义者。"

我向塞拉菲娜女士保证，一有消息就立刻告诉她。我正要离开，那位男士站起身来，离开座位，小心翼翼地把我拉到那一排小雕塑前面。"先生，听你说话，你应该非常喜爱艺术品。我是否有幸获得你的青睐呢？请你看一看我的这些作品吧。刚从工作室里拿出来，一丝灰尘都没有落上。我把它们拿过来，目的是想让塞拉菲娜女士评价一下。她可是个不错的评论家，虽然可能会顾及我的面子，说一些客套话。这些雕像从主题、形态到材料，通通是我一个人所为，风格独特。你摸一摸，不用怕，随便摸。它们很精致，且不容易破碎！你在欧洲的每一个角落——伦敦、巴黎和维也纳都会看到它们！没准儿在巴黎就有关于它们的专卖店呢。橱窗前挤满了人。快活的单身汉们可用它们装饰壁炉，美丽的姑娘们可用它们点缀闺房，你也可以将它们作为小礼物送人。当然，先生，这并不是古典艺术。这话只能在咱俩之间说说。讽刺、滑稽或者法国人口中的夸张是我雕塑艺术的灵感来源。为此，我发明了一种塑料混合物。不过，你得答应替我保密。先生，这就是我的秘诀！你看，它们就像软木一样轻盈，却同石膏一般坚固！坦白地说，我对这个小创新颇感骄傲。你觉得怎么样，先生？这个设计理念很大胆，有没有让你觉得很开心？猫和猴子——猴子和猫——人生不过如此。当然，我是从一个讽刺家的眼光来看待人生的！先生，将雕塑艺术与讽刺艺术相结合是我此生最大的理想与追求。恕我冒昧地说一句，我觉得还是挺成功的。"

这位尤维纳利斯①洋洋得意，一边发表演讲说服我，一边将那些小雕塑从桌子上一个个拿起来，高举在空中，不时用手指敲一敲，然后歪着头仔细观察。每座小雕像都有一只猫和一只猴

---

① 尤维纳利斯（Decimus Junius Juvenalis，约60—127），古罗马诗人，以其讽刺诗创作闻名于世。

子，让人感觉很荒谬。不过，猫和猴子看上去倒是聪明伶俐。坦白地讲，我当时根本没有心情欣赏。在我看来，它们过于嘲讽、粗俗，虽然模仿得恰如其分，却令人作呕。我瞥了一眼这位自鸣得意的艺术家，他正深情地抚摸着他的小雕像，就像一只聪慧的类人猿。我勉强挤出一丝笑容，表示赞赏。他又开始长篇大论了。"我的这些雕像都源于生活！我养了一群猴子，每天都会花上几个小时观察它们打闹。猫随处可见，只需从后窗向外望一望就可以了！我观察到，这些小动物极具表现力。先生，我真的不清楚究竟是猫和猴子模仿了我们，还是我们模仿了猫和猴子。"我对此表示赞赏。他继续说道："你要是觉得我的这个设计别出心裁，我太高兴了。啊，我非常需要你的认同，先生！这些作品原来不收钱，也不能一分钱不收——对吧？你一定知道它们的价值。当然，这几座小雕像并不能完全代表我的创作才能。如果你能赏脸来我的工作室看一看，你就会发现，我可以满足客户的各种需要。比如，你想要表达一种主题——你的人生哲理，先生，我保证让你满意。这是我的名片。我要价公道。这样一组小雕像只要六十法郎。它们跟青铜一样结实耐用——就像古罗马诗人贺拉斯诗中所说的那样，比青铜更长久 ①。先生，它们真的十分有趣！"我将名片揣到兜里，瞥了一眼圣母塞拉菲娜女士。只见她正拿起其中的一座雕像，用鸡毛掸子轻轻拂去上面的灰尘。

　　我在这里的所见所闻让我更加同情西奥博德先生。我马上离

---

① 原文为拉丁文：aere perennius。出自古罗马诗人贺拉斯《歌集》第三卷最后一首诗中的诗句"Exegi monumentum aere perennius"（我为自己立了一座纪念碑，它比青铜更长久）。

开，直奔他的住处。西奥博德先生住在城市的另一头，一个阴暗、脏乱的角落里。一个老妇人站在门口。听我说明来意后，她将我带进屋子，祷告了一声，脸上露出了欣慰的神情——这位可怜的绅士竟然也有朋友。他就住在这栋房屋顶层的一个单间。我敲了敲门，里面没有回应。我以为他不在，便推门而入。我吓了一大跳：他紧挨着一扇窗户坐着，一言不发，一副失魂落魄的样子，面前摆放着一个画架，画架上铺着一大张油画布。

他抬起头看着我，面无表情，一动不动。他完全处于疲惫和颓丧的状态：脑袋耷拉在胸前，双手下垂，两腿前伸。我继续往里走，发现他形容枯槁，面色憔悴，目光呆滞，眼窝凹陷，胡子拉碴。他盯着我，就像在看一个陌生人。我曾经担心他见到我会火冒三丈，责骂我是一个多管闲事的人。我如释重负。

"你不认识我了？"我向他伸出一只手，"你不记得我了？"

他没有任何回应，仍旧保持着原来的姿势。我四下打量着这个房间。房间又脏又乱，毫无装饰，只有一张破床——这也是整个房间内仅有的一个休憩之地。这个房间既是他的卧室又是工作室——一个又脏又乱的工作室。落满灰尘的模具和版画挂在墙壁上，三四张破旧的油画布正面朝里，一个锈迹斑斑的调色盒，一个画架靠在窗边，四周堆放着杂物。这里唯一可能值钱的东西就是画架上的那幅画——圣母马利亚像。因为画架背对着房门，我根本看不到他已经完成了多少。我小心翼翼走到西奥博德先生身后，我承认，眼前所见使我很受刺激。画布因为受到岁月的侵蚀有些破损、褪色，上面一片空白。这就是他的不朽之作！随后五分钟，我一句话也没有说。终于，我的到来惊扰了他，他转过身，站起来看着我，眼睛渐渐有了神。我咕咕哝哝，说了一些不疼不痒的话，大体上就是他生病了、需要照顾、得去看医生等等。他似乎还在努力回想我们之间曾经发生了什么。"你是对的，"他苦笑着对我说道，"我游手好闲！一事无成！面对这个世界，我已经无能为力了。是你让我清醒了。虽然我很痛苦，但不怨你。天啊，我面对事实，面对贫穷，面对我的无能，在这里坐了一周，不吃不喝，只是盯着眼前这块画布！"我拼命抑制住带他回我住处一起吃晚饭的冲动，听他继续说道："这块画布上本该有我的大作！难道它不是一幅大有前途的作品吗？完成它所需要的一切都在这里。"他轻轻拍打着自己的额头——这是他表达自信的习惯动作。"如果把我的天赋转让给他人，从我开始坐在这里到现在，他一定能完成一百幅大作了。我一直在等待一个好的时机，始终没有动笔，把时间都浪费在了准备工作上。我非常渴望头脑中的作品能够尽快成为现实，但结果却是一场空。米开朗基罗和我不一样，他去找了洛伦佐！那些本应该属于我！"他指着墙壁上的那些画布。那个姿势让我永生难忘。"我们俩是一种人。才能不敢施展，不敢展现！只是在我们的谈话、计划、承诺、研究、视野中稍稍流露！"他摇晃着脑袋大声叫喊道，"我告诉你，我们的视野本来可以变得更加开阔，没有一个人完全见过我所想到的东西！我知道，仅仅凭借那张虫蛀的画布你不会相信我。为了让你相信，为了让这个世界陶醉、甚至感到震惊，我需要的仅仅是拉斐尔的那双巧手。我的头脑和他一样。或许你会说，我可不像他那么谦逊！老天，你就让我自吹自擂几句吧。我现在就剩下这点儿本事了！我是个不全面的天才！缺失的部分在哪里呢？应该被困在某个粗俗的灵魂中，比如拥有灵巧手指的某个抄写员，某个不出名的艺术家——生产一打打所谓的创作奇迹！我没资格嘲笑他们。他们好歹做了一些事，他们没有虚度光阴！如果我庸俗一点儿，轻率一点儿，或者聪明一点儿，或许就能闭着眼睛跨过这道坎了。"

我不知道该对这个可怜的家伙说些什么、做些什么。也许当务之急就是采取行动，改变他的状态，让他从这间气氛压抑的小屋子里走出去。事实上，这间小屋子根本不能称之为工作室。与其说是我把他劝说出来的，倒不如说是他自己因为难以忍受而主动跑出来的。无论如何，他总算是不再一个人憋在那间小屋子里了，至少他咕哝着要去皮蒂宫的画廊了。我忘不了那段令人感伤的时光：穿过华丽的走廊，在我这种水平的人看来，墙壁上悬挂的每幅画似乎都散发着力量，闪耀着光彩。肖像画的眼睛和嘴唇透露出一种难以描述的蔑视神情，似乎在嘲笑那些企图与它们的创作者一较高下的家伙的梦想。当我们站在《椅中圣母》前享受片刻的宁静时，都能感受到那种正直对列奥纳多·达·芬奇那幅名画的讽刺。这片刻的宁静为我们的旅程画上了句号——无言的告别。西奥博德先生靠在我的身上，拖着沉重的脚步在挪动。我感觉到他或许命不久矣。我们出门时，他已经筋疲力尽了。我本来打算带他到我的住处吃晚饭，后来，我叫了辆马车，直接把他送回了那间简陋的出租屋。他陷入了一种异乎寻常的昏睡中：背靠马车，脸色苍白，两眼紧闭，就像是个死人；一阵阵咳嗽时不时扰乱他微弱的呼吸，就像令人窒息的抽泣，或想开口说话却发不出声音。给我开过门的那个老妇人从后巷里出来，帮我把他拖上陡峭的楼梯，放在他那张破床上。我把他托付给她，并打算赶紧找个医生。她跟着我一起走了出来，双手握在一起，神情很不安。

"哎呀，真是一个可怜人，"她咕哝道，"他要死了吗？"

"也许吧！他这样子有多久了？"

"十天前的晚上就这样了。第二天早上，我来给他收拾床铺，发现他穿着睡衣坐在那张画布前，正在向那画布祈祷呢！真是一个又可怜又奇怪的人！从那天起，他就没有上床休息过！他到底怎么了？发现塞拉菲娜的秘密了？"她眼含泪花，咧着一张没牙的大嘴朝我苦笑着。

看到这位老妇人很可靠，我便对他说道："在我回来之前，你帮我好好照顾他。"我没有及时回来——那位英国医生出去巡诊了。我从一家追到另一家，好不容易才追上他。等我把医生带到西奥博德的床前时，他已经发高烧了，情况非常严重。几个小时后，我得知他患了脑膜炎。从那时起，我就一直陪伴着他。我实在不愿意描述他的病情。看他那个样子真是一种折磨。还好，这过程不算漫长。他开始神志不清，生命之火慢慢燃尽。一天晚上，我坐在他的床前，听他诉说他的后悔、抱负、狂喜以及那幅未成形的画作。不到一个星期，我们就把他葬在了去往菲耶索莱

路上的新教徒公墓里。我通知了塞拉菲娜。据说，她只是询问了
丧事的程序，但没有参加葬礼。前来吊唁的人并不多，只有六个
佛罗伦萨画派的旅居者。尽管在他活着的时候，他们之间的关系
已经不再亲密，但他们还是前来送了他最后一程。其中就有我的
朋友考文垂夫人。我离开的时候，发现她正站在公墓门口，等候
她的马车。彼此问候时，我们的神情都很严肃。后来，她放松下
来，脸上露出了微笑，意味深长地问我说："那幅伟大的圣母像，
你见过吗？"

"见过，"我回答道，"他送给我了，但不会给你看。"

"为什么？"

"亲爱的考文垂夫人，你理解不了那幅画！"

"你说什么？"

"请原谅，我很悲痛，心烦意乱。"说完，我便大步走开了，
头也没有回。一切都笼罩在忧郁之中。我渴望马上离开佛罗伦
萨。当天晚上，我收拾好行李准备动身去罗马。在这短短的时间
内，为了排解心中的烦躁，我在大街上漫无目的地走着，无意中
来到了圣·洛伦佐教堂。我想起了可怜的西奥博德对米开朗基罗
的评价——大家都在冒险，但他成功了。我走进教堂，来到小教
堂里的陵墓旁。我站在那里，看着这些艺术珍品，仔细体会着其
中蕴含的哀伤，心情非常沉重。当我再次穿过教堂想要离开的时
候，有个女人突然从旁边的圣坛转过来，和我正面相迎。黑色的
披巾从她头部垂了下来，原来是塞拉菲娜。她也认出了我，停下
了脚步。她眼神明亮，丰腴的胸部上下起伏，好似要大骂我一顿

似的。我的表情显然减轻了她的不满。她语调悲伤，透露着固执和隐忍。"我很清楚，是你让我们阴阳两隔的，"她两眼盯着我，气愤地说道，"他曾经带着你来拜访过我，但你不会像他一样对待我。好吧，是主赐他生命，也是主带他走的。我能为他做的，就是进行九天的弥撒。先生，我可以告诉你，我从来没有欺骗过他。是谁让他觉得我天生思想圣洁呢？一切都是他的幻想。能够这样想，他也很开心……他受了很多苦吗？"她停顿了一下，问我道。

"他备受折磨，但时间不长。"

她垂下眼皮，迟疑了一下，继续问我道："他有没有提到我？"然后，她抬起头，眼睛里满是哀伤，有一瞬间还闪耀着美丽的光辉。唉，可怜的西奥博德！不管他怎样定义这份感情，让他着迷的始终都是这双漂亮的眼睛。

"女士，你知足吧。"我回答道，语气很沉重。

她再次垂下双眼，陷入了沉默。过了一会儿，她裹紧披巾，长叹一声道："他是个伟大的天才。"

我没有说话，朝她鞠了一躬，快步走开了。

就在回旅馆的路上，我穿过一条小巷。小巷出口上方悬挂着一行似曾相识的标语。我突然想起来了，这就是那张名片上的文字。那张名片装在我马夹的口袋里已有一个小时。那位艺术家颇受大众欢迎，他的名言放在显眼的地方。在夜色中，他站在门口，叼着烟斗，正用一块破布对他独创的"产品"进行抛光。他认出了我，脱下红色的小帽子，礼貌地向我鞠躬致意，并做出邀请的手势。我谢绝了他的邀请，继续前行。在随后的一周时间里，每当看到与罗马帝国有关的东西，我都会回想起西奥博德超凡的梦想和他悲惨的结局。我似乎听到了一声呢喃："猫和猴子，猴子和猫，人生不过如此。"

# 瓦里诺伯爵

我一再声明，绝对不同意我的教女玛莎嫁给外国人。然而，当我在罗马见到她热恋中的男友、意大利人瓦里诺伯爵时，我先是吃了一惊，之后竟产生了一种父亲般的慈爱。我看着这个幸运的小伙子，心里想到，这两位年轻人可真是天生的一对！玛莎把他带到我的面前。她看着我，既自豪又羞怯。虽然知道我擅长待人接物，但鉴于他的贵族身份，她还是不太放心。玛莎生在美国，家境富裕，整天过着公主般的生活，颇有贵族气质。实话说，瓦里诺伯爵的贵族身份也没什么了不起，与我的教女家也算是门当户对吧。瓦里诺伯爵长相英俊，但表情木讷，笑容呆板，说话慢条斯理，反应也不太灵敏。我心想，如果跟他聊政治或者审美话题，他的反应就会更慢。玛莎夸赞他道：“为人正直，身体强壮，聪明能干。”说他身体强壮，我毫不怀疑。猛一看，瓦里诺伯爵长得很像那尊陈列在梵蒂冈教廷里的卡拉卡拉①半身像。他脑袋浑圆，脖颈粗大，额头宽阔平整，一双大眼睛炯炯有神，仿佛一对抛过光的极品玛瑙，浓密的鬓发一直延伸到脸颊和下巴，旺盛的胡须修理得整整齐齐。他身材适中，胸膛宽厚，嗓

---

① 卡拉卡拉（Marcus Aurelius Antoninus Caracalla，186—217），罗马皇帝。主要成就：颁布安托尼努斯敕令、宣布所有罗马帝国出身自由的人将被给予完整的罗马公民权。

音浑厚悦耳，说话带有奥古斯都时期 ① 演讲风范，鼻子和嘴巴虽然算不上精致，但匀称有型。古铜色皮肤闪着光泽，颇有阳刚之气。以一名画家的眼光看，我不喜欢他古代雕塑般的脖子扎着现代白色领带的样子。

　　我一直觉得玛莎是一个典型的小美国人。我这样说她没有丝毫贬义。在我眼里，这个金发碧眼的小美人儿温柔娇俏，魅力四射，令人着迷。这显然是他爱上她的主要原因。我只是担心，对于她性格中来自大西洋彼岸的那一部分，这个壮实的拉丁小伙子不能理解。衷心希望，作为豪门之后，家世显赫的他方方面面都已经想清楚了。瓦里诺伯爵家在罗马古城墙内有一座庄园，是他们家族的遗产。由于缺乏资金，房子年久失修。她妈妈告诉我："她对于这座庄园的喜爱，一点儿不亚于对伯爵的爱恋。她野心勃勃，不仅想让伯爵皈依基督，而且打算好好修缮一下整个庄园！"

　　这样一来，婚礼前可有得忙活了。工人们没白没黑地干。大厅得下大功夫打扫，就连路上的杂草也要好好清理清理。玛莎经常去监督施工情况。一天，工人们正在清理冬青大道两旁的石棺，她看到他们在刮除上面的苔藓，立即命令工人们停止刮除，把石棺运到最潮湿的地方，让苔藓继续生长，保留漫长岁月赋予石棺的这层神圣绿膜。这就像她对待瓦里诺伯爵一样，她不仅爱他的微笑，还爱他的皮肤——犹如经历岁月洗礼而传世的大

---

① 奥古斯都时期：即渥大维统治时期，罗马帝国最辉煌的时期，被称为"罗马的和平"时期。

理石。对于让年轻的伯爵皈依基督一事，则迟迟没有进展。她爱他爱得疯狂。在她眼中，他完美无瑕，皈依基督也不会令他变得更加完美。在纪念耶稣显现的主显节，她甚至愿意为了他这个不信仰基督的人，向耶稣圣婴祷告。他品行端正，不肯让她做这样的牺牲。一个偶然的场合，我碰巧见证了他们美好的诺言。那是一个星期五的下午，圣彼得大教堂<sup>①</sup>唱诗班的礼拜堂正在进行晚祷。我碰到玛莎正幸福地挽着爱人的手臂走着，而她母亲则坐在靠近入口处的一张折叠椅上。人们聚集在门口，礼拜堂里很空旷。空灵飘渺的歌声时而传到广袤的教堂外面，慢慢融化在香薰浓郁的空气中。姑娘脚步轻盈，紧紧挽着伯爵的手臂，显然她过得称心如意。她抬头仰望教堂宏伟的拱梁和穹顶，我感受到了她令人羡慕的美好心情，所有思绪仿佛都围绕着一个中心，信任的欣喜也像光环一样围绕她。他们在庄严的忏悔室前停下脚步，这里代表了世上的不洁和罪恶，玛莎似乎很激动，不知在争辩着什么。几分钟后，我来到他们身边。

"我亲爱的朋友！"伯爵先生对我一向毕恭毕敬，"她是一个如此纯洁、如此美好的女孩，在我们成婚之前，我应当忏悔一下我的每一个过错——我作为凡夫俗子的每一个邪恶念头，每一丝罪恶欲望。你说是不是？"

玛莎看着他，眼神既竭力反对，也肃然起敬，她坚信，她的爱人不可能有什么罪过。即便有，也必有可取之处。"且听他说

---

① 圣彼得大教堂（the St Peter's Basilica Church），世界第一大圆顶教堂，是梵蒂冈罗马教皇的教廷和欧洲天主教的朝圣地。

说吧!"她笑着回答,"可以忏悔的事多了去了。等你说完,我们都已经老了。不过,既然你为了我忏悔,我也应该为你坦白,这样才公平。"她看着我,语气中带着女儿对父亲的娇嗲,脸上闪耀着红润的光泽。"你知道我一直在跟卡米洛说什么吗?我想为他做的事,是一般女孩子不敢做的,大胆,冒险,甚至有悖常理!——为了他,我甚至愿意改变我的宗教信仰。有时候,我真想立即走进天主教堂,皈依罗马的天主教。精神得以解脱才是宗教的意义所在!我的卡米洛,如果你不能接受我的宗教信仰,我愿意立即走进这个忏悔室,跪倒在天主教神父面前,跟他坦白一切:'我的神父,我忏悔过去。我愿意改变信仰。请你为我洗礼,唯愿一生追随我主。'"

"你原来是为了取悦伯爵,才信仰天主教的,"我回答说,"依我看,他倒是应该皈依基督新教 ① 啊。"

她微笑着说的那些话,言辞间有一种小女孩的执拗和轻率。伯爵一脸困惑。他严肃地看着她,摇了摇头。"请坚持你的信仰,"他说道,"每个人都有自己的信仰。如果你试图拥抱我的信仰,恐怕你抱住的只是一个影子。我不是天主教徒!我不理解那些圣歌、仪式和宏大的场面。我小时候就没有学会教义问答。我的神父早就放弃教化我了。他说,我是一个好孩子,却是一个异教徒!你不必成为一个比我还要虔诚的天主教徒。我不是特别了解你的宗教,但请求你不要因为我而改变你的信仰。既然它能让

---

① 基督新教 (Protestantism),十六世纪宗教改革运动中脱离罗马天主教会形成的一系列新宗派的统称,经常被直接称作"基督教"。

你成为现在的你，那么它就是好的宗教。"他牵起女孩的手，想要举到嘴边亲吻一下，忽然意识到自己身处教堂，一个神圣不容亵渎的地方，赶快把手放下，尴尬地笑了笑。"咱们快走吧，"他用手抹了抹额头，低声说道，"圣彼得教堂的庄重气氛让我昏昏欲睡。"

他们是五月份结的婚。夏天，我与他们分开了一段时间。玛莎成为伯爵夫人，玛莎的母亲自然也就成为了贵族成员。她要去纽约的亲朋好友那里炫耀一下。等我回到罗马时，已经是秋天了。这对年轻夫妇生活在瓦里诺庄园，房子渐渐走出了颓旧的景象。我建议对庄园的翻修应当适可而止，作为一个随性的老派画家，我注重创作的"题材"。在我看来，衰败的事物也自有其美，应当任由它去。玛莎的想法与我不谋而合，她对古雅的事物有着极大的兴趣。对于庄园的修缮，她常常征求我的意见。她的态度有时甚至比我还要保守。我不止一次笑她有怀旧情结，还和她开玩笑说，我觉得她嫁给伯爵，就是因为他长得很像颓废派艺术雕像。她经常邀请我到庄园做客。我把画架支在花园小径上作画。作为画家，我越来越喜欢这个地方：缠绕丛生的灌树、弯弯扭扭的林木、布满苔藓的花瓶、古旧生霉的石棺，还有那些面容瘦削、表情严肃的罗马人半身像。这个庄园面积并不算大，比它宏伟豪华的大庄园有的是，但论自然之美，没有哪一个能够比得上它。它不着雕饰，具有一种浪漫主义氛围。它古色古香，弥漫着历史的味道。

庄园里有一条冬青小径。小径两旁长着树木，树枝合拢成拱形。我每天都来这里虔诚祷告半小时——只有半小时，时间再长我就会打瞌睡。夕阳西下，落日的余晖照射在上面，形成一层金色薄暮——光影穿梭在枝头叶尖，拂过石刻和青苔——光影的掠动，仿佛万千暗红色的手指在林间拨动，远远看去非常漂亮。还有那破旧的石雕——无名的石刻、没有鼻子的头像、粗糙的石棺——或散落在地上，或伫立在暮色中。它们仿佛会思考，会追忆。整个场景庄重肃穆。我经常在这里徘徊，期望它们能开口说话，告诉我它们的秘密，告诉我埋在地下的同伴们的下落。

正如严格的规定也有例外，不靠谱的意大利贵族也有可靠之人。卡米洛就是其中的一个典范。得到玛莎令他心满意足。他们的生活就像孩童一样天真烂漫，像田园牧歌中的牧羊人和牧羊女一样逍遥自在。漫步在冬青小径上，卡米洛的手臂搂在玛莎的腰间，玛莎把脸靠在卡米洛的肩上。在大理石铺就的中央圆形大厅里，她亲手为他卷制纸烟，为他斟满一杯葡萄酒，他则吞云吐雾，开怀畅饮。盛装葡萄酒用的是一只古董级的红色双耳瓶——年轻的伯爵夫人非常享受这种优雅的生活。

有时候，她陪伴他外出骑马。他们踏过草地，路过古代墓冢，穿过古罗马的高架渠。有时候，她陪伴他出席罗马贵族的晚宴舞会，高贵美丽，寸步不离。晚餐后，她陪他玩多米诺骨牌，为他读报，轻松惬意。这个惯例总会被伯爵不可抗拒的强大睡意所打断——这时，她绝不勉强，从不把他叫醒。他在打盹酣睡的时候，她坐在旁边驱赶蚊蝇。如果我恰巧过来拜访，她会把手指放在嘴唇上嘘一下，悄声告诉我。她觉得，丈夫睡觉时和清醒时一样英俊潇洒。其实应该说，他睡觉时和清醒时一样容易相处。我们谈论问题时，他判断力很好，见解独到，并且没有因为自己太幸福而喋喋不休。我在画架上创作时，他常常坐在一边，评价很诚恳，虽然品位不高，但眼力很好。在确定哪些是我临摹的、哪些是我创作的作品时，他简直像计算工具一样精准可靠。但是，要么是因为沉默寡言，要么是因为有点儿头脑简单，他似乎没有什么深入"思考"。他没有信仰，没有希望，也没有恐惧——只有感官、欲望和奢华的贵族品位。看到他摆弄着手指，百无聊赖地走来走去，我常常怀疑，他身上是否有可被称之为灵魂的东西？他的所有优点是不是只有身体强壮和心地善良？"真是万幸，他秉性纯良。"我这样安慰自己，"他是《圣经》中属血气的人①，喜欢凭自己的好恶行事。而且，他力气很大，很像小时候就能赤手掐死巨蛇的大力神赫拉克勒斯，制服我们不费吹灰之力。幸好他性情温和，我才能在此轻松自在地调色作画。"他不做任何工作，整天都在虚度光阴。我想知道，他到底是怎么想的？有时我甚至认为，他已经与这个世界脱节。虽说我只是在旧画架上涂抹颜料、在粗纸板上拙劣地临摹古老的雕像，但我至少是现代社会的一员。他的状态低迷，意识遥远，反应迟钝，仿佛只有甜蜜的亲吻或激烈的暴力行为才能唤醒他。就连他对妻子玛莎的疼爱和体贴也使我隐隐感到不安。不论卡米洛有没有灵魂，但玛莎是有灵魂的。作为她的教父，她的精神成长

---

① 出自《圣经·哥林多前书》第2章第14节："然而属血气的人不领会神圣灵的事，反倒以为愚拙。并且不能知道，因为这些事唯有属灵的人才能看透。"

话题是我的老生常谈。我深信，她具有高尚的精神追求。然而，他没有精神信仰。在他们漫长的婚姻中，她的精神生活又会怎么样呢？终有一日，她会厌倦伯爵美丽的眼睛①，开始对他的内心想法感兴趣。据我所知，她已有规划，打算开始学习，做慈善事业，当好瓦里诺家族的伯爵夫人这个角色——家族史里记载了历代的楷模。可是，如果卡米洛连读报纸都觉得是催眠的话，我怀疑他能否与玛莎一起欣赏但丁的诗句。当读到瓦萨里②所描写的艺术家们的奇闻轶事时，他是否觉得饶有兴趣，与玛莎相视一笑？他怎么能够指点她、引领她、继续她高尚的精神追求？有朝一日她成为人母，他能够肩负起为人父的责任？我能够想象，他的儿子一定会继承他强壮的四肢、浓密的鬓发，也能够想象，他会拿开烟斗，亲吻儿子笑起的小酒窝，但是我很难想象，他会一字一句地教他识字，教他祈祷，教他积善成德。瓦里诺伯爵是个讨人喜欢的玩伴。他有一个爱好：他口袋里始终装着古罗马步行道上的珍贵碎片——有斑岩石、孔雀石、青金石、玄武岩，都是从自家院子里挖出来的，个个把玩得锃明瓦亮。他用它们玩抓石子的游戏，一玩就是半小时。玩法并不复杂：先把小石块摆成一圈，再轮流扔向空中，用手背接住。他玩得相当熟练：他先把一块石头抛到空中一米多高，趁着它在空中飞行的时间，快速上抛其他小石头，然后用手背逐一接住所有上抛的小石头。偶尔有这

---

① 原文为法语：beaux yeux。
② 瓦萨里（Giorgio Vasari, 1511—1574），意大利艺术理论家、建筑家、画家。他的美术史巨著《艺苑名人传》长达百万言，对后世艺术理论研究影响巨大。

么一两次，我感觉仿佛读懂了他们。从玛莎看我的眼神，我想起了一个老掉牙的故事——是真是假，随你怎么认为：故事说的是法国人、意大利人和西班牙男人。他们可能是非常好的伴侣，但不会真正爱上一个女人，更不会真正欣赏一个女人。毋庸置疑，这个故事不适合于这对浪漫迷人的年轻夫妇。我在作画时，有时候看着他们二人挽着胳膊向远处走去，并慢慢从视线中消失，然后回过来再看看我的调色板，就会发现，相比明亮的真实景色，任何颜料的色彩都黯淡无光。我顿时觉得，自己就像一个忠实古板的编年史作者，只是把充满诗意的传说一板一眼地记录了下来。

鉴于玛莎一再要求，伯爵欣然同意开始进行一系列考古挖掘。考古挖掘耗费巨大，卡米洛和他的祖先们都不乐意实施这种工程，但他新婚的妻子坚信，正如结婚蛋糕里面大有玄机一样，这座庄园的地下也一定埋藏着珍贵的古董。身为这座庄园的女主人，她愿意拿出自己的嫁妆钱，让埋藏地下的古董宝贝重见天日，这也算是对这座古老庄园的一种赞美。毫无疑问，她这种做法还洗掉了金钱的铜臭味。她就此请教了专家，很快宣称，有确凿的证据可以显示，在房子西北角二十测量标杆的地方，埋藏着一个巨大的镀金铜像，是智慧女神密涅瓦的塑像，在斯特拉博 ①的书中有过记载。伯爵夫人宴请了几位年老的古玩家，几杯稀世佳酿下肚，他们就开始在院子里四处勘察。尽管他们意见并不统

① 斯特拉博（Strabo，约前 64 或 63—约前 23），古希腊学者，旅行家，作家，因其十七卷著作《地理学》而著名。

一，但每个人都令她相信会有重大发现。伯爵却对此态度冷淡，甚至颇有微辞："让众神安息吧！智慧女神密涅瓦，太阳之神阿波罗，农业女神克瑞斯，这些神难道没有追随者了不成？"他不顾妻子的一腔热情，继续说道："还是别打扰它们的好。你要它们做什么？我们又不祭拜它们。难道要把它们在台子上展览，供人观看、任意嘲笑不成？如果你不信仰这些神，至少不要打扰它们。愿众神永安！"他认为妻子草率，承认自己迷信。"是的，我以酒神巴克斯起誓，我就是迷信！"他紧张兮兮地说道，"甚至过于迷信！我是个传统的意大利人。自我们认识那一天开始，你就应该知道这一点！再说，这里确实存在异常之物！你是个外族人，也许它们不会难为你，但它们一定会来难为我。树叶的窃窃私语，土壤的腐烂气息，雕像的空洞眼睛，都有可能是它们的藏身之处。我都不敢直视这些雕像。从他们空空的眼窝里，我能看到别的东西。我不知道它们想干什么。它们潜伏在暗处，窥视着我们。拜托你不要再继续挖了。不然的话，我真的会发疯的！"

卡米洛太夸张了，玛莎觉得很好笑。在我看来，卡米洛不爱开玩笑。既然他说得这么严重，至少值得考虑考虑。看到玛莎那个高兴劲儿，我就没有插话。几天后，家里来了一位考古勘探家，还有十几个拿着镐和铲的挖掘工人。这样闹哄哄的工程让我暗自烦恼，我虽然喜欢出土的雕像，但不喜欢雕像出土的过程。一想到从此庄园里的平静将被亵渎神灵的挖掘声打破，我禁不住黯然神伤。我尤其讨厌这个工程的负责人——一个面目可憎的小个子，一位陆地挖掘专家。他笑容狰狞，窥探着这片土地，就

像一个刚刚从地底下钻出来的地精。比起找大理石雕像和青铜雕
像，他更感兴趣的是伯爵家族会把钱埋在哪里。当第一块土地被
挖开的时候，伯爵的情绪似乎有所变化，少了顾虑，多了好奇。
他闻着湿润的泥土气息，看着工人们挖掘，眼睛里闪耀着兴奋的
光芒。每当铁镐碰到石头，他都会发出一声尖叫。必须等到小个
子勘探家说是虚惊一场，才能阻止他跳进去看个究竟。随着挖掘
深度的增加，他越来越紧张。我好几次亲眼看见他在杉树林的小
路上踱来踱去，一副若有所思的样子。他让我陪他散步，讨论讨
论可能会有的"发现"。我对他突如其来的转变感到惊讶：他是
不是对过去或者未来有了新的想法——他是突然对可能发现的密
涅瓦或阿波罗雕像的美产生了兴趣，还是得知了它们的市场价
值？每当伯爵责备那些挖掘工人磨洋工，小个子勘探家就会冲我
一个劲儿地挤眉弄眼。他似乎在向我暗示，这场考古挖掘一定会
有所发现。接连挖了好几个地方都没有收获，大家焦虑重重。难
道是挖的地方不对？伯爵感到非常气馁，便跑去午睡了。小个子
勘探家非常有主见，继续工作。我坐在画架前面，一听到铲子碰
到石块的声音，就会停止工作，心跳骤然加快。"这次也许是了，"
我自言自语道，"上面的泥土都挖走了，埋在下面的雕塑就露出
来了！就像抽干河里的水捉鱼一样！或许我是被上帝召唤来，迎
接美男子安提诺乌斯①的雕像重见天日——也可能是爱神维纳
斯，农牧神弗恩，罗马皇帝奥古斯都！"

① 安提诺乌斯（Antinous），罗马皇帝哈德良（117 年至 138 年在位）的同性恋爱人。后来，在随皇
帝本人出巡埃及时溺死于尼罗河中，后被万分悲痛的哈德良追奉为神并受到祭拜。

一天早晨，工地突然比平时更加喧闹，足足有半个小时。当时，我正好遇到了一点儿问题，全神贯注地忙于绘画，没顾得上询问怎么回事。突然，我的画布上出现了一个影子。我扭头一看，原来是小个子勘探家站在我的身旁。他满头大汗，两眼闪闪发光，手拿帽子，怀抱一块沾满泥土的大理石碎片。见我满脸疑问，他把大理石碎片举到我的眼前，原来是一只女人的手。他说了声"跟我来"，便带着我直奔挖掘工地。挖掘工地围满了工人，水泄不通，我什么也看不见。他让工人们闪出一条道，我挤了进去。天啊，我看到了！映入我眼帘的是一个巨大的大理石全身像。尽管外表有土垢，在阳光照耀下依然熠熠生辉。一开始，我只注意到它个头很大，后来才注意到它有着完美的人体比例。是个好东西！我血脉贲张。能够成为它的发现者之一，我感到无比自豪。她美丽绝伦，活灵活现，那双大眼睛仿佛在向我们张望。她衣衫整齐，四肢完整，肯定不是美神维纳斯。"天后朱诺。"小个子勘探家断言道。她确实具有一种至高无上、平静祥和的气质。她头戴发带，嘴巴微抿，目视前方，面容姣好，表情威严。她一只手臂伸出，手里好像握着权杖，另一只手臂垂在身体一侧，仿佛只有点头示意时才会低头。雕像做工精致，简洁大气，隐隐约约有一丝现代特点，但整体上是古希腊时期的雕刻风格。它是精湛工艺的结晶，也是完美保存的奇迹。

"告诉伯爵了吗？"我问道。大家都在欣赏它，而伯爵不在，我觉得于心不安。

"伯爵先生还在午睡，"小个子勘探家狡黠一笑，"我不想打扰他。"

"他来了!"人群中有个工人喊了一嗓子。大家赶快让开道。卡米洛满脸通红,头发凌乱,显然是被人突然叫醒的。

"天哪,我做了一个梦——跟梦里一模一样!"他大声感叹道,两只眼睛紧紧盯着雕像。

"你做了什么梦?"我问他道。

"我梦见他们发现了一座美丽非凡的朱诺像。她起身走到我的身旁,把她大理石似的手放在我的手上。"伯爵先生激动地回答道。

人群中爆发出一种发自内心的感叹,充满了惊恐。

"那只手在我这儿呐!"小个子勘探家举着那只漂亮的大理石雕刻的断手,说道,"我这样拿着它少说已经半小时了。这只手绝不可能自己跑去摸你的手!"

"你说是朱诺的像,这一点说得很对,"我说道,"好好欣赏欣赏吧。"说完,我就转身离开了。

我想把这个消息尽快告诉教女玛莎。回到房间一看,她竟然趴在一本八开大的考古书上睡着了——看上去没有做梦。"他们有发现了!"我告诉她道,"应该是一尊出自古希腊雕刻家普拉克西特利斯①之手的大理石朱诺像!"她立即扔下书,叫人送遮阳伞来。我开始对她描述雕像的样子。

"腰褶长裙?"玛莎可能没有听清楚,一脸的不屑,"好奇怪

---

① 普拉克西特利斯(Praxiteles),公元前四世纪希腊雕塑家,第一位敢于雕刻女性裸体的古希腊雕塑家。

啊！一点儿也不美。"

"我的乖女儿①，"我回答道，"它美得令你都会嫉妒。"

我们一起来到工地现场，看到伯爵正伫立在刚刚出土的女神像面前。他双臂交叉，陷入了深深的思考之中。看上去他已经从睡梦中回过神来了，但他脸上的表情令我非常不安。他脸色苍白，神情呆滞，连玛莎亲昵地挽他的手臂都没有任何反应。但是，伯爵夫人对这座雕像态度发生的变化，或许是对它有多么完美的更生动的证明。刚才我们从房子里往外走的时候，她还在取笑我，说我对雕像的赞美太夸大其词。我想起从书上看过这样一句话，说女人不懂真正的审美。尽管如此，玛莎还是慢慢地感知到了朱诺的无上威严。她紧紧依偎在丈夫身边，对着雕像默默注视了很长时间，然后来到石块做的临时底座跟前。她伸出白皙红润的双手，眼含泪花，紧紧握住大理石女神的双手。这是赞美的眼泪——她的丈夫正在沉思，没有注意到。伯爵夫妇决定开一桶好酒犒劳工人们，庆祝这一伟大的发现。酒桶立即送到了挖掘现场，小个子勘探家倒了第一杯酒，摘下帽子，毕恭毕敬地献给了伯爵夫人。她轻轻啜了一口，便递给了丈夫。他举起酒杯就往自己嘴里送，突然间又停了下来。他把酒杯举在空中停了一会儿，然后把酒缓缓倒在朱诺女神的脚下。

"呀，第一杯祭天地！"我感叹道。他没有回答，慢慢走开了。

---

① 原文为意大利语：figlioccia mia。

当天别无他事。工人们躺在草地上，以他们罗马人的眼光欣赏着这件精美的雕塑，在这异教徒般的庆祝仪式上把酒言欢。傍晚时分，伯爵又过来了，下令明日就把朱诺像转移到赌场俱乐部。赌场俱乐部是一座废弃的花园房，整座建筑为古希腊爱奥尼亚式风格。卡米洛的祖先常常聚集在此，举起威尼斯酒杯，享用玉液琼浆，聆听曼妙小曲。里面陈列着几件古旧雕像，都已布满灰尘。房子很大而且很空，完全能够容纳这座朱诺大理石雕像。没用多长时间，这座精美的雕像就放置好了。它静静地伫立着，一块石碑反过来放在底下，作为它坚实的底座。小个子勘探家兼文物修复专家，用一种神秘的方法又揉又擦，去掉雕像上的泥土污渍，令它顿时光彩倍增。温润的大理石材质焕发出本来应有的纯洁和美丽。那只残缺的手臂毫不突兀，仿佛雕像本来就是这样的。她的名声不胫而走。不过两三日，就有六七个访客 ① 不请自来，都想亲眼目睹一下她的芳容。我恰巧遇到第一位访客（一位德国考古学家，戴着一副蓝色眼镜，夹着一大堆资料）出现在庄园门口。听到有人叫门，伯爵走了出来，先是从头到脚仔细地打量了他一番，然后冷冷地看着他。

"伯爵先生，听说你发现了天后朱诺的雕像，"德国人开口说道，"在我看来，她更有可能是冥后普洛塞尔皮娜——"

"我没有发现天后像，更没有发现冥后像，纯属无稽之谈，"伯爵回答得直截了当，"你搞错了。"

---

① 原文为意大利语：conoscenti。

"难道你没有发现雕像吗？"德国人惊呼道，"这个谣言真是太荒唐了！"

"让你白跑一趟，还劳你带来这么多资料，实在是不好意思。"伯爵突然变得机智了。

"你肯定有所发现，不然的话，不会整个罗马城都在疯传。"

"空穴来风。该死的谣言！"伯爵粗鲁地吼叫道，"我没有任何发现——明白吗？请你务必帮我澄清这个谣言。"

听到这么明确的拒绝，可怜的考古学家只好摇摇头，心有不甘地离开了。我替他感到惋惜，于是想劝劝伯爵："倘若没有人能够见到她，那么，现在的她与埋在地下的她就是完全一样的了。"

"只要我能够见到她，就可以了！"没想到，他竟然毫不留情地把我也拒绝了。我一脸惊愕。他注意到了，补充道："我讨厌他的大文件夹。他是来临摹的。我担心他画不好。"

"你不用担心。还有我呢，"我回答道，"我也打算画张她的素描。"

他沉默了一会儿，然后转过身来，一把抓住我的胳膊，脸上虽然没有怒色，但是表情极其郑重。"薄暮时分，烦请你再过来一下，"他说道，"坐下来仔细看着她。我敢保证，不出一个小时，你就会放弃想要临摹她的念头。假如你还是坚持要画，我亲爱的老朋友——悉听尊便！"

我听从了他的建议。虽然作为朋友，我放弃了素描，但是作为艺术家，我并没有放弃这个念头，内心非常渴望为朱诺画幅画。伯爵则命令仆人谢绝所有来访，就像他拒绝那位德国人一样。意大利人素来容易心安理得，擅长礼貌说服他人。于是，仆人们婉拒了所有来访的客人，并令他们相信是自己搞错了。绝对是空穴来风。毫无疑问，他们只好悻悻离开。进一步的挖掘工作全部暂停，以免对至高无上的朱诺天后有所冒犯。挖掘队解散了，工人们离开了，但小个子勘探家主动要求留下来继续勘探。一天，他又来找我，低声问我道："朱诺那只美丽的手，你知道它现在在哪里吗？"

"自从那天你让我看后，我再也没有见过它。我离开的时候，看到它在女神出土地点旁边的草地上。"

"是我放那儿的。但是后来不见了！"

"你怀疑是某个工人偷走了？这样的文物价值连城。他们恐怕一辈子也赚不到那么多钱。"

"他们当中或许真的有个小偷，甚至不止一个。如果我揪出他们其中一个，抓来审问一下，伯爵肯定不让。"

"话虽如此。你要知道，这只手非常美丽，他非常珍视。"

小个子勘探家四处张望了一下，眨了眨眼："正是因为非常珍视，所以才自己偷偷藏了起来。这只是我的个人看法。当然，咱们私下还是少谈论人家为好。"

"偷偷藏了起来？你的个人看法？这本来就是他的私人财产。"

"我不这样看！如此精美的文物是历史留下的，应当属于每个人。至少每个人都可以看看吧。伯爵却把它私自藏了起来，锁了起来，只有自己能与之见面。他到底能做什么呢？面对石头做的美丽女人，最多也只能看看而已。还有那只宝贵的手，他藏起来做什么呢？作为纪念物，珍藏在一个银盒子里？"说完，这位小个子勘探家轻蔑地笑了。

我心里很不是滋味，思来想去，一直没有搞清楚他是什么意思。伯爵的确把朱诺石像珍藏起来了。但是，这是在他家刚刚发现的文物，他想占为己有、自己把玩，也无可厚非。我想，等过上一段时间，他自己把玩够了，就会愿意展示给大家看的。况且他生性冷漠，似乎对任何事情都没有兴趣，这一次终于有令他心驰神往的东西了，我由衷地为他感到高兴。然而，随着时间的推移，我渐渐意识到，他把对于雕像的喜欢藏在心底，根本不与人分享，待人反而愈加冷淡，愈加阴沉。他喜欢大理石的女神像，却不喜欢尘世间的凡人。人和神显然不能相提并论。然而，他似乎真的做了这样的比较，就连他魅力四射的夫人，也不幸被比了下去。我企图说服自己，他还是跟以前一样，即便没有变得更热情，至少也没有更冷淡。然而，玛莎的表情无情地浇灭了我的乐观。她一言不发，一脸茫然，令人怜惜。她常常长时间注视着他，关切的眼神充满了哀怨和疑问。他们之间究竟发生了什么，我无权过问。恐怕他们独处时也没有任何交流——这简直太可悲了！更为可悲的是，她默默的注视根本不能打动他。他看她的眼神空无一物。有时候，我会两眼怒视着他，表示我的不满。他那双无精打采的眼睛刹那间也会变得火花四溅，似乎还有一丝轻蔑和挑衅。奇怪的是，他的眼神中一直带有几分理智，压制着内心的冲动。甚至当她充满爱意主动和他亲热，他也总是想方设法进行躲避。我内心忿忿不平，开始讨厌伯爵，甚至反感他的一切。"一语成谶啊！看来我说的是对的！"我不禁叹息道，"意大利的伯爵贵族也许真的高贵优雅，可他们用情难以长久！我们自己种族血统的男孩子绝不会这样。作为一名画家，我绝不会建议自己的女儿嫁个貌美如画的男人！"我彻底厌倦了庄园的生活，厌倦了草木的影子和明亮的灯光，厌倦了布满青苔的大理石雕像和绵延不绝的阿尔巴诺丘陵。我的画作恰似一潭死水，一草一木皆不入我的法眼。我胡乱调着色板，调出的颜色就像建筑工人和的泥浆。忧郁、沮丧充斥着我的脑海，难以承受的苦闷积满了我的心房。我甚至在想，伯爵如此冷酷无情也合乎逻辑。历史在这个家族里植入了一棵邪恶的幼苗，而伯爵正是这棵邪恶幼苗结出的恶果。家族冷血的传统和罪恶的先例搅乱了他未受教化的本性。这种继承异常沉重！伯爵家族历史久远。经过远古时期漫长的岁月，经过只有零星亮光的昏暗时代，穿越黑暗历史，丧失同情怜悯。罗马的历史就是一段被诅咒的历史。我可怜的教女以为自己会像精美帽檐上的羽毛，能够以一种优美轻盈的姿态，飘浮在自己的道德之上！我不知道这种痛苦已持续了多长时间，想必是由来已久。一个敏感的女人，用尽所有心智，对婚姻心灰意冷，才会求助于他人。然而，从我教女开始保持缄默一直到现在，我竟然连一点儿慰藉也不能给她。无论让伯爵感到着迷的是什么，他的性情越来越变化无常。他行踪不定，我行我素，有时独自一人骑马外出，一连几天不归。他很少告知妻子他的行踪。随着时间的推移，我没有看到任何他能够改变的迹象。随着时光的流逝，我的担忧中竟然多了一丝怜悯。倘若不是那邪恶的血统作怪，他绝对不可能是这个样子。看在我已经胡须花白的分上，他对我一直保持着对于长辈的尊敬。老人对待即将消逝的东西通常温柔有加。我想，最终他或许会需要我这个老头子帮他走出困境。一天晚上，我默默地跟玛莎亲吻告别，一句宽慰她的话也没有说。一出房门，我正好看到伯爵坐在花园里，双眼注视着赫尔墨斯 ① 石像。当时，夹竹桃花开正艳，星空祥和静谧。我走过去，坐在他的身边，郑重要求他解释解释最近这些奇怪的举动。他扭过头来，黑色的瞳孔闪闪发亮。

"我知道，"他敲敲自己的额头，"你一定认为我很荒唐！"

"不，不是荒唐，而是悲伤。倘若纵容悲伤泛滥，就会淹没理智。"

他先是沉默了一会儿，突然间情感迸发："我根本不悲伤，恰恰相反，我欣喜若狂！我坐在这里，欣赏这尊历史悠久、饱经沧桑的赫尔墨斯石像，我觉得心里非常充实、满足。对此，你肯定不会理解。实话实说，我以前非常害怕它。它皱着眉头的样子总让我想起一位老神父，我曾经的拉丁语老师。他长着两条粗粗的眉毛，每当我背不出维吉尔的诗，他就会皱着眉头，两只眼睛严厉地瞪着我。这座雕像会让我想起人世间的至真至美。两千年前，它就伫立在古罗马的某个花园里，傲慢地噘着嘴唇，静观人

---

① 赫尔墨斯（Hermes），古希腊神话中的商业、旅者、小偷和畜牧之神，奥林匹斯十二主神之一，也是众神的使者。

间烟火。人们穿着罗马鞋 ① 不远千里而来，头戴玫瑰花环，享用美酒盛筵。它见过古罗马人的酒宴，也见过对诸神的祈祷。我坐在这里，它以无言的方式把过去的故事讲给我听。我的朋友，我不悲伤，一点儿也不！我是最快乐的人！"

听了他这一通不着边际的胡思乱想，我意识到，他这个人有点儿荒唐。这座赫尔墨斯像很走运，竟然毫发无伤。我终于弄明白了，伯爵夫人竟然是因为这些毫无意义的异教神像而被忽视的。我在心中暗暗下定决心，明天就用锤子把它敲个稀巴烂，让它再也不能与伯爵亲密交流。但是，伯爵现在处于一种病态的迷恋状态。我沉默了一会儿，建议他去找神父或医生谈谈。

"找神父！你让我和神父谈什么？他又会跟我说什么？我一直不喜欢他们，"他大笑起来，一把抓住我的手臂说道，"亲爱的朋友，如果你不想玷污神父的名声，千万不要让他来找我！我的忏悔会吓坏他的！至于看医生嘛，我身体挺好的。可以说，从出生以来就没有像现在这样健康过，除非……"他突然站起身，话锋一转，一脸鄙夷地看着我，"除非你想用神父那一套来毒害我！我求你高抬贵手，千万不要害我！"

看来，伯爵真的出问题了。我再也没有心情去庄园了。我该如何面对这种局面？为了玛莎的幸福和尊严，我该怎么做？我在罗马城内四处徘徊，大脑中一直在思考这些问题。一天下午，我来到万神殿，天突然下起雨来。我赶快躲进神殿避雨。基督教的

---

① 罗马鞋（sandal），别称角斗士鞋，中古世纪罗马角斗士穿的交叉绑带鞋。

祭坛已经把这里变成了半座基督教堂。神殿里并没有古罗马时代的深刻印记，那些曾经被供奉的众神，也已经被视为遥远的古代神话。三四个人零星分散在几个祭坛前面，还有一人立在神殿正中央。神殿巨大的圆形穹顶中央未封，留下一个敞开的圆洞。那个人就站在圆洞的正下方。我走近一看，原来是伯爵。他背着手，抬头望着敞开的穹顶。厚厚的乌云从上空飘过，雨水滴落在地面形成了一个个小圆圈。由于长年风吹日晒，地面已经陈旧不堪、坑坑洼洼，有的地方还长满了青苔，犹如花园里的土壤，呈现出翠绿的颜色。一些娇嫩的小草在石板缝里萌发，小小的嫩芽在雨中闪烁。通过敞开的穹顶进入的气流，消散了焚香和祭物的气息。这一切仿佛是专门为伯爵而设计。他脸上的表情难以名状，说如痴如醉也行，说喜不自胜亦可。他仿佛陷入了深思，根本没有注意到我。雨淅淅沥沥地下，亮闪闪的雨滴飘入昏暗的室内。一个孩童看着喷泉，伯爵则凝视着他，然后手抚额头，转身离去，走到一个祭坛前面。在这里，他又开始凝视，然后四处转转，再回到原来的地方。直到这时他才认出了我。我已经盯着他看了半天。他挥手跟我打招呼，并朝我走了过来。我猜，他现在应该非常紧张，不过是在故作镇定而已。

"这是全罗马最好的地方，"他低声说道，"要比圣彼得大教堂好几倍。你知道吗，我以前没来过这里。游客们读读介绍手册，然后四处看看，就以为什么都知道了。其实，这里的美需要用心去感受！只有用心感受，才能体会这敞开的穹顶的奥妙。现如今，这里只有风和雨、炎热和寒冷，从天而降。但是以前……"他忽然碰碰我的手臂，诡异地一笑。"异教众神从这敞开的穹顶进进出出，纷至沓来，登上圣坛接受拜祭。多么壮观的景象啊！如果我们能够目睹该有多好啊！信仰之眼，那才是众神给我们的恩赐！"他无可奈何，耸了耸肩，"现在的圣坛，我真想一把扯下这些照片，然后打翻烛台，弄脏所谓的圣水！"

"亲爱的伯爵，"我轻声对他说道，"你应该容忍人们的信仰自由。你难道会在宗教法庭上以罗马众神之王朱庇特①和众神的信使墨丘利的名义重新审判？"

他异常激动地说道："人们如果知道我信仰异教，他们绝对不会放过我！异教的迫害臭名昭著，但是基督教也一样有迫害啊！异教古老的众神，与新生的基督一样，依然有人信仰崇拜。若说臭名昭著，它们完全一样！在洞穴中，在树林中，在溪流中，在泥土中，在空气中，它们无处不在。那里——这里，它们也在。即使被基督驱赶——古老的意大利子孙们仍然可以找到诸神！"

言多必失。他的话太多了，该说的不该说的，一股脑都说了出来。我两眼看着他，心中涌起一种怜悯，一种对发狂失控的动物才会产生的那种怜悯。我似乎弄明白了他痛苦的根源，我的困惑迎刃而解。这种如释重负的解脱，让我很想仰天大笑。但是，我仍然在微笑。他也看了看我，仿佛在衡量自己跑偏了多远。在他的目光中，我看到他是有良知的，我们一定可以把他拉回正

① 朱庇特（Jupiter），罗马神话中的众神之王，罗马十二主神之首，对应希腊神话中的宙斯（Zeus）。

轨。我心怀感激。我要感谢所有让他感到敬畏的神。"小心点儿，小心点儿！"我对他说道，"如果被教堂执事听到了，他会报告给众神的！"我挽着他，把他拉走了。

我既感到震惊和意外，也感到好笑和安慰。伯爵突然间变得令人愉快，令我好奇。我一整天都在思考各个种族不可言喻的奇妙元素。这个我称之为卡米洛的拉丁裔年轻人，不仅身强体壮，意志力也比我所想象的要坚定许多！看来是我的判断错了。第二天，我去找玛莎聊天。一见面，她就潸然泪下，哭诉自己的痛苦。她一直在等待我的安慰。"刚开始，"她说道，"我觉得可能是我想多了。不是他的温柔越来越少，而是我的要求越来越高。也不知道什么时候，我猛然间被一种彻骨的寒意所侵袭——我感到他不再在乎我了。我们之间有了隔阂。我更希望是自己做错了什么，或者是我们之间有了第三者。我绞尽脑汁，回想我说错了什么，做错了什么，使他如此不高兴！然而，他就像一个病入膏肓的老人，连抱怨的力气都没有。他从来没有对我说过一句严厉的话，甚至没有给我一个表示责备的脸色。无论在他的生活中，还是在他的心里，我这个人已经不存在了。"

她颤抖的声音令人同情，我差点说出了我的发现。尽管我自己觉得，这个发现意味着我们已经成功一半了，但我担心她不相信。当然，我现在的发现实在有点儿牵强，我决心等发现了有说服力的证据后再告诉她。鉴于此，我决心继续紧紧盯住伯爵。我假装在花园作画，绝不放过任何风吹草动。他在花园里徘徊，在旁边俱乐部里的一举一动，我都尽收眼底。在我看来，那天在万神殿向我吐露心声之后，伯爵也不无解脱和舒畅之感。而且，从他脸上还可以看出，他似乎开始信任我了。他路过花园时偶尔会瞥我一眼，眼神中有一丝求助，当然还有一丝本能的不信任。尽管我很愿意帮助他，但必须把握好各个细节。我一边画，一边想，一边等。劳有所思，思有所盼。我思来想去，翻来覆去。他那种痴迷让我不敢轻举妄动。伯爵的这种心理状态非常罕见，需要温柔以待。说实话，我挺羡慕他的想象力。有时候，我闭上眼睛，脑海里出现这样一种景象：太阳神阿波罗懒洋洋地在树下吹着笛子，月亮女神狄安娜大步流星地在冬青树上飞奔。在我眼中，这个家的男主人大多数时候只不过是一个郁郁寡欢的年轻人，应当尽快想办法解开他的心结。毫无疑问，如果想要彻底治愈他的心病，药到病除，解药必须精心配制，丝毫马虎不得。

一天晚上，与玛莎道过晚安后，我像平时一样，步行返回我在罗马的住处。刚刚离开庄园五分钟，我忽然发现忘记带老花镜了。老花镜是我的常用物品，平时都挂在脖子上。这天画画时，挂绳断了，于是我顺手就把眼镜挂在了身边的杏花树上。画完后，我就收拾东西走了，完全忘了眼镜这回事。我当时想去一家咖啡馆读会儿晚报，没有老花镜可不行，只好回去拿。我找到眼镜后，看到夜色很美，便没有着急离开，而是停留了一会儿。那里正是我白天挥笔作画的地方。是夜月朗星稀，银白色的月光洒了一地，我踏着月光慢慢走着。空气中弥漫着早春的气息。走着走着，我看到了赌场俱乐部。

赌场俱乐部的大门像往常一样锁着。我从门廊下拉过来一把椅子，贴墙放好，然后踩在上面，双臂压在窗户台上。我这一压，合页一弹，窗子竟自动开了，展现在我眼前的是我梦寐以求的场景——月亮女神狄安娜前来拜访天后朱诺。美丽绝伦的朱诺沐浴在月光中，显得更加纯洁、庄严和神圣。在白天，她圆润的肌肤仿佛是褪了色的黄金，现在则变成了银光闪闪的白金。这样的感官享受令人欲罢不能，这样的美色让人蠢蠢欲动。当然，这仅仅是我的第一个发现。我还有第二个发现。我想让你们来评判一下，哪个发现更激动人心？就在离石像脚下不远的地方，在月光照不到的阴影里，我看到一个人匍匐在地，非常虔诚。我难以描述这个场景带给我的震撼：发光的石像化身真正的女神，冰冷如石的脸庞生发出一种傲然之气。我认出来了，这个拜倒在地的崇拜者就是伯爵。正当我屏住呼吸、静静观望时，月亮也仿佛有意让我看清他的神态，向前走了一大步，照亮了他的上半身。我仔细看了看，只见他两眼紧闭，胸膛一起一伏。这时，明亮的月光唤醒了他。他先是嘴里嘟囔了几句，然后站起身来，两眼凝视着闪闪发光的石像，嘟嘟囔囔又说了一大堆，停顿了一下，发出了一阵长长的呻吟声。我悄悄从椅子上下来。不一会儿，我便听到了关门锁门的声音和他的脚步声。

第二天，我在挖掘现场见到了那个小个子勘探家。我冲他摆了摆手，告诫他挖墓并不是一件吉利的事情。他咧嘴一笑，活脱脱一个邪恶的小侏儒。他那一撮小胡子仿佛在嘲笑我的警告是个世纪玩笑。"你若再继续挖，"我诅咒道，"总有一天你自己也会掉进去，被永远埋在里面！发现这一座朱诺石像，我们的生活就已经被搅成一团糟。这就够了，千万不要再挖了！"

"意料之中。我早就料到了。"他付之一笑。

"你料到什么了？"

"伯爵先生会面对朱诺像祈祷。"

"我的天！你怎么会知道！这种情况很普遍吗？"

"不，恰恰相反。这种情况相当罕见。我干这一行时间不短了，知道很多秘密。古代文物很有可能会创造现代奇迹。每个人身上都有异教的基因——我不是针对你，杰出的陌生人①——远古的众神依然有崇拜者。远古的灵魂依旧到处徘徊。伯爵是个好人，但是不可能成为基督徒！"

"如果早知道会是这样一个结果，"我说道，"我绝对不会允许你们来挖掘。"

"我们挖到了朱诺石像。你不认为它美丽绝伦吗？"

"去它的美丽绝伦！伯爵夫人可是倒大霉了！若想与朱诺比肩，她也必须变成一座石像才成。"

他耸了耸肩："那座朱诺像能够卖一个大价钱，最少值五万斯库多②！"

"我愿意出十万斯库多，"我说道，"条件是让它永远消失。或许，我真的需要你帮我再挖一次。"

"悉听尊便！"他饶有兴致。我们就此告别。

过了几天，我与伯爵夫妇一起用餐。我们以前几乎天天如

---

① 原文为意大利语：illustrissimi forestieri。
② 斯库多（scudo），通行于十六至十九世纪的意大利银币单位。

此。自从那晚目睹伯爵在赌场俱乐部的表现后，这是我第一次见
到他。神灵对他的影响依稀可见，他一直坐着，表情忧郁，魂不
守舍。追随远古神灵的信仰之路一定不是花团锦簇，女神朱诺的
要求也会与日俱增。晚餐刚刚吃完，他便站起身，戴上帽子就
走。经过玛莎身边时，他踌躇了一会儿，停下脚步，眼神热切
地——在我印象中，这是他破天荒第一次用这种眼神——看着他
的夫人。玛莎嘴唇微微颤动，眼睛脉脉含情，向他伸出了双手。
他一把拉过她来，狂热地亲吻起来，然后迈开大步走了。我想，
时机到了。机不可失，时不再来。

我急忙对伯爵夫人说道："事情并不像你想象的那么糟糕。
他的确有了别的女人。这个女人，你的情敌，不是别人，就是
朱诺！伯爵对她——怎么说呢——很上心 ①。"她沉默了一会儿，
把手轻轻搭在我的胳膊上。我知道，她心里也是这样想的。我
继续说道："你爱的就是他的古典气息，他的简单纯粹，但是现
在，这一切过为已甚了！他终究皈依了祖先的信仰，追随远古的
诸神。这座傲然挺立的雕像穿越千年的等待，唤起了他内心的信
仰。你儿时津津有味地阅读神话故事，拼命记住那些神话人物的
名字。这些神话人物对他来说，是他的信仰。我亲爱的女儿，不
管怎样，卡米洛是异教徒！"

"你千万不要感到震惊，"她回答说，"只要他愿意与我分享
他的信仰，随他信什么我都无所谓。倘若他让我跟他一起信仰众

---

① 原文为法语：au sérieux。

神之王朱庇特，我会毫不犹豫皈依异教！让我的丈夫随心所欲实现自我吧！我的悲伤，不是因为他的信仰，而是因为他的沉默和冷漠，它们像一道鸿沟横亘在我们之间。对他来说，朱诺才是真实的存在，而我成了虚构的假象！"

"说实话，最近我也习惯了他的沉默寡言，注意到了你的宽容大度。可怜的人啊，他的内心正在屈从和反抗中苦苦挣扎。他被现代社会排斥在外，身处黑暗之中。只有你对他不离不弃，始终陪伴着他。他怎么可能感觉不到——或隐约或明显，在他心底的每个角落都无比清楚——那些未开化的凡夫俗子只觉得朱庇特暴戾恣睢，视爱神维纳斯为最美丽的典范，而比起他们，你更完美、更成熟呢？他敬重你，视你为无可取代。你是他在这个世界上的定星盘。即使他的灵魂已趟过冥河，只要你在这里，我们就能把他拉回来。你这样的人间尤物，为他无私吐露生命的美好和芬芳，已经足以让这个家族的祖先们安息了。他已经证明自己是瓦里诺家族的后代，这个历史悠久的家族到他这里也气数已尽了。摆脱家族阴影，卡米洛一定会身心愉悦、神清气爽。"

我信心十足：玛莎一定能感化伯爵。她已经宽容了他的精神出轨。我们聊了很久，越聊越觉得充满希望。最后，玛莎主动提出去看看朱诺石像。"从一开始，我就很害怕它，"她低声说道，"自从它被搬进赌场俱乐部，我就再也没有见过它。或许我能从它身上学到一些东西——看看它是如何吸引我丈夫的！"

我非常为难，担心这样做会打扰伯爵的祈祷。教女似乎也明白了我的顾虑，但依然坚决要去。我伸出手臂，挽起她，向赌场俱乐部走去。这时，夜幕已经降临，浮云蔽月，周围一片黯淡。我们来到赌场俱乐部，发现门是半开的，里面有灯光，但空无一人。朱诺大理石雕像的面前摆着一个粗糙的祭坛，是一块不知什么出处的石刻残片，上面刻着难以辨认的古希腊文。很明显，伯爵刚刚来过。整个赌场俱乐部仿佛异教的神殿，既安宁又神圣。我再次看了祭坛一眼，上面闪过一团红红的东西。我们面面相觑。玛莎吓得脸色苍白，大叫一声便转过身去了。我的脑海里充满了胡思乱想，一时间感到非常恶心：拉丁人出现在食人族之后。

"是祭祀供品，"我向玛莎解释道，"可能是只小公羊羔，也可能是只还没断奶的小牛犊！"无论我怎么解释，玛莎都坚持立即回去。这是一个不平静的夜晚，伯爵彻夜未归，玛莎彻夜未眠，等了他一整夜。我留下来陪她，做出一副镇定自若的样子。我抽着雪茄，心中暗暗忖度，难道伯爵是一个恐怖邪恶的家伙？根据种种迹象，我认为，祭坛上红色的东西代表了他的赔偿。从此以后，他欠下的各种债务一笔勾销。这也标志着他与他的幻想世界正式告别。他很孤独，他在探索，他在悔悟，他在回归，他一定会回来。当然，这只是我的猜测。直到听到大厅传来他的脚步声，我才确定自己的猜测是正确的。黎明时分，我站在门廊等待着，心急如焚。没过不久，他便从草地上过来了，脚步沉重，身上溅满泥浆。他一定是走了一夜。他看上去疲惫不堪，没有一点儿精气神。他经过我身旁时停了一下，在进屋之前又停了下来。他看着我，向我伸出了双手。我立即握住他的双手，千言万语涌上心头。

"要去见见夫人吗?"我问他道。

他用手擦了擦眼睛,摇了摇头:"暂时不见,我还没准备好。等等吧!"

我感到非常失望,但还是安慰教女说,伯爵已经摆脱了心魔。玛莎一听高兴极了。可怜的教女啊!第二天黄昏时分,我一回到庄园,就听说伯爵夫人今天去过挖掘现场。我想立即见到她,但考虑到她和伯爵刚刚重归于好,生怕会打扰到他们,于是,我开始悄悄地打探她在什么地方,但找了半天也没找到,便向赌场俱乐部方向走去。在路上,我遇到了小个子勘探家。

"请问,伯爵先生家有二十米长的粗绳子吗?"他一脸严肃。

"你也知道自己捅了娄子,怎么,想自杀啊?"我戏谑道。

"你可别说,这真的是自杀,是伯爵夫人的命令。她正在赌场俱乐部,你去问她吧。她说话娓娓动听,下命令更是掷地有声。"

我没有听懂他的意思,瞪了他一眼,便急忙向赌场俱乐部走去。

赌场俱乐部门口围着六七个工人,庄严肃穆,就像在举行一场高规格的葬礼。伯爵夫人站在人群中间,眼睛看着躺在地上的朱诺石像。雕像已经从底座上移开,四仰八叉地横放在简陋的抬架上。看到这个情景,我顿时明白了小个子勘探家的意思。

"你能理解吗?"她低声说道,"它美丽高贵,乃稀世之珍,必须回到它来的那个地方去!"她一边说,一边冲我做了一个手势，意思是要挖个土坑把它埋葬。

我简直大喜过望，谨慎起见，我还是抚了抚下巴上的胡子，假意劝说道："它可是价值五万斯库多。"

她神色黯然，摇了摇头："这笔钱尽管不少，但是献给教堂救济穷人，仍然是杯水车薪，解决不了根本问题。它必须回到它来的那个地方去——必须！我以前隐约觉得它是有生命的。直到昨天晚上，当这件事——我丈夫回家也不肯见我——发生时，我才幡然醒悟，只要它待在这个世界上，我的丈夫便会魂牵梦萦，一刻也不得安宁。当断不断，必受其乱！必须把它埋了！都怨我，怨我以前没有想到。"

"这事不怨你。即便你之前想到了，恐怕也无济于事！"我摇了摇头，"人啊，必须经历一些痛苦磨难，做出一些牺牲，方得上苍眷顾！"

小个子勘探家来了。虽然不像上苍派来眷顾我们的人，但他干活又好又卖力，这才是最重要的。我注意到，他一边嘴里不时地长吁短叹，抱怨伯爵夫人冷酷无情，一边偷偷瞅着地上美丽绝伦的朱诺石像，似乎因为只有他自己知道这里埋葬着朱诺石像而沾沾自喜。他找来绳子，召集工人一齐使劲，扛起抬架，带着他们直奔石像出土现场。为了进一步研究，当时挖开的那个大坑还没有填上。等大家来到出土现场，天色已晚。夜色为朱诺石像蒙上了一层黑纱。所有在场的人都没有说话——即使不是默哀，至少感到可惜。这种做法，无论有何初衷，但看上去似乎有些不妥。绳子慢慢松开，朱诺石像重新躺进大地异床。玛莎捧起一杯泥土，拂撒在朱诺心口，嘴里祷念道："走好！放心！安息！"

"阿——门！"小个子勘探家阴阳怪气地嘲谑道，冲我们深鞠一躬，随即离开了。能知道这价值五万斯库多的朱诺石像的埋葬地，已经令他心满意足。其他工人享用一大桶葡萄酒后，意识和记忆都变得模模糊糊，已经根本想不起曾经在何处动过铁锹。

到现在为止，伯爵夫人仍然没有和丈夫打过照面。我肯定不能留下她独自一人承担这先斩后奏行为的责任。她来到客厅，假装专心刺绣，其实心里正在为自己这先斩后奏的行为寻找所谓的"理由"。我也抓起一本书，心思却完全不在上面。黑夜逝去的时候，门口有了动静，伯爵掀起门帘，默默地看着妻子。他目光如炬，但不是发怒，而是长长吸了一口气——自己与朱诺已是天人永隔！伯爵夫人目不转睛，聚精会神地做着刺绣，穿针引线，完全是一副心满意足的妻子形象。这个形象似乎让他着迷，他近乎踮着脚尖，慢慢走到壁炉旁边，目不转睛地看着妻子。亲爱的读者，此时此刻，他脑海里闪过了什么？他究竟在想什么？我留给你们自己去想象。我的教女玛莎正在飞针走线的一双手微微颤动，脸颊也涨得绯红。她抬起头来，目光坚定地凝视着他。她的大度豁达打通了他们的感情隔阂，使他产生了回归家庭的想法。他犹豫片刻，大步向前，双膝跪地，把头伏在她的膝盖上。

伯爵最终也没有如我所愿，变成一个纯粹属于现代社会的人。几年后的某一天，他正向一位来访的客人展示他所收藏的宝贝。客人对其中一个宝贝很感兴趣——一只用大理石雕刻的人手。他一听，表情立刻变得严肃起来。"这只手属于一个人间尤物，"他非常深情地说道，"我的心爱之人。"

"噢——罗马人?"客人笑着问道。

"不，希腊人。"伯爵皱了皱眉头。

# 法戈教授

## 一

P小镇不通铁路，我只好乘坐马车前往。沿途风景千篇一律，道路也崎岖不平。好在路途并不遥远，只有区区二十五英里。更加令人烦心的是，我专程前来拜访的客户刚刚外出度假，至少三天后方可返回。一大堆脏话过后，嘴巴痛快了，但于事无补，我最后还是得找家旅馆住下，等待客户回来。事实上，这样做对我也有好处：一方面会令客户感到内疚，在洽谈业务时我可以略占上风；另一方面，三个月来，我一直都在东奔西走，身心疲惫，也非常乐意找个清静的地方，好好休息休息。P小镇地处乡下、偏僻、静谧，没有什么名胜古迹。旅馆门廊里胡乱摆放着七八把椅子。椅子上坐满了人，个个优哉游哉。我的到来一点儿也没有惊动到他们。我时而在门廊里徘徊，时而算算满是灰尘的木板人行道的长度，时而数数院子里蜀葵的数量，时而读读玻璃门牌上的文字。最后，实在是无聊至极，我索性跑去公墓参观。尽管时值九月末，天气仍然十分炎热。墓地看上去应该新建不久，没有一棵遮天蔽日的大树可供人们避暑纳凉。微黄色的草地，灰白色的墓碑，在热辣辣的阳光下令人目眩。此地实在不宜久留！不过，我喜欢阅读墓碑上的墓志铭。我告诫自己，下次来，要么上午早一点儿，要么下午晚一点儿。在返回旅馆途中的一个十字路口，我看到了一座刚刚落成不久的镇公所，当时的感觉就像在法国或意大利旅行时见到一座古老的宫殿一样，非常兴奋。我停下脚步，先是仔细打量了一番，然后快步朝它走去，一路畅通无阻。很快，我就进入了这座建筑的主体——一所空荡荡的大房子。这里原本是承办公民大会、政党会议以及其他庄严仪式的场所，但现在俨然已经变成了一个表演场地：主席台变成了舞台，代表席变成了观众席。一个人正在进行舞台布置①。虽然道具很简单，只有一张小桌子，三把椅子，但他似乎在努力营造一种艺术氛围。他在主席台后面的墙壁上悬挂了一个颜色灰暗、肮脏邋遢的垂花雕饰物品。另一个人则在一沓印好的传单上用红色粉笔写下表演日期。看见我走过来，他没有说话，从中抽出一张传单递给我。总算有了一个新的打发时间的去处，我不由精神一振。记得传单下半页的文字是用从旧报纸上剪下来的印刷字拼凑而成的，内容及格式大致如下：

来自灵性世界的讯息

女士和孩子们容易上手的高级数学

一个新发现！

道德与科学的伟大结合

法戈教授，从不犯错的清醒中介者

---

① 原文为法语：mise en scène。

魔法师、千里眼、先知和预言家！
吉福德上校，著名的速算专家和数学改革者！

附带的修饰 ① 辞藻我已经记不太清楚了。等我看完传单，发现有
个人正在修理一面破旧的旗子。他就是法戈教授——"从不犯错
的清醒中介者"。他身穿黑色晚礼服，肥胖的右手食指上戴着一
枚巨大的绿松石戒指，红棕色头发从前额向后拢起，活像一头威
风凛凛的狮子。他仁慈、善良，据说能够预测未来，但他的面容
却毫无精神层面的魔力可言，很难让人将他和预言家、先知等联
系在一起。事实上，那天晚上，女观众都对他红棕色的头发印象
深刻。有趣的是，法戈教授一眼就能看出我不是本地居民。他告
诫我说，来 P 小镇游玩，一定要注意安全。他双手插在裤兜里，
一边向舞台走去，一边点头向我告别。

"年轻人，今晚一定要来看我们的表演！"他开玩笑似的命
令道。

"我很有可能来的，"我回答道，"无论如何，我都要在这里
住上一晚了。"

"嗯，我不会让你白花钱的，"法戈教授补充道，"我们的表
演棒极了。我和我的朋友们都有绝活。即便你足够严谨、聪明，
我们的表演也会让你目瞪口呆的。"法戈教授虽然语速比较缓慢，
但语调亲切、声音洪亮。他站在空荡荡的大房子里，扫视了一

---

① 原文为法语：fioriture。

圈，继续说道："我这个人向来低调，从不自吹自擂。眼见为实。希望你能多多关注我的朋友。他可是个难得的好老头儿，特别喜欢与热情的观众互动。如果你有数字计算方面的问题，我这位朋友的女儿也可以帮你搞定。对她来说，数字计算就像玩台球游戏一样简单。年轻人，她今年才十七岁，而且，长得非常漂亮。"

我并不是每天都能够和先知们自由交谈。既然有这样一个了解该职业内部机制的好机会，我是绝对不会放过的。我问了法戈教授一些问题，比如表演、支出、收益以及生活状况等。最后我问他，通灵者和变戏法的人有何区别？他歪着脑袋，手捻胡须，眼睛半开半闭，干笑了几声。

"我承认，"我回应道，"我既不相信什么灵性世界、来生之说，也不相信你真的能够预言未来会发生什么事情。当然，我也不愿意看到你自己否定自己。你能否亲口告诉我，你的预言都会成真？"

法戈教授没有回答，只是一直在捻弄胡须。最后，他拖着长腔慢吞吞问我道："你在灵性世界有没有朋友？"

"我不明白你所说的'灵性世界'指的是什么，"我回答道，"不过，我有位好朋友去世了。这倒是真的。"

"你想再次见到他吗？"法戈教授追问我道。

"不，我不想！"

教授摇了摇头。"你的好奇心不够强。"

"这要看你如何给'强'下定义。我自认为我的好奇心很强。不过，我的好奇心也很容易满足。这样说吧，只要你站在台上，大声说出你是一个诚实的人，我的好奇心就能得到满足。"

他似乎根本没有听懂我对他的嘲弄。"我能让你的曾祖父出现在你面前，也能使钟表停摆。"

没有等我作出回答，他继续说道："那个壁炉架有五英尺高。你固定住我的双手，以免我偷偷爬上壁炉架，用手使钟表停摆。随便你用什么办法。"

"我不知道你能不能，"我嘲讽道，"我只知道你非常聪明。"

"我拥有强大的魔力。这与聪明不聪明没有关系。"

"你是说，你能够用魔力把我曾祖父从天堂里召唤回来？"

"是的，先生。我今晚就可以做给你看。我还是一个治愈型的巫师。你牙疼吗？我会凭借魔力把你的坏牙拔出来，就像脱下你的靴子一样简单。"

我向法戈教授鞠了一躬，以表谢意。尽管心里并不相信他口中所谓的"魔力"，但我仍然觉得应该为这个"求知欲强"的人鼓一鼓掌。和他告别后，我转身往外走去，快到大房子门口时，突然听到身后传来一声低沉悠扬的口哨。我转过身，看到法戈教授在向我招手。他在示意我回去。就在我快要走近他时，他站在主席台上，向前探了探身子，竖起一根粗壮的食指，对我说道："我郑重声明，我是一个诚实的人！"

可能是法戈教授一再说自己是个诚实的人而让我有些不耐烦的缘故，回旅馆的路显得格外漫长。好在我一向处事泰然，这种情绪并没有持续太久。旅馆的大堂里有一个书架。我在一大摞农家历和布道小册子中间，找到了一本破旧的《堂吉诃德》。我回到房间，坐在椅子上，靠着椅背，津津有味地读了起来。书中的西班牙绅士个个机智、聪慧，其"魔力"大大超过了法戈教授。不知不觉中，时间悄然流逝。等到想起看表时，晚餐时间已经过去一个小时了，我急忙来到餐厅。这家旅馆服务粗糙，行事呆板。我迅速点了一份牛肉馅饼和黑果布丁。餐厅负责烹饪这些美食的是一位女士。她一头浓密鬈发，身穿短袖制服，对我一副爱答不理的模样。饭菜终于端上来了。满餐厅就我一个人就餐。我食欲大减，胡乱吃了几口冷饭。

晚餐后，我花了足足一个小时徜徉在拉曼却 ①，然后去公墓看墓碑上的碑文。公墓很大，小山的两面都是墓地。我走上山脊向下眺望，发现我并不是唯一一位来访者。还有两个人，一位又高又壮的男士和一位年轻漂亮的女孩儿。他们正在小声交谈。女孩儿身穿黑色衣服，坐在墓碑上，脸朝着我的方向，神情不时有所变化。她似乎把注意力全都放在了同伴身上，根本就没有发觉我的存在。男士背对着我站在她的面前。由于距离较远，我根本听不到他们在谈什么。突然，女孩儿摘下帽子，放在膝盖上。她朱唇轻启，紧紧盯着男士的脸。他用一种只有他自己才清楚的魔力紧紧抓住了女孩儿的注意力。她明媚的笑容一闪而过，双手在空中比画了一下，然后把食指放在了嘴唇上。原来她是个聋哑人，他们正在用手语进行交谈。看了他们一会儿，我便转身朝着相反的方向走去。就在正要离开墓地时，我看见他们也向出口走

---

① 拉曼却（La Mancha），西班牙中部裸露的高原，《堂吉诃德》的故事发生地。

去。那位男士面孔朝向我。尽管他的白色帽檐拉得很低，几乎遮住了脸，我还是立刻认出了他。我想，在墓地里碰到法戈教授是再自然不过的事了。要想知道坟墓里的情况，最简单的方法当然是尽可能近距离接触墓地。此外，如果他想充当信使，为市民传达他们死亡家属的信息，那么仔细阅读碑文，收集一些名字和日期也就不足为奇了。他从我的身边经过时，挥了挥手，算是打了招呼，眼神中竟然没有一点儿被当场揭穿骗局时应有的窘迫。更加让我吃惊的是，这种人竟然有如此漂亮的女孩儿陪伴。她身穿黑色短裙，式样简单，一举一动透着优雅，眼神中流露出满满的信任。她是谁？他究竟是怎么赖上她的？当然，这与我无关。他们从我面前经过时故意加快了脚步。我跟在后面，法戈教授步伐沉重，女孩儿脚步轻快。看到这里，我不禁心中在想，他是否真的能够让我的祖先重返阳世，让时间停滞？

二

那天晚上，P 小镇可谓万人空巷。我踏进镇公所的大礼堂，看到法戈教授正在主席台上巡视。表演开始了，一个胖胖的年轻人走到舞台中央。他抱着一架手风琴，接连演奏了三首调子悲伤的曲子。演奏过后，法戈教授第一个登上舞台。他狮子般蓬乱的头发、身上的黑色礼服和手上的绿松石戒指格外引人注目。为了赢得观众的好感，他把灯光调亮，给绘有爱国图案的帷布打了个结。助手们靠墙站着，静默不语。第二个登台的是一位年老的绅士。他步履缓慢，由一个身穿黑色衣服的女孩儿搀扶着。他没有像法戈教授那样装腔作势地对观众行额手礼①。我马上意识到，这个女孩儿正是在墓地陪同法戈教授说话的那个人，同时也记起这天上午法戈教授曾经提到过一位绅士，说他在女儿的帮助下成为了数学界的传奇。这个女孩儿身材瘦弱，年轻漂亮，给这场表演增添了几分看点。然而，从女观众故意压低嗓音的嘟囔声和不断比画的手势可以看出，她们似乎觉得这个女孩儿穿着过于朴素，应该好好打扮一下才对。只需从门票收入中拿出一点点，就足以给她置办几身像样的行头。那位年老的绅士——她的父亲——正襟危坐，双膝间立着一根拐杖，双手交叉放在拐杖上。他年纪在六十五岁左右，身材瘦高，脸色憔悴，神情严肃。头顶上的灯光加深了他脸上的阴影，看上去像戴了一副面具。他头发脱落很严重，高挺饱满的前额在灯光映照下就像散发着光芒的古旧象牙。他眼窝深陷，目光似熊熊烈火一般，高挺的鼻梁在嘴巴和下颌处投下了长长的阴影，小胡子旁边两道深深的皱纹有一种忧郁感。说实话，看到这里，我对他有一种似曾相识的感觉。然而，我真的想不出，究竟在何时何地见过这么一个人。他的目光看似专注，却偷偷地在观众之间游移。我俩四目相对时，他那严肃的目光仿佛迸发出一束火花，准确地识别出我的外地身份和我身上的独特气质。呃，我想起来了——他便是现实中的堂吉诃德。他有着堂吉诃德般的西班牙人蜡黄色肌肤、高挺的额头、绅

---

① 额手礼（salaam），一种主要通行于伊斯兰世界的问候礼仪。伊斯兰教徒在向对方致敬时，要在深鞠躬的同时把右手举到前额上，故称"额手礼"。

士般的外表、皱纹、小胡子以及忧郁感。

　　法戈教授的表现非常糟糕，语言冗长浮夸，毫无技巧、水平可言。但有一点做得比我想象的要好很多——迎合观众喜好。这些乡下人就喜欢听大话和奉承话，并且还以此为荣。也许法戈教授本人将听众的沉默解读为由全神贯注和敬畏之心而引起的心醉神迷，也许法戈教授本人能够感受到听众的沉默中潜在的共鸣。令我失望的是，整个下午他都没有能够让我们与鬼神见面。他带给我们的只是大话、空话。他就地球上的生命、土地侃侃而谈，将自己的奇闻轶事与偏远地区的居民联系在一起。镇上的几位"杰出市民"被他"施以法术"，但他们拥有农耕造就的耿直率真性格，并没有因为法戈教授的吹嘘和奉承而变得顺从。总的来说，法戈教授的这次表演非常失败，唯一的亮点便是他的厚颜无耻。他将失败的责任全都推到那些可怜的受害者身上，责备他们进化得太慢。在他利用三四个年轻女孩儿进行演示时，效果稍好了一些。有的女孩儿双眼紧闭，浑身打战；有的发出令人毛骨悚然的笑声；有的则失声痛哭，而且边哭边向其同伴眨巴着眼睛。她们对彼此以及彼此的家族史十分了解。表演的结果根据小镇上杰出人物的教名和其辞世时所患疾病就能猜得出来。几位"杰出市民"登上舞台，将其已去世朋友的名字写在纸条上，扔进一个帽子里。法戈教授双臂交叉，手捋胡须，像是在激发灵感。过了一会儿，他走到坐在舞台背景旁边的一个年轻女孩儿面前，牵起她的手，带她来到舞台中央。她将帽子中的纸条取出来，逐个拿给他看。法戈教授微笑着向观众介绍这位女孩儿道："她是一位聋哑人。我们无法串通一气，欺骗大家。"看着他的手势，女孩儿将纸条递给了一位正在沉思的白发老者。这位白发老者代表的是科学与公正。他证实了法戈教授的猜想。法戈教授本想成为亚比雅①，不料却成了以西结②。经过了三次尝试，表演总算成功了，但台下的观众却一点儿也不热情，他只能自己报以热烈的掌声。最后，法戈教授总结道，鬼神在众人面前十分羞涩。如果有人愿意到他下榻的旅馆拜访他，让他单独为其表演的话，效果会更好。

法戈教授的表演终于结束了。在他表演期间，那位年老的绅士纹丝未动。他看上去既未在看，也未在听，亦未能理解。我很想知道他是如何看待这场表演的，是什么在驱使他以自尊为代价从事这种表演？他看上去有些心不在焉，好似费了很大劲儿才将自己的注意力集中在舞台上。值得一提的是，只有当法戈教授和他女儿对视时，他的肢体才会有一些动作，令人很难察觉。起初，他在努力控制自己，后来，他双手开始下垂，双眼紧闭。这种状态一直持续到女儿回到他身边为止。中间休息时，法戈教授仍在舞台上走来走去，一边拨弄着浓密的头发、擦拭着额头的汗水，一边观察着台下的观众，神情傲慢却又和蔼。似乎他刚刚播撒完种子，就期待马上看到发芽。等到中间休息结束时，他敲敲桌子，向大家介绍那位年老的绅士——伟大的快速计算能手——

---

① 亚比雅（Abijah），《圣经》中的人物名字，意为"耶和华的父亲""光明之父"。
② 以西结（Ezechiel），犹太先知，《旧约》中的《以西结书》以其名字命名，其含义来源于希伯来语"上帝加力量"。

吉福德上校。介绍完毕，他进入后台。毫无疑问，像他那样顶着蓬乱的头发、蓄着浓密的胡须、戴着硕大的绿松石戒指、喜欢露脸的人，是不可能长时间躲在幕后的。

年老的绅士走上舞台，向观众鞠躬致意。那个年轻的女孩儿跟在他的身后，双手自然交叉于自己身前。她那种略显稚嫩的优雅和安静，让我想起了《威廉·迈斯特的学习时代》[①]中老竖琴师身边的迷娘。吉福德上校的表演还算说得过去。不过，这绝不能完全归功于数学本身。虽然它可以称得上一项科学发现，如果光靠嘴讲，则很难引起观众们的兴趣。换一个场景：一个雨夜，拔掉电话线，坐在台灯下，手拿一本印刷精美的小册子细细品读，你会立刻被作者既古怪又活泼的叙述方式所吸引，同时也会惊讶于自己思维的敏捷。尽管上校努力让其表述通俗易懂，由于涉及高等数学，他的话依然让很多人感到一头雾水。根据我的理解，他设计了一个扩展版的运算表，借此发起了一场计算革命。他的不懈努力，使得这项成果从高等数学的迷雾中露出真容。他女儿的鼎力相助，使得这项成果变得真实、可信。对我而言，这位年老绅士的性格比他的研究成果更有意思。他整个人看起来很活跃，但说话言辞朴素、谦逊。他的声音时而因为兴奋而颤抖，时而因为理智而微弱。与法戈教授的夸夸其谈相比，吉福德上校言行虔诚。我对这位老先生怀有一种朦胧的好感，尊敬中夹杂着些许遗憾。他灵魂纯净，只是说话、做事有些古怪。当然，最受

---

[①] 歌德长篇小说，德国教育小说的巅峰之作。

观众欢迎的表演者当属那个年轻的女孩儿——吉福德上校的女儿。见她站在明亮灯光下面，我仔细观察起她的相貌。她胸部平平，脖颈很细，脸型偏窄，前额饱满。她的美不属于耀眼夺目的那一种，而是瘦削纤弱中透出的精致优雅。她的头发软软地贴在头皮上，脸颊透出淡淡的红晕。她的眼神是那么的纯净，不经意间流露出一种奇特的快乐。看着她，人们心中自然就会产生这样一种念头：在这样纯洁无瑕的灵魂面前，什么奇迹都可能发生。墙上挂着几块黑板，上校在其中一块黑板上"刷刷"写下一道题——只有非常聪明的脑袋才能解得出。年轻女孩儿仅仅瞥了题目一眼，还没等我们数到十，就迅速在另一块黑板上写下一个醒目的答案。上校邀请在场的公证人验证答案的准确性，每次都准确无误。这位年轻女孩儿就是一个计算神童。她的父亲把她的表演作为一套以数字为动作的艺术体操，其美轮美奂程度堪比天才歌唱家的天籁之音。上校站在黑板前，以她为例来证明他发明的运算方法多么神奇。他甚至当场邀请一名观众说出两个很大的数字来进行乘法运算。他把这两个数字写在黑板上。年轻女孩儿用食指点点额头，思考片刻，便拿起粉笔"刷刷"几笔写下一个庞大的数字。然后，上校迅速在黑板上用他发明的运算方法进行计算（他的女儿是在大脑中完成的）。在场的每个人都心服口服。这就是吉福德上校的"魔幻数学"，听上去沉闷、呆板，但操作起来很有意思。看完他的表演，我感到自己的计算能力比以前更强了。我从来没有想过，有朝一日我会在这个偏僻的乡下小镇接受一次数学教育。

第二天，我无论如何都得耐着性子去听课了。记得那天是个周日，一大早醒来，就听见雨滴"啪嗒啪嗒"地敲打着窗户。在这个小镇，下雨的周末令人心情沮丧。起床时，我突然想起了那本还没有看完的《堂吉诃德》。我当时的心情完全可以用桑丘·潘沙 ① 说的几句富有哲理的话来形容。事实上，《堂吉诃德》总是以一种出人意料的方式给予我慰藉。我来到旅馆餐厅，心里盘算着早餐是点杯咖啡还是来杯绿茶，突然发现昨晚登台表演的人也投宿于此。按理讲，我早就应该知道我们会同住一家旅馆，因为这是镇上仅有的一家旅馆。大概是预言家早晨都要晚起的缘故吧，当时法戈教授不在餐厅。吉福德上校坐在餐桌前，切着烤面包片。看见我走进餐厅，他朝我点了点头，把烤面包片浸在早茶里面。他的女儿则站在窗边，前额抵着窗框，眼睛盯着外面的街道。其实，我走进这屋子还没有两分钟，就被她察觉到了。她转过身来，看了我一眼。这大概是聋哑人天生具备的一种特殊能力吧。她看起来和昨晚一样，眼神清澈、精灵古怪，丝毫没有疲惫感。借着日光，我发现她的黑裙子已经破旧不堪了。她父亲身上穿的那件礼服大衣虽然扣子一直扣到下巴，但因穿着时间太久而失去了应有的光泽。我想，要么是法戈教授太吝啬，舍不得购置新的行头，要么就是这个"神奇与科学"相结合的团体收入并不可观。就在我思考这些问题的时候，法戈教授进来了。他手舞足蹈，十分兴奋，像是在庆祝什么

---

① 桑丘·潘沙（Sancho Pansa），《堂吉诃德》中的重要人物，堂吉诃德的忠实侍从。

事情。

他看到了我。"怎么样，先生?"他感叹道，"你现在还有什么话要说吗? 我们的表现很完美，对吗? 你现在不再怀疑我们表演的真实性了吧?"然后，他转向吉福德上校。"这个年轻人嘲笑我们。我们昨天已经见过面了。他蔑视神灵，怀疑我们的表演是假的，要我承认咱们是骗子。简直是无知透顶!"

上校面无表情，一声不响，继续把烤面包片往早茶里浸。可怜的人啊! 他也鄙视他的同伴! 我感叹道:"我祈求你的原谅。我不是那样的人，也没那样想过。我对你的表演很感兴趣。我很敬佩你，你的表演很真实。"我边说边向上校鞠了一个躬。

"谢谢你的赞美!"法戈教授眼睛瞪着我道，"你这等于在说他是个正人君子，而我是个无赖。随你怎么想吧!"他猛地拍了一下口袋，大声吼叫道:"不管怎样说，我们俩完全一样。"他越说越气，转身走到了吉福德小姐身边。奇怪的是，法戈教授进来时，吉福德小姐并没有转身看他，好像没有察觉到他的到来似的。吉福德上校亲切地看着我。我再次向他表达了我对他的欣赏。他默默听着，一边听一边用汤匙搅动着早茶，脸上露出一副半信半疑的神情，好像在琢磨我究竟是在嘲笑他，还是真的在赞美他。我一直在夸赞他的表演。渐渐地，他被我的真诚打动了。他悄悄地暗示我:如果只有我们两个人，如果他对我了解多一点儿，他非常乐意和我聊聊。我立刻决定和他谈谈。法戈教授的早餐还没到。此时此刻，他正站在窗边和吉福德小姐"聊天"。我看得出来，他对于手语并不是很精通，用手势完整表达

意思很费力气，但他还是勇敢地挥动着肥胖的双手。吉福德小姐
两眼一眨不眨地看着法戈教授，表现出了极大的兴趣。那天在墓
地，女孩儿也是这种眼神。我的女性朋友没有这种问题，所以
我无法体会此时法戈教授的感受。我想，和一个漂亮女孩儿交
谈，即便只能通过手势，也是一件美好的事情。上校推开面前的
茶杯，转过身来。他双臂交叉，眉头紧皱，眼睛紧紧盯着法戈教
授。我从他的眼神中能够读得出他的痛苦。虽然为了谋生不得不
与法戈教授合作，但上校一直有意限制女儿与法戈教授接触。法
戈教授好像也意识到了这一点，他突然掏出手表，大声嚷嚷着要
咖啡，然后安静地坐在餐桌前开始用餐。吉福德小姐在屋子里转
来转去，一会儿看看这边，一会儿瞅瞅那里，好像非常喜欢这
种悠闲的感觉。当我俩对视时，她就冲我笑笑，好像在说："是
的，我是有点儿奇怪，但你不用害怕我。"法戈教授面前摆放着
许多盛菜用的碟子，大小跟新英格兰乡间旅馆提供的肥皂盒差不
多。他还没怎么吃，突然进来一位年轻女子。这位年轻女子一头
鬈发，带着一把硕大的旧式雨伞。她来这里是为了请求法戈教授
帮她唤醒一个死去的人。她对超自然力量的渴望，丝毫没有被屋
外的瑟瑟秋风所湮灭。她向法戈教授展示了一幅男人画像。这个
男人已经死去了，但她很想亲眼看看这个男人的灵魂。这件事情
对法戈教授来说，完全是小菜一碟。他殷勤地请她坐下，并答应
满足她的一切要求。就在他匆忙吃早餐的过程中，年轻女人仔细
端详着吉福德小姐，摇了摇头，脸上露出几分疑惑的神色。她冲
着吉福德小姐说，她不相信她又聋又哑。然后，她慷慨激昂地

讲起了自己荒诞不经的过去。上校看着这个没有教养的年轻女人，神情变得冷峻起来。他走到窗边，从头到脚打量着她。"这位女士，你不要信口开河。在什么场合说什么话，这个道理你不会不懂吧？"

眼看上午已经过去了一大半，上校父女仍然没有离开餐厅。上校告诉我，法戈教授装神弄鬼，并发出阵阵冷笑。看来怒火压抑许久的他已经忍无可忍了。他抽着廉价的烟斗，慢慢悠悠地在楼梯上踱来踱去。我递给他一支上好的雪茄，他心满意足地吸了一口，开始吐槽起自己的搭档。他的眼神中闪烁着一吐为快的喜悦。"先生，能跟你聊聊真是太好了。我与法戈教授——"他停顿了一下，"他这人太虚伪，我和他不是一路人。当然，这是我们俩之间的事。你我素昧平生，恰恰是我的鲁莽才暴露了我的秘密。我之所以能够坚持到现在，只是生计所迫。"他朝餐厅门口点了点头。"如果和他分道扬镳，我又要四处漂泊了。我很愿意做个诚实的人，但我得先吃饭，"他叹了口气，"屋漏偏逢连夜雨。我太不幸了！"

他用力吸了几口雪茄，沧桑忧郁的面孔弥漫在烟雾之中。他沉默了好大一会儿，继续说道："我整天吃了上顿没下顿。你不用担心。我是个狂热的信徒，我有自己的人生抱负。只要人们稍微关注一下我，这个世界就会变得更加美好。我是个不错的发明家。我发明的东西一定能够拯救这个混乱的世界。昨晚，我画了一个草图。恐怕你无法理解我在说什么，我也不会勉强你听我啰嗦。但我向你保证，这的确是个好东西，可以大幅度提高生产效率。希望有人愿意听我讲解，愿意帮我宣传，使其尽快投入使用。我计算过，单就美国商界而言，使用它每十年可以节约两万三千个小时。时间就是金钱，节约时间就是创造财富。我得走了！你不该引出这个话题。我心里怎么想，嘴上就会怎么说！"

和上校这种人攀谈，只要你稍微动点儿心思，他就会把他的秘密全都抖搂出来。他向我坦白道，他并不喜欢老是把上校军衔挂在嘴边，之所以如此，完全是为了能够在法戈教授的团队里有立足之地。这样更能够吸引观众。"长期以来，我对科学研究非常痴迷。单单做实验，就花费了大量精力。实验令人着迷，但不能当饭吃。人们可能觉得，我就像中世纪的炼金术士，因误入歧途才来到这个世界的。化学、物理、数学、哲学、药学我都有过深入的研究。我把所有精力都投入进去，但毫无收获。我，一个默默无闻的糟老头子，身残体弱，颠沛流离，命运多舛，前途渺茫，只能佯装成呼风唤雨的奇人，艰难度日。先生，我是一个高傲的人。我崇尚精准的科学。你可以想象我经历了什么。十年前，我在一个江湖骗子的摊位前反复琢磨，怎么才能让我那体弱多病的苦命女儿过得体面一点儿。"

吉福德上校滔滔不绝地诉说着。吉福德小姐坐在一旁看着他，思索着他的话，目光中伤感和惊讶相互交织，真是难为她了。我瞥了她一眼。察觉到我在看她，她的脸上泛起了一丝红晕，并急忙躲开了我的目光。上校继续说道："我想到了一个不错的理由，体弱多病的人通常需要加倍呵护。在我结婚前后，总是忙于形形色色的化学实验。我的妻子小巧玲珑，美丽动人。她常常如蟋蟀般窸窸窣窣地溜进我的实验室，问我一些幼稚无知的问题，或是四处偷看，或是到处翻找，有时还会打开实验瓶盖，被瓶子里散发出的难闻气味熏得直做鬼脸。一天，她待在房间里，我出门去看晾晒在阳台的东西。突然，我听到一声巨响，转身发现窗户玻璃都被震碎了。我急忙冲进房间，发现妻子已经昏倒在地。原来是我放在炉子上的一种化合物因加热时间过长而发生了爆炸。我太大意了，低估了它的威力。当时，我妻子并没有明显的外伤。然而，等她恢复意识后，却发现自己失去了听觉，从此就再也不能听到声音了。不久之后，我的女儿出生了——正如你所见到的，她是个可怜的聋哑人。自从妻子去世后，我就放弃了一直挚爱的化学研究。当我开始重新面对生活时，我确信，掌控着我热情的应该是数学。沉溺于其中而无法自拔的我，认为数学是人类思想最崇高的结晶。我可以毫不客气地说，我对数学这门学科有着颇为深刻而且独特的看法。如果你愿意投身进来，我可以毫无保留地向你敞开这扇大门。就怕你不愿意！唉，这是一个多么令人绝望的弱智年代！在这个世界上普遍存在着一种可怕的想法：人们希望药是甜的，所有事情都简单易行。与深奥、神圣的数学相比，他们更喜欢与昨晚坐在你我身边的蠢货相处。这就是我将那些枯燥的研究工作丢开，强迫我可怜的女儿索要铜钱，成为乞丐的原因。这也是我为什么与庸俗的江湖骗子成为同伴的原因。这样的日子，我过了很久，现在已经完全适应了。我不会告诉你具体发生了什么，只是正义一次次拒绝出现，希望一次次推迟降临。最终，我变成了现在这个模样。或许你不相信，我会将这个故事与人类不可思议的愚蠢以及这个乏味世界的惯例俗套联系在一起。我承认，是我自己挥霍了我的财产，但不是以庸俗的方式，而是以长时间的狂欢挥霍的。当我将最后一枚硬币在坩埚中融化，这个世界或许愿意为我的研究支付一点儿酬劳。然而，遗憾的是，与真理相比，这个世界更愿意将钱花在别处！自此，我成为了一名掮客，挨家挨户为人们在二十种精心制定的计划中提供选择。这个时候，贫穷与无辜在我的躯体上犹如楼梯般环绕。有一天，我突然发现，我的女儿是个天才，她的大脑不是一片空白。这使我感到无比欣慰。她继承了我对数学的热情。是我的愚蠢夺取了她宝贵的听说能力，我应该给予她一些补偿。在良好的教育和引导下，她会趋于完美。她的天赋在女性中非常罕见。她很古怪。她从来不和女人谈论衣帽，也不和男人谈情说爱。她不理性。她的数字能力完全基于直觉。有一天，凭借表演谋生的想法出现在我的脑海。我在拥挤的大厅里曾亲耳听过一些人的自吹自擂。我觉得自己比他们更会表演。我选择了表演，有时面对二十人，有时面对五个人，也有一次空无一人。六个月前的一个早上，我的一位朋友出现了。他坦率地对我说，他正在组织一种表演，但尚未获得应有的关注，正如我也没能抓住公众的耳朵一样。他希望和我合作。他一个人力量太弱，如果我们结合，效果一定更好。那时，我的口袋里只有五美元。我并不喜欢这个人。我内心深处对理想主义的信仰，犹如我认为'地球绕着太阳转'一样坚定。但是，为了活下去，我妥协了。我听从了法戈教授的教唆，将我提出的计算公式的效果夸大了一些。这是一个非常糟糕的决定，但它保证了我和女儿的生存。我既不会行骗，也不具备这方面的能力，如果没有我的女儿，法戈教授早就把我赶走了。他认为，我有一只会下金蛋的鹅 ①。在江湖骗子眼中，一个美丽的聋哑女孩儿能够在黑板上演算，实在是一个不可多得的噱头。对我而言，我极度厌恶将我可怜的孩子曝光在世人面前。然而，当法戈教授将这个想法告诉我的女儿时，她仅仅考虑了两周便同意作为'快速计算器'出现。我只好同意让她试试。万万没有想到，她成功了。就这样，我和女儿才勉强得以糊口。"

半小时后，法戈教授结束了晨练——简单的洗浴过后，顶着一头乱蓬蓬的头发，揉搓着双手，模样滑稽可笑。上校突然变得沉默不语，而且直到晚餐时分一直拒绝进食。他皱着眉头，眼睛盯着餐桌上的盘子。显然他非常讨厌法戈教授。我暗自思忖，上校是如何影响法戈教授的？我很快发现，吉福德上校的忍耐限度制约着法戈教授的粗鲁无礼，吉福德上校的正直诚实制约着法戈教授的夸夸其谈。毫无疑问，吉福德上校是一个傻瓜，一个值得尊敬的傻瓜。法戈教授，一位演讲时漏洞百出、缺乏感召力的社会名人，尽管身边就坐着一个脸色苍白、神情严肃、诚实如大理石纪念碑般的老数学家，但始终没有勇气撕下伪装。这一次，面对上校无声的反对，他虽然气得脸色铁青，却没有说什么。我不知道他一个人躲在黑黑的休息室里干了什么。无论如何，他

---

① 典出《伊索寓言》。

的自信心似乎得到了激发。吃晚餐时，来了六位客人，没有一个像上校那样疑心重重。在这种情况下，如果再继续绝食，似乎成了存心要埋没人家的才华了。空气中似乎有暴风雨来临的味道。

下午，雨停了，太阳出来了，小镇马路上的水坑银光闪闪。上校坐在旅馆的门廊里，一个小男孩儿依偎在他的双膝之间，好像是在学习基本的数学知识。小男孩前额突出，满脸雀斑，活脱脱一个小牛顿。孩子的父亲面容黝黑，下巴长有一小撮褐黄色的胡子，身材高大却面容憔悴。他在一边站着。儿子的聪慧使他露出了笑容。虽然目前并没有多少人赏识他，看着小孩脸上赞同的表情，可怜的上校还是觉得很高兴。对于这个小天才，他疼爱有加，话语更是透露着慈爱之情。当这个小男孩长大成人后，当他想起这个眼睛闪着光芒、声音透着温柔的老绅士，想起他的花白胡子，想起自己能够半个小时一动不动听他讲课，想到课后老人夸赞他是个数学天才——这一定会成为他最难忘的童年记忆。课程结束后，我建议上校出去走走。我们边走边聊，不知不觉出了小镇。随着时间的逝去，天空变得异常美丽：厚厚的云层四处散落，像是乘风破浪的帆船驶过发光的天空，泛起层层银灰色的涟漪。我和上校坐在山脊上，一边看着落日，一边听他吐露心声。我永远不会忘记上校激动的言语。

"对的，先生！"上校感叹道，"我这是为了混口饭吃而不得不做出的让步！有时候，我感觉多一分钟也不能坚持了。如果必须以这样的代价苟且偷生，倒不如和这个无耻之徒一刀两断，然后任凭命运发落。尽管我一直缄默不语，我和他合作本身就是一种惩罚。我不会向他索要赔偿。我之所以继续和他一起表演，是为了更好地向大家揭露真相。你也已经看到了，我有我的看法。我认为，如果人们的精神食粮是有毒的垃圾，而不是甜美的果实，那肯定是不一样的！这又何尝不是一件不幸的事情呢？我咬紧牙关，紧闭双眼，可还是会听到他漫天飞舞的谎言。他的谎言整天在我耳边嗡嗡作响。晚上做噩梦，我梦见自己蜷缩在一张桌子下面，桌子上铺着长长的桌布。我在桌子下面轻轻击打着，他则站在桌子旁边，向观众吹嘘说这是阿基米德在显灵。有时候，我实在难以控制自己，想要告诉人们真相，愿意不惜任何代价来揭穿他！怀着这样的心情，我在靠墙的一个阴暗处坐下来，闭上眼睛，尝试不听那些谎言——我真的什么也听不见！我的思绪飞上了九天，在发明创造的世界里自由翱翔。一座金山也比不上一个科学真理。"

上校沉默了很长一段时间，我一时也想不出什么合适的语言来安慰他。事实上，他此时最需要的是把一肚子苦水倒出来。"这还不是最糟糕的，"他定了定神，继续说道，"我们住在一起，东奔西走。这个无耻之徒总是距离我女儿这么近。这才是最让我受不了的地方。最初他找了个小孩儿替他拿那些纸条。几周以前，他突然脑子一热，让我女儿来干这活儿，说这样会增加表演的真实性和观赏性。我女儿的确能够起到这个作用，这一点我看得出来。然而，我可怜的女儿太单纯，没有防人之心，一直把这个该死的骗子当作圣人，对他的表演深信不疑。当然，我从来没有告诉过她真相。我尽量不让她知道，这世上存在谎言和欺骗。因为长期四处奔波，她头疼得厉害。除此之外，她觉得生活很幸福。有朝一日，我们有事业心的朋友会给她穿上漂亮的裙子，给她戴上美丽的花环。等到那时，我就和他分道扬镳！"

面对上校突如其来的自信，我没有表态。我心里在想，这位"小姑娘"是否真的如她父亲所想的那样，对邪恶一无所知？我记起了昨天在公墓发生的一幕，上校显然不会允许这种行为。一想到这个粗鄙不堪的家伙可能已经掌控了一切，我心里就很不舒服。我担心，可怜的上校已经被他的同伴以极其残忍的方式控制了。我们回到旅馆的时候，我的担心得到了证实。当时已近黄昏，旅馆餐厅的窗子跟前站着两个人。由于室内灯光昏黄，我一时没有认出他们。其中一人很快就反应过来，他走向我们，是法戈教授。他招呼我们道："希望你们谈得愉快。"上校没有回答，一屁股坐在了沙发上。他的女儿马上过来坐在他的身边，并将手放在他的膝盖上。这位年老的父亲没有反应。此时，他浑身乏力，脑袋趴在手杖上。法戈教授迅速离开了。在我看来，他是借此报复这位老人对他的轻视，以满足他的虚荣心。

晚些时候，我再次下楼。经过大厅时，我听到法戈教授正在酒吧高谈阔论。他竟然有听众，这让我觉得十分诧异。走近一看，我发现这位天赋异禀的男人站在那儿，对着一群幽灵侃侃而谈。他一只手端着一杯冒着热气的威士忌，一只手扶着椅子。很明显，他喝多了。我觉得，他的预言让人半信半疑。对他而言，这是了不起的一天，命运之神对他微笑。他觉得自己非常强大。

一群怨气程度不同的幽灵正在默默地聆听他的演讲。这种沉默在某种程度上也许是出于心中的敬仰，但毫无疑问十分诡异。上校坐在一个偏僻的角落，面前放着一杯尚未喝干的烈酒。法戈教授友好地朝我挥挥手，然后继续他的发言。

"听我说，先生们，"他大声喊道，"我并不十分看重我对已故之人的影响。幽灵就是幽灵，它们没有实体，看不见，摸不着。如果这个幽灵恰巧是一位美丽的姑娘，会令人非常气愤。我可以在活人身上发挥这种神秘的力量，这让我十分满意。你可以用你的眼睛，用你的声音，用你的手势操纵他们。你可以通过上述方法感知他们的存在。你可以什么都不做，仅仅用意念来操控他们。当然，并不是所有人都行。只有一小部分人拥有这种能力。比如，你偶然遇到的那些权贵以及富有同情心的人。这被称为魔力。探讨这一主题的作品数不胜数，并且对此做出了不同的解释。你们没有这种魔力，准确地说，尚未得到这种魔力。上帝已将这种魔力赋予我。这是一项非常重大的责任。我以上帝的名义运用这种魔力，一切都难逃我的法眼。我可以让人们对我毫无隐瞒。我既可以让他们生活得很好，也可以让他们生活得不好。我可以让他们永生，也可以让他们猝死。我可以让他们陷入爱河，也可以让他们看破红尘，并且发誓永远不与所爱之人结婚，否则他们将为此付出惨痛代价。当然，我不能告诉你们，我是怎么做到的。我只能对自己说，'来吧，教授，让我们来操控芸芸众生吧'。这种魔力是上帝的礼物。一些民间的说法将此称为'动物魔力'，我称其为'幽灵魔力'。"

四周一片寂静。法戈教授的声音在我耳边萦绕，久久不散。上校似乎面色更为苍白，眼神更加哀伤。法戈教授转身走到吧台，又倒了一杯酒。上校缓缓站起身来，走到房间中央。他四处环顾，显然想说点儿什么。他静静地站了一会儿，开口说道："你们听到那位先生说的话了吗？"声音因为兴奋而颤抖得厉害，"你们都听明白了吗？他的言论令人费解。昨天晚上，你们当中一些人也许在舞台上见过我。我和法戈教授是合作伙伴。我们在一起工作。但是，这一点并不能说明我同意他的说法。科学地讲，'幽灵魔力'只是一种幻想，并不是一种真实存在。'幽灵'和'鬼魂'也是如此。当法戈教授大肆宣传所谓'幽灵魔力'时，我不能眼睁睁看着你们保持沉默。我发誓，你们无需因为害怕法戈教授所谓的神通而做任何违心的事。"

上校擦拭着额头，就像在给法戈教授下战书。我很想知道，法戈教授将如何回应。法戈教授掉头看着上校，脸上露出了虚假的笑容。"上校温文尔雅，见多识广，"他挖苦道，"我希望咱们能够坐下来，平心静气地好好谈谈。家丑不可外扬。你不认可我的观点没关系，既然你否认'幽灵魔力'的存在，那我就找时间证明给你看。请再多给我一点儿时间，我会让你知道我是对的。今天，我当着大伙儿的面郑重承诺，我会向你证明'幽灵魔力'的存在。"

上校一动未动。他再次擦了擦额头，向在场的人鞠了一躬，说道："通过实验来证明这一点，我非常期待。"他停顿了一下，补充说道："我可能会因为我的偏见而付出代价。"

三

　　我从上校那里学到了很多东西，对他也愈发尊重起来。第二天，我去向他告别——他和法戈教授的争执此时已经传到了邻近的小镇——并安慰他说："是非曲直，自有公道。只是时机未到而已。"他满脸沮丧，摇了摇头，回答道："时机已经到了。"

　　接下来的六个月，我一直在不同的城镇之间奔走，没有听到上校的任何消息，可他总是在我脑海里挥之不去。上校的律师身份一直未被社会认同，对此我深表同情。冬天的一个晚上，我在纽约的某条大街上闲逛，无意间发现路边一间房子的门牌上写着"法戈博士"字样。我立马停下脚步，仔细看了看门牌上的文字。文字的内容竟然比我在P小镇看到的传单还要夸张。不过，这也无可厚非。如果想在大城市站稳脚跟，就必须有点儿名气才行。文字最后写着吉福德上校的名字。介绍吉福德小姐的文字则另起一段。门牌上面是霓虹灯，霓虹灯显现的文字是"埃克赛尔西奥大厅"。这时，一个身穿白色大衣、满脸倦容的年轻人打着哈欠走了出来。上校又少了一个听众。好人做到底，我掏钱买了一张门票，走进大厅。进去一看，情况比我想象的还要糟糕。上校和女儿坐在法戈博士身后，满场连二十人都不到。观众热情明显不高。法戈博士大腹便便，衣衫不整，为了迎合观众，接连讲了好几个笑话，可是观众根本不买账。法戈博士面带愠色，展示完他的"新发现"后，把写着观众名单的纸条折叠起来放到帽子里。我为他们三人捏了一把汗。上校对我说过，如果不能让观众满意，他们就几乎得不到分红，还要交付一大笔罚金。我在大厅靠门的位置，找了一个阴暗角落坐了下来，根本不用担心被人发现。法戈博士的表演已经结束了，观众的掌声稀稀拉拉。他没有像往常一样向观众致谢，而是一屁股瘫坐在椅子上，冲着观众直打哈欠。上校急忙一把将他拉下椅子，走上台向半睡半醒的观众致辞。他称赞在场的观众都是智慧与时尚的代表。他的致辞方式虽然陈旧，但说法新颖。遗憾的是，上校尽了全力，但效果不佳。坐在观众席上看他对着空荡荡的埃克赛尔西奥大厅表演，真是于心不忍。唯一能够令我感到欣慰的是，当吉福德小姐走上舞台时，半睡半醒的观众顿时都瞪大了眼睛。她身穿黑色裙子，头发略有拳曲，言谈举止跟小孩子似的。空荡荡的观众席对她并没有丝毫影响。

虽然我对上校的为人很欣赏，但其表演枯燥乏味。我不止一次想要离开大厅，到外面大街上等待表演结束，可又不忍心让可怜的上校承受观众离席的打击。当我的二十位同伴个个无精打采，拖着沉重的脚步离开时，我走向舞台去找他们三个人叙旧。法戈教授朝我点了点头，亲切中带着孤傲。上校见到我有些喜出望外，我能够感受到他发自内心的喜悦。他的女儿在接受我的行礼时，一双水汪汪的大眼睛盯着我看，眼神比以往更加清澈率真。她似乎在想，我的再次出现对他们来说意味着什么。第二天，我去他们的住处拜访上校。虽然住房很小，但上校非常热情。他坦白地告诉我，他们近来生意很不景气，语气坦然淡定。看来他已经接受了这个现实。事实上，他们在全国各地巡回表演，本来获得了一定的成功。不巧的是，他们赶在了一家马戏团的后面。在马戏团华丽的海报旁边，他们的豪言壮志显得微不足道。"在受过专门训练的大象和女空中飞人表演过后，"上校说道，"我和我女儿的表演算得了什么？在美国知名的小丑表演过后，法戈教授的表演又算得了什么？"尽管如此，他们的收入还算说得过去。如果满足于在小城镇表演，他们的日子还是很好过的。然而，法戈教授不顾他的反对，突然决定进军纽约。在纽约的境遇，我昨天晚上已经见识到了。他们至今连演出的场地费和煤气费都还没付呢。上校告诉我，按照合同他还有五场表演。这五场表演完成后，他将解除和法戈教授的合作关系。在一意孤行来纽约这件事上，法戈教授暴露了自己的一个致命缺点——做事不够精明。"我已经做好了最坏的打算，"上校叹了口气，"我的女儿去收容所，而我去养老院。"当我问他，法戈教授是否兑现了诺言，即向他证实了"幽灵魔力"的存在时，他吃惊地望着我，似乎这件事根本就没发生过。"我就根本没把这当回事，"他摇着头很不屑地说道，"他当时可能喝多了。我可不想再听他胡说八道。"

我工作很忙，和这位郁郁寡欢的老先生在一起，我的情绪难免也会有些低落。然而，他忧郁的性格和不幸的境遇深深地吸引着我，让我一次又一次地挤出时间去拜访他。显然，他很感激我为他所做的一切，帮助他从自身的忧郁和为人父的焦虑中走了出来。他解除合同的决心很坚定，似乎有点儿孤注一掷的性质。他一放下此事，便开始向我介绍他的理论。虽然大多数时候我并没有听明白，但我还是在认真倾听，时而表示一下赞同。他对知识的不懈追求感染着我。他确实也有一些非常有价值的想法。上校看起来身形消瘦，脸色苍白，但精力旺盛，神采奕奕。在车水马龙的大街小巷，他不知疲倦地迈着大步，边走边向我解释着他的理论，声音高亢、颤抖。他说话声音很大，即便走在百老汇街上，行色匆匆的路人也会放慢脚步回头看他。他解释道，拥挤的街道给他一种莫名的兴奋感。这座大城市鼎沸的人声使他心跳加速。他不止一次在十字路口突然停下，把手搭在我的胳膊上，一双眼睛在银白色的眉毛下闪烁着光芒，大肆称颂超验主义①思想。"我愿意为他们效力，"他大声喊叫道，"我的理论是为了造福人们，尤其是让千千万万生活在大城市的人生活得更加美好，是我长期以来一直追求的目标。"一天，他看起来有些沉默寡言，心事重重。他说话比平时少了很多，而且心不在焉。他一边走，一边眼睛盯着地面。看着他，我脑海里浮现出一个画面：他抓住了灵感的尾巴。尽管它不老实，不停地扭来扭去，他还是将其紧紧攥在手里。当我们快要回到他的住处时，他突然在马路中间停下了脚步。我猛地拉他一把，才把他从肉贩子的马车下救了下来。当我们走在人行道上时，他又停了下来，一把抓住我，异常兴奋地盯着我。我们终于来到一条又脏又破的巷子口。这里就是

---

① 超验主义（transcendentalism），兴起于十九世纪三十年代的新英格兰地区，是美国思想史上的一次重要思想解放运动。它宣称存在一种理想的精神实体，超越于经验和科学之外，能够通过直觉得以把握。主要代表人物：拉尔夫·沃尔多·爱默生，亨利·戴维·梭罗。

他的临时住处。在我们面前有一排脏兮兮的公寓，还有六个爱尔兰小叫花子躺了一地。有的躺在公寓的门廊里，有的则躺在排水沟里。"有了！有了！"他大声叫道，"我找到了——我找到了！"我问他找到了什么。他回答说："多年来科学界一直探求的——解决那些不可计量的问题的方法！也许，这也是改变我命运的方法！让我名垂青史的方法！快，快！我必须得赶在它消失之前用笔记下来！"他催促着我赶紧回到他那脏乱不堪的住处。在门前台阶上，他停了脚步。"我现在不能告诉你，"他很激动，嘴里大声嚷嚷道，"我必须马上用白纸黑字将它写下来。看在上帝分上，今晚你一定要来听我的演讲，或许我会激动得连开场白都说不利索！"我答应了。这时，透过上校公寓的窗户，我看到了满脸怒容的法戈教授。我刚刚被上校点燃的热情立刻熄灭了。我担心上校的灵感，会因为他不受欢迎的同行的突然出现而消失。我急忙找了个借口拖住了他。

过了一会儿，门开了，法戈教授走了进来，帽子一边翘着。我猜，他一定是匆忙戴上帽子的。他的精神状态显然比我在埃克塞尔西奥大厅听他演讲时好了很多，但无论是微笑还是皱眉，都显得不太真诚。法戈教授把帽子的另一边也折了起来。他的形象显得我俩，尤其是上校，非常小家子气。他从我俩身边走过。突然，他好像想起了什么，停下脚步。他从口袋里拿出一张黄色纸条递给我。这张纸条正是进入埃克塞尔西奥大厅的入场券。

"如果你今晚能来，"他说道，"一定会看到不同凡响的表演。"这些话语，再加上法戈教授极具暗示性的眼神，似乎表明他和上校一样，也有了一些新的想法。真的是太巧了！法戈教授没有再说什么，急匆匆地走了。遗憾的是，当我和上校握手道别时，他的灵感已经消失了。

晚上，基于一种说不出的不安感，我准时来到了埃克塞尔西奥大厅。大厅空无一人。半小时过后，依然只有我一个人。过了一会儿，一个衣衫褴褛的小个子男人走了进来。他坐在最后一排。我俩默默地坐在座位上，听着煤气炉发出的"嘶嘶"声。终于，小个子男人站起身来，在过道里走来走去。最后，他在讲台前停了下来，转身打量着空荡荡的大厅，嘴里咕哝着，不知道是在抱怨还是在骂娘。小个子男人衬衣前襟很脏，满脸胡子拉碴，一双又黑又小的眼睛充满怒气，长着一个典型的犹太人鼻子。

"如果你不想一个人坐在这里听演讲，"他对我说道，"你最好还是快走吧。"

我回答说，我坚信一定会有人来的。无论如何，我都愿意留在这里。我对这场演讲特别感兴趣。

"特别感兴趣？"他的小眼睛瞪得大大的，"这种表演已经持续三个星期了。至今我还没有挣到一分钱。在我看来，法戈教授、上校以及那个年轻的聋哑女人应该停止表演，另谋出路。他们的表演一点儿也不吸引人。我已收到加拿大女巨人为期一个月的演出合同。我马上就要法戈教授把账结清，赶快走人。"

当然，他的这个"如意算盘"实际打起来并不容易。短暂的安静过后，法戈教授好奇地从讲台后面的一扇门里向外探了探脑袋，然后又缩了回去。几分钟后，三人组合从里面走了出来，瘫坐在讲台上。法戈教授把拇指塞进马甲，用脚尖敲着地板，好像这样就可以让观众坐满大厅。上校呆呆地坐在那里，眼睛盯着地面，一脸的严肃。年轻女孩则以她特有的平静神情凝视着空荡荡的大厅。至于我，听了十多分钟脚尖敲打地板的声音后，把手搭在前面的椅子背上，脑袋垂了下去。我实在不忍心直视上校了。突然，我身后传来一阵嘈杂声。那个小个子犹太人站在了座位上。

"先生们！"他大声叫喊道，"我就不跟那位女士打招呼了，反正她也听不见。听众最多的人应该先说话。今天晚上只有三十美分进账——如果这位朋友也是免票的话，那就没有一分钱进账了。也就是说，除了最多三十美分，你们没钱付今晚的费用。我建议把煤气炉关小一点儿，这样至少可以减少一些费用。依我看，你们最好现在就把账目结清。我不评价你们的表演。我承认，你们的表演确实很精妙。但事实证明，它不太适合这里的观众。它太费脑子了。实话对你们说吧，我已经拿到了加拿大女巨人的演出合同。他们的表演明天就会开始。为了明天的演出能够顺利进行，我们需要先在舞台上摆放一些小道具。所以，请你们把账结清，然后回家吃点东西。租金共计九十三美元八十七美分。"

法戈教授捋了捋胡子，上校则一动不动。小个子犹太人从座位上跳下来，拿着账单走向舞台。我立马跟了上去。

法戈教授终于开口了。他说道："我们失败了，但没关系，我不气馁。我是个非常务实的人。我已经有了新的想法了。六个月后，我一定能够让台下坐满观众。"过了一会儿，他转向同伴说："上校，你有没有九十三美元八十七美分？"

上校慢慢抬起眼睛，默默地看着他。我永远都忘不了那个表情。

法戈教授继续说道："说实话，你应该担负一半债务。遇到特殊情况，我也会帮你垫付的。至于下一次表演，我已经想好了。刚才那位朋友批评得对。我们的表演过于理性。的确如此。"他对着空无一人的座位点头示意。"我会吸取教训的。从现在开始，我的表演将会追求感性最大化。"看到上校心不在焉，法戈教授停顿了一下，以吸引他的注意力。最后，法戈教授用手指着吉福德小姐说道："就是这位年轻的女士。倘若你同意她继续与我合作，我就承担债务。"

吉福德小姐眼睛一直盯着地面。上校气得浑身发抖，两眼冒火。他慢慢站起身。为了缓和局面，我抢先回答教授道："收回你的条件。上校的债务我来付。现在就付。"

法戈教授非常开心，咧嘴笑了。比起上校同意他的条件，这样更好。

"你不同意你女儿跟我合作？"教授问上校。

"绝不同意！"上校大声回答道。

"你应该清楚，她已经成年了。"

上校看着我的眼睛，叹了口气。"你说，你来这里干什么？"

"来看你表演啊！"法戈教授代我回答道。然后，他目不转睛地看着吉福德小姐。吉福德小姐抬起头，眼睛看着他，起身走到他的面前。她那双迷人的眼睛，一眨不眨，紧紧盯着法戈教授粗糙泛红的老脸，好像在等待他的指示。她已经被他深深吸引，忘却了自我。法戈教授不顾这可怜的女孩儿是个聋哑人，对她说道："从我和你父亲中做出选择。他要我俩各奔东西，我要你永远跟着我。你是怎么想的？"

作为回答，吉福德小姐先是温柔地看着他，然后"扑通"一声跪倒在他的面前。上校既难过又愤怒，大叫着向她冲了过去。吉福德小姐立刻站起身来，快步走下舞台，跑到门口，然后停下来回头看着我们。她的父亲看着她，一脸迷茫。与此同时，法戈教授躲进了舞台后面的接待室。过了一会儿，他又出来了。他头戴帽子，手拿吉福德小姐的披肩。他走到舞台边缘停住了脚步，带着绿松石戒指的手指朝着上校不停地晃动。

"你现在还敢说通灵是小把戏吗？"他大声喊道。

小个子犹太人一边呼喊，一边挥动着账单。法戈教授距离他大概只有六步之遥。他一把抱住女孩儿的腰，夺门而出。半个小时后，我和上校也告别了小个子犹太人，留下他一个人盯着他那快要烧干了油的煤气灯发呆。

我陪同上校回到了他的临时住处。看着女儿住过的房间，他一边流泪，一边大骂，好像疯了似的。我强行带他去我的房间住了一晚。他哭着对我说，他非常后悔没有把女儿送去精神病院。然而，从目前的情况来看，应该住进精神病院的人是他。

我时常抽出时间去探望上校。每次去，都看见他在方形小纸片上写数学符号，进行数学运算。事实上，这些数学运算毫无逻辑可言，他只是在消磨时间罢了。我再也没有看过法戈教授的表演。

# 相　遇

　　我和卡洛琳·斯宾塞小姐总共只见过四次面，但印象非常深刻。她美丽风趣，非常有魅力。听说她去世了，我感到非常遗憾——上次我们见面时她还好好的呢。为了表达对她的怀念，现将我们的四次相遇汇成此文。

## 一

　　十七年前，在一个乡村小型茶会上，我们第一次见面。我的一个好朋友拉塔奇打算和母亲一起过圣诞，并邀请我和他一起去。老太太很热情。更开心的是，这是我第一次冬季去新英格兰的乡村游玩。雪下了整整一天，积雪厚度都到膝盖了。我心里一直在想，这么大冷的天，女士们能够来参加真的不容易。不过，能够亲眼一睹来自纽约的两位公子的风采，即便天冷一点儿也值。

　　那天晚上，拉塔奇太太问我"愿不愿意"给姑娘们看一看我的摄影作品。那些照片是她儿子带回来的，满满好几相册。我看了看四周，发现小姐们都在就自己感兴趣的话题谈得正欢，我那些光影斑驳的照片根本吸引不了她们。不过，壁炉旁边倒是有一位女士，孤零零一个人坐在那里。她嘴角含着微笑，眼睛正在四处张望。我看了看她，非常自信地说："拿给那位小姐看一看吧。"

"哦，可以，"拉塔奇太太说，"她不喜欢热闹——我去跟她说说。"

我本想说"算了"，但拉塔奇太太已经走过去了。

"她非常乐意，"拉塔奇太太回来说道，"她人很文静，也聪明。"并告诉我那位小姐叫卡洛琳·斯宾塞——随后便将我引荐给了她。

卡洛琳·斯宾塞小姐小巧玲珑，虽然快三十岁了，打扮得却像一个小姑娘，皮肤也像小姑娘一样，细润娇嫩，精心梳理过的头发就像古希腊半身塑像的发髻，非常漂亮。她眼神温柔，充满好奇，薄薄的双唇间闪烁着两排雪白的牙齿。说话声音柔和，吐字清晰。她身穿黑色绸裙，脖子上系着一条褶带①，上面插着一枚粉红色珊瑚别针，手持一把带着粉红色缎带的纸扇。虽然算不上倾国倾城，但很有气质，一种格瑞姆温特②人才有的气质。她非常高兴，甚至有些激动。我拿出相册，搬了两把椅子放在灯前，然后开始给她一一讲解。瑞士、意大利、西班牙的迷人风光，著名建筑、画作和雕塑等等，我讲话滔滔不绝，而她坐在那里，非常优雅。当我指着照片给她看时，她用扇子轻掩红唇，遮住下巴，一副全神贯注的样子。等我讲完放下照片，她瞪着一双漂亮的大眼睛，充满疑虑地看着我，轻声问道："你去过那个地方？"我说去过好几次呢（我很喜欢旅游）。我问她去过欧洲吗，

---

① 褶带，一种带褶边或花边的带子。女性将其戴在脖子上用于装饰衬衫、裙子等。
② 格瑞姆温特（Grimwinter），地名。作者虚构的一个小镇。

她回答说："没有，一次也没去过。"声音细若蚊蝇。在那之后，她虽然眼睛一直看着照片，却不再开口说话，我担心她已经感到厌烦。所以，讲解完第一本相册后，我就不打算再继续了。我偷偷看了她一眼，发现她不停地摇着扇子，双颊红红的，两眼紧紧盯着其他相册。

"你可不可以给我看看那个？"她声音微微发颤。

"当然可以，"我回答道，"如果你真的喜欢的话。"

"我非常喜欢这些照片——都爱上它们了。"

我递给她另一本相册。她接过来，用手轻轻摩挲着相册的封面："你也去过这里？"

我打开相册一看，自己确实去过。第一页中有一张照片是日内瓦湖畔的西庸城堡。"这地方，我去过好多次呢。漂亮吧？"我一边说一边指着崎岖的石山和尖顶的高塔。它们倒映在清澈平静的湖面，非常漂亮。她没有回答，翻看着下一页。过了一会儿，她问我那里是不是拜伦笔下波尼瓦尔 ① 的囚禁地。我回答说是，并且想引用几首相关的诗文。然而，不知什么原因，我竟然一首也记不全了。

她摇着扇子，一字不落地背出那些诗句，语调柔和平缓，让人听着很舒服。背完后，她的双颊更红了。我连声称赞，她瞥了我一眼，似乎不相信我。我又说，想要印证拜伦诗中所写，最好尽快亲自去那里看一看。

———————————

① 拜伦诗作《在西庸城堡上》(*On the Castle of Chillon*) 里的主人公。

“多快合适呢？”她问我道。

“十年之内吧！”

“哦，十年之内我肯定会去的。”她神色非常严肃。

“那里山灵水秀，”我向她解释道，“你一定会玩得很开心。”说话间我正好翻到一张照片，是一座城市的一隅，是我最喜欢的地方之一。不经意间看到，倒是唤起了我许多美好的回忆。我兴致勃勃地演说了一番（我自诩为演说），她听得兴致勃勃。

“你在国外待了很长时间吗？”过了一会儿，她问我道。

“嗯，待了很多年。”

“你一定去过很多地方吧？”

“嗯。我非常喜欢旅行。”

她又斜了我一眼。“你会说外语吗？”

“多少会一点吧！”

“说外语很难吗？”

“对你来说，应该不难。”我夸赞她道。

“哦，我不想说，只想听，”稍微停顿了一下，她又说道，“听人说法国歌剧不错。”

“嗯嗯，绝对世界一流。”

“你经常去看吗？”

“嗯，刚去巴黎的时候，每天晚上都会去看！”

“每天晚上！”她睁大眼睛看着我道，“太不可思议了！”她犹豫了一下，问道：“你最喜欢哪个国家呢？”

“应该和你不谋而合。”

"意大利？"

"意大利。"我们看着对方，异口同声说道。似乎我不是在给她讲解照片，而是在追求她。她双颊绯红，两眼朝外望去，看上去漂亮极了。沉默了一会儿，她先开口说道："意大利，我真的很想去。"

"我也是这样想的！"我回答说。

她又看了两三张照片。"听人说那里消费还行。"

"和其他国家相比吗？是的，这也是它的优点之一。"

"整体算下来，还是很贵吧？"

"你是指整个欧洲吗？"

"对，逛遍整个欧洲有点儿困难。我一个教书的，没有多少钱。"斯宾塞小姐说道。

"但是，你可以慢慢积攒。"我安慰她道。

"我也是这样想的。为了去旅行，一直在一分一分地积攒。"她眼睛里流露出对于旅行的热切渴望，一种压抑了很长时间的渴望。"当然，旅行也不只是钱的问题，还有好多其他因素。尽管曾经有两三次差点儿就去成了，但对我来说，去欧洲旅行如同空中楼阁，只要一提，就会消逝得无影无踪。对不起，我啰嗦得太多啦。"这些话让人有点儿不太相信，但看得出来，只要一提到旅行，她就会喜不自胜。"我有一个好朋友，她不想去。我就一直劝她，疯狂地缠着她。有一次，她说她不知道我会怎么样，但总有一天，她会被我逼疯的。要是不去欧洲，我可能会疯；要是去了，我一定会为之疯狂。"

"我明白了，"我问她道，"但是，到现在你还没去，不是也好好的吗？"

她看了我一会儿，说道："我满脑子都是旅行。除此之外，我别无他想，一点儿也不喜欢短途旅行。我觉得自己有点儿发疯了。"

"那就去旅行吧。"我建议道。

"我一定会去的。我有个亲戚住在欧洲。"她告诉我说。

我们又翻看了几张照片。我问她是否一直生活在格瑞姆温特。

"不是！"斯宾塞小姐回答说，"我住在波士顿快两年了。"

我开玩笑说，真的出去后，她也许会感到失望的。

"不会的。我真的喜欢那里，"她略带羞涩，微笑着对我说道，"通过读书，我对欧洲已经有了一些了解。我读了很多书：拜伦的诗、史书、导游书籍，等等。"

"我懂你的意思，"我回答道，"美国人都追求美景，这是我们祖先传承下来的一种最基本的激情。你是一个真正的美国人。传承下来的经历告诉我们去追求梦寐以求的东西。"

"你说得很对，"她说道，"我渴望一切，我应该亲身去经历一下。"

"你白白浪费了好多时间。"

"是啊，的确是这样。"

人们开始互道晚安，准备离去。斯宾塞小姐一脸娇羞。她站起身来，向我伸出手，眼中泛着明亮的光芒。

我握着她的手，说道："我在那里等着你。"

她回答道："如果到时候我不去了，一定和你说一声。"说完，她轻轻挥着那把小纸扇，高高兴兴地走了。

二

几个月后，我回到欧洲，然后在巴黎一连住了接近三年。今年十月底，妹妹和妹夫来信说要来巴黎，并要我去勒阿弗尔①迎接他们。由于路上拥挤，等我赶到时，客船早已进港接近一个小时了。我便去了她们入住的旅馆。由于旅途劳累，再加上晕船，我妹妹没有等到我来看她，就早早上床休息了。妹夫担心妹妹，一直陪着她，一步也不愿意离开房间，但妹妹坚持让他和我一块儿出去走走。早秋的天气不冷不热。我们穿过整洁而又拥挤的法国港口小道，伴着和煦的阳光和嘈杂的码头声响，来到了一条绿树成荫、美丽安静的小街。高高的红色尖顶房，灰色的墙体，绿色的百叶窗，年代久远的漩涡砌墙，花草丛生的阳台，还有头戴白帽，站在门口的妇女，俨然一幅老水彩画。我们在有阴凉的地方边走边看，突然，妹夫停了下来，拉了一下我的胳膊。我顺着他的目光看去，原来是一家年代古老的咖啡店，窗户大开，门口摆着六个花盆，门外的凉篷下摆放着几张桌椅，看起来安静、惬意。我们抬腿进入店里，店内光线相对比较昏暗，一个头戴红丝

---

① 勒阿弗尔（Le Havre），法国北部海滨城市，法国第二大港口。

帽的女人正背靠镜子，好像在对着远处的人微笑。她虽然有些肥胖，但皮肤白皙、五官端正。从窗子向店外看去，首先映入眼帘的还是一位女士。她独自一人坐在大理石桌子旁边，桌上摆满了东西。她手臂交叉抱在胸前，眼睛凝视着街道。我只能看到她的侧面，但总觉得以前在什么地方见过她。

"我们乘的是同一艘船。"妹夫大声说道。

"你确定？"

"她不晕船。在船上也是这个样子坐着，眺望着远处的地平线。"

"你不过去和她打个招呼？"

"我不认识她，也没和她说过话。只知道她从美国来，样子和蔼可亲，很有可能是一位老师，靠平时省吃俭用来欧洲度假。"这时，她的脸稍稍转过来一点，看着街边房子。

"我要过去和她聊一聊。"我说道。

"我就不去了。她这个人非常害羞。"妹夫说道。

"哇，我想起来了。我认识她，曾经在一个茶会上还给她看过照片呢。"

我径直走过去。她转过身来看着我。真的是斯宾塞小姐，但她没有立即认出我来，反而有点儿被我吓到的样子。我拉了一把椅子，坐在她的旁边。

"你好，"我对她说道，"希望你没有对此地感到失望。"

她盯着我看了一会儿，脸"刷"地一下红了。"你就是在格瑞姆温特给我看照片的那个人。"

"是啊，就是我。太有缘分了。看来命中注定我要在此迎接你。我曾和你聊过许多关于欧洲的事情。"

"其实你说得并不多。再次见到你，我很开心！"她轻声说道。

她看上去的确很开心。三年过去了，她丝毫没有变老，还是那样美丽端庄，就像一枚风车果，轻盈清淡，有着微风的气息，白绿相间的色彩，薄如蝉翼的花瓣。她身旁坐着一位年老的绅士，他在喝苦艾酒。她身后站着一位头扎粉红色丝带的女柜台收银员，她在大声招呼一个腰系长围裙的男服务生："亚西比德，亚西比德。"我告诉斯宾塞小姐，我妹夫和她乘坐的是同一艘船。她看我妹夫的样子就像从来没有见过他一样。记得我妹夫说过，她的眼睛一直盯着远方的地平线，看来这就是她不认识他的原因了。她微微一笑，还是那样胆小羞涩。我们在咖啡店门口待了一小会儿，妹夫就回酒店去了。我对斯宾塞小姐说，她下船已经一个多小时了，我竟然还能在这里遇到她，真的没有想到。不过，见到她我很高兴。

"这里的一切犹如画卷般美丽，"她回答说，"真的令人难以置信啊！我感觉自己就像在做梦一样。"

"斯宾塞小姐，"我告诉她，"欧洲风景名胜多的是。比如我们之前说过的意大利。即便在法国，勒阿弗尔的景色也并非首屈一指。如果这个小地方都能让你这般高兴，你很可能会没有精力去欣赏更多更好的美景了。"

"我绝不会因为筋疲力尽而放弃这次旅行，"她一边看着对面的房屋，一边兴高采烈地说道，"我会在这里坐上一整天——一遍一遍地告诉自己，我终于来了。这是一个多么古老——令人向往的地方啊！”

“嗨，顺便问一下，你怎么会坐在这里呢，订好旅馆了吗？”
她如此娇弱美丽的一个女孩子，只身一人坐在人行道旁，令我感
到惊奇。

“是我堂哥带我来这里的。他走了——刚走了一小会儿。你
还记得我对你说过有个亲戚在这里吧？是他去码头接的我。”她
对我说道。

“他这么快就把你丢下了？”

“他刚刚离开半小时，”卡洛琳·斯宾塞小姐回答说，“他帮
我取钱去了。”

“你的钱在哪里？”

她微微一笑，说道：“告诉你也无妨。我的钱在旅行支票
上哦！”

“你的旅行支票在哪里？”

“在我堂哥的口袋里啊！”

我们说这些话的过程中，她非常平静，而我却不知为何打了
个冷战。我真的说不出为什么会有那种感觉。我不了解她堂哥。
既然他们是堂兄妹，应该不会有问题吧。然而，一想到她才上岸
半小时就把所有钱交到他手里，我就有些担心。

“他要和你一起去旅行吗？”

“我们只是一起到巴黎。他在巴黎学画画。我写信告诉他说，
我今天来巴黎。本以为他会在巴黎火车站等我，没想到他竟然会
不辞辛劳来码头接我。他很聪明，而且善良，真的。”

我立刻对她这位聪明而且善良的堂哥产生了好奇。

"他去银行了吗?"我问她道。

"嗯。他先带我找了一家旅馆。旅馆不大,但挺雅致,中间是院子,四面是走廊。女店主很和善,戴着一顶漂亮的贝雷帽,穿的衣裳也很合身。我们在那里待了一会儿,然后打算去银行取钱。我没带法郎,而且坐了很久的船,有点儿晕,想坐下休息休息。于是,他给我找了这个地方休息,自己到银行去取钱了。我必须待在这里等他回来。"

这听起来似乎没什么问题,但我却有一个预感:她的那位堂哥永远不会回来了。我把椅子往她身边挪了挪,等着看我的猜想是否正确。她非常细心,善于观察。她目不转睛地一边看,一边谈论着从我们面前经过的一切——穿着怪异的人,各式各样的马车,高大的诺曼马,肥胖的牧师,剪了毛的狮子狗,等等。她刚刚来到勒阿弗尔的新鲜感,以及亲眼见到书上说的那些事物的反应,真的很可爱。

"堂哥回来后,你打算干什么?"我接着问道。

她愣了一下。"还不太清楚。"

"什么时候去巴黎?若是四点的火车,我倒是有幸和你同路。"

"我今天不走。堂哥说,要在这里待上几天。"

"噢!"我沉默了大约五分钟,心里正纳闷她堂哥到底是个什么人,突然耳边传来一句"搞什么鬼!",语气非常粗俗。我朝大街两端望去,丝毫没有那个美国艺术生的影子。于是,我告诉她,勒阿弗尔不是旅游景点,除了交通还算便利外,其他什么也没有。应该把这里当作歇脚的中转站，稍微逛一下就行。我建议她乘坐下午的火车去巴黎，同时还可以坐马车到港口附近的一个古堡看看。那个雄伟的圆形建筑有点像圣天使堡（前不久刚刚拆除），上面刻着弗朗索瓦一世 ① 的名字。

她饶有兴致地听我讲完后，神情突然变得暗淡起来："我堂哥说，等他回来之后有话要和我说。我现在只能坐在这里等他回来，其他什么事情也不能做。但我会让他尽快告诉我，然后我们再去你说的那个古堡。时间绰绰有余，不着急。"

她柔唇微启，笑了一下，但双眼露出一丝不安。

"你可千万不要告诉我，那个家伙会给你带来坏消息！"我对她说道。

她脸上一阵红晕，心里好像藏着什么秘密。"我也猜不到他到底有什么话要和我说，但不至于过分糟糕。不管怎样，我还是要听他说一说。"

我默默地看了她一会儿，劝说她道："你来欧洲是旅行的，不用对谁唯命是从。"

既然她堂哥还有一些话要对她说，至少说明他会回来。我们又坐了很长一段时间。我问她旅行是怎么安排的。她如数家珍般列举了一些旅游胜地的名字：首先从巴黎到第戎到阿维尼翁，再从阿维尼翁到马赛，再到热那亚，到斯培西亚 ②，到比萨，到佛

---

① 弗朗索瓦一世（François I，1494—1547），法国历史上最著名也最受爱戴的国王之一（1515—1547年在位）。在他统治时期，法国文化的繁荣达到了一个高潮。
② 斯培西亚（Spezia），位于意大利西北部。

罗伦萨，到罗马。显而易见，她从来没有想到过，一个人旅游会有很多不便之处。鉴于此，我在表达我对她的担心时尽量做到小心翼翼，以免给她带来困扰。

她堂哥终于回来了。我看到有个人从旁边小路上出来，然后向我们走来，就知道他一定是那位聪明善良的美国艺术生了。他头戴一顶宽边呢帽，身穿一件旧的黑色天鹅绒上衣，和我常在拿破仑街遇到的那些学生一样打扮。他一边上下打量着我，一边向咖啡店走来。他领口敞得很大，脖子露在外边，远远望去体形并不好看。当他来到我面前时，我连忙自我介绍说自己是斯宾塞小姐的老朋友。此人又高又瘦，红色头发，脸上还有雀斑。他盯着我，一双小眼睛目光犀利，接着，按照法国人打招呼的方式脱帽向我深鞠一躬。

"你不是和我堂妹坐同一艘船来的吧？"他问我道。

"不是。我在巴黎已经待了三年了。"

他又向我鞠了一躬，示意我坐下，神情非常严肃。尽管我觉得时间差不多，该回去看看我妹妹了，但为了好好观察他一下，我还是答应再坐一会儿。说实话，斯宾塞小姐的这位堂哥体型并不适合拉斐尔或拜伦式着装。紧身天鹅绒上衣与他裸露的脖子以及五官长相非常不协调。他头发剪得很短，耳朵虽大但不对称，神态慵懒，还有点儿伤感和颓废，这跟他那双目光犀利、颜色怪异的眼睛极不协调。可能是对他有些偏见吧，我总觉得他的眼神鬼鬼祟祟。他沉默了一会儿，拄着手杖，向大街两端张望，然后慢慢举起手杖，歪着脑袋，眯缝着那双难看的眼睛，指着一个东西说道："真漂亮啊！"我顺着他手杖指的方向望去，原来是一块从窗户里伸出来的红布。"颜色非常漂亮！"他又说了一句，脑袋依然歪着，眼睛却斜视着我，"图案也不错，色调很古老但很漂亮。"他声音粗哑，语气生硬。

"你眼光不错，"我恭维他道，"听你堂妹说，你是学美术的。"他没有说话，还是那样看着我。

我讽刺他道："我想，你的老师一定是一位伟大的艺术家。"

他依然那个样子看着我，轻声说道："杰罗姆①。"

"你喜欢绘画吗？"

"你懂法语吗？"他反问我道。

"懂得不多。"

他的小眼睛盯着我，说道："J'adore la peinture.②"

"哦，这句我听懂了！"

看到她堂哥能够用法语和我交流，斯宾塞小姐非常开心，高兴地直晃堂哥的胳膊。我起身告辞，问斯宾塞小姐，我还能有幸再次见到她吗，她住在哪家旅馆。

她转身问她堂哥，后者懒洋洋地瞅着我。"你知道'美丽的诺曼底'吗？"

"我知道。"

"我要带她去那儿住。"

---

① 让-莱昂·杰罗姆（Jean-Leon Gerome，1824—1904），法国学院派画家、雕塑家。他最出色的作品是描绘东方风景的作品，代表作有《沐浴》《罗马在销售奴隶》等。
② 法语：我喜欢画画。

"恭喜你，"我对斯宾塞小姐说道，"那一定是一所世界上最好的旅馆。如果有时间，我会去拜访你的。"

"'美丽的诺曼底'，一听名字，这家旅馆就一定错不了。"斯宾塞小姐非常高兴。

我走的时候，她堂哥向我挥了挥帽子，以示告别。

三

我妹妹还没有完全恢复过来，下午不能坐火车去巴黎了。当黄昏慢慢降临时，我想可以趁此机会去"美丽的诺曼底"旅馆一探究竟。必须承认，我竟然花了很多时间去想斯宾塞小姐的堂哥究竟会对她说些什么不好的事情。

"美丽的诺曼底"是一家普通旅馆。店主是位女士，热情好客，非常健谈。庭院宁静别致。院子里有一个小喷泉，喷泉中间矗立着一座雕像。斯宾塞小姐住在这里，可以体验一下浓郁的当地风情。我朝旅馆里面看了看，发现店主系着整洁的花边围裙，正把粉红色果盘里的甜杏和葡萄摆成塔状，很有艺术感。一个小男孩坐在厨房门口，头戴白帽，腰系围裙，正在洗刷餐饮用具。餐厅 ① 的门敞开着，斯宾塞小姐坐在门口一条绿漆长凳上，双拳紧握放在腿上，眼睛则望着正在摆弄甜杏和葡萄的女店主。

我走到她面前才发现，她既没有在看女店主，也没有在看甜

---

① 原文为法语：Salle à Manger。

杏和葡萄——她在默默流泪。我悄悄坐在她的身边。她看见我后，只是转了个身，丝毫没有感到惊讶，看着我，眼里满是泪水。我想，一定是发生了不幸的事情，仿佛她整个人都变了。

我立即问她道："瞧你痛苦的样子，堂哥给你带来了什么坏消息？"

她沉默不语。如果是在以前，我一定会认为，她是害怕控制不住眼泪，不敢开口。但现在我倒是觉得，她已经将眼泪哭干了，只是自己默默忍受，不想告诉我而已。

"我堂哥太可怜了，"过了好大一会儿，她才开口说道，"他遇到麻烦了，急需一笔钱。"

"他需要你的钱？"

"实话说，我的钱太少了。"

"他是在骗你的钱。"

她犹豫了一下，低声说道："是我同意给他的。"

我一直记得她说这话时的语气，应该是我一生中听过的最善良的话了。我压制不住内心的怒火，对她大声吼道："天哪！你真的出于自愿？"

看到我反应如此激烈，她满脸通红，劝说我道："这件事，我们不要再谈了！"

"我必须要说，"我坐下来，坚持道，"我是你的朋友。你说说看，他到底怎么了？"

"他欠了一屁股债。"

"我想也是！你替他还债？"

"他把一切都告诉我了。我很同情他。"

"我也会同情他！希望他立即把钱还给你。"

"等他有钱了，他一定会还我的。"

"他什么时候才会有钱？"

"等他大作完成的时候。"

"我的小姐啊，去他妈的大作！你这个不要脸的堂哥现在在哪儿？"

她犹豫了半天才说："正在里面吃饭呢。"

我转过身，从餐厅门向里一望，看到那位堂哥正坐在长桌一端用餐。这就是斯宾塞小姐同情的对象。这就是聪明善良的年轻艺术生。他一开始并没有注意到我，直到放下空酒杯的那一瞬间才瞥见我在看他。他歪着脑袋，一边慢慢咀嚼一边盯着我看。就在这时，店主端着那盘摆好形状的甜杏和葡萄走了过来。

"是他要的果盘吗？"我大声叫喊道。

斯宾塞小姐瞥了一眼果盘，小声赞叹道："这些杏子和葡萄造型真漂亮！"

我内心感到一阵难受。"说真的，"我揶揄她道，"你真的愿意让那个身强力壮的家伙骗走你的血汗钱？"这显然戳到了她的痛处。然而，在她看来，这件事已经没有回旋余地了。

"请原谅我这样说话，"我继续劝她道，"你太大方了。他自己欠的债应该自己还。"

"他太傻了，"她回答道，"今天上午我们谈了很长时间。他把一切都告诉我了。他太可怜了。现在只有我能帮他了。他答应将来会还给我一大笔钱。"

"你真的相信他的鬼话？"

"他真的是走投无路了。还有他可怜的妻子！"

"他有妻子？"

"这个我不太清楚。他说，他们已经偷偷结婚两年了。"

"为什么要偷偷结婚？"

斯宾塞小姐四处瞥了一眼，好像害怕有人听到，然后轻声对我说："是个女伯爵！"

"你确定？"

"她给我写了一封信，非常感人。"

"问你要钱，对吗？"

"希望我能够相信她，同情她，"斯宾塞小姐继续说道，"她家是普罗旺斯最古老的家族。她父亲坚决反对这门婚事，发现女儿不听自己的话，与我堂哥偷偷结婚，就残忍地将其抛弃，剥夺了她的继承权。她在信中告诉了我这件事。我堂哥今天上午也和我详细说过。这个爱情故事很浪漫，很传奇。"

我一边听，一边看着她。可怜的斯宾塞小姐似乎很享受这份"浪漫"——一个被父亲剥夺继承权的普罗旺斯女伯爵，现在竟然是她的堂嫂。

"亲爱的小姐，"我再次劝说道，"就算是看在这自然美景的分上，你也不能这样糟蹋钱吧？"

"我一分也没糟蹋。尽管堂嫂坚持让我和他们住在一起，但我很快就会回家。"

"回家！你要回家？"

她目光低垂，声音在颤抖。"我已经没钱继续旅行了。"

"你把所有的钱都给他了？"

"除了回家的路费。"

"唉！"我非常生气，长叹了一口气。这时，骗取了斯宾塞小姐全部财产的堂哥站起身来，挽着普罗旺斯女伯爵的手，正要走出餐厅。出门的时候，他从口袋里掏出一颗甜杏，去掉杏核，塞进嘴里，然后双手插在天鹅绒夹克口袋里，两腿岔开，站在那里看着我们，嘴里咀嚼着甜杏。

斯宾塞小姐站起身来，瞥了他们一眼。斯宾塞小姐的眼神非常复杂，既有顺从，又有迷茫，还有一种我无法理解的兴奋。在我看来，这位堂哥丑陋粗俗、狡猾虚伪，却唤起了斯宾塞小姐的热心和同情。虽然深感厌恶，但我无权干涉。即便有权干涉，也是徒劳。

堂哥十分夸张地挥了挥手，阴阳怪气地说道："这座院子真漂亮！砖瓦颜色相配，楼梯弯弯曲曲，古色古香！"

我已经忍无可忍了，打算对斯宾塞小姐说再见。只见她脸色苍白，铜铃般的眼睛盯着我看了一会儿，然后露出洁白的牙齿，向我微微一笑。

"不要为我感到遗憾，"她请求道，"有朝一日，我一定还会来这个古老又可爱的欧洲看一看的。再见！"

我告诉她，明天上午我还会抽空过来看她的。她堂哥一边摘下帽子挥舞，一边鞠躬向我道别。

　　第二天上午，我又去了一趟"美丽的诺曼底"，在院子里碰到了店主。她的围裙系得松了许多。我向她打听斯宾塞小姐。"先生 ①，她已经结账走了，"店主告诉我说，"昨晚十点就走了。和……应该是她丈夫吧？反正是一位先生。他们乘坐的是一艘去美国的船只。"她这次欧洲之行，在欧洲仅仅待了大概十三个小时，真是可怜！

<h2 style="text-align:center">四</h2>

　　我可比斯宾塞小姐幸运多了，到今天为止在欧洲待了快五年了。这期间，我的好友拉塔奇在去黎凡特 ② 旅游时，不幸患上疟疾去世了。所以，回到美国后，我要做的第一件事就是到格瑞姆温特去看望他那可怜的老母亲。我在她家待了整整一个上午。老太太非常悲痛。我一边听她哭诉，一边劝她节哀顺变。后来，一位身材矮小的女士赶着马车来了。她把缰绳甩到马背上，动作干脆利落，就像睡梦中惊醒的人甩开被子一样，然后从马车上跳下来，急匆匆走进屋子。她是镇上牧师的夫人，有名的长舌妇。毫无疑问，她有话要同拉塔奇太太讲。我见可怜的拉塔奇太太虽然悲痛，但是很想听，便借口说想出去散散步，知趣地离开了。

　　"你能否告诉我，"我问牧师夫人道，"斯宾塞小姐住在哪

---

① 原文为法语：Monsieur。

② 黎凡特（Levant），指中东托罗斯山脉以南、地中海东岸、阿拉伯沙漠以北和上美索不达米亚以西的一大片地区。

里？她是我的朋友。我想去她家拜访一下。"

牧师夫人告诉我，她就住在浸礼会教堂旁边的第四栋房子里。教堂就在拉塔奇太太家的右边，门口有个怪怪的绿颜色建筑，好似旧时的床架子一般，人们称之为门廊。

"去看看可怜的卡洛琳吧，"拉塔奇太太对我说道，"看到有陌生人来，她可能会振作一点儿。"

"她讨厌陌生人！"牧师夫人大声叫喊道。

"我的意思是说，让她见见新来的客人。"拉塔奇太太补充道。

"她也不想见新来的客人！"牧师夫人看着我说道，"你不会在她家住上十年吧？"

"还有这种客人？"我一脸茫然。

"那个客人整天坐在她家院子里，"牧师夫人说道，"你一眼就能看到。和她说话时，你一定要注意礼貌。"

"为什么？"

牧师夫人突然站起身来，向我行了一个极具讽刺意味的屈膝礼。"人家可是一位女伯爵呀！"

牧师夫人语气尖刻，就像当着她的面嘲笑她一样。我考虑了一会儿，说道："哦，我会注意的！"然后抓起帽子和手杖，离开了拉塔奇太太家。

浸礼会教堂很好找。斯宾塞小姐的家就在它旁边，一栋白色小房子，颜色已经陈旧，墙上爬满了弗吉尼亚爬山虎，房顶矗立着一个烟囱。听牧师夫人说，斯宾塞小姐的一个客人整天坐在她家院子里。快走近时，我立即放慢脚步，准备一探究竟。低矮的白色篱笆，将种有花草的小院和未铺砌路面的街道隔离开来。我小心翼翼地向斯宾塞小姐家望去，院子里空无一人。一条笔直的小路通向她家大门的台阶。台阶两旁各有一小块草地。草地边上长有醋栗树丛。草地中间各有一棵大榀椁树，歪歪曲曲，古意盎然。其中一棵榀椁树下，摆着一张小桌子和一对椅子。我来到这棵树下，看到桌子上摆放着一幅尚未完成的刺绣和三两本封面鲜艳的书籍。我向里面走去，走到中间停下脚步，四处寻找着女主人的影子。也不知道是什么原因，快要见到这里的女主人时，我却突然迟疑起来。看着这栋破旧的小房子，我心里在想，自己突然闯入是否正确。虽说是受好奇心驱使，但毕竟失了礼数。我正在犹豫，从敞开的房门中突然走出来一个人，站在那里盯着我看。正是斯宾塞小姐。我一眼就认出她来了，可她看着我，好像从来没有见过我一样。我快步走到她的面前，半开玩笑道："我一直等你再来，但你一直没来。"

"你在哪里等我，先生？"她浅色的眼睛睁得大大的，轻声问我道。

她苍老了许多，看起来疲惫、憔悴。

"哦，"我回答说，"在法国勒阿弗尔港口啊。"

她这才认出我来，脸红红的，一边傻笑一边不停地搓着双手："我想起你来了——想起那一天来了。"

她站在那里，既不出来，也不请我进去。我感觉有点儿尴尬，把手杖在地面上用力敲了两三下。"转眼间好几年过去了，我一直在等你再去。"

"你是说再去欧洲吗？"她声音很小。

"当然是了。据说在这里很容易找到你。"

她把手扶在从未上过油漆的门框上，微微歪着头，看着我，一句话也不说，眼睛里噙满了泪水。突然，她走出来，关上房门，站在门前已经微微开裂的石板上，勉强笑了一下。她的牙齿还是和以前一样漂亮，脸上却挂满了泪珠。

"从那以后，你还去过那里吗？"她小声问我。

"我一直待在那里，回来才刚刚三周。你呢，再没有去过吗？"

她微笑着打开门。"我太不礼貌了，"她表示歉意道，"你愿意进来吗？"

"我怕打扰到你。"

"不，不会！"她笑得开心了一点儿，把门推开，做了个手势，示意我进去。

我跟在她身后，经过一间房门紧闭的小屋，从那里可看到院子里的两棵楤梓树，然后进入左边一间小屋。从这间小屋往外看，可以看到一个小木棚和两只"咯咯"大叫的老母鸡，最后我们来到了客厅。客厅面积不大，陈设虽然老旧，但简朴之中不失优雅。比如说，有用浸泡过的秋叶镶边的铜版雕刻品，设计优雅动人。有连我都从未见过的褪色的印花棉布。斯宾塞小姐坐在沙发边上，双拳紧握放在膝盖上。她看起来苍老了不止十岁，虽然用"美丽"一词来形容现在的她不太合适，但我还是觉得她很漂亮，让我心动。

突然，她双手掩面，过了好大一会儿才放下手来。"你让我想起了……"她哽咽着说道。

"你是说，我让你想起了在勒阿弗尔那段痛苦的回忆？"

她摇了摇头。"那些回忆并不痛苦。相反，它让我很快乐。"

"我第二天早上又去了你住的旅馆，发现你已经走了。"

她沉默了一会儿才说道："我们还是说点儿别的吧。"

"你直接就回来了？"我问她道。

"一个月后才回来。"

"然后你就一直待在这里？"

"嗯，是的！"她轻声回答说。

"你什么时候再去欧洲？"

让她回答这个问题似乎有些残忍，但看着她那副无精打采的样子，我想刺激刺激她。

她看着地板上阳光洒落的光点，站起身将百叶窗往下拉了拉，然后说道："永远不会再去了。"

"你堂哥把钱还给你了吗？"

"我已经把它给忘了。"她竭力躲避着我的目光。

"你堂哥还没有把钱还给你？"

"我说的是欧洲。"

"如果有机会，你也不会去？"

"我……我去不了，"斯宾塞小姐回答道，"一切都结束了。我再也不会有这样的奢望了。"

"他一直都没还你钱？"我再次问她道。

"求求你——求求你了！"她开始恳求我不要再说了。

突然，她朝门口望去。这时，走廊上传来"沙沙"的衣带声和"窸窸窣窣"的脚步声。

我也向门口望去。一位女士走了进来，身后还跟着一位年轻小伙子。那位女士站在门口看了我很久，然后操着浓重的外国口音，对斯宾塞小姐笑着说道：

"打扰了！我不知道你有客人——这位先生竟然悄无声息地进来了。"说完，她又瞥了我一眼。

我不认识这位女士，但总感觉以前在什么地方曾经见过她。究竟在哪里见过？在巴黎一家破旧楼房前的小路上？在大门洞开、油渍满地的小酒馆？也有可能只是见过和她长得相像的人。这位中年女士身材胖大，圆圆的脸庞没有一丝血色，梳着中国式 ① 的发髻。她眼睛细小，明亮有神，嘴角挂着微笑，这种微笑在法国人眼里很是讨人喜欢。她穿了一件破旧的粉色羊绒睡袍，上面有白色刺绣。她拢着衣襟，赤着粗壮双臂，一双胖手凹痕明显。

"给我来杯咖啡，"她嘴角泛起笑容，对斯宾塞小姐说道，"送到花园的小树下。"

跟在她身后的那位年轻男子也在盯着我看。此人个子矮小，脸蛋俊俏，穿着有些俗气，就像格瑞姆温特街上的小混混。他鼻

---

① 原文为法语：à la chinoise。

梁高耸，鼻尖小巧，下巴又细又尖，脚也特别小，张着嘴巴，傻傻地看着我。

"咖啡马上就好。"斯宾塞小姐回答道。我发现，她的脸上有几个淡淡的红雀斑。

"很好！"身着睡袍的那位女士笑了，然后转身对着那位年轻男子说道："记得带上你的书。"

男子一脸茫然，环视了一下四周。"你是说语法书吗？"

那位女士没理他，一边饶有兴趣地打量着我，一边用雪白的手臂拢着睡袍。"记得带上你的书，我的朋友。"她又重复了一遍。

"你是说那本诗集吗？"年轻人一边回答，一边扭头看着我。

"算了。今天不用带书了，"那位女士好像很高兴，"我们随便聊聊。不要打扰他们。跟我走。"她转身走的时候，还特意对斯宾塞小姐说了一声"送到花园的小树下"。然后，她向我打了声招呼："先生，我们走了！"就和那位年轻人出去了。

斯宾塞小姐双目低垂，默默地站在那里。

"她是谁？"我问她道。

"就是那位女伯爵，我堂嫂啊。"

"那个年轻人呢？"

"她的学生，米克斯特先生。"

一听这两个人是师生关系，我不禁笑出声来。斯宾塞小姐却一脸严肃地看着我。

"她被剥夺了所有财产，只好以教法语谋生。"

"自力更生，不拖累别人，很好！"

斯宾塞小姐低下了头，然后她说了一句："我得去拿咖啡了。"

"她有很多学生吗？"我问道。

"不，就米克斯特先生一个。她把所有心血都倾注到他一个人身上了。"

虽然感觉有点儿好笑，但看着斯宾塞小姐一脸严肃的样子，我也笑不出来。

"他付的学费很高，"她继续说道，"他家很有钱，人也不错，挺和善的，还经常带女伯爵出去兜风呢。"说完，她便转身要走。

"你要去帮她拿咖啡吗？"我问她道。

"嗯，恕我失陪。"

"不能让别人去吗？"

"我们家没有用人。"

"她就不能自己去拿吗？"

"她是女伯爵，被别人伺候惯了。"

"哦，"我强忍着心中的烦躁，尽量心平气和地问她道，"你离开之前，能否告诉我那位女士到底是谁？"

"我不是已经和你说过了吗？我堂哥的妻子。你见过我堂哥的。"

"就是那位因为偷偷与你堂哥结婚而被赶出家门的女伯爵？"

"嗯，她家人已经和她断绝关系了。"

"你堂哥呢？"

"去世了。"

"他借你的钱呢?"

斯宾塞小姐好像被我吓到了,往后退了一步,有气无力地回答道:"我不知道。"

我继续追问道:"你堂哥一死,她就来投奔你了?"

"是的。"

"她来了多长时间了?"

"两年了。"

"她一直住在你这里?"

"嗯。"

"她喜欢住在你这里吗?"

"不是很喜欢。"

"那你呢? 你愿意她一直住在你这里吗?"

斯宾塞小姐双手捂脸,没有回答,但很快又振作起来,去帮她堂嫂拿咖啡了。

我独自在客厅坐了一会儿。大概过了五分钟,斯宾塞小姐堂嫂的学生进来了。他双唇微微张开,好像有话要对我说。

"她问你要不要出来走走?"他站了好大一会儿,终于开口道。

"谁?"

"女伯爵。那位法国女士。"

"是她让你来的?"

"是的,先生。"他看着我快两米高的个子,怯生生地说道。

我跟着他出了客厅。女伯爵正坐在房前的一棵椴梓树下做刺绣。她用手指了指她旁边的一把椅子，我便坐下了。

米克斯特先生坐在他老师脚下的草地上，抬着头，张着嘴，眼睛在我和女伯爵之间扫来扫去。

"你会说法语吗？"女伯爵问我道。她眼睛虽小，却很明亮。

"是的，夫人。不过说得不好。"我用法语回答道。

"瞧！①"她大声叫喊道，"看到你第一眼我就知道，你一定会说法语。你去过我的祖国？"

"我在法国待过很长一段时间。"

"你熟悉巴黎吗？"

"非常熟悉，夫人。"我看着她的眼睛说道。

她避开我的目光，低下头瞥了一眼正在聚精会神听我们谈话的米克斯特先生。"你知道我们在聊什么吗？"

他脸涨得通红，一边揪着身旁的小草，一边回答说："你们说的是法语。"

"真是一个了不起的发现！"②女伯爵揶揄他道。

"我都教他十个月了，"她对我解释道，"你想说他愚笨就直说，不用刻意忍着。他根本听不懂。"

"希望其他学生能够让你满意。"我回答说。

"我只有他这一个学生。这里的人没有一个懂法语的，也不想学。兴许你猜得到，在这种破地方能够遇到像你这样会说法语

---

① 原文为法语：Voilà!（表示事情成功或满意之感叹用语。）
② 原文为法语：La belle découverte!

的人，我有多开心！"我赶忙恭维她说，遇到她，我也很开心。她翘着兰花指继续做刺绣，还时不时地就像患了近视眼一样凑近看一看。在我看来，她这个人粗俗，做作，不诚实，而且不易相处。如果她真是个女伯爵，那我就是哈里发 ①。

"我们聊聊巴黎吧，"她继续说道，"光是听到巴黎这个名字就足以让我激动了！你离开那里多久了？"

"两个月。"

"太好了！你跟我说说巴黎发生的事情吧。巴黎人现在都在做什么？真想在巴黎的林荫大道上散散步，一个小时就行！"

"和往常一样，娱乐，消遣。"

"在剧院吗？"她叹了口气，"在咖啡厅吗？在音乐厅吗？在饭馆门前那些小桌子旁边吗？生活多么丰富多彩啊！先生，你知道，我就是巴黎人，"她又补充了一句，"地地道道的巴黎人。"

"那就是斯宾塞小姐记错了，"我故意试探道，"听她说，你是普罗旺斯人。"

她把那又脏又丑的刺绣拿到眼前，盯着看了好大一会儿。"我是在普罗旺斯出生的。说实话，我非常渴望成为一个巴黎人。"

"你到巴黎旅游过吗？"我问她道。

她的小眼睛明亮有神，盯着我看了一会儿。"哦，去过！去过好多次呢！唉，做梦都没想到沦落到今天这种地步。"她赤裸着胳膊，指着周围的一切——小白房，楄梓树，破破烂烂的围

---

① 哈里发（Khalifah），伊斯兰阿拉伯政权元首的称谓。

栏，还有米克斯特先生。

"你这是客居他乡！"我笑着揶揄她道。

"这种滋味你根本想象不到！我来这里都两年了，天天度日如年！我知道，人要学会适应环境。当我以为自己已经适应了这里的环境时，有些事还是让人闹心。比如说，我的咖啡。"

"你总是在这个时间喝咖啡吗？"我问她道。

她看着我的眼睛回答说："你希望我什么时候喝呢？我吃完早餐后喝。"

"你在这个时间吃早餐啊？"

"在中午——如同我所做的这样 ①。他们这里七点十五吃早餐。"

"我们说的是喝咖啡，你怎么变成吃早餐了？"我很无奈。

"这个时间就应该来一杯加白兰地的咖啡。我堂妹是个好姑娘，可她就是记不住。害得我每天都要向她交代一遍，而且要过好长时间，咖啡才能送到我手上。先生，等一会儿咖啡到了，我就不让你了。你肯定已经在街上喝过了。"

看到女伯爵这样欺负善良热心的斯宾塞小姐，我非常愤怒。出于礼貌，我强压怒火，什么也没说。那位米克斯特先生双手抱膝，痴情地望着他的老师。她瞥了我一眼，发现我在看米克斯特。"他喜欢我，你看出来了吗？"她笑得很灿烂、很得意，"他做梦都想成为我的情人。当然，那只是他的一厢情愿。"

米克斯特先生沉浸在自己的幻想当中，显然并不知道我们正

---

① 原文为法语：comme cela se fait。

在谈论他。这时，斯宾塞小姐从房间里出来了，用小托盘端着一杯咖啡，可怜巴巴地瞥了我一眼。我没有读懂那个眼神，只是隐约感到了其中的惊恐。她害怕什么？我很想告诉她，这位女伯爵极有可能是一位理发师的妻子。她是离家出走的。

看到斯宾塞小姐像个侍女一样站在那位女伯爵身边，我心里很不舒服。我站起身来，问那位女伯爵道："你打算在格瑞姆温特再待多长时间？"

她耸了耸肩。"谁知道呢？我现在无处可去，也许还要在这里待上几年吧，"然后，她转头吩咐斯宾塞小姐道，"没有加白兰地！"

斯宾塞小姐看着小桌子，沉默了一会儿，转身去取白兰地。她看起来非常疲惫，但那张可爱脸蛋上又显示她很有耐心，我尽早离开说不定对她是一件好事。我一句话也没说，和她握手告别。我经过浸礼会教堂时，想起了斯宾塞小姐的不祥预感。她是正确的。对于她心中念念不忘的古老欧洲，如果有机会，她应该再去看看。

# 观　点

## 一

寄信人：欧若拉·丘奇小姐　在船上
收信人：怀特塞德小姐　巴黎

　　……亲爱的，奇迹发生了。你能相信吗？这次出远门，我虽然把镇静剂放在包里一直随身携带，但一次都没使用过。实话说，我以前离了镇静剂根本就不能出门。这次外出旅行挺奇怪的：我要么在甲板上与人聊天，要么在甲板上锻炼，天天如此。绕着甲板走十二圈，大约一英里。照这样计算，我一天大概能走十二英里。至于饮食，你肯定也不会相信，我每顿竟然能够吃下很多鱼虾。当然，天气一直很好。浩瀚的大西洋真是神奇，和我的戒指（一枚很漂亮的戒指）一样，呈宝石蓝色，而且风平浪静，就像加洛潘夫人家餐厅的地板。在过去三个小时中，我一直能够看到陆地。马上就要进入传说中美丽的纽约了。虽然它的变化非常大，你还是可以记起它的样子的。我不行，记性不好。很多年前，我去欧洲旅行，记得妈妈每天把我关在客舱里，让我花费一个小时学习宗教诗歌。我当时只有五岁，胆子很小。妈妈很严厉，直到今天还是这个样子。我已经变得习惯了，

当然 ① 心里还是很不舒服。现在，五岁大的孩子可是自由多了，在船上跑来跑去，在大人脚下乱蹿。唉。我们的这些小同胞没有教养。当然，我的意思绝对不是所有的同胞都没有教养。第一次圣餐过后，情况似乎好了一些。尽管出席的人不多，我不知道是不是那个仪式改变了他们。女士们的表现显然比小孩子要好很多。当然，我指的是她们当中的一部分。记得你常说，凡事不要一概而论。我认为，只要开心就好。我从来没有像现在这么自由过。我独自一个人出门旅行。如果遇到不好的事情，我会坦然接受。我之所以说独自出门，是因为以前总是我们两个人一起的。当然，即便我们俩一起，还是会觉得挺孤单的，不像以前总有妈妈，或加洛潘夫人，或已退休的老太太，或临时厨师一起结伴出行。妈妈身体很糟糕，在陆地上还好好的呢，现在却病倒了，真是令人难以置信。她说，身体不好并非是因为在海上的缘故。她还说，不着急抵达纽约港，那里会令我们感到失望。我不知道她以前是否也这样想。有时候，她思维很活跃，喜欢唠叨；有时候，她又很严肃，一坐就是几个小时，一声不响，眼睛紧紧盯着地平线。昨天，我听到她和一个叫什么安特伯斯（妈妈喜欢同这个人讲话）的英国绅士聊天。我觉得这个人怪怪的。妈妈告诉他说，她竟然讨厌自己的家乡，还说不喜欢这种感觉。事实上，她非常喜欢那种感觉。要是揭穿她，她会很生气。这绝对不是她的真心话。来美国是我的主意，她之所以同意，是因为她知道，没

---

① 法语：bien entendu。

有嫁妆，我是不会嫁去欧洲的。我假装十分喜欢这个想法，让她快快启程。实际上，对我来说都一样，无所谓。我只是比较喜欢这种感觉而已（我指的是回家，而不是结婚）。一个人在外边玩是一件很开心的事，尽管我什么事都向她汇报。在我进去跟她说的时候，她还是和以前一样看着我，一开始，眼睛睁得大大的，一会儿便慢慢闭上了。尽管海上风平浪静，对她还是有一点儿影响。我问她要不要吃点儿镇静剂，她说不用。我便继续在甲板上散步。说到鞋子，我一点儿也不夸张，在海上，脚和鞋显得极其重要，必须提前准备一双好鞋子才行。人们在甲板上散步时，鞋子就是你所看到的一切。其中有一些，你可能很熟悉；也有一些，可能会让你觉得很讨厌。你是不是觉得我有些精神失常了？作为一个受到良好教育的贵族小姐，我也许不应该这样说。我不知道扑面而来的是不是美国的空气。如果是的话，这空气真是太新鲜了。我内心焦躁，坐立不安，百无聊赖，坐在这里乱涂乱画，想立刻到达目的地。要是有点事儿做的话，时间可能会过得快一点儿。我坐在大厅里。平时就在这里吃饭。对面是一个敞开的圆形舷窗，陆地的味道从那里飘进来。我时不时微微起身望着窗外，看看是否快到了。我说的是纽约湾，最好是白天到，我可不想晚上抵达，错过欣赏它的美丽。除了漂亮的小岛外，我很好奇那里还有什么，你肯定都知道。再过几个小时就要到了。所有人包括我在内都在写信，想一上岸就投入信箱。海关的那些人也已经等得不耐烦了吧！你要记得劝劝妈妈，结婚时，让我多带点儿东西来这个国家。在这里，最漂亮的姑娘也不愿意素面朝天举行婚礼。在巴黎，我们并不怎么打扮，部分原因是妈妈不让。尽管如此，我依旧很美！而且，我相信妈妈已经做好了什么也不说、什么也不做的准备，来逃避令人讨厌的关税。她抱怨说，交上两次关税，就要破产了。我不知道别人如何接受海关的检查，我可能会说一些非常特别的话："先生，请你检查吧。像我这样的年轻女孩，从小在异常严格的家庭环境中长大，永远都被至高无上的母亲保护着——她现在人就在那里，你自己看看！我怎么可能会走私呢？除了修道院的纪念品，我什么也没有带！"我不会告诉他们，修道院的名字是"好生意店铺"。三天前，妈妈就责怪我拿的箱子太多，至少七个行李箱，其中大部分是纪念品！现在，大家都在忙着写信，而且都是长信。妈妈的朋友，安特伯斯先生就坐在我的对面。他正准备写第九封信了。他德高望重，是议会议员，在旅途中已经写了大约一百封信了。等船到了纽约湾，需要购买的邮票数量一定会让他大吃一惊。他无所不知，但都一知半解。他什么问题都问。比如问妈妈什么时候租房子。他会去"侦查"各种各样的事情，还会漫无目的地聊天。他有一双非常大的鞋子，每天在甲板上和我走的距离差不多。他甚至会找我问一些问题。我已经给他说过很多次不了解美国，但他还是一次次问我。说真的，他发现我骗他并不奇怪。"说说看，它是怎么成为你们西南部一个州的？"——这是他最喜欢的一句开场白。你可以设想一下，我是如何描述"我们"西南部的一个州的！有时，我让他去问妈妈，尽管她知道的和我一样少，至少可以逗逗他。安特伯斯先生身体强壮，肤色黝黑，说话带有口音。他和妻子总共生了十个孩子。除了上述那种谈话外，他什么也不跟我聊，却给大洋那边（忘记告诉你我们已经到了）的许多人写信。妈妈不在乎他的观点对错（他很有远见，和妈妈观点不同），但对他很感兴趣，并且承诺引荐他进入这边的上流社会。我不太清楚妈妈对这边的上流社会知道多少。事实上，我们和这边联系并不多。我担心根本没人认识我们。妈妈老是说，他们很容易认出我们的。实际上，除了破产的小卢卡斯那个可怜的人之外，没人认出我们。据说，这里没有上流社会这一说。不过无所谓，妈妈说了，无论我们喜不喜欢美国，至少要让美国人喜欢我们。终于有美国人喜欢我们了。卡克洛先生和路易斯·莱弗里特先生常常邀请我去散步。这两位美国绅士都说，到美国后，他们会来拜访我。天呐！不知道这是不是美国人的风俗。当然，我不敢告诉妈妈，以免她胡乱猜测。要是他们不同时给我打电话，倒也罢了，要是同时打的话，我谁的也不接。他们俩都觉得自己了不起，互不服气。莱弗里特先生说，他们俩性格不合。卡克洛先生倒不这样认为。其实，我才是导致他们发生冲突的原因。我对他们二人都不感兴趣，只是希望他们不要彼此伤害，至少在船上这一段时间里要好好相处。他们二人性格迥异，有时也都很有趣，但要是选择他们当中任何一个结婚过日子，我都会感到厌烦。虽说他们还都没有向我求婚，但下一步已经显而易见了。他们极其讨厌对方，各执一词。卡克洛先生厌恶莱弗里特先生，叫他小病驴，还说他的话不是装腔作势，就是令人费解。莱弗里特先生则说，卡克洛先生是个"聒噪的野蛮人"，还说卡克洛身上无聊的事情多的是。事实上，在这个世界上，既没有毫无理由的爱，也没有毫无理由的恨，大家应该相互理解。只要能够相互理解，处处都是快乐。他坚持——始终坚持——"理解就是原谅"。他说得很对，但我不喜欢压抑自己的情感，所以我无意去改变自己对他的既有看法。莱弗里特先生身上有股艺术家的气息，说出来的话就像评论刊物上的文章。卡克洛先生虽然在巴黎住了很久，但不喜欢巴黎。用他的话说，正是因为在巴黎住得太久，莱弗里特先生才变成了一个白痴。当然，我这样说并不是针对你，也不是针对你那才华横溢的哥哥。卡克洛先生说，巴黎会让男人变坏。实际上，这句话批判的是整个欧洲的不良风气。我知道，他是不想伤害妈妈才这样说的。从我告诉他的那些话来看，他肯定认为妈妈也是个傻瓜（这不怪我。你是知道的，我一直想回家）。我每次挽着他的胳膊从妈妈身边走过时，妈妈总会闭上眼睛，看都不看我们一眼。要是知道他这样说，她一定会骂他几句。卡克洛先生是费城人。他建议我们抽时间去费城看一看，妈妈却不以为然。她一八八五年就去过了，感觉很一般。卡克洛先生说，费城这几年发展很快，变化很大。妈妈说，发展快并不见得就好。卡克洛先生很有耐心。他劝说妈妈亲自去一趟，亲眼看一看这几年费城的新变化。妈妈回答说，她根本不用去，站在这里就能看到。（他们的这些看法都是由我在中间传递的。他们俩从未面对面交流过。）卡克洛先生脾气很好，而且证实了我之前听到的说法——美国男士非常体贴女士。他们是女士忠实的聆听者，不会和女士顶嘴。不过，我认为这一点并不好。不顶嘴多少有些奉承的意味，而且有些东西，男士们也不愿意表达出来。船上还有一些人，互相称兄道弟——亲爱的，亲爱的，感觉就像一个妈生的一样。或许到达后表现就不一样了。卡克洛先生出去玩了一圈，回到美国后坚信只有美国才是自己的家。就在一个小时前，他一个人站在甲板上用望远镜瞭望远处的海岸线，说这是他旅行中看到的最美的景色。我说，海岸线不清楚。他回答说，不清楚的地方才是船只最容易靠岸的地方。莱弗里特先生似乎并不急于上岸。他正坐在船舱的一个角落里写信。他嘴里咬着笔，眼睛一动不动，好像要写一首十四行诗，正在思考韵脚呢。诗绝对不是写给我的。他已经控制住了对我的感情。我差点忘了！另一位让妈妈感兴趣的人是勒热纳先生，一位伟大的法国评论家。能够和他同乘一艘船，我们深感荣幸。我们看过他的一些评论，妈妈并不赞同其中的某些观点，认为他是一个可怕的唯物主义者。我读他的评论，主要是因为喜欢他的写作风格。和其他法国人一样，他十分安静，留着灰色的胡须，佩戴着法国荣誉军团勋章①。因为法国人不太喜欢旅游，他就成了自托克维尔②以后到过美国的第一位法国作家。他看上去好像一直在思考自己乘坐这艘船的目的。他是和他的工程师妹夫一起来的。他的这位妹夫最近一直在寻找矿藏。勒热纳先生几乎不和其他人说话。他不会说英语，而且想当然认为没有人会说法语。妈妈倒是很乐意纠正一下他的错

---

① 法国荣誉军团勋章（Légion d'honneur，英文译作 Legion of Honour），法国政府颁授的最高荣誉勋章，1802 年由时任第一执政拿破仑设立以取代旧封建王朝的封爵制度。
② 托克维尔（Alexis-Charles-Henri Clérel de Tocqueville，1805—1859），法国历史学家、政治家、政治社会学奠基人。代表作品：《论美国的民主》《旧制度与大革命》。

误想法，尽管她之前从未和这位学者交流过。有一次，勒热纳先生面带微笑从她身边走过，并向她鞠躬，以示尊敬。然而，从那以后就没有进一步的交流了，这让妈妈感到很失望。他总是和他的妹夫待在一起。他的妹夫穿着邋里邋遢，身体有点儿发胖，留着小胡子，身上也佩戴着勋章。他总是一边吸烟，一边观察女士们的脚。虽说妈妈有一双漂亮的脚，却没有勇气上前和他攀谈。我猜，勒热纳先生正在写一部关于美国的书。莱弗里特先生说，这本书肯定很畅销，并且告诉我，他已经和勒热纳先生聊过了，勒热纳先生答应把他写进书里。他还说，法国知识分子特别好。总的来说，他并不关心知识分子，却认为勒热纳先生与众不同——有朝气、有毅力、有个性。我问卡克洛先生对勒热纳先生要写书有什么看法。他回答说，看不出这件事跟他有什么关系，勒热纳先生可能会出洋相。其实，在这方面卡克洛先生什么也不懂。我问他，为什么勒热纳先生不写一本关于欧洲的书呢？他回答说，第一，欧洲没什么可写的；第二，写这样一本书会让人笑掉大牙的。他还说，美国人对欧洲过于迷信，希望美国人把欧洲当作空气。我把这些话告诉了莱弗里特先生。莱弗里特先生反驳说，没有欧洲就没有美国。如果欧洲不收购美国的玉米，美国人就无法生存。在未来几年，美国生产的玉米数量巨大，包括欧洲在内的世界其他地区都没有足够的资金来购买。美国玉米生产过剩，砸在自己手里，这将是一件十分可怕的事情。我问他，是否认为玉米过剩很可怕。他说，再没有什么事情比食物过剩更糟糕的了。他认为，要是美国生产的粮食能养活全世界的人，那将是一件好事 ①。事实上，我对此不是很理解，莱弗里特也未必真的理解，但卡克洛似乎很清楚，称赞美国已经很完美。我不是很明白他的意思。根据他的说法，很多关于人类的事情都已经转移到了世界的这一端。对于他们来说，美国是一个好地方。我究竟有多么讨厌欧洲，估计老天爷也说不清楚。作为欧洲人，妈妈一直让我心存感激。虽然妈妈总说一踏上美国，我们的苦日子就会开始，但我总觉得欧洲的生活有时也让人厌烦。我喜欢自己咒骂欧洲。如果别人也骂，我不知道我会不会高兴。毕竟，我们在欧洲度过了许多美好时光。在皮亚琴察 ②，我们每天的花费只有四法郎。这里开销很大，妈妈对此非常不满。船上的人（和她聊过的人并不多）所说的话令她害怕。唯一令人感到安慰的是，既然我们已经花了这么多钱来到这里，就应该好好珍惜在这里的生活。为了打发时间，我常常涂涂画画。听到卡克洛先生说前方有岛屿，而且比以往任何时候都漂亮，我赶紧停下笔跑出来观看。岛屿近在眼前。你一定能够想象得到，我已经开始说这个国家的语言了。我们一起旅游时，我学会了许多方言。你已经听我讲过低地德语和那不勒斯语了。不过，至少到这个月底，我是肯定不会说其他语言的。遗憾的是，我仅仅看到一点点 ③ 海湾而已，于是我叫住莱弗里特先生，问他岛屿的事。"岛屿……什么岛屿？啊，小姐，我看到过卡普里岛 ④

---

① 原文为法语：beau rôle。
② 皮亚琴察（Piacenza），位于意大利北部。
③ 原文为法语：voyons un peu。
④ 卡普里岛（Capri），位于意大利那不勒斯湾南部。

和伊斯基亚岛 ① ！"什么呀，我也看到过，但……（过了一小会儿）我看到那些岛屿了，它们的确与众不同。

二

寄信人：丘奇夫人　纽约
收信人：加洛潘女士　日内瓦

1880 年 10 月 17 日

　　亲爱的加洛潘女士，如果说浪声滔天的大西洋中部离你很远，那么，在这个极其特别的城市中心，我又会感受如何呢？亲爱的朋友，我们到了——已经到了，但不知这是否是一件好事。如果必须在安全着陆和沉入海底之间进行选择，毫无疑问，我会选择前者。然而，命运不是自己决定的，而是来自力量巨大的神圣信仰。我们应该为这种信仰负责。我这个想法与你丈夫完全一致，但已经跟不上时代潮流。不过，要是能够预测到那些令人印象深刻的事情，我也许就能确定，至少我女儿认为，我来这里是为了赌一把。我强制她改变命运，多少都会有一些负罪感。我曾经听加洛潘先生就这个问题发表过一些高见，这个问题可以留给他来解决。情况现在已经大不相同。我们已经退

---

① 伊斯基亚岛（Ischia），意大利火山岛，位于那不勒斯湾西北部。

休，好在身体还算健康。经别人极力推荐，我们总算找到了一个落脚之处，这是唯一让我感觉舒心的地方了。在这里，我们过得很好。女房东戴着钻石耳环，客厅里摆着大理石雕像。真的不好意思告诉你，我出门旅行了。要是日内瓦的朋友们也知道了，我会觉得更不好意思。他们都没有你了解我，总是批评我。晚宴上没有酒水，我让准备饭菜的人多拿点儿放在桌子上，但不管用。她说，如果想要酒水，需要去酒商那里预订。晚宴上绝对不能没有酒水，这是你给我的建议，我已经习惯了这一点。你是知道的。亲爱的加洛潘女士，还有比晚宴上喝不喝酒更烦人的事情呢。即便如此，我也从来没有感到沮丧过，现在不会，将来也不会。大不了我们就离开这里去投奔你，日内瓦湖畔非常美丽。你在那里好好休息休息，恢复一下精气神（这里什么景色也没有！）。记得我快要离开的时候，你紧紧拉着我的手说，假如我们在这里待得不快乐，就回去找你。目前，我们也许得不到想要的东西。"想要的东西"这个词可能会让你感到困惑。即便你们夫妻俩非常善解人意，也未必能够明白我为什么费尽心思走这一步。简言之，我一直没有停止对女儿进行教育。现在，我想结束这一切。许多美国人向她保证说，她将大好青春年华都浪费在欧洲那块历史悠久的土地上了，当然喜欢那里是她的权利。不幸的是，她完全被这种信仰占据了。"至少让我自己亲眼看看吧！"她恳求道，"你说过，只要我不喜欢，我们就回斯图加特。"尽管这次尝试代价非常昂贵，但你知道，面对困难，我从来不会退缩。还有，作为一位母亲，不去提那件事反而有点装模作样了。我还记得你对我说，当你听到塞西尔要订婚的消息时，感到非常高兴。欧若拉对现代研究的最新成果都很清楚。我们总是一起学习，一起休息。她总是用她所知道的知识来批评我，同时将这种做法当作伤害她自己的手段。听到这些，你可能会感到很惊讶。"在这个国家，"她说道，"男士们做不到这些。他们才不管现代研究的最新成果呢。这些成果根本不会给寻找爱情的年轻人提供任何帮助。"她能够用最新的思想——德国悲观主义来阐释婚姻。这里不是她最好的接受教育的地方。对于这一点，我从来没有隐瞒过。如果她在美国结婚，女婿必须要和我们回欧洲。这个国家人口越来越多，属于我们的地方却越来越少。个人有资格投票，却没资格做一位绅士，也没资格做一名贵族女士。当然，我和我女儿只能是这些人当中的一分子！你知道，在靠救济金生活的日子里，总会有很多烦心事。我需要鼓起勇气来面对，但我从来没有放弃梦想。"唉，在欧洲，"有时候我会这样对自己说，"我可能住在一间面积狭小的公寓里，甚至没钱买日常生活用品，但我是个人，我有人权。"在这个国家，人民有权利，而个人没有。如果你和我一起来住这个旅馆，你会发现，虽然店主人长得挺漂亮，但足足让我等了二十分钟，而且连一句道歉的话都没有。我坐在客厅里，双眼盯着钟表。房间很干净，玫红色窗帘，墙壁上贴着壁纸，还有店主朋友的照片。她满脸微笑，走了进来，说自己在试穿裙子，花了很长时间才穿上。"花的时间并不多，"我揶揄她道，"希望裙子合身。我们很乐意帮你参谋参谋！"显然，她没有听明白我的意思。看房间时，她让一个和她一样笨手笨脚①的黑人带我们去，自己则坐在客厅的钢琴旁唱歌，唱的好像是一出喜剧里面的歌曲。一开始，我还以为走错地方了，直到看到每个房间都有《圣经》才安下心来。下楼时，店主对我们很冷淡，似乎并不希望我们入住一样。在酒水问题上，我和你说过，她一点儿也不让。我再跟她说，她就说自己开的不是卡巴莱餐馆②。他们不为客人着想，对客人隐私、喜好、财产一点儿也不尊重。虽然我在这里已经认识很多人，但一个也不熟，也不指望从他们那里得到什么帮助。我可怜的欧若拉，明明是她对自己及其未来要求高，却老是说我的教育方式不对，到现在都没人向她求婚。我对她说，一个相貌出众、和你一样倔强的欧洲人是不会找一个美国女孩子做新娘的。她辩解说，之所以出现这种情况，是因为女孩子不会正值大好年华就结婚。我说，那可不一定。她说，要是那个欧洲人不是非常优秀的话，她也不会嫁。你可能会说，她自身条件好啊！连塞西尔都没有这些条件呢。我之前就用这一点来劝她，她反驳我的话我在这里就不再重复了。我没有和她争论。不过，我应该告诉你，我已决定让她自己看着办。她将以一个美国人的身份③在这里生活三个月，我仅仅是一个旁观者。你可能会说，这样做是不是太残忍了？我数着日子，直到三个月时间过完。你一

① 原文为法语：dégingandé。
② 卡巴莱（cabaret）是一种融合了滑稽、歌舞和话剧等多种艺术元素的小品剧，十九世纪八十年代起源于法国，后流行于德国和欧洲。卡巴莱餐馆即指提供此类歌舞表演的餐馆。
③ 原文为法语：à l'Américaine。

定会和我一起为她祈祷。欧若拉独自出门，外出时会乘坐电车。
出租马车 ① 车费很贵，起步价五个瑞士法郎（我希望你不要让别
人知道我有难处）。她经常会在绅士——一打绅士们的陪同下在
外边待上好几个小时。她的这种行为在这个地方一点儿也不足为
奇。当然，我很清楚，这样的事情若发生在你那里肯定会掀起
一场轩然大波。亲爱的加洛潘女士，如果你将这个秘密告诉别
人，我们就没脸见人了。唉，再说了，日内瓦人有必要知道这些
事情吗？欧若拉虽然假装不在乎，但她脸上的表情却出卖了她。
她还是很在意的。我嘴上说放任不管，事实上却紧抓不放。这个
国家有一个奇特的习俗——"请注意"，我不知道用日内瓦语该
如何表达。这个习俗程序烦琐，关注对象为年轻姑娘。虽然说只
有未婚女性才能参加（你可能会感到吃惊），但和结婚没什么关
系，只不过是青年男女聚在一起打发时间罢了。我都没有勇气告
诉你，欧若拉现在正和几位绅士在一起玩乐呢。虽说他们在一起
不谈婚事，但也不排除这方面的可能，说不定还会促成一段好姻
缘。在这里也是一个女孩儿只能嫁一个丈夫。不过，她可以同时
接受好几位男士或者仰慕者的追求。我女儿有许多仰慕者，我都
数不过来。也许你会认为我在开玩笑。具体数字究竟是多少，我
真的说不上来。其中有两位算得上是老朋友了。我们是乘坐同一
艘船来的。其中一个是典型的美国人，一个律师，虽然年轻但经

---

① 原文为法语：voiture de place。

验丰富，非常受人尊敬。这个国家的每个人都有一份正当的职业。必须承认，他们的薪酬比我们高得多。我给你写这封信的时候，卡克洛先生正和我女儿在一起聊天呢。一个小时前，他乘坐一辆非常怪异的马车将她接走了。车轮很大，摇摇晃晃，非常不安全，被两匹瘦高瘦高的大马拉着。我从窗外望去，她上了马车，紧紧挨着卡克洛先生坐下，跟他走了。我感觉整个马车都怪怪的。当她坐在里面时，我觉得就问题更大了。她会回来的，而且回来时一定会和出门时一样兴奋。莱弗里特先生来看她时，她也很兴奋，但莱弗里特先生没有马车，只是和她在客厅里坐一坐。他在欧洲生活了很长时间，非常喜欢艺术。虽然在艺术的生活和生活的艺术之间，我俩看法不同，但他给我讲欧若拉和一些艺术作品时，倒是显得聪明、严谨。我觉得，他应该是一个靠谱的人。有个问题一直折磨着我：我始终没有能够探明他的经济状况。他至今也没有主动对我谈起过。住在日内瓦时，如果感到茫然不知所措，我就去找你。在纽约，我根本找不到像你这样知心的人。莱弗里特先生是波士顿人，朋友基本上都住在波士顿。我总不能为了知道他是否有五千法郎的收入，而花上一笔钱跑去波士顿吧？我说过，他是一个靠谱的人。欧若拉和他谈了一个小时，然后跑来告诉我说，莱弗里特先生刚才对她说了他拜访雪莱故乡时的心情，也讨论了波士顿气质和文艺复兴时期意大利人气质的差异。将这两者进行比较，你应该不会明白，我也不会怪你。不过，你肯定不会欺骗我。

三

寄信人：斯特迪小姐　纽波特

收信人：德雷珀夫人　佛罗伦萨

9 月 30 日

　　我曾经答应过要告诉你，我有多么喜欢它，可事实上，经过前思后想，我现在已经无所谓喜欢不喜欢了。没有让人出乎意料的事，一切都在有条不紊地进行。你也知道，我不是评论家，没有敏锐的分析能力，看不到事情的深层原因，把时间都浪费在细枝末节上了。我承认，这是我在美国生活经验不足导致的结果。我就要被这些事情给击垮了。并不是说他们欺负我，我也绝不会受他们欺负。我心里想什么，就说什么。我大体上知道自己在想什么——思考的过程就像一场战争。有时候，我什么也不想。美国人不喜欢这样。他们喜欢给人留下深刻印象。有趣的是，他们认为印象深刻的事情，在我看来却很普通。我就觉得他们非常可悲。我不明白他们为什么就不能平等地看待各个国家。有些事情，我本不想发表意见。沉默是我们的权利。我认为，聪明人总是通过自己的处事方式而为人所知。生活中充满垃圾。我们每个人都是垃圾制造者。早晨一醒来，你会发现大量垃圾。它们是在夜深人静的时候放在你家门口的。我不愿看到自己家门口有垃圾。唉，这样的事情太多了。我个子不高，身材粗壮，脸色红润，已经在这个世界上生活了五十年，得到的不多但失去的不少，很有伪装的必要性。有人说我来到这里后明显发福了。虽然他们嘴上不说我活得粗俗，但我知道他们肯定是这样认为的。尽管这里有很多庸俗不堪的事情，但无论如何不能说我活得粗俗。总体上讲，这个国家变得越来越让人喜欢了。并不是这个地方的人和善可亲，而是这个地方以及这个地方发生的事情让人高兴。人还是那些人。相比而言，这里房子干净整洁。在欧洲，许多房子散发着一股霉臭味，到处都是尘土沙粒。我们的审美标准比较高，若要把东西做得漂亮，当然需要花费时间。迄今为止，除了美味的比萨，这里的一切都是仿制品。我现在一个人坐在这里，将信纸放在膝盖上给你写着信。房子周围的凉亭灯光闪闪，通透敞亮。从大海深处吹来一股海风，在房子周围徘徊，抚摸着草坪边上的一块块碎石。新港这座城市变化非常大，比以前漂亮多了，可谓景色宜人。在我看来，最好的去处非矿泉疗养地莫属。那里房间宽敞明亮，地毯平整干净。这会儿客人开始慢慢散去。虽然还有一些人在聊天，但屋子里看上去让人感觉舒服多了。房子外面就是蔚蓝色的大海，海水纯净。远处海岸线绵绵延延，近处一块块草坪连接成片，四周没有篱笆和围墙。一位漂亮的女士正在漫步。灯光照在她漂亮的裙摆上，非常耀眼。她打了一把大大的太阳伞，犹如华盖一般。风景可谓美不胜收。关于我的这次旅行，总体来讲还算惬意，趣事很多。我可能还会再玩上一个月。你知道，我这个人从来不晕船。什么样的天气、什么样的暴风雨我都能忍受。幸运的是，一直没有碰到暴风雨天气。我随身带了些文学书籍。坐船的那九天，我全都是坐在甲板的椅子上读陶赫尼茨①版小说。甲板上人很多，除了五十几位美国女孩儿外，都很普通。你自认为对美国女孩儿很了解，因为你自己就是美国人。总体上看，她们都很可爱，但五十个未免太多了点。不过，这也不足为奇，美国女孩儿本来就多。船上还有一位英国人，名叫安特伯斯。他是一位激进派议员，喜欢问问题。他经常逗我开心。我邀请他来我的住处待几天。他一听紧张坏了。于是，我告诉他说，我现在住在哥哥家里，家中有好多人。英国人非常愚钝，思维不够敏捷，至少我感觉如此。他们的评价方式显然已过时。他们无法判断一件事是不是开玩笑。虽然我讲话就像讲外语一样缓慢，但思维比他们敏捷。他们讲话的时候，伶牙俐齿，出口成章，若听别人讲，最多只能听懂三分之二。他们一定自认为思维活跃，也可能只有我一个人不同意吧。早上八点，安特伯斯先生就到了。我不知道他是怎么做到的。这个时间点对他来说好像很恰当。我听说，不管去那里，他都是在黎明前赶到。要是在英国，他应该在下午五点半来。他问的问题好多，不过都很简单。他很容易相信别人。这让我十分愧疚，感觉他比大多数美国人都要好，对我们比对自己都要认真。在他看来，这里正在形成财富垄断组织，劝说我起来反抗。我不知道自己能够做什么，只是答应他会留心这个问题。他总是精神饱满、斗志昂扬。我身边的每一个人根本无法与他相比。要是我们能够投入他一半

---

① 陶赫尼茨（Tauchnitz），一家德国出版社，以其英美作家丛书（Collection of British and American Authors）驰名欧陆。

的热情去完善我们的制度，那么我们的国家将会非常令人满意。安特伯斯先生认为，我们国家的制度已经很完善了，这让我觉得很惊讶。毕竟英国有些事情的确令人讨厌。安特伯斯先生似乎很关心我们的安危。我不知道我们会面临什么危险。在我看来，在天气晴朗的今天，在纽波特广场，根本不会有危险。但这并不是说，自从我回来后就没发现任何危险。对我来说，有两三个问题很严重，但并不在安特伯斯先生所关心的范围之内。比如说，我们不讲英式英语了，而英式英语是我最喜欢的一种语言。讲它的人越来越少，美式英语已经把它挤出去了。所有孩子都讲美式英语，但作为一种孩子的语言，美式英语实在是太粗鲁了。学校里只说美式英语，杂志和报纸也都用美式英语。这个拥有五千万人口的民族创立了新的文明，当然有权选择自己的语言。这是美国人自己说的，我不去争辩。我只希望他们能把美式英语讲得和英式英语一样优美，毕竟它起源于英式英语。我们应该发明出一种和我们的国家一样高贵的语言。他们告诉我，这种语言更富有表现力，然而女王英语（标准英语）中有一些令人羡慕的东西。当然了，这里没有女王。女士和孩子们觉得自己讲不好这种新的语言。我第一次到哥哥家时就发现，我的几个小侄子发音就像咿呀学语的婴儿一样，很不标准。我的侄女，今年十六岁，她天性善良，知书达理。然而，我的侄子和侄女都和英国的孩子们不同。英国的孩子们知道如何讲英语，但不知道如何聊天。他们恰恰相反，知道如何聊天，却不知道如何讲英语。再一个危险就是年轻人。除了年轻人，美国一无所有。年轻一代是国家的未来，生活的主宰，也是毁灭社会的力量。人们谈论他们，关心他们，尊重他们。他们出现在哪里，哪里就是中心。在大人的悉心照料下，他们个个衣着整洁，身体健康，有的孩子甚至每周要去看牙医。然而，小男孩会踢你的腿，小女孩会扇你巴掌，还有大量的文学作品在宣传这种行为。作为一个五十岁的女人，我强烈反对这种行为。我不知道这种局面还会延续多久。未来是他们的，显然"成熟"二字在他们那里大打折扣。朗费罗①曾经写过一首优美的小诗《儿童时刻》，我觉得应该将其命名为《儿童世纪》。我在此所说的"儿童"是所有二十岁以下的年轻人。美国年轻一代的社会地位稳步上升，到了二十岁便戛然而止。女孩子要比男孩子社会地位更高。当然，男孩子也很重要。别人了解、谈论他们的方式让我很受触动。他们都是小名人——有名誉、有尊严、受重视。小女孩们就像我之前所说的一样，她们拥有的太多太多。你可能觉得，这是我一个五十岁的老女人在嫉妒她们的年轻美貌。其实并非如此。我并没有因此而苦恼，尽管脸色已经暗淡无光，也没有把人吓跑。每天都有很多人和我聊天。我相信年轻人也会喜欢我，我也喜欢他们。虽然没有杂志上宣传的那样漂亮，但我觉得他们都很可爱。杂志总是夸大其词，这是一种错误行为。在现实生活中，我从来没有看到过杂志上刊登的漂亮女孩儿。也许是我孤陋寡闻（虽说有几个身材还不错，但我所说的漂亮是指脸蛋好看，与身材无关）。我把漂亮的标准定得挺高，但谈话的标

---

① 亨利·沃兹沃斯·朗费罗（Henry Wadsworth Longfellow, 1807—1882），十九世纪美国诗人，翻译家。

准定得很低。有很多事情，年轻的女孩子不能谈论，但只要脑袋足够聪明，她们可以思考一切事情。从这个标准来说，她们应该知足了。对那些志向远大的人来说，这个标准可能有些狭隘。我有时候也会突破它。这也是他们为什么说我粗俗了。不过，这就是我。感谢上帝把我造成了这个样子。说到聊天，这里的人讲话比欧洲人讲究①，我对此感到非常震惊。他们不开玩笑，也不说有风险的东西②，但从来都不缺少谈资。聊天时，总是年轻的女孩子掌握话语权。乱七八糟的事情很少谈论。对我来说，我不想失去自由。你还记得去年在佛罗伦萨，我对你吃饭时说的那番话所做的评论吗？你还记得，当我问到你为什么允许这样的事情发生时，你有多么惊讶吗？你说，就像四季交替，没人能够阻止。我觉得，若要改变餐桌上的谈吐，你必须改变其他许多事情。当然，你的房间里没有小女孩，只有我这么一个未婚女性，也没人害怕我。同样，如果谈话内容单纯，礼仪也会变得如此。年轻人的自由就是最好的证明。在这个世界上，年轻的女孩子③被赋予更多的自由，好处远远大于坏处。但你的国家并不允许这样做。请你原谅我这样说话，我知道你懂我的意思。在你所在的国家，年轻女性经常会遭遇各种各样的恐怖事件，真是让人难过。想想她们在这里的生活，正是因为有社会的保护，她们才会那样纯真。你知道我没有半点儿奉承的意思，溜须拍马是小孩子玩的把

---

① 原文为法语：châtiée。
② 原文为法语：propos risqués。
③ 原文为法语：ces demoiselles。

戏。人们没有时间谈情说爱，尤其是男人。他们整天忙忙碌碌。
有人说，谈情说爱特别浪费时间。我自己也没能抽出足够的时间
去谈恋爱。如果空闲时间增多，情况可能会有所改变。我觉得，
女人们比较难以相处。她们表面上单纯坦率，其实内心深处却复
杂得可怕。男人们却可以和你成为很好的朋友，他们比女人好多
了。我曾经听到有人这样说，女人是"有毒的温柔"。女人对待
男人不如男人对待她们好。当然，这也是相对的。不管怎样，女
人不会像男人一样友好。男人更专业，更有经济头脑。他们必须
什么都做得好。在你的国家也是这样要求男人吗？如果做得不
好，这种男人越少越好。同样，这个国家如何培养女孩子可以作
为一个例子。如果成功了，她们就是"万人迷"，一旦失败了，
结果往往是灾难性的。如果她本身就是一位善良的好姑娘，这种
培养体系会让她变得完美无缺。如果她本身就不是一个善良的好
姑娘，这种培养体系就会对社会构成威胁或伤害。总而言之，美
国女孩要么完美无缺，要么一无是处。我不知道这两种女孩的比
例是多少。据说，结果相当令人满意。而且，参加调查的女孩们
一点儿也不害羞。她们为什么要害羞呢。我认为，根本没必要害
羞。民主制度使得人们的行为举止温和、高尚，但同时也剥夺了
不是人人皆有的武器。没有人不可战胜，没有人愿意夸张做作，
没有人愿意故作虚荣或自傲自大。如果座位充足，就没有人会一
直站着。同样道理，邪恶的人越少，令人烦心的事情也会越少。
人们的复仇心理越少，亟须解决的社会问题也就越少。普世道德
和社会平等既消除了仇恨与不满，同时也剥夺了人们战胜对方的

机会。这样说合乎情理。如果这个世界没有伟人，也就没有伟大的成就。亲爱的夫人，我记得你曾经说过，伟大成就指的是成为伟人的机会。人们大都喜欢伟大的成就，梦想成为伟人。应该承认，在这个世界上，普通人居多，伟人和小人物都很少。我建议你多多关注关注小人物。不管怎样，这里没有杰出人物——最重要的人似乎都缺少尊严。他们贪图享受，不苟言笑，偶尔使用一个双关语。他们不拘一格，心地善良。男的没有什么特点，女的烦躁不安、喋喋不休，通过其发型 ① 可见一斑。我依靠更大的友善 ② 安慰自己。你在冬日的黄昏拜访过英国的乡村人家吗？你在只认识女房东的情况下，在伦敦街头打过电话吗？这里的人更善于表达情感。等你再回来时（假设这种情况会发生；若是我，就不会回来了），感觉到个人的社会地位和价值有所提升，何尝不是一件乐事呢？他们越关照你，说明越重视你。和你聊天，听你说话，这都是男人做的事。女人不会聆听。她们感慨太多，总是插嘴，有时还胡言乱语，让说话人很恼火，感觉她们没教养。可能是因为男人思维活跃，说出一些令人惊奇的事情也不足为怪。毕竟，完美的倾听者并不是完美的自我控制者。还有一个原因可能就是愚蠢吧。虽说美国女人喜欢莫名其妙地发些感慨，说些模棱两可的话，概言之，她们还是很有特点。在美国，她们可以随心所欲。在欧洲，他们需要更多地提升自我。本应更善于伪装，但我发现自己一点儿也不会。到目前为止，大家都没有成功的把

---

① 原文为法语：coiffure。
② 原文为法语：bonhomie。

握，他们太了解对方了。问题在于我们都是一起长大的。你也许会认为，这是一个非常无聊的社会，其实不然。我上面提到过的在社交场合遇到的那些美国人，他们只是一小部分而已。大部分人很容易聚在一起，脾气很好，也非常有趣。这些人在商店里或火车上就能遇见。例如，服务员、出租马车夫或者体力劳动者。他们都是你有机会打招呼的人。如果你认为我们太民主了，那就来美国看看吧，这样你才会相信。这个地方与众不同，很多人都需要以礼相待，很多事情都需要谨慎处理。要是你询问这里的物价，对不起，我也说不上来。

## 四

寄信人：爱德华·安特伯斯　波士顿
收信人：安特伯斯夫人

10 月 17 日

亲爱的苏珊：

我给你寄去一张 13 日的明信片和一份昨天出版的本地报纸。真的没时间给你写信。之所以寄报纸给你，部分原因是因为上面刊登了一篇评论报告。那是我在新英格兰教师联合会上的发言。还有部分原因则是，我觉得你和孩子们肯定会感兴趣。我已经把不适合孩子们看的内容剪掉了。让孩子们学学报告里面拼写特殊的词语和奇怪好笑的表达，其中一些是我个人杜撰的。等他们长

大了，这些东西也许已被收入词典了。你一定听过美式幽默（等
我返回西斯尔顿后，记得提醒我给你仔细说说，我亲身经历过的
美式幽默），等到你自己先弄明白后，再讲给孩子们听。请你原
谅，这封信是我在火车上写的。车身摇晃，车灯昏暗，有些字难
以辨认。唉，只能抽一些零碎时间，我才能想想自己的事情。我
现在正在卧铺车厢的床上趴着呢。我睡在上铺（等我回去后，再
向你详细介绍车厢的构造），下铺是一位女士，我不认识。我这
样说，你可能会担心。在美国，女人经常独自一人以这种方式逛
上一圈。如果她睡在上铺，情况可能会有所不同。我肯定会感到
好奇，那张帘子后是不是躺着一位陌生的异性？是不是因为火车
迅速穿透空气，像风筝的尾巴一样摇摇晃晃，我才没有办法睡
觉。我头顶上有个通风口，一股气流混合着煤渣味儿迎面扑来
（等我回去后再给你仔细描述）。如果我睡在下铺，就可以独享整
个窗户。拉开窗帘，借着皎洁的月光，信上的字可以写得更加清
楚。问题是睡在下铺的那位女士愿意换到上铺来吗（你知道，我
总是喜欢假设）？要是我去恳求她，她肯定会让我走开（这个国
家的女人都是这么直截了当）。爬上上铺之前（下铺的女士可能
睡下了），我看到窗外的房屋面积都不大，在月光下就像一个个
纸盒子。如果睡在下铺，我就会看到更多的田园景色。我不知道
这些房子里住着什么人。对于乡绅来说，这种房子显然太小。这
里不种粮食（在新英格兰，粮食都来自遥远的西部地区），也没
有自耕农和农夫。在这个国家，听到的消息总是五花八门，而我
喜欢刨根问底。

在校董会运作、男女同校、提升下层人的话语权以及让他们参与政治生活等问题上，我已经掌握了很多情况。实际上，政治生活几乎完全局限于下层中产阶级和上层低产阶级。在大一点的城镇，我更关注的是最底层的参与者。看到这么多的社会阶层参与政治事务令人非常高兴。上流社会的人们一副漠不关心的样子也是一个不容轻视的事实。然而，如果真的不让这些人参与，他们肯定会反对。到现在为止，我还没有遇到一个像伯顿利勋爵这样通情达理的人。面对他，我可以大大方方地说出我的看法：如果再不正视英国现行体制所存在的问题，协调各种制约力量，后果将会很严重。毫无疑问，这个国家有一个无所事事又极度奢侈的阶层。和我们相比，他们更喜欢令人感到羞耻的安逸生活，而非自由的理念。这个阶层增长迅速。即便是在自由发展占上风的社会里，把对什么都一知半解的人和不断增长的财富联系在一起，都不是一件好事。这个阶层不能代表统治阶层。也许是因为认真踏实的工人嫉妒，也许是他们认为这个阶层的人举止轻浮（我不敢使用更尖锐的词来形容），至少美国中部各州和新英格兰给我的印象是这样的。西南、西北以及遥远的西部地区情况倒稍好一些。我想多熟悉一下这些地区。我经常出门远行，一般一次三四百英里，有时候也会走得更远一些。长途旅行当然很累。我喜欢和列车上的乘务员交谈。他们大多是精力充沛的男士，有的还见解独到，有的甚至社会地位显赫。前几天，有一个人给我写信，介绍他当西部大学校长的姐夫呢。不要为我担心！必须承认，外出旅行是一件对人有益的事情。人们从中感受到的不仅仅是快乐，还有智慧。就像行李箱、包裹、传输机器等，一旦完全掌握，就会非常实用。也许我还不知道会不会带来坏处。由于没有出租马车和搬运工，我得自个儿搬着行李到七八十英里以外的地方，而且行李很多，一件都不能扔掉。没带普莱默里奇①和我一起来真的是个错误。他在洗涮、整理衣物和准备浴缸方面用处很大。旅馆里没有大号洗浴盆，我一般会随身携带一个，但运输的确是一个难题。要是到了私人住所，尽管这里的人没有英国那么保守，但随身带着这种东西也觉得挺尴尬的。我现在已把它带上火车了。火车摇摇晃晃，就像暴风雨中在大海上航行的船只。我习惯带两套餐具。即使是在旅途中有时候普莱默里奇必须坐下来和我一起用餐，餐具也不会用一套。这种偶尔发生的事情让他紧张不安。从这个角度来说，将他留在默尔西河是一个比较明智的选择。虽然脱帽致意是先进社会秩序的标志，但在这里并不经常看到。我承认，当我再次看到可怜的普莱默里奇向我脱帽致意时，他那熟悉的姿势让我非常满意。我所说的"熟悉"意思是"经常看到"。

你从我说的这些话里不难得知，"民主"在这个国家不仅仅是一个词。我可以给你列举很多例子。这也正是我来此地的目的。虽然我不能确定，在可预测的时间段能否改变刻板僵化的英式礼仪，但只要是好的东西都应该赞美。我甚至没想过这样的改变是否值得。这也是我和伯顿利勋爵想法不同的地方。我一直认

---

① 普莱默里奇（Plummeridge），人名。安特伯斯先生的男仆。

为，社会上存在平等和不平等两种概念。如果我们发现，人人平等在一个国家是一件非常普遍的事情，我就不太可能会说，平等只是个可怕的借口！火车行驶途中，灯光照在我的脸上，以前我会很反感，但现在我还挺高兴的。不耐烦的毛病现在没有了！很多次，我都相信这些异想天开的事情。然而，我不能接受打着共和旗号搞贵族专制，其大本营是"帝国城"。"帝国城"是一个通俗的叫法，指的是纽约这个著名而且富裕的城市。我确信，至少这个城市的许多地方已经具备了实行君主专制的程度。英国女王的任何一个儿子来到这里宣布实行君主专制，一定会受到热烈欢迎。这条消息是我关上门听别人悄悄说的。这让我想起了詹姆斯党人的梦想。在我看来，这些空想家们无法保证君主专制得以实施，正如詹姆斯党人在卡洛登受到致命打击一样①。我对教育非常关注，参观过一百四十三所大学和中学。在美国，受过教育的人很多，但他们说话的口气却不像是受过教育的，至少没有我想象得那么文明。前几天，有位女士这样对我说，她女儿总是"四处奔走"。其实，她的意思是说，她女儿喜欢旅行。还有一位参议员的妻子对我说，如果我一月份去华盛顿，应该是"在游泳"。我听不懂她在说什么，便向她请教。她说我对自己的处境非常清楚。这个解释令我更加困惑。昨天，我去参观包格努高级中学，

---

① 卡洛登战役（Battle of Culloden），1746年英国詹姆斯党人叛乱的决定性一战。战役在苏格兰因弗内斯郡的卡洛登进行。4月15日晚，王位觊觎者查理·爱德华·斯图亚特率领詹姆斯党人军队试图通过夜行军突然袭击坎伯兰公爵指挥的皇家军队。翌日黎明，当疲惫不堪的詹姆斯党人军队到达卡洛登沼地时，查理发现坎伯兰已有准备，但他仍冒着皇家军队猛烈的炮火发起进攻，最后被击溃，查理逃走。此次战斗彻底结束了斯图亚特王朝复辟的梦想。查理逃亡法国，了却余生。

首先听五十七个男生和女生一起对着国旗唱国歌，然后参加了一个女士餐会。参加这次餐会的学生大约有八九十人，只有一名男生。他穿着长裤，一副无精打采的样子。顺便说一句，在美国，如果很多女士在一起聚餐，讨论宗教、政治和社会话题，男士们就会主动退出。这种女性餐会（会上提供许多美味佳肴）是美国社会生活中最突出的特征之一，似乎是为了证明并非男性才富有创造力。我住在一位英国人家里。昨天，女房东对我说："给你看看什么是聪明的女人。"（"聪明"就是"非常有知识"的意思）我确实见过很多聪明女人。这种餐会是按照年龄来划分的。我曾经作为一个满腹狐疑的陌生人和几个女孩子一起用餐，已婚女士被严格排除在外。漂亮的女孩子还是那么多、那么聪明。我想告诉你，我对教育问题的看法。必须说明一下，我的观点有些狭隘。我印象最深刻的就是，这个国家的孩子比成年人受到更好的教育。总体而言，孩子的地位比较高。如果我没记错的话，有一首流行歌谣这样唱道："让我重新回到童年时代，就算只有今天一晚我也心满意足。"这首歌谣似乎在追忆逝去的特权。不管怎样，儿童始终是一个强有力的独立阶层，有自己的出版物，而且发行量巨大。他们都很聪明。我和许多老师进行过交流，其中大部分都是"女性老师"（在这个国家就是这么称呼）。并不是说老师教的都是女学生，而是说老师是女性。她们也教男学生。经人介绍，我认识了一位二十三岁的年轻女性老师。她在西部大学教哲学和文学。她非常坦率地对我说，所有毕业生都很喜欢她。这位女士来自美国西南部的一个州，父亲是一位小商人。她毕业于密苏里州的阿曼达学院，那里允许男女同校。她长相漂亮、彬彬有礼，非常想看一看英国乡村的生活。我答应她，如果她愿意跨越大西洋来到英国，我就带她去西斯尔顿。她不喜欢格温德伦或夏洛特，但我没有告诉她应该怎么和他们二人相处。我觉得，她的朋友应该是像彭吉尔普小姐一样好的人。记得你曾经说过，我在这里的所见所闻远远不如待在西斯尔顿的办公室里所看到的东西舒心惬意。顺便问一下，夏洛特还设计壁画吗？费城一游非常有趣。成百上千的红色小房子，鳞次栉比。一些工艺精湛的手艺人住在那里。高高的炉灶、煤气、热水、玫瑰木制成的钢琴，各种各样的家具，还有一大群英国散文家。电车轨道连接条条街道，每条巷子长度相当，街道和房子都标着数字和字母。在这里，时间仿佛凝固了一样。我们不需要去寻找什么，甚至不需要去关注什么。

## 五

寄信人：路易斯·莱弗里特　波士顿
收信人：哈沃德·特里蒙特　巴黎

11 月

局势有所转变。可怜的哈沃德，在伦敦没有见到你，很遗憾。我收到了你的便条，现在按照你的要求，说说我的近况。亲爱的哈沃德，我过得一点也不好。虽然喜欢远方，但旅游却让我受尽折磨。我离开波士顿已经很长时间了。近年来，波士顿受新英格兰生活习俗影响很大。回到波士顿后我发现，我这个土生土长的本地人竟然成了一个外地人。我非常怀念在巴黎和你一起度过的那段美好时光：春日清晨，从青年咖啡店窗口向外望去，在和煦春风的吹拂下，圣·米歇尔大道绿树成荫，风景如画，彰显着世界上最成熟的文明。上了年纪的巴黎人①，这个世界上最可爱、最有趣的人，从我们眼前经过。我口袋里装着一本埃尔塞维尔②出版的小书，印刷非常精美，里面有一首抒情长诗，字里行间流露着对法国发自内心的赞美。不过，亲爱的哈沃德，我写的这封信没什么格式，也不知该用什么格式。我不知道自己该做些什么，感觉好像赤裸裸地坐在一个巨大的反光镜前面。刺眼的光线笼罩着周围的一切：荒芜的大地，还有万里无云的天空。听说，西雪松街道来了一位催眠师，我就没有回去，随便找了一家旅馆住下了。这家旅馆很糟糕，没有符合我的喜好和习惯的东西。凡是来住店的人都要挤过人群，来到前台，在登记册上写下名字。一位男士站在柜台边看着你，一句话也不说，仿佛在用眼神问你："你想住哪一层？"然后，抛给你一把钥匙，按响桌上的响铃，一个看起来凶巴巴的爱尔兰人就出来了。"带他去房间！"这一切都是通过眼神来交流的。就算你大声喊叫，他也不会张口回答。"接下来做什么？"又是一阵诡异的沉默，似乎在回答说："等一会儿你就知道了"。住店的人很多，但十分安静，偶

---

① 原文为法语：le peuple de Paris。
② 埃尔塞维尔（Elsevier），欧洲著名出版社，1880 年成立于荷兰阿姆斯特丹。其历史可追溯至荷兰的同名印刷出版家族，该家族对十六至十七世纪欧洲印刷出版业的发展作出巨大贡献。

尔听见几声咳嗽。这家旅馆很大。大约一千人围坐在四面白墙的屋子里吃饭，气氛十分压抑。热气一阵阵扑面而来，再加上刺眼的灯光，让人难以忍受。他们看起来憔悴不堪、郁郁寡欢，没有感官，没有知觉，只是默默地坐在刺眼的灯光下吃着饭，偶尔有小孩儿发出几声尖叫。这里的服务生都是黑人，黝黑的面庞在灯光的照耀下显得光亮光亮的，有的还戴着有点儿发蓝的黑口罩。他们不停地来回走动，非常没有礼貌：一会儿命令你做这，一会儿命令你做那，对你提出的问题却从不回答。倘若吃饭时胳膊肘偶尔碰到他们的衣服，他们会瞅你一眼，好像你吃饭的姿势不对似的。如果你想喝水，刚好他们有冷水，也会给你倒一点儿。这是他们唯一能够为你做的事情。如果你在看报纸，他们就待在你的身后不走，而且还会探过头来看一看。这个时候，我干脆就把报纸一折，递给他们。这里的报纸符合非洲人的口味。长长的走廊冒着热气，一个脸色苍白的小女孩穿着室内溜冰鞋冲了过来，嘴里大声嚷着："赶快让开，别挡路！"她头发上缠着丝带，裙子上饰有花边，正在这座旅馆里玩耍。我脑海里突然出现了那个在五十分钟内给地球系上腰带的小精灵。我很想知道，当他在地球上空飞过的时候口中在念叨什么。一个黑人服务生手中托举着一个盘子从我身旁走过，一不小心碰到了我的脊梁骨。托盘上的白色大水壶发出叮叮当当的声音，我不知道里面装的什么。我们需要热水，需要热气，需要煤气。我坐在房间里，心里想着这些烦心的事情。白色的墙面光秃秃的，在仿铜枝形吊灯的照射下泛着白光。吊灯就安装在天花板中间，灯光照射在白色的大理石桌子上。上面放着一封我写给你的信。我躺在床上（我喜欢躺在床上看书），感觉这灯光好像是在嘲弄我。我个子矮，够不着它，只能任凭它这样对待我。灯光照在书的封皮上——那本我非常喜欢的埃尔塞维尔出版的小书。我站起身来，关掉吊灯，感觉房间比以前还要亮堂一些。透过玻璃窗，大厅和邻近房间的灯光照在我的床上，照在我紧闭的眼睑上，让我辗转反侧，彻夜难眠。除了灯光，还有人来人往的嘈杂声。我再次站起身，打算叫服务生来帮我减弱这些光线，减少这些噪音。我来到墙边。墙上只有一个小孔。客人如果遇到困难，只能通过这个小孔传达自己的诉求。我对着这个小孔大喊了几声，然后听到一个声音从里面传出来，问我要什么。这个问题倒是让我有点不知所措了。我想要巴黎一隅，想重新回到那富庶、古老的旧世界中去，离开这个糟糕透顶的鬼地方。我总不能向那个没有情感的小孔吐露这些吧。即便能够透露，也一点用处没有，只会引来别人的嘲笑。这个破旅馆！尽管我付了钱，可没人来为我服务。我只好又回到床上。过了一段时间，我听到墙上的小孔发出了一种奇怪的声音，好像有人在责怪我忍气吞声。亲爱的哈沃德！我憎恨他们——这也算是忍气吞声吗？你问我看到了谁，对我的朋友们什么看法。实话说，我这里没有几个朋友，日子过得并不舒心 ①。最后，我给你说说我对这里人的看法。这里的人们非常友善、工作认真，但是缺乏个性。他们在民主的温水浴中逐渐丧失了力气。对了，他们

---

① 原文为法语：en rapport。

不美。哈沃德，他们真的不美。也许你会说，他们和法国人或德国人一样美。我非常不赞成。法国人和德国人之美为美中之美，即丑陋之美——稀奇古怪之美。这里的人们长相并不丑陋，但是平淡无奇。在我看来，仅仅长相漂亮就意味着平淡无奇。我在汽船上看到一位女士，后来在纽约又见到她了。这种事并不常见！她长相漂亮，很有个性，有点儿让人捉摸不透。她不是这个国家的人。她来自一个非常遥远的国度。她和我一样，都是来这里寻找什么的。遗憾的是，她现在已经去世了。她喜欢听我讲话，而且一听就能明白。我再也见不到她了。

# 六

寄信人：法兰西学院古斯塔夫·勒热纳先生

收信人：阿道夫·布歇先生　巴黎

华盛顿，10 月 5 日

　　我给你提几个小建议：时间紧促、旅馆破旧、秩序混乱，还有脾气粗暴，这些都是你应该考虑的。其实，每个地方给人留下的印象都是一样的——到处都是通过商业开发而发展起来的所谓民主。每件事都很大——每件事都可举出上百万的例子。我妹夫总是很忙：他有约会、视察、采访、纠纷等各种事情要处理。人们在对话和争论时，言辞总是非常犀利，就好像他们埋伏在街道拐角悄悄等你，然后迅速朝你开枪。如果你倒下了，他们就会将你的钱财洗劫一空。因此，你必须先对他们发起进攻。在这种情况下，没有令人愉快的事情，没有礼貌可言，也不用注意形象。我妹夫忙碌的时候，我就一个人溜达，在大街上逛一逛，街角停一停，隔着玻璃看看商店里面的情况，顺便看看路过的女人 [1]。在这个国家，文明非常肤浅，没有必要深入发掘。推动资产阶级的积极又实际的力量是商业。它就在大街上、旅馆里、火车上。这里到处是人——一部电车载客多达七十五人。他们坐在你的大腿上，踩在你的脚趾上，下车时还会推搡你，而且他们都不说话。他们知道沉默是金，而且他们喜欢黄金。售票员让你买车票时都懒得说话，只是严肃地戳你一下。他们都是一种人——不高兴的乘客 [2]，只不过是同一种类型的不同表现形式而已。大街上、火车上，那些钓金龟婿的女人大都长得很漂亮。她们上下打量着你，看看你是否合乎要求，态度冷淡、漠然。她们并不是你想的那样（我保证 [3]），她们只是需要一个丈夫而已。法国人可能会弄错，他们需要知道自己是否正确。仅仅十五岁，母亲就送她们出去寻求丈夫。这一过程有的会持续一整天（包括午餐时间），有的则会长达十年之久。如果十年后她们仍然没有找到丈夫就会自动放弃。女人太多了，她们得为年轻姑娘们 [4] 腾地方。这里没有沙龙、没有社交、也没有谈话，在家里也没办法接收到外界的信息，女孩子不得不外出寻求丈夫。当然，不找丈夫也不是

---

① 原文为法语：je regarde passer les femmes。
② 原文为法语：commis-voyageur。
③ 原文为法语：du moins on me l'assure。
④ 原文为法语：cadettes。

什么丢人的事情——有的女孩子从来没做过这样的事情。或许是出于习惯，或许是出于对运动的热爱，她们至今仍然单身。不曾有希望，就没有遗憾。她们没有想象力，没有感情，也没有去女修道院的意愿。我已经外出旅游好几次了，几乎每次都是三百英里以外的地方。在旅途中，有巨大的火车，有带床和洗手间的大型四轮马车，还有像梳理马一样用大扫帚打扫卫生的黑人。火车高速前进，发出一声声咆哮。一个兴高采烈的小男孩从神态疲惫的人群中跑了出来，把小册子和糖果扔到你的腿上——这是一趟典型的美国之旅。四轮马车窗户很大，可以看到外面的一切，但这个地方很空旷，没有特征，没有任何东西能够证明你曾经来过这里。当然，城市大都一个样；十英尺高的房子，百英尺高的大楼；电车轨道、电线杆、巨大的广告牌、人行道上的坑坑洼洼、小职员以及不高兴的乘客们①、还有寻找丈夫的女人。没有乞丐，没有妓女②——至少我没有看见。除了机器（我妹夫说的），没有建筑，没有艺术，没有文学，没有剧院。我打开一本书，里面的文字没有形式，没有意义，没有风格，没有主题！根本没有办法阅读，似乎只是写给小孩子或年轻女性看的。最成功的（获得赞誉最多的）是诙谐幽默的书刊，销售量达成千上万册。我翻阅了几页，内容可笑③。有个人自诩为小说家。他专门写女性寻夫以及富裕的美国人跑到老旧腐朽的欧洲冒险的故事。自古以

---

① 原文为法语：commis-voyageurs。
② 原文为法语：cocottes。
③ 原文为法语：des plaisanteries de croque-mort。

来，欧洲人正直率真，但这一性格现在却让欧洲人蒙羞。尽管写得很好 ①，但不能吸引读者。报纸就不一样了。报纸的报道和专栏广告一样数量庞大，都是关于欧洲大陆的。趣闻轶事、人身攻击、控告指责，多如牛毛！天哪，它们绝对不是苍白无力！关于莎拉·伯恩哈特 ② 的电报、邻居的晚餐菜单、关于欧洲局势的引人发笑 ③ 的文章，还有地方政治的欺骗行为，内容大都令人难以置信。记者们总是追着这些东西到处乱跑。他们对 X 夫妇的不幸婚姻报道得很详细，时间、地点写得清清楚楚，足足用了六行字。或许是事实，或许是编造的瞎话。我随便打开一张报纸，上面没有什么值得看的。记得有这样一条消息，标题是"苏珊·格林小姐拥有纽约西部最长的鼻子"。苏珊·格林小姐（我清楚）是一位著名的女作家。美国人总是损坏女性的名誉，甚至对她们拳打脚踢 ④。我很少了解到这个国家的内部消息（这里没有人说法语）。如果报纸上登出一点儿关于国内道德方面的消息，一定非常令人奇怪。我的护照丢失了。他们竟然在报纸上刊登了我的体貌特征。这或许是为了方便那些寻找丈夫的女人。有一天晚上，我去剧院看戏，内容是关于法国的，表演形式却是美国的，两者严重脱节，我看了一半就退场了。我遇到了一个英国人。他对我说，语言一天天在堕落，连英国人都理解不了了。我这才明白，自己并不是唯一一个持这种观点的人。这里每天都会发生一

---

① 原文为法语：C'est proprement écrit。
② 莎拉·伯恩哈特（Sarah Bernhardt，1844—1923），法国著名戏剧演员。
③ 原文为法语：à pouffer de rire。
④ 原文为法语：à coups de poing。

些令人难以名状的事情。比如说华盛顿吧。我从费城出发，上午到达后，我妹夫想去参观一下美国专利局。我一个人在大街上四处溜达，顺便看了看美国国会大厦！这座大厦是一座人造经典。白色大理石、钢筋水泥，散发着高贵的气息，必须带着欣赏的眼光看待它才行。这台"政治机器"（这里的人将他们的政府称为"政治机器"）正在艰难地运转着，早晚有一天会爆炸的。你从来都没有怀疑过他们有政府，就这一点来说，你是正确的。在法国，虽然我们被统治得太严，至少我们还有民族良知和民族尊严。在这里没有尊严可言，更不知良知是什么，有人甚至高喊"我就是法治"。相比国会大厦，我倒是更喜欢这句话。总之，这个国家很有意思。现在，我们也实行共和政体，这就是最好的例子，最大的警告。形容民主的最后一个词是"陈词滥调"——很高大、很堂皇，但令人极度厌恶！法国人无法在这里生存。对于我们来说，生活水平再差也不能没有东西可以欣赏。在这里没有什么值得欣赏的。本质上讲，他们是不守传统的英国人。有时候，女人们会变。一次偶然的机会，我在一家旅馆认识了一位出生于费城的女人（今后有可能还会遇到吧）。她已经结婚了。我觉得，她并不在意她的丈夫。我以前说过，法国人可能会犯错，但他需要确定自己到底对不对。我对此至今深信不疑。

七

寄信人：马塞勒斯·卡克洛　华盛顿

收信人：库勒·尼·卡克洛太太　加州奥克兰

10 月 25 日

　　收到你的来信已经四个月了。你的信写得真好。我早就应该给你写回信。这段时间里，前一半时间我待在欧洲，后一半时间待在我的故乡。之所以没有给你回信，是因为我在那里生活得太痛苦，而在这里又过于欣喜。我是九月一日回来的——你会在报纸上读到这个消息。在这个令人愉悦的国家，人们可以从当地这些为人熟知的报纸上洞察一切。这些报纸不维护任何人的名誉，只为大家提供消息。他们将其称为"印刷语言"。我之所以能够非常满意地回家来，与这些报纸有着很大关系。在欧洲，对于一些过时的问题，人们的讨论充满了智慧，庄严体面，长篇大论。在这里，报纸如同列车，满载着货物从车站驶来，唯一的好处就是准时。女人们可能不太喜欢它们（那些大话），觉得粗俗。我也这样认为。我现在非常开心，可以说，我现在已经不受这个想法影响了。有些想法，女人是无论如何也想不到的。"粗俗"是一种非常愚蠢的判断用语，是对未知问题的一种肤浅指责。不过，它省去了人们在思想方面的麻烦，也省去了后续的问题。旅行已经让我自己变得很粗俗。你一定知道我在欧洲待的那三年。我在日本、印度等东方国家待了好几个月。你是否还记得，在我去横滨的前一天晚上，在旧金山你向我告别吗？你说我肯定会喜欢国外的生活，不会回美国了。如果想见我，就只好去巴黎或罗马了，但你一次都没去。当我收到你的来信时，我又想起了住在巴黎的那段时光。你也许知道，在我不喜欢的城市中，巴黎是第一个。在那个充满谎言的城市，我实在无聊死了。那些又矮又胖、脾气暴躁的人让我感到不舒服，甚至害怕。我一直都在认真考虑这些看法。夏至的那天晚上，我感到疲惫极了。回到旅馆已经十点钟了。女看门人非常礼貌地将你的来信交给我。我处在一个卑劣的幽默世界里。我在一家老餐厅吃了晚餐，然后去剧院看了一场演出。整场戏充满了血腥和谎言，让人难以忍受，坐在旁边的人不时用胳膊肘挤我。在欧洲，我有过很多次不好的经历，这是其中一次。传统又呆板的话剧，我看过不下千次，从头到尾都是假唱。人们面目狰狞，女引座员贪婪鲁莽，一点儿礼貌也没有，话剧一结束就把我赶出来了。那会儿回家太早，我就在马路边的咖啡店要了一杯酸啤酒。夏夜的林荫大道上，生活比话剧还要丑陋，我不想告诉你我都看到了什么。另外，我也不喜欢林荫大道，不喜欢巴黎街区的千篇一律，尽管它们自己假装不一样。商店的窗户边上垃圾成堆，来来往往的行人犹如侏儒一般。我突然觉得应该让自己高兴高兴。听我说到这里，你可能会问你丈夫："他在那里待了好久，一定玩得很开心吧。"你的这个说法足以让我笑上一个月。我起身回家，一边走一边回想在欧洲的所见所闻，觉得一个人很有必要来欧洲一趟。首先，只有亲自来过之后，才会相信之前所听到的。其次，八周的旅行时间马上就要结束了。这八周我非常开心。说这句话，我是认真的。尽管那天晚上你的来信让我非常想家，但我坚持下来了。我心里很清楚，这样的旅游一生也就这一次。我不会再来欧洲了，剩下的日子看看

美洲。虽然拖延了很久，但是至少现在我可以和你说说我的印象
了。当然了，我说的不是欧洲，而是这个国家。欧洲很容易给人
留下深刻印象。你可能会觉得他们很奇怪，可能二十年后就和大
家一样了，就不会让人觉得粗俗了。我环游世界是经过一番深思
熟虑的。我觉得，人应该出去见识见识，而且我觉得自己会活很
长时间，有足够的时间去说话、去休息。旅行时我精力充沛，去
了很多地方，看了很多东西，写了很多信，认识了很多人。总
之，经过这次旅行，就不迷信了。很多时候，我们的感觉都不太
一样，甚至大不一样。以前听人说，只有欧洲才能拯救世界。来
这里亲眼看一看，就会明白拯救世界的希望在这里。当然，你可
能会觉得我是一个自由自在的人，一个普普通通的爱国人士，星
条旗的坚定拥护者。我很高兴，别人说什么我都不在意。我没有
去布道，也不想去传教。我只是随心而行。我已经从欧洲回来
了。你不知道欧洲人将事情想得如何简单，也不知道我有多么高
兴。不要空喊口号。"哦！欧洲应该被绞死！"我们应该做好自
己的事情。只要用心去做，一切都会处理好的。如果你问我喜欢
这里什么，答案很简单：生活。虽然看法不同，从无聊、害怕到
讨人喜欢，我还是更喜欢自己的生活。这好像是一种天生的义
务。或许有一天，我突然觉得根本就没有这样的义务，立刻就心
安理得地认为一切事情都不重要了。我指的是在欧洲他们向你灌
输的那些事情：让人厌烦的政治、愚蠢的国际话题、社会习惯以
及育婴室的布景等等。美国幅员辽阔，发展迅速。令我感到慰藉
的是，这里的人们善良、判断力敏锐。在这里我都没听说过俾斯

麦侯爵①和甘必大②、威廉皇帝和俄国沙皇、比肯斯菲尔德勋爵③和威尔士亲王。我过去是如此厌倦于听到别人谈论俾斯麦，谈他的秘密、他的惊喜、他令人捉摸不透的意图和玄妙深奥的讲话。除了政党的精神外，欧洲人的嫉妒、敌人、武器、战争、掠夺、彼此的谎言是什么？问题、利益、想法、人类的需要和这些事情有什么关系？军队看起来很傲慢，排列整齐，有点愚蠢，他们穿着金线花边的衣裳，敬军礼、戴勋章，就像小孩子做游戏一般。笑声当中有幽默，但也是这种场面的真实写照。我们需要接近现实，接近他们都必须面对的现实。将来的问题都是像俾斯麦、比肯斯菲尔德等这类人亟须解决的社会问题。那些目空一切的统治者视人民为自己的私人财产。为了扬名立威，他们带着武器到处征战，这让我们觉得很奇怪，也很厌恶。他们以骑在人民头上为乐，我们担心什么呢？这些都是他们自己的事情，应该关起门来自己解决。如果这里有人觉得未来的问题都是社会问题，觉得整个世界都掀起了民主大潮，这个国家就是民主这部戏最大的舞台，向来走在世界前列的欧洲倒是没什么话题可以讨论。他们讨论的问题，我们早就解决了。讲到国内一些令人尴尬的事情，他们都一脸严肃，令人觉得不太舒服。在英国，大家经常讨论的是《野兔法案》、郡选举权的扩大、《反对国教者葬礼法案》、《亡

---

① 奥托·冯·俾斯麦（Otto von Bismarck，1815—1898），十九世纪德国著名政治家、军事家，德意志帝国首任宰相（1871—1890 年在任）。
② 莱昂·甘必大（Léon Gambetta，1838—1882），十九世纪法国著名政治家，曾任法兰西第三共和国总理。在普法战争中，他是领导抗击普鲁士入侵的组织者。
③ 此处应指本杰明·迪斯雷利（Benjamin Disraeli，1804—1881），十九世纪英国政治家，第一代比肯斯菲尔德伯爵，曾两度出任英国首相（1868 年、1874—1880 年）。

妻姐妹婚姻法案》、废除上院等等。还有那些为了维持他们的国家而想象出来的鬼才知道的小计谋，真是可笑至极。还说我们是乡野村夫！看到他们讨论上议院的有用性以及国家教会之美，真的很难给个好脸色坐下来听听。只有在极度落后的国家里才能听到这样的谈话。最让人感到欣慰的是，这些地区社会风气纯正，主教文雅，牧师规矩得体，令人印象深刻。之前，我总是对教堂主事和教区执事感到不满。其实，每个人都心知肚明，只是不愿意揭穿，喜欢妥协而已。两年前，这里死板僵化，傲慢的军官对我呼来喝去。如果我和别人的做法稍有不同，他们就会非常生气，就像是我在他们的肚子上踹了一脚，需要好好反思一下。现在，生活条件便利，做事快速简单，想法不落俗套。

要想出其不意地攻击一位美国人并非易事，他羞于承认自己没有才能，做不了其他人想出来的事情。有些人担心自己会比别人聪明，而有些人则认为要想和他的邻居一样，他就得和人家一样聪明。如果说人们自觉形成的自由观和对知识的热爱不算高级文明，那我就不知道什么才是了。我第一次坐火车出门远行时感觉很舒服。我可以在火车上来回走动，可以选择靠窗户的座位就座，而且火车上还有桌椅、食品和饮料。欧洲火车车厢狭窄，你只能蜷着膝盖坐着。坐在对面的人也不友好。十个小时车程，他总是用眼睛瞪你。这样痛苦的经历有两年。在这里，所到之处都会让你满意。在伦敦住旅馆，他们总是周六就让我预定周日的晚餐，连卫生纸也要钱。他们贪婪、吝啬，总想多占几便士的便宜，令人深恶痛绝。当然，我也碰到过一些善良的人，只是有点

儿呆板迟钝。这里的人们想象力不错，视野比较开阔，并没有受
到北方贵族统治以及南方比例代表制的影响（我都有些分不清楚
南北方了，尽管区分清楚也没有多大意义）。没有了传统的评判
标准和思维定势倒是让人觉得很有新意。这样一来，人们更善于
分析，更能辩证地看待问题，对事情的认识更成熟。说到礼貌，
这里到处都是没礼貌的人。贵族统治是其主要原因（并不是他们
对自己人没有礼貌，而是对其他人很粗鲁）。我印象最深刻的就
是那些百万富翁了。他们只关心自己的生意，把生意看得比旧社
会的"金纽扣"和"百宝箱"还要重要。还有一些现实的美国人
（大多生活在西部地区）不像我这样爱吹牛（我是一个不现实的
人）。他们能够看到自己的未来。这类人让我很吃惊。你可以来
这里看一看大教堂和泰坦巨神①。不过，就算没有它们，你也可
以来看一看。这里衣食无忧，没有特别悲惨、痛苦、令人堕落的
事情，也没有家庭暴力，没有忠心愚笨的奴隶阶级。在这里，人
们富有理智地去创造、去行动，不会受到权贵和前人的束缚。一
路上会遇到很多泰坦巨神，也会经过一些大教堂。如果你想看到
最好的，来这里就对了。我是一个性情豪爽的美国人。如果只是
寥寥数语，你一定会打电话给我，所以我还是多说几句吧。华盛
顿是最有趣的地方。至少在政府统治下，一人专制的情况不会发
生。事实上，这里根本没有政府可言，真是令人难以置信。到这

---

① 泰坦巨神（Titan），希腊神话中古老的神族。这个家族是天穹之神乌拉诺斯（Uranus）和大地女
神盖亚（Gaia）的子女，他们曾经统治世界，但因为他们阉割了父亲乌拉诺斯而受到乌拉诺斯的
诅咒，最终被宙斯为首的奥林匹斯神族推翻并取代。

里的第一天，我就去了国会大厦。我这才发现，我和其他人一样，也有权参观这座气势恢宏的建筑（它真的很宏伟）。在欧洲，人们不会产生这种想法。同时，我的自尊心也受到了伤害。这里大门敞开，我四处闲逛。这里没有看门人，没有军官，也没用人——甚至连警察也没有。所到之处根本看不到身穿制服的人，着实奇怪。刚开始的时候，感觉自己似乎错过了什么，就像看到一台已经停止运转的机器，但你却不知道它为何停止。事实上，它并没有停止，只是不需要油和烟也能运转而已。我在这里接连逛了三天，依然没有士兵，只有一些身穿黑色外套的人。这种既简单又不好的印象开始影响我的想象力，并变得生动、庄严、充满象征意义。最后，我对它的印象比在德国时的所见所闻还要深。我的确是一个喜欢说话的人。要想有大的改变，就必须采取大的行动。未来在此，当下也在此。你肯定会抱怨我不肯给你提供一些个人信息。不过，与对国家相比，我对自己更诚实。我在纽约待了一个月，在轮船上，我遇到了一个非常有趣的姑娘，并产生了想和她结婚的念头。事实上，这是不可能的，因为她已经被欧洲的风气浸染了。

## 八

寄信人：欧若拉·丘奇小姐　纽约

收信人：怀特塞德小姐　巴黎

1 月 9 日

刚刚来到的时候我就和你说过，母亲给我三个月的自由支配时间。今天是最后一天。我觉得自己没有好好利用。真的，我确实就没有利用——我没有嫁出去，这就是我俩争论的症结所在。她一直想让我什么东西也不带，就嫁到欧洲去。据我所知，妈妈没有去过欧洲。她把希望全部寄托在了我的身上，做梦也没有想到我根本没有按照她的想法去做，甚至没有去尝试。我认为，这种事情不会发生在我身上。我从来都没有觉得难过。从头到尾，我都没有遇到一个让我想结婚的男人。若想嫁到那里，必须遇到一个值得你爱的人。不知为什么，我没有看上他们当中任何一个人，觉得这是不可能的。虽然我在欧洲遇到过中意之人，但人家都结婚了。我之所以感到沮丧，只是因为这三个月的自由生活马上就要结束了。我真的不想结婚，只想做自己喜欢做的事——就像上个月那样。但是，我觉得对不起我的母亲，她所期待的事情没有发生。一开始，我们并不受人喜欢，连鲁克家的人也不喜欢我们。奇怪的是，这家人后来悄悄消失了。我的新裙子并不值钱（还有更好的），语言学和历史学研究也没有什么用。据说，在波士顿能够找到好的伴侣。母亲还听说，那里的人都是表兄妹结亲，所以心情一直很低落。这个国家消费水平很高，我们花光了所有积蓄。在性格和礼节等方面，我都不比别人差。没人骂我，但也没人同我搭讪。母亲的猜想是错的。她宁愿我被人嫌弃。事实上，没人喜欢我，也没人厌恶我。这里的人们只会让你觉得他们会喜欢你。

你还记得与我们同船的那两位绅士吗？我们到达后，他们都来看过我。刚一开始，母亲觉得他们是在向我示爱，但我不这样认为。时间长了，我也这么想了。后来事实证明，他们只是来找我聊天而已。这里的人们喜欢聊天。后来，莱弗里特先生和卡克洛先生都在某一天突然消失了。虽然他们没有伤我心的意思，但我确实感到难过了。所有的绅士都这样。你根本不知道他们是什么意思，所有的事情都让人困惑，感觉这个社会到处都是无辜的抛弃。总的来说，我还是挺难过的，但并不是因为没有结婚而难过，而是因为对整个生活感到失望而难过。刚开始时，你可能会觉得生活与众不同，处处都是刺激。当你出去转上一两圈，或与某个绅士乘坐马车出行时，你就会发现，就像这里的人们所言，这就是生活的全部。母亲很生气，这一切令人厌恶。三天前，她提议要去西部，估计就是和这个有关吧。你可以想象一下，当我知道她这样想的时候，有多吃惊吗？那些总想迅速摆脱她的老人总是煽动母亲去西部，她也将其当作最后的救命稻草。你也知道，我们必须动身，不能一直待在这里，否则的话，就结不成婚了。也许在西部可以过得更快活一些，至少那里物价比较低，或者说那里会让这个国家更加可憎。去西部还是回欧洲，母亲一直在权衡，我是去哪儿都成，真的无所谓。也许我应该跟一个拓荒者结婚。重获自由几乎是不可能的事，我从来都没有真正拥有过它。我将它给了别人。也许，母亲可以为我找回自由。刚才她进来说，她已经决定去西部了。多么伟大的母亲！或许我真的要找一个拓荒者——这样的人有数百万。我们西部见！

# 撒谎者

## 一

火车晚点半个小时，车站比他想象的要远很多。等他匆忙赶到临时住所时，同住的其他人都已经穿戴完毕，准备出席晚宴了。仆人把他带到卧室。这间临时住所拉着窗帘，点着蜡烛，灯火通明。仆人迅速拿出为他准备好的衣服，这间温馨小屋顿时令他脑海中浮现出舒适的房子、聚会、聊天、熟人以及亲朋好友，更不用说满堂的欢呼声了。由于整日忙于工作，他很少去乡下旅游，之前倒是听那些常来乡下闲逛的人说："这里服务很周到。"到乡下旅居时，他必定先仔细查看卧室书架上摆放的书籍和墙上挂着的照片。在他看来，这些东西能够体现出主人的文化素养甚至性格特征。做这件事，他耗时并不多，只需打眼一看便能确定，这些作品是否以主流的美国幽默文学为主。墙上挂着的老式平版印刷画大都是穿着高领上衣、戴着骑手手套的乡村绅士画像，这说明肖像画技法的传统依然受到尊崇，令人感到欣慰。住在乡下别墅，勒·法努 ① 的惊悚小说是午夜之后理想的床

---

① 谢里丹·勒·法努（Sheridan Le Fanu, 1814—1873），爱尔兰记者、专栏作家，十九世纪杰出的灵异小说作家，代表作品有长篇小说《塞拉斯叔叔》(*Uncle Silas*)、《墓地旁的屋子》(*The House by the Churchyard*) 和中篇小说《卡米拉》(*Carmilla*)，后者是吸血鬼小说《德拉库拉》的直接灵感来源。

头读物。奥利弗·里昂一边系着衬衣扣子，一边眼睛盯着那本书不放。

大厅里挤满了人。从他一下楼便迅速开席这一点不难看出，客人们已经到齐，只是在等他了。和平时一样，他走在人群的最后面，缓缓移动至餐厅门口，最后一个入席。这种场合对于一位尚在奋力拼搏的年轻画家来说，非常值得珍惜。他觉得自己不再青春年少了。从某种程度上讲，他已经跻身于名流阶层，也算得上一个有头有脸的人物了。此时此刻，他已经就座，好奇地打量着长桌左右。

这是一场盛大的派对——有二十五人出席，其中有名媛淑女，也有风雅名士，还有在银质花瓶里绽放的美丽兰花，人声鼎沸，热闹非凡。按常理来讲，这种环境绝对不利于工作，但对他影响不大。他感谢这个世界。这个世界上的任何事物都可以作为他作画的主题，哪怕是灾祸或苦难。场景的快速变化让他感到身心愉悦（他之前也有过这样的感觉）——黄昏时分，从雾蒙蒙的伦敦和他自己的工作室到赫特福德郡的乡村小镇，到一出由淑女、名士和银质花瓶里绽放的兰花构成的戏剧。他身体右侧坐着一位漂亮女士，左侧坐着一位谦谦公子。但他一直在寻找戴维爵士，并没有过多关注他们。他与这位戴维爵士素未谋面，心里充满了好奇。此时此刻，派对已经进行了一大半。

戴维爵士没有出席此次晚宴。之所以出现这种情况，是因为他已入鲐背之年——大家对他的了解也仅限于此。长期以来，奥利弗·里昂非常期待能够得到为一个九旬老人画像的机会。为老人画像是一件快乐的事情——老人如同冬日的苹果，面容红润却布满皱纹，双目虽炯炯有神但满头银发，给人一种冷若冰霜之感。戴维爵士的缺席让里昂很失望。

阿瑟·阿什莫尔是一位英国绅士，皮肤白皙，脖子粗大。他的妻子身材高挑，和丈夫气质相同，但对人不太热情。奥利弗·里昂此前从未见过这位阿什莫尔先生，当他得知自己的任务是给后者的父亲画像时，他心中非常高兴。有趣的是，这位妻子让里昂感到耳目一新。这种感觉是从她的面容还是她的服饰散发出来的，他自己也说不清楚。

坐在右边的漂亮女士已经和她旁边的一位男士聊了起来，坐在左边的那位谦谦公子看起来沉默寡言，一副拒人于千里之外的样子。既然如此，里昂便沉浸在自己喜欢的事情当中了——偷偷观察各位客人的脸庞。自从他以画像谋生以来，仔细观察人们各种各样的脸庞便成了他的工作。只有这样，画出来的人脸才能与其本人一样栩栩如生。即便阿瑟·阿什莫尔的那张脸不会让他产生作画的冲动，如果他把阿瑟夫人公公的脸庞画得太成功了，她可能会突发奇想，要他为她丈夫作画。那该怎么办？想到这里，焦虑感油然而生。坐在他身旁的第五位先生又是一个什么样的人呢？他是一个可以作画的对象吗？他的脸会不会像一张能够清楚表明其身份的门牌？

他的脸庞吸引了奥利弗·里昂的注意。这位绅士风华正茂，五官精致，浓密的小胡子末端微微卷起，非常漂亮，似乎是一个才华横溢、无所畏惧、勇于冒险的人。他的衬衫上别着一枚胸针，闪闪发光。他的目光充满善意，令人感到舒心惬意——似乎他的一瞥就能够让葡萄和梨子成熟，甚至可以使人与人之间的感情得到升华。他似乎是一位冒险家，一位喜欢带着武器行走江湖的武士。他也有可能是一位受到贬黜的王子，或是一家报社的战地记者。他既开拓进取，也安于现状；既富有教养，也品位低级。里昂和身边那位女士聊了起来——他们没有经人介绍，只是通过询问那个人是谁就足够了。

"哎呀，他就是卡帕德斯上校，你不知道吗？"里昂确实不知道，便向她打听更多的消息。然而，这位女士善于交际，她就像一位技能娴熟的大厨拎起下一个炒锅的锅盖一样，反问他道："听说他在印度很有名气，不是吗？"里昂只好承认自己从未听说过他。她继续说道："好吧。也许他不是很有名气，但他老说自己是个名人。如果你认为他是，也不是不可以。你明白我的意思吗？"

"如果你认为他是？"

"我是说，如果他自认为是——都一样。"

"你的意思是说，他说自己是，还是不是啊？"

"呀，亲爱的，不是这样的——我真的不知道。他聪慧过人，幽默风趣——应该是这里面最聪明的人了，除非你的确比他还聪明。这个我说不上，是吧？我只知道我认识的人。我想，他已经算得上足够有名了！"

"对他们来说足够了？"

"嗯，你也很聪明，"她继续说道，"我看过你的作品，非常钦佩。但我觉得你和他们不一样。"

"它们只是我的肖像，"里昂回答道，"我画的肖像一般不会跟自己很相似。"

"我明白你的意思。它们使用了很多色彩。你今天也会为某个人画肖像吧？"

"我应邀为戴维爵士画像。但今晚没有看到他，我挺遗憾的。"

"哎，他睡觉时间比较早——八点就上床，或者是八点左右。你也知道，他都快成一个老木乃伊了。"

"老木乃伊？"里昂反问道。

"他经常身穿六件马甲，还有其他衣物。他总是感觉冷。"

"我从来没有见过他本人，也从来没有见过他的画像或照片，"里昂说道，"他从来都不肯把事情做完，一直拖着，就像今天这样。这让我很惊讶。"

"噢，你知道吧，那是因为他害怕。他很迷信。他相信，只要他做完了所有的事情，他就会一命归西。他只同意做完过去的事情。"

"他现在不迷信了？"

"哎，现在他年纪大了，也不在乎了。"

"好吧。希望他不会因为我而丧了命，"里昂说道，"他的儿子写信给我，让我感到很意外。"

"哎，他什么都不需要了——一切都是他们的了！"她又追加了一句，似乎对她自己说的话很自信。她非常健谈，说话很有条理——待人很友善，就像玩惠斯特纸牌一样认真。"他们喜欢怎么做就怎么做——请来这么一屋子人——都由他们决定。"

"我明白了——但权力仍然存在啊。"

"是啊。什么是权力呢？"

听她这样说话，里昂捧腹大笑起来，惹得这位女士两眼一直盯着他看。还没有等到里昂笑完，她便与坐在里昂左边的那位男士拉起了家常。很可能是因为这位女士眼睛看着另外一个方向，而且先挑起了话题，那位男士才胆子变大了很多，磕磕巴巴地发表了一点儿看法。他们断断续续地聊了一些。为了能够加入他们的谈话，里昂不得不竖起耳朵仔细听着。他看到和他同排，一位长相端庄的女士坐在这位女士的另一侧。里昂看到的是她的侧面。起初他只是为其美貌所动，后来却感到非常亲切——他非常熟悉这张脸，似乎他们曾经关系很亲密。他根本没有想过能在这里与她相遇，所以没有立刻认出她来。这么多年过去了，里昂没有再见过她，也没有听说过关于她的任何消息。虽然她经常出现在他的脑海中，但早已不在他的生活中了。他每周都会想起她两三次。对于两个十二年未曾见面的人来说，一周想起两三次可谓非常频繁了。认出她的那一刻，里昂确定是她——只有她才是这样的：容貌倾城倾国，独一无二。她身体向前微倾，似乎在听旁边的人讲话。过了一会儿，里昂便看到了她的视线所及之处。她的目光停留在一位先生身上。这位先生就是刚才那位女士所说的卡帕德斯上校——脸上带着一贯的傲慢与自满。

这倒没什么奇怪的。他就是那种天生博得女士爱慕目光的男人。让里昂失望的是，自己注视了她那么久，她竟没有看自己一眼。她肯定知道他也会来（对她来说，这次活动虽然谈不上盛大，但若事先没有听说，她也不会出现在这里了）。当然，他今天没有任何权利要求她做这做那。

她两眼盯着卡帕德斯上校，仿佛已坠入爱河——这种行为对于自重矜持、含蓄内敛的女性来说非常奇怪。毫无疑问，如果她丈夫喜欢她这样做，倒也没关系，或者说她丈夫根本就没有注意到她的这种行为。几年前，他就听人说她已经结婚了，而且想当然地认为，就是因为那个男人的出现，她才拒绝了自己——一个来自慕尼黑的贫穷艺术生。卡帕德斯上校似乎对她的注视毫无察觉。看到此情此景，里昂非常生气。忽然，那位女士转过头来，里昂终于看到了她的正面。他立刻满脸笑容，准备和她打招呼。然而，她却把脸转了过去，好像在对他说："看见了吧，我还是像以前那样美丽！"里昂心里回答说："是啊，给我的感觉和以前一样好！"他问坐在前排的一位年轻男士，知不知道坐在他旁边第五个位置上的那位漂亮女士是谁。

年轻男士向前倾了一下身子，回答道："应该是卡帕德斯夫人吧。"

"你是说他的夫人——那个人？"里昂指了指卡帕德斯先生。这还是坐在他右边的那位漂亮女士告诉他的呢。

"他就是卡帕德斯先生？"年轻人一脸茫然。他承认自己并不清楚，并解释说，这里人太多了。他是前天才到的。里昂已经意识到，卡帕德斯夫人深深爱着她的丈夫。他非常希望自己曾经与她有过一段美好的过去。

“她很忠诚。”几分钟后，里昂发现自己竟然又和坐在他右边的那位女士聊了起来，还告诉她说，他指的是卡帕德斯夫人。

“啊，你认识她？”

“曾经——那时，我在国外。”

“你为什么向我打听她的丈夫呢？”

“这就是原因啊。后来，她结婚了——我连她现在怎么称呼都不知道了。”

“那你现在怎么又知道了？”

“这位先生告诉我的——他好像知道。”

“原来他什么都知道。”

“除了这件事，我可不觉得他什么都知道。”

“你是自己发现她很忠诚的。你这样说，是什么意思？”

“唉，你先别问我——我还有一个问题，”里昂说道，“你们觉得她这个人怎么样？”

“你的问题太多了！我只发表我个人的看法。我认为，她是一个很难相处的人。”

“那是因为她诚实坦率。”

“你的意思是说，我喜欢那些表里不一的人？”

“她的眼睛像英国人，脸上却带有罗马人的特征。实际上，她是地地道道的英国人。她的肤色、平坦的额头和乌黑的鬈发使她看起来更像一位打扮得光彩照人的农家女。”里昂回答道。

“你说得对。她经常头戴簪子和发卡，看起来就更像农家女了。我很喜欢她的丈夫。他太聪明了。"

"好吧。自从我认识她以来，就没有伤害过她。她是慕尼黑最可爱的人。"

"慕尼黑？"

"她老家在那里。慕尼黑并不富裕——事实上，慕尼黑在经济上很落后。她的父亲是一个大户人家的小儿子，结过两次婚，有很多孩子。她是父亲的第一个妻子所生，很受弟弟妹妹的喜爱，但继母并不喜欢她。我曾经为她画过这样一张素描：她就像歌剧《维特》①里的主人公夏洛特，切着黄油面包，弟弟妹妹簇拥在她的周围。画家们都很喜欢她，但她并不介意我们对她的'喜欢'。我承认，她很骄傲，但她不自大，也没有贵族小姐的坏脾气。对于我们对她的'喜欢'，她以坦诚、善良待之，常常让我想起萨克雷②的《纽克姆一家》中的女主人公埃塞尔小姐。她曾对我说过，她一定要嫁一个好人家。这也是她能够为家庭所做的唯一一件事情了。我还以为你会说，她的确嫁得很好呢。"

"她告诉你的？"这位女士笑着问他道。

"我向她求过婚，但她觉得自己应该嫁得更好。"里昂回答说。

同往常一样，女士们离席后，主人吩咐男士们聚在一起。里

---

① 指法国作曲家儒勒·马斯奈（Jules Massenet, 1842—1912）于1892年根据歌德小说《少年维特之烦恼》改编的歌剧。
② 萨克雷（William Makepeace Thackeray, 1811—1863），英国维多利亚时代的代表小说家，与狄更斯齐名，代表作品有《名利场》《班迪尼斯》等。《纽克姆一家》（The Newcomes）是他于1853—1855年间创作的一部长篇小说。

昂发现自己竟然坐在了卡帕德斯上校的对面。因为天气不错，大家谈论的话题就以"奔跑"为主。很多人和大家分享他们的奇遇和见解。一片嘈杂声中最响亮的就是卡帕德斯上校的声音了。他嗓音悦耳，而且带有阳刚之气。在里昂看来，这样的一个"好人"就应该拥有一副好嗓子。从他的言论中不难看出，他是一个非常优秀的骑手。这也是里昂非常期待的。他没有吹嘘，只是有意无意中透露自己的真实经历。他的经历极其危险，每次都是死里逃生。客人们都在认真听他讲话，但里昂发现他们的认真与他们的兴趣并没有多大关系。这就是为什么上校将他看作自己的特别听众，讲话的时候眼睛只盯着他一个人。这让里昂别无选择，只好表示赞同和支持——上校好像认为这些都是理所应当的。有位客人突然出了一点意外：他摔了一跤，倒在座位下边了——他看起来摔得不轻，撞到了头，昏迷不醒。大家七嘴八舌讨论着他多久才能醒过来或到底能不能醒过来。上校悄悄对坐在桌子对面的里昂说，即便这家伙昏迷几个星期——几个星期再几个星期再几个星期——再几个月甚至再几年都醒不过来，也不应对他丧失信心。他身体向前微倾，里昂也将身体向前凑了凑。卡帕德斯上校告诉他，根据他的个人经验，一个人躺着，昏迷不醒，病情又不恶化，要多久才能醒来还真的无法确定。几年前，他在爱尔兰曾经遇到过同样的事情。当时他从马车里摔了出去，栽了一个大跟头，头先着地。大家都以为他死了，其实并没有。人们把他抬到了距离出事地点最近的一间小屋。他在那里昏睡了很多天，之后被送到了镇上的一家旅馆——没有被扔掉不管，侥幸脱险。他昏迷了三个月，没有一点儿好转的迹象。大家都不敢靠近他，也不敢喂他东西吃，几乎看都不敢看他一眼。后来有一天，他忽然睁开了双眼——变得精神抖擞。

"对我来说，这是件好事。我以自己的名誉向你保证——我的大脑得到了休息。"他的想法很积极，似乎想对里昂说，是上天赐给他这段时间让他好好休息。里昂觉得他的经历太惊人了。他想知道他是否在假装——其实什么事都没有，他只是想静静地躺着而已。想到这里，里昂又犹豫了一下——卡帕德斯上校说，他朋友差点儿就被活埋了。这句话让里昂印象深刻。他还说，他有一位朋友在印度也遇到过这种事情——这家伙染上了丛林热——大家已经把他放进棺材里了。他继续讲述着这位可怜人后来的命运，这时，阿什莫尔先生走了过来，招呼大家去客厅。

里昂发现，没有一个人在意他这位新朋友在对他说什么。在大家慢慢走出餐厅时，里昂便和上校继续聊了起来。

"你的朋友真的被活埋了？"里昂有些怀疑。

卡帕德斯上校看了里昂一眼，好像已经忘记了他们刚才的对话。接着，他笑了笑——这一笑使他看起来更英俊了。"他的的确确已经被埋进土里了。"

"后来呢？"

"直到我去把他挖了出来。"

"你去了？"

"我晚上做梦梦见他了——那个梦非常离奇：我听到他向我大声呼救。我觉得有责任去把他挖出来。你也知道印度人有点儿野蛮。他们会强行掘开坟墓，盗取尸体。我有预感，他们会挖开他的坟墓。信不信由你！我可是快马加鞭赶到的。天哪！有几个人已经把地面挖开了。啪——啪，几声枪响之后，他们就逃走了。我一个人把他挖出来的，你信吗？他还活着并且毫发无损。他获得了抚恤金——前几天回老家去了。他愿意为我做任何事情。"

"他在晚上向你大声呼救？"里昂非常吃惊。

"这一点非常有趣。到底是什么向我大声呼救的呢？绝对不是他的鬼魂，因为他还没有死。当然，也不是他自己。他已经被埋在了地里，也不可能。必定另有它物！你知道，印度是个非常奇怪的国家——神秘莫测，到处都是不可思议的东西。"

他们出了餐厅。卡帕德斯上校走在最前面，没有和里昂走在一起。一分钟后，还没有到达客厅，他们俩又碰面了。

"阿什莫尔告诉我你是谁了。当然，我之前也听说过你——认识你很高兴！我妻子以前也认识你。"

"她竟然还记得我！我真是太开心了。吃饭时我就认出了她，恐怕她没有认出我。"

"唉，她可能有些难为情吧。"上校很幽默。

"因为我而难为情？"里昂用同样的语调问道。

"不就是因为一幅画吗？你曾经为她画过一次肖像画。"

"是很多次，"里昂纠正道，"很有可能是因为我给她画过肖像而不好意思吧。"

"亲爱的先生，我就没有不好意思。你真是太好了！非常感谢你为她画了那幅画。我第一次看到那幅画，就喜欢上她了。"

"你指的是和孩子在一起——切黄油面包的那一幅吗？"

"黄油面包？不是——一棵山葡萄树，叶子带豹纹的那种。"

"哦，是那一幅呀！"里昂说道，"我记得。那是我画的第一幅比较像样的肖像画。很想再看一眼。"

"你可不能问她要啊——她会很尴尬的！"上校大声叫道。

"尴尬？"

"我们把那幅画送人了——绝对不是不喜欢，"他笑着说道，"他是我妻子的一位老朋友，对那幅画爱不释手。他就是斯尔博斯坦特-施莱根施坦大公，你认识他吗？他去孟买的时候，我们也在那里。当他发现那是你的作品后（他可是欧洲最大的收藏家之一），就天天来纠缠我们。真的没有想到——那天恰好是他的生日——为了摆脱他的纠缠，我妻子便告诉他可以拿走那幅画。他倒是欣喜若狂了——而我们却失去了那幅画。"

"太感谢你了！"里昂非常高兴，"如果像他那样一位伟大的收藏家能够收藏我年轻时候的拙作——我真是荣幸至极啊！"

"他将那幅画藏在一座城堡里。到底是哪座城堡，我就不清楚了——你知道，他有很多城堡。他送给我们一个非常漂亮的印度古花瓶，以表谢意。"

"那可比那幅画值钱多了。"里昂说道。

卡帕德斯上校好像在想其他事情。过了一会儿，他又说道："如果你有时间来镇上看我们，她会给你看看那个花瓶的。"进入客厅时，上校推了里昂一下。"去和她说说话吧——她会很开心的。"

奥利弗·里昂进入宽敞的大厅。大厅内灯光柔和，女士们个个衣着华贵，光鲜亮丽，在地毯上走来走去。卡帕德斯夫人孤零零一个人坐在大厅最里面的一个小沙发上。里昂并不认为卡帕德斯夫人旁边的空位是留给他的，因为吃饭时，虽然里昂认出了她，但她一点儿反应都没有。尽管如此，他还是非常渴望走过去坐在那里。况且，是她丈夫让他来的。想到这里，他便穿过大厅，站在了老朋友面前。

"希望你不要说不认识我。"里昂怯怯地说道。

她看着里昂，满脸笑容。"很高兴见到你。听说你要来，我真的很开心！"

"吃饭时，我努力想让你看我一眼，对我笑一笑——但你没有。"

"我没看见——也不知道。我讨厌傻笑，也不喜欢喜形于色。我很腼腆——这一点你应该记得吧。现在我们可以轻松地聊天了。"她把屁股挪了挪，给里昂腾出了更大的位置。他们聊了起来。里昂非常喜欢这样的聊天。他的脑海中又浮现出了过去喜欢她的各种理由。她依然是他见过的最不娇气的美女。她不会卖弄风情，也不会使用谄媚之术。她就像一个来自收容所的可爱精灵——一个给人惊喜的聋哑人或行动自如的盲人，总能让人为她着迷。她思维敏捷，异于常人。当人们还在赞扬她美丽的额头时，她想的却是卧室里的炉火是否旺盛。

她为人单纯，心地善良，聪明伶俐，虽不善于言辞却也不难相处，尤其是天生就具有一种亲和力——给人留下美好的第一印象。她想象力不是很丰富，但对于生活，她有着自己的见解。里昂说起了在慕尼黑的那段时光，这让她想起了很多事情，有快乐，也有悲伤。她告诉里昂，吃饭时，她不敢确定里昂能否和她说话，也不知道里昂是不是在向她示意。她的话绝对真诚——除了真诚，别无其他。她人长得漂亮，还能如此谦虚，让里昂非常感动。她告诉里昂，她的父亲已经过世了。弟弟当中有一位是海军，其他的都在美国经营牧场。两个妹妹已结婚，最小的妹妹刚刚长大成人，也出落得亭亭玉立。她没有提及继母。最后，她询问里昂的生活经历。里昂告诉她说，他至今未婚。

"啊，你应该结婚，"她很吃惊，"结婚是一件非常美好的事情。"

"可我想娶的那个人——是你啊！"他回答道。

"为什么是我呢？我现在很幸福。"

"这就是我不结婚的原因。向我炫耀你现在生活很幸福真是太残忍了。但能结识你丈夫我还是很开心的。我们聊得很投机。"

"你一定要多多了解他——深入了解。"卡帕德斯夫人建议他道。

"走得越远，发现越多。他表现不错。"

她漂亮的灰色眼睛注视着里昂。"你觉得他英俊吗？"

"不仅英俊，而且睿智、幽默。看见了吧，夸奖别人，我从不吝啬。"

"是啊，你一定要深入了解他。"卡帕德斯夫人重复道。

"他生活经历很丰富。"里昂回答说。

"嗯，我们去过很多地方。你肯定没有见过我女儿吧。她九岁了——长得很漂亮。"

"改天你一定要带她到我画室来——我给她画幅画。"

"唉，请你不要这样说，"卡帕德斯夫人说道，"这让我想起了一些非常苦恼的事情。"

"过去你经常坐在我的面前，给我当模特。就算这让你感到很无聊，但我还是希望你指的不是这个。"

"不是你做的事情——是我们。我必须承认——那是我的一个心病啊！我说的是你送给我的那幅精美画作——这幅画总能博得众人的赞美声。希望你能来伦敦看我。我不能告诉你是因为我太喜欢那幅画了，才把它放在我自己的房间，原因很简单——"她停顿了一下。

"因为你不会撒谎。"里昂插嘴道。

"是啊，我真的不会。在你问它之前——"

"哦，我知道你把它送人了——这个秘密已经泄露了。"里昂打断了她道。

"你已经听说了？我知道你会的！你知道我们得到了什么？两百英镑。"

"你本应该得到更多。"里昂笑了笑。

"当时，这是很大一笔钱。我们急需用钱——那是很久之前的事了。我们刚刚结婚，收入很少，所幸那幅画让情况有所好转。那真的是一大笔钱，我们都欢呼雀跃了。我丈夫的愿望实现了一部分。现在，我们过得很好。遗憾的是，我们失去了那幅画。"

"你是说那个花瓶价值两百英镑？"里昂问道。

"花瓶？"

"漂亮的印度古花瓶——大公的谢礼啊。"

"大公？"

"叫什么来着？——斯尔博斯坦特-施莱根施坦。你丈夫对我提过这笔交易。"

"哦，我丈夫。"卡帕德斯夫人讪讪地说道。里昂看到她的脸色发生了变化。

里昂认为，这并没有徒增她的尴尬，反而消除了自己的疑虑，于是继续说道："你丈夫告诉我，那幅画现在被大公收藏了。"

"在大公那里？我想，那里肯定有很多宝贝。"她刚才迷惑了一会儿，但现在已经回过神来。听到这对夫妇对于同一件事的回答并不相同，里昂心想，这兴许是善意使然吧。毕竟他没有亲眼看见艾维瑞娜·布兰特如何准备回答这个问题。这不是她一贯的作风。里昂换了一个话题，要她一定把女儿带去他那里。里昂认为——这大概只是幻想吧——她一副心不在焉的样子，好像很恼怒他们竟然会有话不投机的时候。

这并未阻止里昂最后对她说这一番话。就在女士们打算去休息时，里昂说道："从你说话的语气来看，你似乎对我功成名就感到惊讶。如果你早就知道我会成功，会不会嫁给我？"

"我早就知道啊。"

"怎么会呢？连我自己都不知道。"

"你太谦虚了。"

"当年我向你求婚的时候，你可不是这样认为的。"

"唉，如果我当年嫁给了你，就不可能和他结婚了——他人真的太好了。"卡帕德斯夫人说道。里昂早就知道她会这样想——吃饭时就知道了，但亲耳听到她亲口说出来，他还是有些恼怒。人们握手道晚安的声音持续不断。卡帕德斯先生从人群中走了过来。卡帕德斯夫人告诉丈夫："他想为艾米作画。"

"哦，她是一个有趣的孩子，可爱的小精灵，"上校对里昂说道，"她正在做一些不同寻常的事情。"

卡帕德斯夫人跟着女主人走出了房间，在"沙沙沙"的脚步声中停了下来。"不要告诉他，拜托了。"她对丈夫说道。

"不要告诉他什么？"

"不要告诉他艾米在做什么，也不要告诉他为什么。让他自己去想吧。"说完，她继续向前走去。

"她觉得我会拿孩子来炫耀——令人讨厌，"上校说道，"你吸烟吧？"

十分钟后，上校出现在了吸烟室。他的穿戴很抢眼，一条红色围巾，上面都是白色小点，让里昂大饱眼福，而且让他觉得，他这个年纪也可以打扮得光彩照人。如果上校的妻子是一件古董，那么上校就是一件精致的标本，是那个时代的代表。别人可能误以为他是十六世纪的威尼斯人。当他看见上校站在壁炉架前面，身材魁梧，光芒四射，嘴里吐出一团一团烟雾的时候，便不再好奇艾维瑞娜为何不后悔当初没有嫁给自己了。里昂心想，他们俩可真是天生的一对啊！

晚餐后，男人们已经疲惫不堪，女士们却丝毫没有倦怠之色，真的是太奇妙了。在吸烟室烟味的刺激下，很多男人都已经清醒过来，其中有一些还悄悄来到了吸烟室。炉火旁边的桌子上，摆着一大堆酒杯和酒瓶。托盘和里面的食物在炉火照耀下闪闪发光。这也许就是他们悄悄来此的原因吧。还有一些人躲在角落里，侃侃而谈。在同伴们穿着各种衣服走进吸烟室之前，里昂独自和卡帕德斯上校待了一会儿，他发现这个英俊的男人真的是完美无缺。

里昂发现吸烟室的构造很奇特，于是就和上校聊起了整栋建筑。上校告诉他，整栋建筑由两座楼房构成。一座是老式的，一座是新式的，各有各的特点。一位老人买下原有的楼房后又进行了扩建。对的，他在四十年前就把这里买下来了。他很有品位，仍然保留了原来的房子，仅仅做了必要的连接工作，除此之外原封未动。在这座无章可循、格局凌乱、神秘怪异的建筑里，人们不时会发现一间封闭的屋子、一架隐秘的楼梯，的确令人好奇。在他看来，原有的那座楼房幽暗阴森，新扩建的则宽敞明亮，整座建筑看起来并非赏心悦目。据说，多年前整修时，在一个走廊的石板下边发现了一具骸骨。这家主人不愿提及此事。那座老式楼房里的有些房间住起来很舒适。主人一家现在仍然住在那里。

"我就住在老楼——感觉非常好，"里昂说道，"房间设施新，舒适便利。但是，房门上的凹槽很深。走廊镶着墙裙，暗棕色，很漂亮，似乎把走廊拉长了半英里（我想灯光也未必会有这样好的效果）。走廊的楼梯已经年代久远。"

"噢，不要去走廊尽头！"上校笑着大声说道。

"难道说它是通向鬼屋的吗？"里昂有些不解。

上校看了他一眼。"怎么，你也知道这件事？"

"不，我不知道，只是说说而已。我这个人运气不好——从来就没有在一座老别墅里住过。所到之处都很安全，就像查令十字街①。不管那里有什么，我都很想去看一看。那里真的有鬼吗？"

"当然有啦——一个非常善良的鬼。"

"你见过它？"

"你不要问我看到了什么——你怎么这么容易相信别人？我不喜欢谈论这种事情。这里有两三个房间很恐怖。"

"在哪里？"里昂问道。

"最恐怖的那间应该是在走廊尽头吧。如果你住在那里，就太不明智了。"

"不明智？"

"除非你已经把活干完。第二天上午你会收到一些信件，然后你会乘坐十点二十的列车离开。"

"你是说我要找一个逃跑的理由？"

"除非你具有超人之勇。他们一般不会让客人住在那里。有

---

① 查令十字街（Charing Cross），英国伦敦著名的书店街。

时候，来的客人太多了，他们也会安排客人去那里休息。这样的事情经常发生——住在那里的客人会在吃早餐时收到一些信件，个个显得焦虑不安。当然，那是一个单人房间。我和妻子住在别墅的另一端。三天前，也就是来到这里的第二天，我们碰到了一件有趣的事情。因为别墅住满了，一位小伙子就被安排到走廊尽头的房间住了——我忘记了他的名字。他在吃早餐时收到了一封来信——他脸色十分难看，迅速跑到镇上去了。很遗憾，他的行程也就到此结束了。阿什莫尔夫妇面面相觑：那个可怜的家伙不见了。"

"我是不会那样的，"里昂说道，"他们一定不会介意你告诉我这件事。你知道，有些人会觉得，家有善鬼也是一件很值得自豪的事情。"

就在这时，主人在三四位先生的陪同下走了进来。里昂很清楚上校没有把话说完，仅仅告诉了他一部分。他会知道剩下的部分。刚才上校所说的那个白天逃跑的故事，这种事情经常发生，这几位先生当中肯定有一位可以告诉他对这件事的看法。阿什莫尔先生同里昂单独谈了起来。他说，很遗憾，到目前为止都没有来得及和里昂进行交流。当然，谈话本身与他此次来访的目的关系密切。里昂说，对戴维爵士不了解，这对自己作画很不利——他一直认为这一点很重要。这位模特年纪太大了，时间耽搁不起。

"这样吧，我给你讲讲关于他的一些事情。"阿什莫尔先生建议道。

阿什莫尔先生用了半个小时对里昂讲了许多关于戴维爵士的事情，非常有趣。里昂感觉到戴维爵士是一个非常和蔼的老人，他这位并不健谈的儿子非常尊敬他。最后，里昂站起身来——说为了明天早晨能够精神饱满地工作，他必须要去休息了。主人一听，回答道："你必须拿上蜡烛。用人们已经休息了。"

不一会儿，里昂手里就多了一根蜡烛，烛光摇曳。他离开房间时，看到其他客人正在喝酒饮茶，就没有道晚安，以免惊扰他们。这种场面他已经司空见惯了。他总是第一个离开吸烟室，在一栋漆黑的乡下别墅里，独自一人向休息的地方走去。即便不是住在闹鬼的房子里，他依然会觉得，漆黑的大厅和楼梯令人毛骨悚然。不管是长廊里他的脚步声，还是从高窗射进楼梯平台的冬日月光，都带有一种不祥的预兆。人们总是喜欢疑神疑鬼。他不知道这座别墅的主人是否敏感。上校讲的那些稀奇古怪的故事给他留下了深刻的印象。他决定，无论阿什莫尔先生喜欢不喜欢，他都要说一说。

于是，他在开门离开的时候，对着阿瑟·阿什莫尔说道："希望不会撞见鬼。"

"鬼？"

"这座古老的大宅子里应该有吧。"

"我们尽量不让它们出现。你想干什么？"阿什莫尔先生问道，"我想它们不喜欢热水管吧。"

"它们总是提醒人们注意自己的生活环境。在走廊尽头有鬼屋吗？"

"可能会有吧。"

"我很想住在那里。"里昂说道。

"好吧。如果你愿意，明天就可以搬过去。"

"最好还是等工作完成后再去。"

"好的。我父亲会在他的房间等你。"

"我害怕，我会像三天前那位先生一样逃走的。"

"三天前？什么先生？"阿什莫尔先生问道。

"就是那位吃早餐时收到一封急信，然后乘十点二十的火车逃跑的那位。"

"我不知道你在说什么。三天前，这里没有发生这样的事啊。"

"哦，那太好了。"里昂边说边道晚安，然后离开了。他凭着记忆，手举着忽明忽暗的蜡烛，向自己住的房间走去。虽然在路上碰到了许多令人毛骨悚然的东西，他还是安全穿过了那条通往自己房间的走廊。一片漆黑之中，走廊似乎延伸得更远了。出于好奇，里昂还是沿着走廊走到了最深处。他经过好几扇门，上面写着房间的名字，除此之外什么也没发现。他忍不住想推开最后一扇门——看看那个有闹鬼之说的房间，但转念一想，这样做未免太轻率了。卡帕德斯上校就像一位善于编写故事的人。这里可能有鬼，也可能没有。里昂更倾向于认为，上校自己才是这栋别墅里最神秘的人。

## 二

里昂发现，戴维爵士是一个很好的作画对象，一位很容易相处的模特，更是一位和蔼可亲的老人。他身穿里昂希望他穿的皮毛睡衣，满脸皱纹但容光焕发。对于自己的年纪，戴维爵士引以为豪，但健康欠佳让他有些难为情。作画时，他非常配合，仿佛画像就是在给他做一个小手术。他认为，一位绅士一生只能有一幅肖像画——自己的肖像画能够到处悬挂是一种荣耀。对于女性来说，她们可以将其制作得非常精美，悬挂在墙上，但男性一般不会花费精力去精心制作。画肖像画的最佳时间是，作画对象整个人都呈现在你的面前——你知道他所有的经历。戴维爵士的一生就像一颗水晶石，没有瑕疵。他把自己的肖像画比喻成一幅简单的乡村图，万一他有什么不测，人们可以翻翻看看。当然，只有亲自游历过乡村的画家，才能描绘出一幅真正的乡村图。从早餐过后一直到午餐时分，接连几天，戴维爵士和里昂谈论了很多事情，当然也没有漏掉别墅里的客人们。正如戴维爵士所言，因为他一般不"出去"，对来来往往的客人知之甚少，很想听里昂说说他们。作为一名画家，里昂总能刻画出细微之处，而且一点儿也不夸张。有那么一群非常了不起的人，他们就像一个装满家族史的宝库，戴维爵士就是其中之一。他们也聊到了卡帕德斯家族。对于这一家族，戴维爵士知道两代甚至三代人的事情。

作为老朋友，戴维爵士非常了解卡帕德斯上校的父亲。作为一名战士，老卡帕德斯很优秀，从部队复员后堕落了——经常偷偷摸摸去市里把钱花在一些乌七八糟的事情上。他娶了一位姑娘。这位姑娘给他带来了一些财产，还给他生了六个孩子。这几个孩子最后都干了什么，戴维爵士不是很清楚，只知道有一个在教堂工作，还得到了晋升——大概是罗金厄姆教堂的主持牧师克莱门特吧？这个孩子颇有军事才华，在东部地区当过兵，娶了一位非常漂亮的姑娘。老卡帕德斯一直住在伊顿，并常来这里度假，不久前回英国去了。克莱门特和妻子现在就在这里。克莱门特就像一只招人喜欢的小狗，但有一个怪癖。

"怪癖？"里昂问道。

"他是一个大骗子。"

"大骗子？"听到这句话，里昂吃了一惊，手中的画笔停住了。

"你还没发现？真是太幸运了！"

"我承认，我觉得他说话水分比较大——"

"哦。他谎报时间，捏造帽子制造商的大名，好像世上真有其人。"

"嗯，满口谎言的坏蛋！"一想到艾维瑞娜·布兰特对自己撒谎那件事，里昂的声音就有一丝颤抖。

"哦，也不能这样说，"老人说，"其实也算不上坏蛋。没偷没抢，没赌博没酗酒，没有恶意——对妻子始终如一，对孩子宠爱有加，实在无法直接得知其人是好是坏。"

"看来他昨天晚上告诉我的一切都是假的：他发表了一连串激烈的言辞。这些话很吸引人，我还真的相信了呢。我从未想过他竟然是这样一个人。"

"想必他心情一定不错，"戴维爵士继续说道，"那是一种天性——就像你可能天生会是瘸子或结巴或左撇子一样。我相信，这就像间歇热一样时有时无。我儿子告诉我，他的朋友都很理解这件事，而且看在他妻子的分上，也没有怪他。"

"哦，他的妻子——妻子！"里昂一边默默念叨，一边快速画着。

"我想，她已经习惯了。"

"绝对不会，戴维爵士。她怎么能习惯呢？"

"如果她真的喜欢他，为什么不呢，亲爱的？难道他们不是都经常夸大其词吗？他们都是内行——和同伴心有灵犀呢。"

里昂沉默了一会儿。卡帕德斯夫人非常喜欢她的丈夫，这一点他没有理由否认。停了一会儿，里昂继续说道："哦，不是这件事！我多年以前就认识她——那时她还没有结婚，清纯可人。我很喜欢她。"

"我也很喜欢她，"戴维爵士说道，"但我曾亲眼看见她竟然支持自己的丈夫撒谎。"

里昂仔细端详了戴维爵士一会儿，只是纯粹地上下打量他，与他的模特身份无关。"你确定吗？"

老人犹豫了一下，笑着回答说："你爱她。"

"很有可能。天知道我是否曾经爱过她。"

"她必须帮着他啊——她不能戳穿他。"

"她可以保持沉默。"里昂坚持道。

"也许在你面前，她可能会。"

"是不是真的这样，我也非常好奇，"里昂在心里说了一句，"天啊，肯定是他对她做了什么！"里昂将这个想法藏在心里。在他看来，卡帕德斯先生在这件事上已经远远背离了自己的本心。一个女人在这样的窘境中如何行事，这个问题现在依然强烈地占据着里昂的内心。他为她担心。虽然他也有烦恼，但从未像现在这样担心过任何事情。他想看到一位妻子的忠诚在一个反面教材的影响下会造就一份什么样的赤诚之心。不管其他女人会怎么做，里昂坚信，艾维瑞娜·布兰特不会有离经叛道的行为。即使她没那么单纯，会撒谎，道德没有那么高尚，她也不会表现得那么差。当她的丈夫欢欣雀跃、手舞足蹈的时候，她会不会如坐针毡、痛苦不堪？或者说，她现在非常反常，认为以牺牲别人的名誉为代价来博得注目是一件妙不可言的事情？要知道，博得注目在某种程度上可能需要一种神奇的魔力。除了这两种可能性（其一，她默默承受着巨大的痛苦；其二，她深深爱着她的丈夫），还有一种可能就是，她还没有识破他。他说什么就是什么。不过，稍微想一想就能发现，这种假设是站不住脚的。卡帕德斯所说的事情肯定与她自己的认识有出入。

在与他们接触的一两个小时内，里昂就已经发现，在他们把他早期画的画拿来卖钱这件事上，她竟然用谎言来应对他，而且说得滴水不漏。即便当时她真的没有感到痛苦，就里昂目前看来，他必须重新考虑考虑了。当然，即便没有疑虑，凭着他对卡帕德斯夫人那份无法斩断的情愫，这个问题依然会摆在他的面前。画了这么多年画像，从某种意义上来说，他也算得上是一位心理学家了。不过，他的好奇受到了限制。三天后，上校夫妇打算去拜访另外一栋别墅。当然，这一定是上校的主意——这个人不同寻常。因此，这件事必须快速进行。里昂不敢贸然向别人打听他们对于此事的看法，因为他害怕戳穿他曾经深爱的那个女人，他害怕从别人的言谈中发现真相。上校的怪癖对他自己和妻子都造成不好的影响。不管他待在哪家别墅，他的怪癖都是一个老生常谈的话题。在里昂去过的圈子里，他发现，对于那些奇奇怪怪的人，人们乐于加以评论。

一天，里昂一边同戴维爵士聊着天，一边熟练地运用着画笔。突然，他想起来，那天上校一整天都在打猎，便中止了作画进程。卡帕德斯夫人没有去打猎。里昂和她一起散步（她喜欢散步），然后又请她在大厅的一个温馨角落里喝茶，打发时间。虽然里昂关心她，但是没有办法说服自己她已经被一种可耻的行为吞噬了。里昂心想，她心里肯定不认为，卡帕德斯这样一个谎话连篇的男人——看起来外表光鲜，其实则不然——只是徒有其表。里昂看着她的双眼（她偶尔也会允许他这样做），发现那双眼睛里没有一丝不安的神情。他不断向她提起过去那些美好的时光——让她想起了连里昂（在这次重逢前）都不记得的事情。里昂又对她说起了她的丈夫，赞扬他的容貌和交际才能，声称他们很快就建立起了友谊，并向她打听（对自己的冒昧，他内心还是微微颤抖了一下）他究竟是一个什么样的人。

"一个什么样的人？"卡帕德斯夫人回答说，"哎呀，一个女人该怎样评价自己的丈夫呢？我非常喜欢他。"

"哦，这一点你已经告诉我了！"里昂的声音很悲伤。

"那你为什么又问我呢？"她好像非常开心，"他至善至美。他是一位军人——一位绅士——一个好人，一个十全十美的人，拥有经天纬地之才。"

"他的经天纬地之才令人震惊。实话说，我可不认为他是个好人。"

"你怎么看他，我不在乎！"卡帕德斯夫人微笑着对他说道。在里昂看来，她微笑的那一刻比任何时候都美。她要么已经无所顾忌，要么更加令人难以捉摸。里昂并不指望能够从她那里得到他期待已久的暗示。她竟然认为自己嫁给了这样一个男人：他不是可鄙恶习的代称，而是英雄的象征。当丈夫对别人说话时，她没感觉到别人都在讥笑他吗？像她这样性格的女人如何日复一日、年复一年地忍受这种行为，还是说她的性格已经发生变化？除非再次亲耳听到她撒谎，否则里昂仍然不相信她真的已经变了。里昂非常困惑，甚至有些恼怒，然后又问了自己很多问题。她对丈夫的谎言一声不吭，不予追究，难道这不是撒谎？她对丈夫不反感，就能说明她没有帮助或教唆过他？她可能很反感，只是出于自尊心，才戴上了这样一个让人捉摸不透的面具。对于丈夫的丑陋行径，她也许每天晚上都会在房间里严厉地批评他。如果卡帕德斯屡教不改，一切都是徒劳，那么和他结婚这么多年后，她怎么能够带着一种完全不加掩饰的骄傲去面对里昂？如果从来没有爱过她，里昂可能会认为上校的不端行为非常有趣。即使里昂觉得自己的担心有可能会遭到他们夫妇俩的嘲笑，但在他的心里，他们已经变成悲剧人物了。

奇怪的是，一些人的鄙视和不齿都挡不住其他人对上校的喜爱。就像他的大部分作品一样，有些人投以怀疑的目光，而有些人却认为它们充满了生机与活力——看起来几乎都很出色。上校是一名出色的骑手，也是一名优秀的射手。不管怎样，他最大的特点还是不加选择地参加社交活动，认为参加社交活动能够获得别人的兴趣和信任。尽管他是可鄙、甚至庸俗之徒，但毕竟还是具有一定的影响力。人们对他毁誉参半，支持和反对的声音都有。里昂心想——他不但撒谎了，就算（尤其是）有人反驳他，听的人还是觉得自己也撒谎了。他在晚餐前后都注视过上校妻子的脸庞，想看一看她会不会有一点点愁容或者痛苦的神情。遗憾的是，他什么也没发现。有趣的是，每次里昂和她说话，她几乎都是一副洗耳恭听的样子。那就是她的过人之处。她甚至不希望别人怀疑自己不喜欢音乐。里昂眼前出现了一种幻象，久久挥之不去：第二天傍晚，一个模糊的身影跑去一些地方弥补上校造成的损害，就像惯偷的亲属及时拜访被他偷窃的商店一样。

"当然，这不是真的。我必须道歉，希望他没有给你造成任何伤害。他只是积习难改而已。"唉，里昂好想听见卡帕德斯夫人极度羞愧的声音。他没有邪念，不打算故意利用她的羞耻或忠诚。但他的确心里一直在对自己说，一定要好好劝劝她。一定要让她知道，和他人来往，需要保持自尊。他甚至梦想着她满脸通红，强烈要求卡帕德斯不要继续再往下说的那一刻尽快到来。

里昂完成画作打算离开了。带着乐趣工作让里昂对自己的成功坚信不疑。然而，当他发现自己的工作能够让所有人，尤其是阿什莫尔夫妇感到满意的时候，他却开始怀疑起自己来了。上校和卡帕德斯夫人已经走了。在里昂看来，与卡帕德斯夫人的分别与其说是一种结束，倒不如说是一种开始。他回到镇上不久就去看望了她。她曾经告诉过里昂自己什么时候会在家——她似乎还在喜欢他。如果喜欢他，为什么不嫁给他？不嫁给他，为什么一点儿都不感到遗憾？如果感到遗憾，又为什么将这份遗憾掩藏得这么深？在这件事上，里昂的好奇心可能会让读者觉得他很愚钝。对于一个内心失落的人来说，这还是情有可原的。不是因为卡帕德斯夫人应该喜欢他，也不是因为她应该准许里昂说他爱她，而是因为里昂认为她应该给自己一个暗示，表示她很遗憾。与里昂的想法截然相反，她在里昂面前炫耀自己的女儿。这个小女孩明眸皓齿，天真无邪。里昂还从来没有见过如此可爱的小女孩，但他还是不由自主地想知道这个小女孩是否也撒过谎。这个想法——一位母亲看着自己的孩子带着这种遗传病症渐渐长大，非常焦虑——让里昂感到很高兴。

毫无疑问，这是艾维瑞娜·布兰特的一个杰作。关于卡帕德斯上校，她对孩子撒过谎吗？——她有必要把女儿紧紧搂在怀里一起去掩盖丈夫的卑劣行径吗？上校先生能在孩子面前控制住自己吗？也许上校在那一方面太有天赋，孩子愚钝、理解不了，这对她来说也算是一件幸事。人们是不会评价她的——她年纪太小了。她长大成人后，不和她父亲一样，该有多好啊！她的小脸看起来不是那么诡计多端，而且也不像她父亲的那张大脸。当然，这也说明不了什么。

里昂多次提醒他的朋友，他们曾答应让艾米做他的模特。为上校先生画像的想法从他心底油然而生——如果能够这样做，他肯定会让自己从内心深处获得极大的满足。他会让上校先生畅所欲言，会告诉他自己和戴维爵士所谈论过的事情。除了这几个人，其他人都不告诉。他们一定会给这幅画很高的评价，甚至会异口同声地说——这是一幅杰作。它对合乎情理的欺骗行为做了细微深入的描绘。长期以来，里昂一直想要创作一些带有心理学家和画家双重色彩的作品。今天，终于有了合适的创作对象。尽管这个对象不是很理想，在他看来，给上校先生画肖像，他是最佳人选。他不是心血来潮，而是已经筹划很久了。有时候，连他自己都对这份计划感到吃惊——他这个可怜人竟然会大有作为。终于有一天，上校先生看着里昂的眼睛——心想自己被里昂利用了——卡帕德斯夫人也会这样想的。里昂心想，不管怎样，只要能不让她认为（她肯定会这样认为）自己也被我利用了就行。现在，里昂已经习惯在周日下午去看她了。要是她不在镇上，里昂还会生气。这对夫妇经常不在镇上，他们喜欢四处游玩，而且上校总是找人和他们一起玩。要是有人请客，他就更欢喜了。里昂心想，卡帕德斯夫人可能不喜欢这样的生活方式。在乡下别墅里，上校的这种行为表现得太明显了。对她来说，不陪丈夫一起去是一种放松和享受。她告诉里昂自己宁愿待在家里。她之所以这样，并不是因为她在别人家里感到不自在，而是因为她太喜欢和孩子待在一起。这虽然只是一句客套话，但可怜的里昂心里还是很高兴。

　　快到冬末的时候，上校先生离开小镇去打猎了，一连几天都没有回来，只有卡帕德斯夫人一个人在家。里昂不想错过这样的拜访机会，于是问自己是不是跟她在家有关系，但没有得出答案。后来，他为那个孩子作画。卡帕德斯夫人总是陪着孩子一起来。也许里昂这时再问自己那个问题就更合适了。矫揉造作并不是她的错。虽然她把这种坏习惯传给了女儿，但里昂还是能看到卡帕德斯夫人身上闪耀着的母性光辉。

　　虽然里昂增加了艾米做模特的时间，但卡帕德斯夫人还是陪她一起来。她从来都没有将艾米托付给家庭女教师或女佣。里昂在十天之内就迅速完成了戴维爵士的肖像，但是画这个满脸天真的孩子却需要花费很长时间，恐怕要等到明年才能完成了。里昂一次次要求艾米坐好，任何看见这种情形的人都会感到分外吃惊，认为这样会把孩子折腾得筋疲力尽。里昂很清楚这一点，而且卡帕德斯夫人也很明白：里昂已经让艾米休息了很长时间，不仅不用摆姿势，而且可以站起身在宽敞的画室走来走去，一会儿把玩那些古玩珍品，一会儿拨弄那些旧窗帘和服装，无拘无束。她的母亲和里昂则坐着闲聊。他把画笔放在一边，自己半躺在椅子上，不停地劝她喝茶。卡帕德斯夫人感到不解的是，这几周里昂一直没有接新活：对于男人的工作，女人是缺乏想象力的，除了隐约感觉到无甚紧要。实际上，里昂推掉了所有的工作，包括好几位名人的邀约。沉默了半个小时后，里昂又熟练地运用起他的画笔。他强烈地意识到艾维瑞娜就坐在那里。她知道，如果里昂不想继续说话，她也不会因此而感到尴尬或烦闷。有时候，她会拿起一本书来看——那里有很多书；有时候，她会站在椅子旁边看着里昂作画（虽然不能给出任何建议和指正），好像对描绘她女儿的一笔一画都非常关心。这些笔画偶尔会显得凌乱，因为他想得更多的是自己的内心而不是自己的技艺；他没有像她那样不好意思，而是非常激动，好像画画期间（孩子安静顺从），他们之间正在形成某种东西或者可以说这东西已经形成了——一种心照不宣的信任，一个不可言传的秘密。虽然里昂是这样认为的，但毕竟不知道她是怎么想的。其实，里昂想让她为自己做的事情微不足道，她甚至都不需要向他坦诚自己并不快乐。仅仅通过一个无声的暗示让他知道，她已经认识到和里昂在一起生活会更加美好，他也就心满意足了。有时候，他想——是自己想得太多了吧——即使她在那里静静地坐着，他也有可能看出那个迹象。

通过三天的观察，里昂发现，如果卡帕德斯先生是一个十足的骗子，他也是没有恶意的，而且他主要是在一些微不足道、没有利害关系的事情上才使这种小把戏。"他是柏拉图式的骗子，"里昂自言自语道，"他既不利己，也不害人。事情可能是什么样子，应该是什么样子，他心里都有数。他还会对一些细微之处予以改动，使其变得更加美好。在某种程度上，他就像是在作画。和我一样！"他骗人的方式虽然五花八门，但全都有一个共同的特点——没有价值。这一点惹人讨厌。那些谎言占据了宝贵的位置，限制了交流的空间。当然，一个人要是第一次来到这里，迫于压力撒个小谎还情有可原。令里昂感到迷惑的是，卡帕德斯虽然不太负责任，但在服兵役期间并没有惹出麻烦。他是遵守兵役制度的——严厉而神圣的制度不允许被破坏。虽然他说的话大部分都是吹牛，奇怪的是，他很少吹嘘自己的军功。他酷爱打猎，身处异国他乡依然如此，身上的伤疤是他多次死里逃生的证明。越是在荒无人烟的地方，伤疤也就越大。初次结识上校，总能听到一声赞美之词。这个男人说话前后矛盾，还有让人意想不到的口误——突然冒出几句大实话来。里昂心想，那就是戴维爵士告诉他的，说上校的反常行为是一阵一阵的或者周期性的——一个月的某个时间段可能不会发作。他不管别人的开场白精不精彩，就开始滔滔不绝地讲起来，哪怕别人反对他。他坚持错误的事情，但不否认正确的事情。

他经常自己嘲笑自己——他承认自己也在尝试。他讲的很多奇闻异事都是实验性的。不过，他从未将自己说过的话彻底变卦，也没有完全收回，他总是在一个地方迅速消失又出现在另一个地方。里昂发现，他不时地用暴力手段维护他的地位。当然，只有在非常糟糕的情况下，他才会这样做。他极有可能是一个非常危险的人——他会攻击并诽谤他人。这样的场合对于他的妻子是一种考验——里昂很想在那种场合下看到她的反应。在吸烟室和其他有熟人在的地方，他随时都会反对别人的言论，这让人感到可笑至极。对于那些认识他很久的人来说，他们对他那条三寸不烂之舌已经司空见惯，他们早就不愿再提起了。如上所言，里昂也不在乎那些对上校的行为感到惊讶的人发表自己的意见。


三


里昂最终还是主动提出为上校画像。现在已经是季末——离大家离开的日子所剩无几了。他说，必须充分利用剩下的时间，去开始一件事情总是伟大的。到了秋天，他们就要前往伦敦，开始在那里的生活了。卡帕德斯夫人不同意里昂的要求，说自己不同意再接受这样昂贵的礼物了。里昂以前曾经送过她一幅为她作的肖像画，而且也知道他们对待那幅画是何等粗暴。他现在又想把艾米的肖像画送给她——显然这幅画一定非常精美。如果连里昂自己都觉得心满意足，那么就是一份值得他们珍视的无价之宝了。但是，他的慷慨大方必须到此止步——他们并不觉得对他有所亏欠。当然，里昂很明白，他们是不会花钱来买那幅画的。充其量卡帕德斯夫人会这样解释一番：这幅画价格不菲，他们根本买不起。对于他们来说是一件奢侈品。再说，他们——尤其是卡帕德斯夫人——做过什么能够让里昂给予他们这么多好处？他们什么也没做。他太善良了！克莱门特是不会来给他当模特的。里昂弓着身子，一边工作，一边听她说话，既没有反对，也没有打断她。最后，里昂说道："好吧。为什么不让上校先生来给我当模特呢？这样既能让我高兴，你们又能获得好处。就算是我请他来帮我一次，为我效劳一次吧。这对我给他画肖像画大有裨益。"

"这怎么会对你大有裨益呢？"卡帕德斯夫人问道。

"哎呀，他可是一位罕见的模特——一个有趣的作画对象。他很有表现力，能够教我很多东西。"

"有什么表现力啊？"卡帕德斯夫人继续问道。

"哎呀，就是他的人品啊。"

"你想画出他的人品？"

"当然。这就是伟大的作品能够展现给你的东西。我会努力把上校先生的肖像画变成一幅杰作，我也会名扬天下。这样说，你就能够明白我要他做我的模特的重要性了吧？"

"你能比现在更有名？"

"哦，欲壑难填嘛！你就答应我吧。"里昂恳求道。

"嗯，他人品很好。"卡帕德斯夫人说道。

"哦，相信我，我一定会将它充分展示出来的！"里昂都为自己感到脸红了。

卡帕德斯夫人离开前告诉里昂，她丈夫可能会接受他的邀请，但她还说："我是不会让你那样打听我的，什么理由都不行！"

"同意，"里昂笑了笑，"我可以偷偷打听！"

上校先生很快就答应了，并在七月底拜访了里昂好几次。他答应在有空的时候，随时听从画家调遣。里昂对其姿势的质量以及现场应变能力都很满意，坚信自己会创作出一幅非常精美的作品。他心情舒畅，醉心于他的这个创作对象。唯一困扰他的就是，把作品送到皇家学会时，不能给作品加上标题。至于目录嘛，简称为"说谎者"就可以。当然，这无关紧要。如果将上校先生的这一性格特点充分表现出来，即使是理解力最差的人也能够感知得到——里昂觉得这幅肖像画已经不仅仅是一幅作品，而是活生生的人物特征。今天，他在上校身上没有发现他要的东西，便沉浸在这种什么也不画的快乐之中了。他说不出自己是怎样做的。在他看来，如何做的秘密就存在于创作对象的眼睛、嘴巴及脸庞的每个线条里，存在于创作对象的每一个姿势里，存在于创作对象下巴的凹痕里，在于创作对象的头发是怎么剪的、胡子是怎么修的，在于创作对象的笑容是怎样时隐时现的、呼吸是怎样时快时慢的。总之，就在里昂如何审视这个诱人世界的方法里——他会永远这样审视下去。在欧洲，里昂的六幅肖像画独领风骚。里昂觉得它们都是不朽的作品，就像当初刚刚被创作出来时那样，现在件件完好无损。其中有一幅是陈列于伦敦国家美术馆的《裁缝师》——一位身穿白衣红裤，手拿剪刀裁布的年轻裁缝。上校先生既不是《裁缝师》的模特，也不是裁缝。他是一个骗子。尽管题材或主题不同，任何一幅高水平画作都应该充分体现作者的高超技艺。在这一方面，《撒谎者》这幅作品一定会和《裁缝师》保持在同一水平。从某种程度上讲，是画笔让里昂的生活变得充实起来，以前他没有这样的感觉。正如里昂所料，上校喜欢当模特，即便人坐在那里，嘴巴还在说个不停。这一点非常好。他说的话能够激发里昂的创作灵感。为了把为上校先生作肖像画这一计划付诸实践，里昂纠结了好几周：他要不要为了达到这一目的而和上校交好？他对上校表现出来的那种信任让他自己都觉得不可思议。若是上校对此无动于衷，里昂就可能会下定决心。这也是唯一能够让他下定决心的事情了。里昂给他中间休息时间，给他自由支配时间，反而画作会失去生机活力。上校心情越不好，情绪越变化越快，里昂便画得越好。所以，里昂不让他休息太长时间。当他体力不支时，里昂就鞭策他。这样一来，工作进展非常迅速。和画小女孩相比，这次绘画所用时间短得令人感到惊讶。八月五日，这幅画差不多就能完成了。上校和妻子第二天就要离开镇上，这一天会是他最后一次来给里昂当模特。里昂感到非常满意——他对自己的目标很有把握：不管上校来不来，他都能完成剩下的工作。如果推迟到十一月份他从伦敦回来以后再画，他就可以用一种崭新的眼光再看那幅画了。上校问里昂，他妻子明天会不会来欣赏这幅画。如果她来，就给她一分钟的时间吧——这是她梦寐以求的一件事。里昂回答说，作为对她的特殊眷顾，请她再等一等。到目前为止，他对这幅画并不满意。前几天，里昂见到卡帕德斯夫人时，就是这么对她说的，要她过一段时间再来看——说他不太满意。事实上，里昂很满意。他再次为自己的行为感到羞耻。

八月五日那天，风和日丽。上校先生一边坐在里昂对面让他画，一边和里昂闲聊。为了通风，里昂将侧门开了一条大缝。这扇门直通花园，是画布、画架、调料盒和其他装置的运输通道，也供身份比较低微的模特以及来访者出入。正门面对的那条路非常漂亮，首先将你带进一间高大雄伟的画廊，然后沿着构造独特的旋梯下去，可通向一间宽敞的房间，里面摆满了里昂的艺术杰作和他收藏的奇珍异品。人们站在旋梯上向下俯视，一定会连声赞叹。里昂在圣约翰伍德的住所并不大。在仲夏之日敞开门，一眼就能望见很多花草树木，闻见花香，听见鸟鸣。在这个特殊的早晨，侧门迎来了一位不速之客：一位年轻的女士。在上校看到她之前，她就已经站在画室门口了。里昂也没有看到她。她非常沉稳，上下打量着这两个男人。"啊，天哪，这里有一个人！"里昂一看到她，顿时惊呼道。这位女士属于那种敢打敢冲的人——她是一名模特，来找工作。她解释说，她知道直接闯入实在冒昧，但自己实在是迫不得已。有些用人故意使坏，不仅将她拒之门外，而且连名字也不给通报。

"你是怎么进入花园的？"里昂问道。

"大门是开着的，先生——用人走的那道门。肉店老板的马车还停在那里呢。"

"他应该关上门的。"里昂说道。

"你不需要我吗，先生？"女士恳求道。

里昂继续作画。起初，他还用同情的眼神看她一眼，现在连看都不看了。上校饶有兴趣地注视着她。她是这样一个人：你几乎判断不出她是年纪尚轻但容颜微老，还是年纪不轻但容颜未老。很明显，她生活比较坎坷，脸颊虽然红润但没有生气。不管怎样，她很漂亮，看上去因为容颜姣好曾经做过模特。她头戴羽毛帽，身穿连衣裙，裙子上饰有很多珠子，手上戴着长长的黑手套，手腕上还戴着银镯子，脚上穿的鞋子不太体面，周身有一种职业中断甚至事业被摧毁的意味，绝对不像一个失业家庭女教师，也不像一个寻找工作的女演员。她待了不长时间，房间里就开始弥漫酒精味。她在做模特方面没有任何经验。里昂首先对她表示感谢，然后告诉她，他这里不需要她——对里昂来说，她一点用处都没有。她带着一种受伤的语气回答道："好吧。可是，我曾经做过你的模特。你不会忘记吧！"

"是吗？我确实不记得了。"里昂非常惊讶。

"也许吧。那些看过你作品的人都会记得的！今后，如果顺道，我会来看你的。"

"非常感谢！"

"倘若你需要我，就寄张明信片给我——"

"我从来不寄明信片。"里昂回答说。

"好吧。我很珍视私人信件！任何写给诺丁山莫蒂默马厩住房区杰拉尔丁小姐的信——"

"好，我会记着的。"里昂回答说。

杰拉尔丁小姐又磨蹭了一会儿。"我觉得，我还是不要心存希望了吧。"

"恐怕我不能给你希望了。我正忙着画画呢。"里昂回答说。

"我知道你很忙。真希望我是那位先生。"

"如果是这样，就不是给我画肖像了。"上校笑着说道。

"哦，我不能和你相提并论——不会像你这般英俊潇洒！我讨厌肖像画！"杰拉尔丁小姐声称，"它抢走了我们太多生计。"

"嗯，那是因为会画肖像画的人太少了。"里昂安慰她说。

"哦，我第一次当模特——也是唯一一次！没有我，很多画家什么也不是！"

"你这样受欢迎，我很高兴。"里昂有些不耐烦了，于是又说了一遍他不会留下她——一旦需要她，就给她寄明信片。

"太好了！我的地址是：马厩区——太可惜了！你不会和我们一样住在那里的！"杰拉尔丁小姐看着上校，"先生，如果你需要我——"

"你让他觉得很尴尬。"里昂打断她道。

"让他尴尬？天哪！"杰拉尔丁小姐一边大声说一边笑了起来，笑声中散发出一股酒精的芳香。"你会寄明信片的，对吧？"她对上校说道。然后，她摇摇晃晃地走出去了——按照来时的路进了花园。

"太可怕了——她喝醉了！"里昂舒了一口气。他聚精会神地画了一会儿，然后抬起头审视了一下自己。这时，杰拉尔丁小姐突然出现在门口。

"不错，我的确讨厌——那种事情！"她连哭带笑，随后便消失不见了。这进一步证实了里昂的说法。

"怎么回事——她是什么意思？"上校问里昂道。

"哦，我在画你，但她希望我画的是她。"

"你之前画过她吗？"

"我从来没有见过她。她一定是搞错了。"

上校沉默了一会儿，说道："她很漂亮——十年前的时候。"

"她自甘堕落。几杯酒就能毁掉她们。我不应该在乎她。"

"亲爱的朋友，她不是模特。"上校一边笑一边说道。

"毫无疑问，她现在不是，也许曾经是。"

"绝对不会！① 这完全是个借口！"

"借口？"里昂立刻把耳朵竖了起来——他很好奇，接下来

---

① 原文为法语：Jamais de la vie!

他会说什么。

"她需要的不是你，是我。"

"我看到了。她需要你什么？"

"哦，她对我有敌意。她讨厌我——很多女人都讨厌我。她盯着我——跟踪我。"

里昂躺在椅子里，根本不相信这样的话。然而，上校鲜明坦率的态度让他很开心。故事之花当场绽放，格外芬芳。"亲爱的上校！"里昂低声叫道，态度友好，充满了同情。

"她一进来，我就很生气——但一点儿也不感到惊讶。"上校坐在那里，继续当着模特。

"如果是那样，那你隐藏得也太深了。"

"我经历过的事情太多了！我承认自己今天并不怎么知情。我看见她——她清楚我的一举一动。今天早晨她一直在我家附近游荡——她一定是跟踪我了。"

"她是谁——竟然有此胆量？"

"是啊，她的确胆子很大，"上校回答道，"正如你所见，她事先有所准备。她进来的时候很放肆。哦，她绝对不是一个好人！她不是模特，而且从来都没有做过类似工作。她肯定认识一些这样的女人并模仿她们的样子。十年前，她就纠缠上了我的一个朋友——一个愚蠢的年轻人。我本来不想对他施以援手，但是出于家庭方面的原因，我觉得自己有责任关心他。那是很久之前的事了——我真的不记得了。当时她该有三十七岁的样子吧。我插手了那件事，帮助我的朋友摆脱了她——我把她给撵走了。

她知道这都是拜我所赐，永远都不会原谅我——她喝得有些神志不清。她根本不叫杰拉尔丁。我都怀疑有没有她说的那个地址。"

"哦，那她叫什么？"里昂很感兴趣。一旦他的朋友开始讲话，细节便越来越多，内容越来越丰富——最后汇聚成篇。

"皮尔森——哈莉特·皮尔森。她过去常常称自己为杰拉尔丁——这个称呼难道不古怪吗？杰拉尔丁——杰拉尔丁——名字念起来还挺上口的。"里昂完全被上校敏捷的反应给迷住了。上校继续说道："这么多年来，我一直没有想起过她——把她全忘掉了。我不知道她究竟想干什么，也许她并没有恶意。我进来的时候就看见她站在马路不远处。她一定知道我要来这里，于是就先到了。我想——或者说可以确定——她现在正站在那里等我呢。"

"你没有防备吗？"里昂笑着问上校。

"最好的防备就是五先令——我最多愿意花五先令。除非她真的有一瓶硫酸。她们只会对欺骗过她们的男人泼硫酸，我从来没有骗过她——第一次见她的时候，我就告诉过她那样没用。哎呀，要是她真的站在那里等我的话，我就和她一起走上一小段路，好好谈一谈，但我最多会出五先令。"

"好吧，"里昂说道，"我再给五先令。"为了满足自己的乐趣，里昂觉得五先令太少。

这种乐趣还是因为上校的离开而中断了。里昂希望能收到他的来信，叙述一下事情的续集。上校先生似乎不会写字，至少在他离开小镇之前没有给里昂写信。他们约定三个月后再见面。里昂的假期总是一成不变：第一周看望哥哥，他是一位非常快乐的教授，住在英国南部的一栋老房子里。这栋房子格局虽然有些凌乱，但花园很规整。里昂待在那里也感觉很快乐，然后就出国了——通常是去意大利或西班牙。今年和往年完全一样。一个光线昏暗的下午，里昂抽着烟斗，懒洋洋地躺在阳台上，忽然心中产生了一种强烈的欲望——再看那幅画一次，在它上面添上两三笔。这个欲望太强烈了，挥之不去。即便他下周就返回镇上，仍然无法忍受耽搁的滋味。五分钟就足够了——五分钟就能解决萦绕于他脑海中的一些问题。第二天早晨，里昂坐上了开往伦敦的火车，他事先没有说自己要回去。他会在俱乐部里吃午餐，大概五点四十五回到苏塞克斯。

在圣约翰伍德，无论什么时候，人生的机遇都不会迅速溜走。九月一日，笔直的马路上洒满了阳光却空无一人。院墙刚刚粉刷过，房子大门紧闭，带点儿东方意味。他自己的房间里肯定也是一片寂静。他掏出钥匙，打开大门，走了进去。他一边走一边想，有时候给仆人们来个措手不及也很有趣。女管家贤惠能干，而且厨艺精湛。一听到主人的脚步声，她就迅速赶来了。看到里昂（他和用人说话时很坦率），她并没有感到疑惑和惊奇。里昂告诉她，不用整理房间，他待几个小时后便走——可能要在画室里忙一阵。女管家回答说，他正好可以去见见一位女士和一位先生。他们现在就在那里——五分钟前到的。她已经告诉他们主人不在家，可他们说没关系，他们只是想看一幅画并且会小心翼翼。女管家最后说道："那位先生说他是一位模特。他的名字相当古怪，我觉得应该是军人的称号吧。那位女士真的是太漂亮了。先生，他们现在就在画室呢。"

"哦，没关系。"里昂回答道。来访者的身份已经清楚了。这位善良的女管家是不会知道的。她一般不跟来来往往的客人打交道。迎进送出并陪客人去乡下都是男仆们干的活。让里昂惊讶的是，卡帕德斯夫人明明知道里昂希望她能克制自己，暂时不要来看那幅画像，她终究还是来了。也许那位女士不是卡帕德斯夫人，而是上校先生带来的一个朋友，想让里昂为她丈夫也画一幅肖像画呢。里昂有些好奇，很想知道他的朋友们现在正在做什么，便向画室走去。他拉开门帘——这扇门面朝画廊，因为当时在房子上加盖画室的时候觉得方便就建了。他刚把手放在过道门的门帘上，就听到了一些奇怪的声音，应该是一声愤怒的哀嚎——一种令人窒息的尖叫，再加上歇斯底里的哭喊。声音是从画室下边的房间里传出来的，把他吓了一大跳。他认真听了一会儿，然后去了阳台。那里铺着一张厚厚的摩尔地毯。虽然并没有刻意为之，他的脚步还是没有发出一点儿声响，因此没有引起画室中那两个人的注意。他们就在下面，离他大约二十英尺。眼前发生的一幕太不寻常了：他们紧紧拥抱在一起，根本没有察觉到里昂正在观察他们。里昂没有打断他们——他看见泪如泉涌的女人紧紧依偎在丈夫怀里，过了一分钟（时间太短暂了）。这一幕迫使里昂退回到门帘后面。他透过两道门帘的结合处注视着他们。他心里很清楚自己在干什么——此时此刻，他就是一个偷听者，一个间谍。他也知道一件奇怪的事情正在发生。当然，他并不知道这件事与他休戚相关。

　　两位客人就站在画室中央。卡帕德斯夫人紧紧依偎在丈夫怀里，泣不成声，好像心都要碎了。看到她那么悲伤，里昂觉得很难受。"该死！真该死！"听到上校言辞如此激烈，里昂感到的更多是惊讶而不是难受了。发生了什么事？她为什么哭泣，谁"该死"？过了一会儿，里昂看到上校翻出那幅尚未完成的肖像画（他知道，画家一般会把它放在别人找不到的角落），将它放在一个空画架上，然后拉到妻子面前。卡帕德斯夫人看了一会儿——显而易见，画架上的东西加剧了她的悲伤。她呜咽着。上校一边抱着她，一边环顾四周或向上看。这一幕真的太出人意料了！里昂非常高兴。那是他的绘画技艺大获全胜的证明——巨大的成功。他从自己站立的地方能够清楚地看到那幅画。他根本没有想过这幅画竟会如此逼真，把他自己都吓了一大跳。卡帕德斯夫人猛地一下甩开丈夫——一屁股坐在离她最近的一把椅子上，把脸埋在了自己的两臂之间。此时此刻，她虽然停止了哭泣，但浑身还是颤抖个不停，似乎痛苦万分。上校盯着那幅画看了半天，然后走向她，蹲下身子一把搂住她，问道："亲爱的，你怎么了？你到底怎么了？"

　　里昂听到她回答："狠心——太狠心了！"

　　"该死——该死——真该死！"上校重复道。

　　"都在那里了——都在那里了！"卡帕德斯夫人继续说道。

　　"真该死！什么都在那里了？"

　　"不该有的一切——他看到的一切——太可怕了！"

　　"他看到的一切？为什么，难道我长得不好看吗？他把我画得很英俊啊！"

卡帕德斯夫人突然爆发了，她又瞥了一眼那幅揭丑图。"英俊？丑陋、丑陋极了！不是那样的——绝对不是那样的，绝对不是！"

"绝对不是什么啊？"上校几乎是在哭喊。他感到很困惑，脸涨得通红。

"他画的是你啊——你知道的！他知道——他已经看见了。所有人都会知道的——所有人都会看见。皇家学会里那件精美的肖像画！"

"亲爱的，你疯了。如果你不同意，它就不会出现在那里。"

"哎呀，他会把它送去的——这幅画画得太好了！走吧——我们走吧！"卡帕德斯夫人一边恸哭，一边拉她的丈夫。

"这幅画画得太好了？"可怜的男人依旧没有明白。

"走吧——我们走吧。"她重复说道，转身走向通往上边画廊的楼梯。

"不是那条路——不用穿过房间。"里昂听到上校反对的声音。

"我们从这边走。"他拉着妻子走到通向花园的小门。门是闩着的，他拉开门闩，打开小门。卡帕德斯夫人迅速走了出去，他还站在那里，回头向房间里面张望。"等等我！"他一边朝她大声叫喊着，一边迈开大步再次进入画室。他来到那幅画前面看着它，再一次大喊起来："该死——该死——该死！"这种咒骂是针对原物还是画这幅画的画家，里昂并不清楚。上校在画室里快速走动着，好像在寻找什么，里昂一时半会儿还猜不出来。"他想毁掉这幅画！"他第一个念头就是冲下去阻止他。艾维瑞娜·布兰特哭泣的声音还在他的耳畔回响，他停顿了一下。就在这时，上校已经找到了他要找的东西——就在一张小桌子上的零碎物品堆里，他抓起它迅速跑到画架跟前。等到里昂看清楚他手中拿的是一把东方人用的匕首时，上校已经将匕首刺向了画布。似乎有一只无形的大手推着他，他在画布上划了一条又长又难看的口子。然后，他把匕首从画像上拔出来又插进去，反复好几次，很像是在捅一个活生生的受害者。几秒钟后，上校把匕首扔掉了。最后，他两眼盯着那幅画，似乎在期待它染满鲜血，随后带上那扇门，匆匆忙忙逃走了。

人们不禁会想到其中最奇怪的一幕——奥利弗·里昂竟然无动于衷，没有去拯救他的作品。然而，他并没有感到自己已经失去了它，或者说根本没有在乎它，更多的是觉得自己明白了一件事情：艾维瑞娜·布兰特为她丈夫感到羞愧，她的丈夫让她蒙了羞。即使那幅画已经支离破碎，但他还是获得了巨大的成功。这让里昂感到非常兴奋，真的就像整个过程一样刺激。上校逃走后，里昂便走下了楼梯，整个人因为过于高兴和激动而感到一阵眩晕，不得不坐下来休息片刻。画像上的口子参差不齐，多达十几处——上校确实已经把它乱刀砍死了。里昂将其原状保留，一碰未碰，也没仔细看一看。他一直很激动，在画室里来来回回走了一个小时。后来，那位贤惠的女管家建议他该用午餐了，楼梯下面有一个通道可以通向厨房。

"先生，那位女士和先生已经走了？我一点儿也没听到。"

"嗯，他们是从花园离开的。"

女管家盯着画架上的那幅画。"天哪，你怎么能这样对待它！"

里昂模仿着上校的语气回答道："我突然感到一阵恶心，就把它毁了。"

"哎呀，你可是费了好多心血啊！他们不满意吗，先生？"

"是的，他们不满意。"

"他们一定很傲慢。如果是我，我会诅咒他们的！"

"把它撕碎烧火吧，它会让火苗更大的。"里昂语气很平静。

里昂下午三点半返回了乡下，过了几天他又去了法国。两个月没有回英国，他期望着一些事情的发生——但又说不上来究竟是什么。上校已经知道他被发现了吗？不会写信吗？不会解释吗？仍然认为只有以这样或那样的方式来怜悯他那骗人的把戏才是正确的吗？会承认自己有罪吗？会否认别人的怀疑吗？因为是女管家同意他们进去的，她会把他们的出现和暴力破坏联系起来。鉴于她能够做出可信的证词，再加上里昂自己的才华，完全可以起草一份胜诉率极高的诉状了。上校会道歉或改过自新吗？他说的话仅仅是他暴脾气的进一步展示吗？他要么声明自己没有碰过那幅画，要么承认自己碰过。不管是哪一种情况，他都会编出一个动听的故事来。里昂非常期待这个故事。虽然没有收到他们的来信，但他并没有感到失望。事实上，他更期待的是卡帕德斯夫人的版本。她究竟会支持她的丈夫，还是支持他——奥利弗·里昂？这将会是一场真正的考验。是不是不管怎样她都会坚决站在上校那一边？里昂已经急不可待了，恨不得让她马上说出自己的选择。他从威尼斯写信给她，以老朋友的语气向她打听一些消息，并希望能够尽快和她在镇上见面。关于肖像画的事情，他只字未提。

里昂等了一天又一天，还是没有回信。她也许根本不会回信吧——她依然深受一种情绪的影响，而那种情绪正是他那幅"揭丑图"激发的。当时，她丈夫很理解那种情绪，她也支持他因此而采取行动。于是，一场破坏行为发生了。现在，一切都结束了。里昂觉得，如此富有魅力的一对夫妇竟然做事这么离谱，实在是太可悲了。里昂终于收到了他们的来信，这让他欢呼雀跃。信函虽然简短但不失幽默，既没有透露出不满又没有暗示出内疚。最有趣的部分是附言，是这样写的："我想向你坦白一件事情。我们已经在镇上待了好几天了。九月一日那天，我无视你的权威——我知道是我不好。我无法控制自己，让克莱门特把我带到了你的画室——很想看看你把他画成了什么样子，尽管你非常不希望我这样做。我们说服管家放我们进去了。我好好欣赏了一番。那幅画真是精美绝伦啊！""精美绝伦"这个词语义模棱两可。不管怎样，这封信没有提到破坏肖像画这件事。

里昂返回伦敦的第三天是个周日。他去拜访卡帕德斯夫人并在她家吃午餐。她曾在春天向里昂发出过这样的邀请，里昂去过好几次了。凭借这个机会，他可以近距离观察上校（在上校给他当模特之前）。一见到里昂，上校便说："老兄，见到你很高兴！

希望你常来!"

"哦,见到你太高兴了!"卡帕德斯夫人边说边同里昂握手。

里昂看了看上校,又看了看卡帕德斯夫人。"哦,你们是否觉得我已经知道什么了?"

"你什么都知道啊!"卡帕德斯夫人淡棕色的眼睛里洋溢着笑容。

"她写信告诉你我们的小错误了?"上校问道,"是她拖着我去那里的——我也没办法啊。"里昂想了一会儿,上校说的小错误是不是指他毁坏画像这件事。然而,他接下来说的话并没有证实里昂的这种想法。"你知道我喜欢当模特——这给了我说话的好机会。现在我也有时间了。"

"你别忘了,我快要画完了。"里昂提醒他道。

"快要画完了?那太遗憾了。我想让你再画一次。"

"看来我是得再画一次了!"里昂一边笑一边瞅着卡帕德斯夫人。她没有与他目光相对——她起身按铃要午餐去了。里昂继续说道:"那幅画被毁坏了。"

"毁坏?哎呀,你为什么要那样做?"卡帕德斯夫人站在里昂面前,婉约清丽,楚楚动人,一脸不解地看着里昂。

"我没那样做——我发现时就已经那样了——上面被戳了十几个窟窿!"

"哎呀!"上校大叫了一声。

里昂将目光转向上校,笑着说道:"我希望这不是你干的。"

"被毁坏了?"上校问道。和他妻子一样,他表演得很真实,看起来一无所知，似乎这件事情并不严重。"因为喜欢当你的模特？我的朋友，如果我想这样的话，也可能会！"

"也不是你干的？"里昂问卡帕德斯夫人道。

在她回答前，上校突然抓住了她的胳膊，好像想到了主意。"哎呀，亲爱的，那个女人——那个女人！"

"那个女人？"卡帕德斯夫人重复道。里昂也很想知道，他说的是哪个女人。

"难道你不记得啦？我们离开时，她就站在门口——或在离门口不远的地方。我向你说起过她——和你说过关于她的事情。杰拉尔丁——杰拉尔丁——就是那天突然闯进来的那个女人。"他向里昂解释道，"她正在到处游荡——我还提醒艾维瑞娜注意一下她。"

"你是说，她找到了我的画？"

"哦，是啊，应该是她。"卡帕德斯夫人叹了口气。

"她一定是又闯进去了——她熟门熟路——一直在等待时机呢！"上校责骂道，"这个小畜生！"

里昂低下头，心里五味杂陈。这就是他一直在盼望的结果——上校让无辜之人来当替罪羊。他的妻子是不是他残忍行径的帮凶？前几周，里昂反复劝说自己，上校是一时冲动才这样做的。在他做出这种不道德的事情之前，她已经离开画室了。遗憾的是，她对他的所作所为非常清楚。即使他只字不提，卡帕德斯夫人也能猜得到。里昂根本不相信上校的这种说法——可怜的杰拉尔丁小姐一直在他家门口徘徊。当然，里昂也不会被他这个解释所蒙骗——这都是这个夏天之前他和杰拉尔丁小姐关系不好造成的。在她出现在画室之前，里昂从未见过她。里昂对伦敦的女模特都了如指掌，了解她们发展的每一个阶段，甚至堕落的每一步。九月的那个早晨，这两位朋友刚刚来到，里昂随后就进入了家门，一路上根本没有杰拉尔丁小姐再次出现的任何迹象。里昂突然想起了一件事情：当厨师告诉他，有一位女士和一位先生正在画室等他时，他还感到奇怪——门口竟没有马车也没有汽车。他们可能是乘地铁来的。他的家离马尔巴罗路地铁站很近。上校来做他的模特，不止一次利用这个便利条件。

"她究竟是怎么进来的？"里昂冷冷地问道。

"我们去吃午餐吧。"卡帕德斯夫人站起身来，向屋外走去。

"我们经过花园——没有惊扰你的仆人——我想让我妻子看一下。"里昂走在卡帕德斯夫妇后边。上校站在楼梯上挡住了里昂。"我说老兄哪，我不会犯没有关门那样愚蠢的错误吧？"

"我确实不知道，上校，"里昂一边说一边走，"那人行动太果断了——像一只熟练的野猫。"

"嗯，她就是一只野猫——讨厌！这就是为什么我要我的朋友都离她远远的。"

"我不明白她有何动机。"

"她精神错乱——她讨厌我。这就是她的动机。"

"但她不讨厌我啊，朋友！"里昂笑了笑。

"可她讨厌那幅画啊——你不记得她这样说过吗？画像越多，像她这样的人，工作机会也就越少。"

"如果她不是模特，只是在假装，这幅画怎么会影响到她呢？"里昂问道。

这个问题让上校迷惑了一小会儿——仅仅一小会儿。"啊，她脑子严重混乱！我不是给你说了嘛，她神志不清。"

他们走进餐厅，卡帕德斯夫人已经坐在那里等候了。"太糟糕了，太可怕了！"她感叹道，"是命运在和你作对啊。上帝是不会让你这样轻易——顺利地创作出一幅杰作的。"

"你看见那个女人了？"里昂问她道，语气很严肃。

卡帕德斯夫人好像没听见。即便听见了，她也会装作听不见。"确实有那么一个人，就在你家门口不远处徘徊。克莱门特还让我注意一下她，并告诉了我一些关于她的事情。我们朝相反的方向走的。"

"你认为是她干的？"

"我怎么知道？如果是她干的，那她一定是疯了。可怜的人啊！"

"我很想抓住她。"里昂说道。他只是说说而已。事实上，里昂一点儿也不想和杰拉尔丁小姐有进一步的对话。里昂知道是他的这对夫妻朋友干的，但他不想让其他人知道，尤其不想让他们自己知道。

"哦，你放心好了。她不会再出现了。从现在开始起，你安全了！"上校大声说道。

"我记得她的地址——诺丁山莫蒂默马厩住房区。"

"哎呀，那纯粹是无稽之谈。根本就没有这个地方。"

"天哪，她是一个大骗子？"里昂装出一副很吃惊的样子。

"你还怀疑其他人吗？"上校问道。

"没有了。"

"你的仆人怎么说的？"

"他们说不是他们干的。我说我相信他们。我们就说了这些。"

"他们是什么时候发现画被毁坏的？"

"他们一直都没发现。是我先看到的——当我回来的时候。"

"她很容易进来的，"里昂继续说道，"她三秒钟就能完成破坏，除非那幅画没有放在外边。"

"老兄啊，你可不要骂我呀！是我把它拉出来的。"

"你没有把它放回去吗？"里昂很难过。

"哎呀，克莱门特啊，克莱门特，我不是告诉过你，让你把它放回去吗？"卡帕德斯夫人谴责她丈夫道，语气很严厉。

突然，上校双手捂着脸呻吟了起来。里昂认为，上校妻子的话已经是收官之作了。里昂的所有幻想都破灭了——他本来还奢望卡帕德斯夫人能够保持自己的真诚，对她的老情人总不至于这样吧！里昂觉得很恶心，饭也吃不下了。他嘴里嘟囔着覆水难收之类的话——试图转移话题。转移话题太难了，而且他想知道，他们会不会也有同样的感受。他想知道各种事情：他们会猜到他不相信他们吗？他们是提前就已经编好了故事还是灵感突发？上校对她说的时候，她拒绝过吗？反对过吗？还是说最后被他说服了？总之，她不讨厌自己吗？在里昂看来，将他们所犯的罪行强加给一个可怜的女人，不仅罪大恶极而且很轻率——一旦被杰拉尔丁小姐听到，她一定会揭发他们。然而，即便冒这样的风险，他们也要做。当然，这种风险只能证明杰拉尔丁小姐无罪，并不会连累他们——他们可以找出各种理由保护自己。上校的期待（在画室看见杰拉尔丁时，他就可能想过）很简单，那就是杰拉尔丁小姐已经永远消失了。里昂不想再继续这个话题了。这时，卡帕德斯夫人问他道："还有挽回的余地吗？不能修复了吗？你知道，奇迹是人创造的。"里昂回答道："我不知道。我也不在乎。一切都结束了。不要再提它了！"里昂对她的虚伪深感厌恶。

为了撕下她无耻的面纱，里昂再次问她道："你真的喜欢那幅画，对吗？"她两眼看着里昂，没有面红耳赤，也没有一丝要逃避的迹象。"嗯，我简直爱死那幅画了！"一点都不假，她丈夫把她调教得太好了。此后，里昂再也没有就这幅画说过一句话，他的这对夫妻朋友也没再提起过它。他们似乎都是聪敏机智、善解人意之人，担心这件可恶的事情会让里昂伤心难过。

吃完饭后，上校没有上楼就走了。里昂和卡帕德斯夫人回到了客厅。里昂停了一会儿——这一会儿稍微有点儿长，他和她站在壁炉跟前。她没有坐下，也没有请里昂坐下；这表明她打算外出。里昂心想，尽管她丈夫已经把她调教得很好了，现在就他们俩，也许她会收回她说的话，向他道歉，对他坦白，对他说明一切："亲爱的老朋友，请你原谅这一出令人厌恶的闹剧吧——希望你能理解！"如果这样的话，他还会一如既往地爱慕她、同情她、保护她、帮助她！否则的话，她为什么还是像对待老朋友一样对待他？为什么数月以来都让他猜想——几乎所有的事情？为什么她要以为孩子画像为借口，每天都来画室坐在他身旁？总而言之，如果她不愿意再往前走一步，为什么会如此接近一种无言的忏悔？她不愿意——她不愿意。就在里昂沉思的时候，她在房间里走动了一下，整理了一下桌子上的东西。突然，里昂对她说："你们离开时，她正走在哪条路上？"

"她——那个女人？"

"是的，你丈夫的那位朋友。这是一条很有价值的线索。"

里昂希望她会说："哎呀，你原谅我吧——原谅他吧！根本就没有这个人。"然而，卡帕德斯夫人却回答道："她朝我们相反的方向走了——穿过马路。我们是朝着地铁站的方向走的。"

"她没有认出上校吗——她向四周看没看？"

"她可能向四周看了看，但我没太注意。马车来了，我们就上车了。上车后，克莱门特才告诉我她是谁。我记得他说，她去那里准没好事。我们本应该返回来的。"

"嗯，你们本可以救下那幅画的。"

她沉默了一会儿，微笑着说道："很对不起你。你要记得我可有原件啊！"

"我得走了。"他连句"再见"也没说，就直接走出了房间。他在街头慢慢走着，第一次看见她时的那种感觉又浮现在他脑海中。随后他在一个角落里停下脚步，漫无目的地四处环视着。他绝不会再回去了——绝不会了。她深深爱着上校——他把她调教得太完美了。

# 后　记

◎李和庆


经过四年多的努力，这套"亨利·詹姆斯小说系列"终于付梓，与读者朋友们见面了。借此后记，一是想感谢读者朋友的厚爱，二是希望读者朋友了解和理解译事的艰辛。

二〇一五年初，我向九久读书人交付拙译《美妙的新世界》稿件后，跟著名翻译家、上海海事大学教授吴建国先生和九久读书人副总编邱小群女士喝下午茶时，邱女士说九久读书人有意组织翻译亨利·詹姆斯的作品，问我有没有兴趣和勇气做这件事。说心里话，我当时眼睛一亮，一方面是因为长期以来她给予我的信任着实让我感动，另一方面是为自己能得到一次攀译事高峰的机会感到高兴，但同时，我心里也有些忐忑。众所周知，詹姆斯的作品难译，自己是否有足够的能力去承担如此重任？我虽然此前曾囫囵吞枣地看过詹姆斯的《一位女士的画像》和《黛西·米勒》，但对他和他的作品一直缺少深入的了解和认识。回家后，我便利用现代化的网络拼命补课，结果发现，国内乃至整个华人世界对亨利·詹姆斯作品的译介让人大失所望，中文读者几乎没有机会去全面领略詹姆斯在小说创作领域的艺术成就。三个月后，在吴教授和邱女士的"怂恿"下，我横下心来决定要去啃一啃外国文学界和翻译界公认的"硬骨头"。

无可否认，亨利·詹姆斯是十九世纪末至二十世纪初美国继霍桑、梅尔维尔之后最伟大的小说家，也是美国乃至世界文学史上举足轻重的艺术大师，被誉为西方心理现代主义小说的先驱，"在小说史上的地位，便如同莎士比亚在诗歌史上的地位一般独一无二"（格雷厄姆·格林语）。詹姆斯是一位多产作家，一生共创作长篇小说二十二部、中短篇小说一百一十二篇、剧本十二部。此外，他还写了近十部游记、文学评论和传记等非文学创作类作品。面对这样一位艺术成就如此之高、作品如此庞杂而又内涵丰富的作家，要想完整呈现他的艺术成就，无疑是一项浩大而又艰巨的系统工程。要将这样一位作家呈献给中文读者，选题便成了相当棘手的问题。此后近一年的时间里，经过与吴教授和邱女士反复讨论，后经九久读书人和人民文学出版社领导审批立项，选题最终由我们最初准备推出的亨利·詹姆斯小说作品全集，逐渐浓缩为亨利·詹姆斯小说作品精选集。

说到确定选题的艰难历程，有必要先梳理一下詹姆斯小说作品在我国的译介情况。国内（包括港台地区）对詹姆斯的译介始于二十世纪八十年代，现今我们看到的詹姆斯作品的译本以中篇小说居多，其中包括《黛西·米勒》（赵萝蕤，1981；聂振雄，1983；张霞，1998；高兴、邹海仑，1999；张启渊，2000；贺爱军、杜明业，2010）、《螺丝在拧紧》（袁德成，2001；高兴、邹海仑，2004；刘勃、彭萍，2004；黄昱宁，2014；戴光年，2014）、《阿斯彭文稿》（主万，1983）、《德莫福夫人》（聂华苓，1980）、《地毯上的图案》（巫宁坤，1985）和《丛林猛兽》（赵萝蕤，1981）；长篇小说有《华盛顿广场》（侯维瑞，1982）、《一位女士的画像》（项星耀，1984；唐楷，1991；洪增流、尚晓进，1996；吴可，2001）、《使节》（袁德成、敖凡、曾令富，1998）、《金钵记》（姚小虹，2014）、《波士顿人》（代显梅，2016）和《鸽翼》（萧绪津，2018）。此外，新华出版社于一九八三年出版过一部《亨利·詹姆斯小说选》（陈健译），其中包括《国际风波》《黛西·米勒》和《阿斯帕恩的信》①三个中篇小说；湖南文艺出版社于一九九八年出版过一部《詹姆斯短篇小说选》（戴茵、杨红波译），其中包括《四次会面》《黛西·米拉》②《学生》《格瑞维尔·芬》《真品》《螺丝一拧》③和《丛林怪兽》七个中短篇小说④。纵观上述译本，我们发现，国内翻译界对詹姆斯中长篇小说的译介基本是零散的，缺少系统性，短篇作品则大多无人问津。

鉴于此，选题组在反复研究詹姆斯国内译介作品的基础上，决定首先精选詹姆斯各个时期的代表性作品，最终确定了首批詹姆斯译介的精选书目，共涵盖了六部长篇小说：《美国人》（1877）、《华盛顿广场》（1880）、《一位女士的画像》（1881）、《鸽翼》（1902）、《专使》（1903）和《金钵记》（1904），四部中篇小说：《黛西·米勒》（1878）、《伦敦围城》（1883）、《螺丝在拧紧》（1898）和《在笼中》（1898），以及各个时期的短篇小说十八篇。读者朋友从选题书目上可以看出，此次选题虽然覆盖了詹姆

① 即《阿斯彭文稿》（The Aspern Papers）。
② 一般译为《黛西·米勒》。
③ 一般译为《螺丝在拧紧》。
④ 此译本虽然命名为"短篇小说选"，但学界一般认为《黛西·米勒》《螺丝在拧紧》均为中篇。

斯各个时期的作品，但主要还是将目光放在了詹姆斯创作前期和后期的作品上，尤其是他赖以入选一九九八年美国"现代文库""二十世纪百部最佳英语小说"榜单、代表其最高艺术成就的三部长篇小说《鸽翼》《专使》和《金钵记》。詹姆斯的其他重要作品此次虽然没有收入，但我们相信，这套选集应该足以展示詹姆斯各创作时期的写作风格。此外，这套选集中的长篇小说《美国人》、中篇小说《在笼中》《伦敦围城》以及绝大多数短篇小说均属国内首译，以期弥补此前国内詹姆斯作品译介的空白，让中文读者能更好地认识这位与莎士比亚比肩的文学大师。

选题确定后，接下来的任务便是组建译者队伍。我们首先确定了组建译者队伍的基本原则：译者必须是语言功力深厚、贯通中西文化、治学严谨、勇于挑战的"攻坚派"。本着这样的原则，我们诚邀海峡两岸颇有影响的专家、学者，最后组建了现在的译者队伍，其中既有大名鼎鼎的职业翻译家，也有上海交通大学、华东理工大学、上海海事大学、上海电机学院等国内高校的专家、教授。他们不仅在日常的教学科研工作中治学严谨、成绩斐然，而且在翻译实践领域也是秉节持重、著作颇丰，在广大读者中都有自己忠实的拥趸。

说起亨利·詹姆斯，外国文学界和翻译界有一种不言自明的共识，那就是：詹姆斯的作品"难译"。究其原因，詹姆斯作品的艺术风格与酷爱乡土口语的马克·吐温截然不同。詹姆斯开创了心理分析小说的先河，是二十世纪小说意识流写作技巧的先驱。他的小说大多以普通人迷宫般的心理活动为主，语句冗长晦涩，用词歧义频生，比喻俯拾皆是，人物对话过分精雕，意思往往含混不清。正因如此，他在世时钟情于他的美国读者为数不多，他的作品一度饱受争议，直到第二次世界大战前美国出现"第二次文艺复兴"时，作为小说家和批评家的詹姆斯才受到充分的重视。

面对这样一位作家和他业已历经百年的作品，该如何向生活在一个世纪之后的现代读者再现詹姆斯的艺术成就，便成了译者共同面对的问题。翻译任务派发后，各位译者先是阅读和研究原著，之后又通过各种方式和渠道，多次探讨译著该如何再现原著风格的问题。虽然译者年龄不同，阅历不同，研究方向不同，学术造诣不同，对原著文本的把握也有差异，但大家最后取得的共识是：恪守原著风格的原则不能变。我曾在一次读者见面会上见到出版界的老前辈章祖德先生，并就翻译詹姆斯作品的种种困难以及如何克服等问题虔心向章老请教。章老表示，虽然詹姆斯的作品晦涩难懂、歧义频现，现代读者可能很难静下心来去阅读，但翻译的任务就是要再现原作的风采，不然，詹姆斯就成了通俗小说家欧文·华莱士和丹·布朗了。在翻译詹姆斯作品的过程中，章老的教诲我时刻铭记在心，丝毫不敢苟且。

说起做翻译，胡适先生曾说过："译书第一要对原作者负责，求不失原意；第二要对读者负责，求他们能懂；第三要对自己负责，求不致自欺欺人。"胡适先生的观点，也是此次参与詹姆斯小说作品译介项目的译者们的共识。

翻译詹姆斯的作品，能做到胡适先生提出的前两重责任已经是非常困难的了。胡适先生提出的"求不失原意",其实就是严复的"信"和鲁迅先生的"忠实"。对译者来说,恪守这一点是译者理应秉持的态度,但问题是译者应该如何克服与作者间存在的巨大时空差距,做到"对原作者负责"。詹姆斯的作品大都语句烦琐冗长,用词模棱两可,语义晦暗不明,译者要想厘清"原意",需挖空心思、绞尽脑汁、字斟句酌、反复推敲。在很多时候,为了准确理解一句话,译者需要前后反复映衬,甚至通篇关照。为了"不失原意",译者必须走进作品,进入角色的内心世界,既做"导演"又做"演员",根据作品的文本语境和时空语境,去深入体味作品中每个人物角色的心理活动,根据角色的性别、性格、年龄、身份、地位和受教育水平,去梳理作家通过这些角色意欲向读者传达的意图和意义。

胡适先生提出的"对读者负责",其实就是严复的"达"和鲁迅先生的"通顺"的要求,用当代学术语言说,就是译文的接受性问题。詹姆斯的作品创作于十九世纪七十年代到二十世纪初,其小说当然是以那个时代欧美社会的物质生活和精神生活为背景的,小说的语言风格也是维多利亚时代的文风。一百多年过去了,在物质生活已经极其丰富、生活方式已经发生质变、意识形态和伦理道德均已大异其趣的今天去翻译他的作品,该如何吸引生活在当今数字化、信息化时代的读者去读詹姆斯的作品,而且让读者"能懂"作者的意图,是译者面临的巨大挑战。对此,译者们的态度是,在"不失原意"、恪守原作风格的前提下,在文本处理上,适当关照当代读者的阅读感受。比如,詹姆斯的作品中往往大量使用人称代词和替代，在很多情况下，为了厘清原著中的指代关系，读者往往需要返回上文，但更多的则是要到下文中很远的地方去寻找，这种"上蹿下跳"式的阅读方式无疑会严重影响读者的阅读体验。为此，在翻译过程中，译者根据上下文所指，采取明晰化补充的处理方式，目的就是照顾中文读者的阅读感受，省却"上蹿下跳"的阅读努力。本质上说，这种处理方式也是恪守译文必须"达"和"通顺"的要求，而"达即所以为信"。

就翻译而言，译者如能恪守前两重责任，似乎已经足够了，可胡适先生为什么还要提出第三重责任呢？这一点胡适先生没有详述，但对一个久事翻译的人来说，无论是从事文学翻译，还是非文学翻译，都必须具有高度的职业责任感和历史使命感，对译事必须"不忘初心"，始终如一地怀有敬畏之心。换句话说，在翻译过程中，译者自始至终都要用心、动情，不可苟且。只有"用心"，译者拿出来的译文才能经得起时间的考验。"用心"是译者"对原作者负责"和"对读者负责"的前提，也是当下物欲蔽心、人事浮躁的大环境下，对一个优秀译者的基本要求，也是最根本的要求。

培根说过，"书有可浅尝者，有可吞食者，少数则须咀嚼消化"。詹姆斯的作品概属"须咀嚼"方能"消化"的，对译者而言如此，对读者朋友来说何尝不是这样呢？培根还说，"读书足以怡情，足以博彩，足以长才"（王佐良译）。"怡情"也好，"博彩""长才"也罢，相信读者朋友读詹姆斯的作品自会各有心得。

　　在结束这篇后记之前，我要借此机会感谢以各种方式为这套选集翻译出版做出重大贡献的同志们。首先，感谢九久读书人和人民文学出版社的领导，是他们慧眼识金，使得这套选集能呈现在读者朋友面前。其次，感谢吴建国教授和邱小群副总编，是他们取之不尽、用之不竭的智慧，使得这套译著有望成为真正意义上的"精选"。再次，感谢这套译著的所有编辑和译审，对他们一丝不苟、"吹毛求疵"的敬业精神和"为人做嫁衣"的无私奉献，我表示由衷的感谢。此外，还要感谢所有译者几年来夜以继日、不避艰难的笔耕，以及他们的家人所给予的莫大支持。最后，要衷心感谢作为读者的您，如蒙不辞辛劳、不避讳言地批评指正，译者会备感荣幸。

2020 年 6 月于滴水湖畔